Le candidat

Les Éditions au Carré inc.
Téléphone : 514 949-7368
editeur@editionsaucarre.com
www.editionsaucarre.com

Graphisme des couvertures : Quand le chat est parti... inc.
Mise en page : Édiscript enr.

Les Éditions au Carré désirent remercier la Société de
développement des entreprises culturelles (SODEC) et
le Fonds du livre du Canada (FLC) pour leur appui.

© Les Éditions au Carré inc., 2013
Dépôt légal :
4e trimestre 2013
ISBN : 978-2-923335-43-8

DISTRIBUTION
Prologue inc.
1650, boulevard Lionel-Bertrand
Boisbriand (Québec) Canada J7H 1N7
Téléphone : 1 800 363-2864
Télécopieur : 1 800 361-8088
prologue@prologue.ca
www.prologue.ca

Louis Michel Gratton

Le candidat

à Gilles.

Bonne lecture

amitiés

Michel Gratton

14 nov. 2013

e² Éditions au Carré

À Louis et Josée

Chapitre 1

Hésitation

Sans dire un mot, Noémie place la tête dans le creux de mon bras. Nous restons là, sous les couvertures, sans bouger durant un long moment puis elle me pose la question inévitable :

— As-tu pris une décision ?

Il y a quelques mois, mon oncle Eusèbe est décédé en me laissant un héritage important accompagné d'une condition plutôt nébuleuse : je devais utiliser une partie de ce montant au « bénéfice » de Montréal. Après une longue réflexion, j'ai formé le Cercle de la Montréalie, un groupe qui s'est donné pour mission de défendre les intérêts de Montréal. Son objectif ultime était de former un front commun dans la grande région montréalaise pour faire contrepoids au lobby de plus en plus puissant des autres régions du Québec.

Notre stratégie a eu un succès instantané, même si elle n'a pas débouché sur le front commun désiré. La mauvaise réputation de l'administration de la ville et de ses politiciens à tout fait échouer, car les autres élus ne voulaient pas être « contaminés », comme ils le disaient privément. Une conséquence inattendue de nos efforts a été de faire de moi un candidat potentiel aux élections à la mairie de novembre prochain. Or, je n'ai jamais eu l'intention de joindre la classe politique, du moins jusqu'à hier.

En effet, ce jour-là, à mon réveil, lorsque j'ai consulté les journaux du matin comme j'ai l'habitude de le faire, je suis tombé sur une annonce pleine page qui semblait publiée aussi dans les autres quotidiens. Un groupe baptisé Les Amis de Montréal m'incitait à me présenter et m'offrait son appui. L'annonce était signée d'une centaine de noms.

Puis en soirée, un couple d'amis, Jon Van Tran et sa conjointe Minh, est venu souper à la maison et ce qui devait être une simple soirée entre amis est devenu toute autre chose. Jon était signataire de l'annonce et comme fallait s'y attendre, il s'est fait le porte-parole du groupe. Pour tenter de me convaincre, il a utilisé un argument massue qui m'a pris par surprise : « Si tu te présentes, je me présente. »

Je libère mon bras, maintenant engourdi par le poids de sa tête, et je me tourne vers Noémie :

— Ce n'est pas une décision facile.

Elle m'embrasse :

— Tu as dû y penser toute la nuit, tu n'as pas cessé de bouger.

— J'avoue que je suis moins certain ce matin que je ne l'étais hier soir. C'est une décision pleine de conséquences pour nous deux.

— Maxime, je te l'ai toujours dit : si tu veux te présenter, je t'appuierai.

Elle m'embrasse de nouveau et avec un large sourire ajoute :

— Je me vois très bien au bras du maire de Montréal.

— Attends avant d'acheter ta robe ; c'est loin d'être fait.

Je place mon bras sur sa poitrine et je m'approche d'elle :

— Tu es certaine que tu veux que nous nous lancions dans cette aventure ? Il me semble qu'avec la création du Cercle de la Montréalie, j'ai réalisé, en grande partie, les dernières volontés de mon oncle. Je suis financièrement indépendant et je peux faire ce que je veux avec ma vie ; je pourrais te donner un coup de main avec tes jeunes du Centre Montpossible, nous pourrions voyager.

— Mon père me donne un bon coup de main chez Montpossible, et nous avons repris le contrôle de l'organisation.

— Avec le Cercle et ma chronique dans *Le Journal de Montréal*, je pourrais continuer à faire pression sur les gouvernements pour que la région de Montréal obtienne les pouvoirs essentiels pour lui permettre de gérer ses problèmes particuliers et prendre sa place légitime comme ville-région du monde.

— Un candidat à la mairie de Montréal n'aurait pu mieux réagir.

— Ne me taquine pas ; tu sais ce que je pense de l'idée de me transformer en politicien.

— Maxime, depuis ta rencontre avec la conseillère Cosette Marquis, au Centre de bénévolat du quartier Hochelaga, je sens que tu te meurs de faire le saut. Elle a touché une corde sensible en te parlant des problèmes sociaux que vivent de nombreux citoyens de Montréal et elle a mis le doigt sur la raison principale pour laquelle Montréal stagne : le manque de crédibilité de ses élus et les odeurs de corruption qui se dégagent de partout.

Je m'apprête à lui répondre qu'il faut être cinglé pour se lancer en politique aujourd'hui lorsque je suis interrompu par la sonnerie du téléphone. Noémie prend le récepteur et me le donne :

— C'est Jon.

— Qu'est-ce que tu fais réveillé à cette heure-ci ?

— Probablement la même chose que toi. Minh et moi voulons vous remercier pour le souper d'hier soir. Nous l'avons apprécié.

— Tu me réservais toute une surprise.

— Tu ne m'as pas donné une réponse définitive.

— Tu m'as fait réfléchir.

— Noémie?

— Elle croit que je devrais me présenter.

— C'est donc réglé.

— Loin d'être réglé.

— Hier soir, ton vin était excellent; je suis retourné à la maison en taxi; imagine un futur candidat arrêté en état d'ébriété. Je dois maintenant aller chercher ma voiture. As-tu le temps de prendre un café?

— Venez vers midi; Pierre et sa famille viennent bruncher.

— Je passe chercher des bagels sur Fairmount.

— Bonne idée. À tantôt.

Je raccroche:

— Tu as entendu?

Pierre, Lynda et leurs enfants, Patrick et Joëlle, arrivent comme convenu vers midi. Pierre est mon meilleur ami depuis la première année du secondaire, au collège Brébeuf.

Dès leur arrivée, les enfants nous saluent et disparaissent dans mon bureau, avec la permission des parents, pour jouer avec leur PlayStation. Nous aurons la paix pour un bout de temps.

Nous nous installons au salon pendant que Noémie s'affaire dans la cuisine. J'en profite pour leur annoncer que Jon et Minh vont venir se joindre à nous.

Pierre réagit:

— J'aime bien Jon. Il a une bonne tête. Notre bureau a travaillé avec lui sur un mandat pour la Régie des rentes du Québec; le travail était complexe et il a tout dirigé de main de maître.

Nous sommes interrompus par Noémie, qui arrive avec un plateau sur lequel elle a placé des verres, une bouteille de mousseux et un pichet de jus d'orange.

— Vous vous servez.

Elle n'a pas la chance de s'asseoir que quelqu'un cogne à la porte.

— J'y vais.

Jon et Minh se débarrassent de leur manteau et entrent au salon alors que Joëlle, curieuse, vient voir qui sont les nouveaux visiteurs.

Minh se penche pour lui serrer la main:

— Joëlle, comme vous êtes devenue grande! Quel âge avez-vous?

— Plus de 4 ans, et Patrick a 12 ans.

— Où est ton frère ?

Joëlle n'a pas le temps de répondre que Pierre lance d'une voix autoritaire :

— Patrick ! Viens ici une minute.

Patrick apparaît l'air contrarié. Il jette un coup d'œil furtif vers son père et il lui lance un sourire forcé.

— Bonjour, madame Van Tran, bonjour, monsieur Van Tran.

Minh a compris :

— Retournez à votre jeu. On se parlera plus tard.

Minh se sert un verre de jus d'orange. Noémie lui demande :

— Un peu de mousseux ?

— Pas après hier soir.

J'ai hâte d'avoir la réaction de Pierre sur les événements de la journée d'hier.

— Jon et moi avons, hier soir, discuté de politique.

— Pas surprenant après les annonces dans les journaux.

Je réalise que je n'ai pas vu le nom de Pierre sur la liste de membres des Amis de Montréal.

— Tu ne fais pas partie des Amis de Montréal ?

— Jean Deragon m'a appelé, mais j'ai refusé. Je n'étais pas d'accord avec l'approche. La décision de se lancer en politique est une décision personnelle, lourde de conséquences, et qui ne se prend pas sous pression.

— Tu as raison, j'ai beaucoup réfléchi au cours des dernières 24 heures.

Pierre dépose son verre sur la table tout en ajoutant :

— Et la conclusion ?

— Hier soir...

Pierre prend un grand respire tracassé et s'apprête à intervenir :

— Maxime ! J'espère seulement...

— Laisse-moi terminer. Hier soir, Jon m'a surpris en m'annonçant que si je me présentais, lui aussi sauterait dans la mêlée.

Pierre se relève dans son fauteuil :

— Vous êtes malades tous les deux. Maxime, tu as une belle carrière en communications et tu diriges un puissant et de plus en plus important groupe de pression.

Pierre se tourne vers Jon :

— Quant à toi, tu m'as d'abord surpris en t'impliquant dans le Cercle, une organisation qui fait des vagues au grand déplaisir des gouvernements, tes clients, et maintenant tu me désarçonnes en annonçant que tu te lances en politique ; toi aussi, tu mets en péril une belle carrière.

À ma surprise, c'est Minh qui réagit la première à cette tirade :

— Lorsque Jon m'a en a parlé la première fois, je trouvais que c'était très honorable de sa part, mais plus j'y pense plus je crois que c'est un sacrifice très lourd pour deux gars dans la fleur de l'âge, avec des carrières et des familles.

Lynda se tourne vers Noémie :

— Tu es donc bien silencieuse, Noémie. Tu es d'accord avec ces deux machos qui ont décidé de changer Montréal ?

Noémie répond :

— Je pense aussi à la famille.

Pierre me surprend :

— Une chose est certaine : ne comptez pas sur moi pour me présenter.

Noémie nous invite à passer à table.

Les brunchs avec Pierre et sa famille ne sont jamais tellement compliqués, et c'est voulu ; ils servent de prétexte pour se voir. Pierre et Lynda fournissent les viennoiseries et, nous, une baguette, des fromages, des confitures et un pâté de campagne. Les bagels, le fromage à la crème et le saumon fumé, fournis par Jon, compléteront aujourd'hui le menu.

Patrick et Joëlle, affamés, ne se font pas prier se joindre à nous. La petite Joëlle jette un coup d'œil à la table et demande à Noémie :

— Noémie ! Avez-vous du Nutella ?

— Excuse-moi, Joëlle, j'avais oublié.

Joëlle ajoute :

— Et des toasts ordinaires ?

Patrick lance à sa mère :

— Si c'était moi qui avais demandé un menu spécial, j'aurais été chicané.

Lynda répond avec une phrase qui n'invite pas de réplique :

— Tu as 12 ans.

Pierre en profite pour changer de sujet :

— Et c'est quoi, cette histoire d'enquête policière ?

Noémie lui répond :

— Un employé de Montpossible, l'un de mes intervenants, Martin Desrosiers, est apparemment membre d'un groupe baptisé EDQ, Égalitaristes du Québec, un groupe qui a l'intention de manifester lors de la rencontre du G20 qui aura lieu à Montréal en juillet. Hier après-midi, il m'a offert sa démission que j'ai acceptée.

Pierre réagit avec un sourire baveux :

— Tu continues la tradition ; le futur maire de Montréal déjà mêlé à une enquête policière.

Minh ajoute :

— Rien de nouveau sous le soleil.

Lynda demande :

— Et le déménagement de Montpossible, une chose réglée ?

— Loin de là. Notre déménagement dans l'église Sainte-Rusticule n'est accepté ni par les paroissiens ni par les autorités municipales.

Pierre demande :

— Je croyais que l'évêché t'avait confirmé qu'il te louait le sous-sol et le presbytère ?

— Devant le mouvement d'opposition, je sens qu'il branle dans le manche. Nous avons des partisans dans le quartier et il va falloir qu'ils se mobilisent.

Patrick interrompt la conversation :

— Le pâté est bon, Noémie.

— C'est un pâté de lapin avec des pistaches.

Joëlle lance :

— Patrick ! Tu manges un beau petit lapin.

L'air confus, Patrick regarde Noémie, hésite, et finalement demande :

— Je peux en avoir encore ?

Pierre sourit et ajoute :

— Messieurs, c'est comme la politique : quand on y goûte, on ne peut plus s'en passer.

— Je n'ai pas encore pris de décision.

* * *

Hier, nos amis nous ont quittés au début de l'après-midi et nous avons profité d'une belle fin de journée ensoleillée pour faire une promenade sur le mont Royal, une promenade en grande partie effectuée en silence, tous les deux empêtrés dans nos pensées et inquiets des conséquences de la décision que je dois prendre au sujet de la mairie. À notre retour, Noémie est disparue dans le bureau avec son Kindle ; elle lit *La chute des géants* de Ken Follett. De mon côté, j'ai tenté de faire le vide en regardant la fin du tournoi de golf Heritage en Caroline du Sud. Tiger est en deuxième place au dix-septième trou, à trois coups derrière Jim Furyck qui, lui, est au seizième. À moins d'un désastre, les jeux sont faits. Il n'y a plus de suspense.

Ça n'a pas été long avant que le cafard du dimanche soir ne s'empare de moi, un état d'esprit que je n'avais pas ressenti depuis un bon bout de temps. Jusqu'au décès de mon oncle, ma vie était devenue un parcours routinier sans réel défi : quelques cours donnés à l'université, ma chronique dans *Le Journal de Montréal* et mon émission à Télé-Québec, des activités devenues habituelles et qui, d'un point de vue financier, n'étaient pas la mer à boire. Mais l'héritage de mon oncle est venu régler ce dernier aspect. La création du Cercle de la Montréalie m'a apporté un défi intéressant accompagné d'un stress motivant, mais je me retrouve toujours dans un rôle de soutien sans obligation de résultat.

L'idée de me lancer dans la course à la mairie est attrayante et me place au beau milieu du terrain de jeu. Je suis à l'aise devant le défi que représente le redressement de l'administration de la ville. Je suis moins à l'aise avec le processus que je dois suivre pour me rendre là. L'organisation politique a toujours représenté pour moi un monde nébuleux et complexe.

En fin d'après-midi, Noémie, l'air préoccupé, est venue me rejoindre au salon ; elle s'inquiète de sa rencontre avec Martin demain matin et du bien fondé d'accepter sa démission. Martin est très populaire auprès des jeunes et sa démission fera des vagues. Elle est convaincue qu'il a offert cette démission pour tester notre loyauté et qu'il s'attend à ce qu'elle soit refusée. Si c'est le cas, il va être désappointé, le bien de Montpossible passe avant sa personne. Son départ ne m'inquiète pas outre mesure : je n'ai jamais compris cet individu qui joue le rôle de révolutionnaire sans en être un. Malgré cela, la situation est délicate, et Noémie a été soulagée lorsque j'ai offert de l'accompagner.

De mon côté, je suis préoccupé par ma rencontre de cet après-midi avec Jean, Paul et Conrad, les conseillers que mon oncle Eusèbe m'a imposés dans son testament. Tout me porte à croire que ce sont eux, avec leurs manigances, qui sont en grande partie responsables du mouvement populaire pour ma candidature à la mairie. Ils ont tenté de m'acculer le dos au mur et, ainsi, me placer dans une situation où je n'ai vraiment plus de choix. Ils vont être surpris de ma réaction.

Ce matin, le temps est maussade, tout comme notre humeur : un article de *La Presse* nous informe que le conseil de l'arrondissement Mercier-Hochelaga-Maisonneuve, « sous la pression d'un groupe de citoyens », se penche sur le dossier de l'église Sainte-Rusticule et crée une table de travail pour étudier le dossier du Centre Montpossible

La réaction de Noémie ne s'est pas fait attendre.

— J'appelle Cosette Marquis.

La conversation ne dure qu'un instant :

— Elle va se joindre à nous chez Montpossible en début d'après-midi. Elle ne semble pas inquiète.

À notre arrivée au centre, Dédé, notre homme à tout faire d'origine haïtienne, est déjà là et nous reçoit avec sa bonhomie habituelle :

— Bon matin, madame Noémie, et bon matin, monsieur Maxime. Bonne fin de semaine ?

— Oui, merci, Dédé. Martin est-il arrivé ?

— Oui, il est à la cuisine.

Tous les matins, Montpossible offre aux jeunes un petit-déjeuner, qui se limite à des rôties, beurre d'arachide, confitures et café et à ce que Dédé peut dénicher d'autre à la banque alimentaire du quartier.

Noémie entre dans la salle qui sert de cuisine, salue les quelques jeunes qui s'y trouvent et demande à Martin de la suivre à son bureau. Le regard des jeunes nous fait comprendre qu'ils sont au courant. Noémie a hâte d'en finir avec cette tâche qui lui pue au nez. Je la comprends : sa relation avec Martin date de quelques années et elle aime bien ce grand rebelle de talent.

Noémie s'installe derrière son bureau et je m'installe sur l'une des chaises de visiteurs. Martin reste debout. Il porte son uniforme usuel : chemise à carreaux, jean usé et troué, bottes de travail et son petit air impudent.

Il est le premier à prendre la parole :

— Est-ce qu'il faut qu'il soit là ?

Cela dit avec coup de tête dans ma direction. De la main, Noémie me fait signe de ne pas réagir.

— Martin ! Maxime est président du conseil d'administration et doit être tenu informé de ce qui se passe chez Montpossible. Maintenant veux-tu bien t'asseoir ?

Martin prend la chaise, la tourne, s'assoit à califourchon et appuie les avant-bras sur le dossier.

Noémie hésite et je décide de prendre l'initiative :

— Martin, tu as offert ta démission et nous avons décidé… avec regret… de l'accepter. Nous ne pouvons avoir de problèmes avec les autorités, surtout pas en ce moment.

Martin m'ignore et s'adresse à Noémie :

— La preuve que nous vivons dans un état policier : je n'ai rien fait, je subis un procès d'intention et je reçois ce matin ma sentence : je perds ma job.

— Martin, je te rappellerai que c'est toi qui nous as offert ta démission.

— Je l'ai fait pour Montpossible.

Noémie ajoute :

— Nous apprécions ton geste et si tu as besoin d'aide nous serons là pour t'aider.

— Je n'ai pas un oncle qui m'a laissé des millions et je ne suis pas né avec une cuillère en argent dans la bouche ; toute ma vie, j'ai dû me débrouiller seul et je vais continuer à le faire. Ne vous inquiétez pas pour moi et… madame Goodman, j'aimerais que vous sachiez que je continuerai, à ma façon, à prendre à cœur les intérêts de Montpossible et des jeunes.

Sur ce, il se lève, nous fait un salut militaire désinvolte et il quitte. Quelques secondes plus tard, nous entendons les jeunes dans la pièce lui donner une ovation.

— Noémie, je n'aime pas ça. Il semble vouloir rester dans les parages.

— Je devrais aviser le sergent Saucier de la démission de Martin. Il est responsable de l'enquête.

Elle s'empresse de le faire. La conversation ne dure que quelques secondes.

— Il est furieux et il m'a dit que son enquête venait de subir un dur coup avec le départ de Martin de Montpossible. Je ne comprends pas.

— Le centre serait-il sous écoute électronique?

Nous avons à peine terminé que Cosette Marquis arrive. Après une visite rapide de Montpossible, nous nous dirigeons vers un café à quelques pas du centre, loin des oreilles indiscrètes.

Cosette n'attend pas une minute et amorce la conversation.

— Pour transformer l'église et le presbytère, il va vous falloir des sommes importantes.

Une constatation qui se veut une question.

— Il y a une fondation qui nous appuie.

— Encore l'héritage de ton oncle?

La question est accompagnée d'un large sourire.

— Oui.

— J'ai appris il y a quelques jours que l'arrondissement avait l'intention de former sa table de travail et je me suis empressée d'aller chercher des appuis : j'ai communiqué avec une dizaine d'organismes sociaux du quartier et toutes sont derrière vous sauf une.

— C'est excellent. Je suis curieux : qui a refusé de nous appuyer?

— Compassion Québec. C'est une organisation catholique qui s'occupe des jeunes. Personne ne sait exactement qui ils sont et leur site Internet se limite à une série de vœux pieux dont l'objectif est « d'aider les jeunes à se faire une place dans la société. » Ils voulaient l'assurance que vous étiez un organisme catholique.

— Bel exemple de charité chrétienne ; je préfère la charité humaine, elle est désintéressée. Tu leur as dit que nous étions une organisation laïque?

— C'est ce que je leur ai dit et ils ont refusé de vous appuyer. J'ai aussi communiqué avec le Centre communautaire juridique, l'Association pour la défense des droits sociaux et l'Organisation populaire des droits sociaux, et vous ne serez pas surpris d'apprendre qu'ils sont tous derrière vous ; ils adorent ce type de dossier. Avec ces appuis, je n'ai pas l'impression que cette table de travail va avoir une longue vie.

Noémie est la première à réagir :

— Cosette, comment as-tu réussi à mobiliser tout ce monde en quelques jours ?

— Je connais beaucoup de monde dans le quartier.

— Et la carte haineuse qui a été distribuée, on connaît les auteurs ?

— Dans le quartier, tout le monde s'en doute, mais je ne m'inquiéterais pas de la carte. Les auteurs sont allés trop loin avec leurs références aux homosexuels, aux Haïtiens et à la « juive d'Hampstead. » En passant, ce n'est pas la première fois qu'une telle situation se produit dans le quartier. Un groupe d'intégristes religieux sévit dans le coin. Une telle démesure un jour va se tourner contre eux et l'évêché reste muet. De leur côté, les politiciens vont marcher sur des œufs de crainte d'être associés à ce groupe, même si je crois que certains l'appuient en secret.

J'admire de plus en plus cette femme. Avant de nous quitter, elle me réservait toute une surprise :

— Maxime ! Si tu te présentes, je me présente.

J'ai été tellement surpris que n'ai pu que la remercier et l'informer que je n'avais pas encore pris de décision.

* * *

Noémie a insisté pour m'accompagner à la rencontre avec les amis de mon oncle. Durant le court trajet en taxi, elle a sorti des échantillons de peinture et elle m'a présenté les couleurs qu'elle avait choisies pour la rénovation du condo d'Eusèbe que nous avons finalement décidé d'habiter. La coloration n'a pas fait l'objet d'une longue discussion ; j'ai accepté tous ses choix. J'ai la tête ailleurs.

La rencontre a lieu chez la notaire Florence Desmoines, la compagne d'occasion de feu mon oncle Eusèbe ; à notre arrivée, les trois mousquetaires, Jean, Paul et Conrad sont déjà là, confortablement installés dans la salle de conférence. Nous sommes en fin d'après-midi et tous ont un verre devant eux.

— Maxime ! Noémie ! Installez-vous. Je vous sers quelque chose ?

Nous refusons. Florence remarque le regard de Noémie fixé sur les photos qui ornent les murs :

— Dans ma jeunesse, j'ai gagné mes études de notariat en travaillant comme Bunny au Club Playboy.

— Maxime me l'avait dit. Vous aviez du… comment on dit, *guts*.

— … du cran.

J'amorce la discussion. J'ai hâte de débuter et d'en finir avec cette rencontre.

— Je voulais vous rencontrer pour vous aviser que j'ai de sérieuses réserves à l'idée de me présenter à la mairie aux prochaines élections.

La pierre est lancée dans la mare ; je m'arrête pour voir leur réaction. Ils ne réagissent pas et attendent que je poursuive.

— Deux raisons me font hésiter : l'idée de devenir politicien me pue au nez et je crois que je peux être plus utile à Montréal et à sa région en continuant à travailler avec le Cercle de la Montréalie. Je sais, vous allez me dire que pour atteindre mes objectifs, il vaut mieux travailler de l'intérieur pour rebâtir la crédibilité de l'administration de Montréal. Peut-être, mais, avez-vous pensé aux sacrifices que vous me demandez de faire ?

Jean est le premier à réagir :

— Mon cher Maxime, tu ne sais pas à quel point tu nous désappointes.

— Mon cher Jean, je n'en ai aucun doute.

Paul ajoute :

— Ton oncle aurait été tellement fier…

Jean lance sur un ton de reproche :

— Maxime ! Dans son testament, ton oncle Eusèbe nous a demandé d'être tes conseillers, et nous sommes tous d'avis que tu devrais te présenter. Paul ajoute :

— Tu sais que nous avons de l'influence dans le parti Progrès-Montréal et nous pouvons te livrer la nomination sur un plateau d'argent.

— Avec toutes les allégations de corruption entourant ce parti, je n'ai aucune intention de me joindre à Progrès-Montréal.

J'aimerais leur dire qu'eux et leur parti sont dépassés, qu'ils font partie du problème que vit la politique au Québec et qu'il est temps de les remplacer et de faire les choses autrement. Je choisis de me taire.

Florence intervient :

— Messieurs ! Si Maxime ne veut pas se présenter, c'est son affaire et je le comprends.

Conrad fixe ses deux amis :

— Florence a raison et d'ailleurs je suis surpris de la suggestion de joindre Progrès-Montréal ; ce n'est qu'une question de temps avant que des accusations ne soient déposées contre ce parti.

Je comprends par ce commentaire que Conrad ouvre la porte à Jean Deragon pour lui donner la chance d'intervenir. Il est mêlé aux plus hautes sphères de ce parti et sa firme de construction a été mentionnée à quelques reprises durant les enquêtes des journalistes sur la collusion à Montréal. Jean n'hésite pas et ajoute :

— Les accusations contre le parti et les allégations au sujet de mon entreprise sont de la foutaise, mais les conséquences sont sérieuses. Je demeure l'un des entrepreneurs de la région qui possède l'un des plus importants parcs d'équipement et plus de 300 employés. Je ne suis pas lié directement au scandale de la collusion, mais j'avoue avoir agi comme sous-traitant pour tout ce beau monde. Je n'avais pas le choix, c'était une question de survie. Ma firme est à vendre, mais, avec toute cette publicité négative, il n'y a pas de preneur. Pour ce qui du parti, c'est simple, suffit de changer le nom.

Puis il s'adresse à moi directement ;

— Maxime, tout cela est une tempête dans un verre d'eau ; ça va passer.

Je me serais attendu à ce que Paul réagisse, mais il change le sujet :

— Felicia McCormick s'est fait ramasser pour avoir dévoilé l'existence de l'enquête sur l'EDQ et pour avoir fait le lien avec toi et Montpossible.

Jean ajoute :

— Pauvre Felicia. Je ne croyais pas qu'elle se mettrait les pieds dans les plats aussi rapidement dans la campagne.

Paul ajoute :

— Felicia est douce et souvent bonasse, et elle tente d'adopter une attitude agressive pour montrer à la population qu'elle peut se battre dans l'arène politique et elle ne passe pas. C'est d'ailleurs la raison pour laquelle Progrès-Montréal se cherche un autre candidat.

Conrad demande :

— La McCormick a avoué être la source de l'information au sujet de l'enquête ?

— Non, pas directement, mais personne n'a de doutes qu'elle est la « source bien informée. »

Jean intervient :

— Au sujet de l'enquête, vous étiez au courant ?

Noémie se relève sur sa chaise :

— Oui, les policiers m'en avaient informé ; Martin a démissionné ce matin.

Jean lance un bref :

— Une bonne affaire de faite. La dernière chose dont vous avez besoin à ce point-ci est d'un scandale. Suffirait qu'un journaliste, dit d'enquêtes, soulève toutes sortes d'hypothèses pour semer le doute.

Il se lève pour se servir un autre verre et ajoute ;

— Nous n'acceptons pas ta décision et nous allons revenir à la charge.

À notre retour à l'appartement, les messageries, tant de la maison que de mon cellulaire, que j'avais oubliées ce matin, contiennent des dizaines de messages de journalistes à la recherche d'informations sur l'enquête et de ma réaction sur les publicités payées par les Amis de Montréal. Je n'ai retourné qu'un appel : celui de Carole, la spécialiste en communication dont les services ont été retenus par le Cercle, qui m'avait laissé un bref message :

« Veux-tu bien me dire où tu te caches ? Il faut qu'on se parle. »

Durant ma brève conversation avec Carole, nous avons convenu d'organiser une rencontre avec les médias demain après-midi. Cela tombe bien, j'ai convoqué pour demain matin 8 h une rencontre du conseil d'administration et des employés du Cercle de la Montréalie pour discuter de la situation.

* * *

Je réalise ce matin que mon statut dans la société a changé à jamais : hier, je commentais la nouvelle, ce matin je suis la nouvelle. Carole avait prévu le coup et m'avait demandé d'être prudent lors de mes entrevues avec les membres des médias. Elle avait insisté sur l'idée que même le refus de répondre à une question avait le potentiel de devenir une nouvelle en soi et pouvait soulever des spéculations sur les motifs derrière une telle position. J'avais très bien compris et je m'étais promis de toujours répondre, quelle que soit la question, transparence oblige.

En lisant les journaux ce matin, je réalise que je vais, dès aujourd'hui, avoir un problème avec cette résolution : je devine les questions que l'on va me poser et je sais d'ores et déjà que mes réponses ne satisferont pas les attentes des journalistes. Non seulement ils ne seront pas contentés, mais ils seront convaincus que je leur cache quelque chose.

Tous les journaux font état d'un communiqué de presse émis par Felicia McCormick qui nie être la source bien informée de l'existence de l'enquête dont fait l'objet Martin Desrosiers. Elle soutient qu'en refusant de répondre à la question du journaliste, « elle se conformait aux directives imposées aux membres de la Commission de sécurité publique. » Ce n'est pas tout à fait exact. Les directives défendent aux membres de faire des commentaires sur des enquêtes en cours. Felicia, en affirmant qu'elle ne « voulait pas nuire à l'enquête », a confirmé qu'il y avait bel et bien une enquête en cours, laissant planer le doute sur mon implication et attisant l'intérêt.

Après avoir pris connaissance de la déclaration, Noémie a quitté l'appartement, furieuse, et son humeur n'avait pas changé lorsqu'elle a appelé, quelques minutes plus tard, pour m'avertir que des journalistes m'attendaient à la porte d'entrée de mon appartement sur l'avenue du Docteur-Penfield. Elle a pu les éviter parce qu'ils ne se sont pas encore rendu compte qu'elle est ma compagne. Les médias et la population croient toujours que je suis avec Catheryne Leclaire.

J'ai tenté de parler à Carole avant de quitter l'appartement, mais sans succès. J'ai donc décidé de braver la meute. J'ai d'abord appelé un taxi et je lui ai demandé de m'avertir lorsqu'il serait rendu devant l'appartement. Dès que j'ai reçu son appel, je me suis présenté, nerveux, à la porte du hall d'entrée.

— Monsieur Beaubien, avez-vous des commentaires à faire au sujet l'enquête dont vous faites l'objet ?

— Je ne fais pas l'objet d'une enquête et le Centre Montpossible ne l'est pas non plus. Un des employés de Montpossible est sous surveillance policière.

— Les raisons de la surveillance ?

— Les policiers nous ont demandé de ne pas faire de commentaires.

— À la suite à cette information, avez-vous agi ?

— L'employé a donné sa démission et nous l'avons acceptée.

— Le communiqué de Felicia McCormick…

— Elle aurait mieux fait de se taire. Sur ce, messieurs, vous m'excusez, j'ai un taxi qui m'attend. Et je me suis empressé de m'engouffrer dans le véhicule.

Le chauffeur s'est retourné vers moi avec un large sourire :

— Je vais être à la télévision ce soir.

À mon arrivée au Cercle, tout le monde est déjà là. Francine, notre adjointe administrative, que tout le monde appelle « Frank », s'affaire à préparer le café. Le conseil d'administration du Cercle de la Montréalie est formé de six personnes : Pierre Fabien et Jon Van Tran, la notaire Florence Desmoines, Jean Deragon et Pierre-André Lepage, un éminent professeur en fiscalité aujourd'hui à la retraite.

Je fais le tour pour saluer tout le monde et j'ai l'impression — c'est peut-être mon imagination — qu'ils sont mal à l'aise ayant signé la lettre des Amis de Montréal, sachant très bien qu'ils m'acculaient à un mur.

Je les invite à prendre place. Frank s'installe à ma droite, un cahier de notes devant elle. Je me tourne et lui glisse à l'oreille :

— Ce n'est pas une réunion régulière du conseil. Nous n'aurons pas besoin de procès-verbal et j'aimerais que tu fasses entrer les autres.

Après un bref moment d'hésitation, elle quitte la salle en fermant la porte assez fermement pour me faire comprendre sa contrariété. Sa présence aux réunions du C. A., lui donne un statut particulier et l'idée que tout le monde soit présent ne fait pas son affaire ; je lui enlève le plaisir de raconter aux autres les sujets discutés. Je ne peux faire autrement que de sourire. Pierre me lance :

— Tu devrais t'en débarrasser. Avec un caractère comme le sien, elle risque, un jour, de faire une bêtise.

Philip, notre informaticien et les recherchistes se joignent à nous. Je regarde autour de la table et l'expression sur les visages trahit leur anticipation. J'ai bien peur de les désappointer.

— Je vous ai réuni ce matin pour vous informer que je n'ai pas encore pris de décision quant à ma candidature et pour vous faire savoir que quelle que soit ma décision, le Cercle va poursuivre ses activités.

Mon ami Pierre, comptable de profession et cartésien de nature, m'interrompt :

— Vous comprenez tous que la décision de se lancer en politique est lourde de conséquences pour la vie personnelle d'un individu, une vie personnelle qui ne sera jamais plus la même. C'est une décision qui ne doit pas être prise sous une pression indue, ce qui n'a pas été exactement le cas. Si je ne me trompe pas la plupart d'entre vous font partie des « Amis de Montréal ».

Le recherchiste-journaliste, Paul Papadopoulos, s'empresse de nous dire qu'il n'a pas signé en qualité d'Ami.

Pierre fait une pose, laisse aux autres le temps de digérer le reproche couvert qu'on vient de leur servir. Mon réflexe est de l'arrêter ; ce n'est pas du tout la façon avec laquelle je voulais amorcer cette réunion. Il ne m'en donne pas la chance et continue :

— Cela dit, je suis tout à fait contre l'idée que Maxime et Jon se présentent.

Sa déclaration surprend tout le monde et Pierre réalise qu'il a dévoilé une information confidentielle. Il se rattrape en ajoutant :

— Hé, oui ! Non seulement Jon a-t-il encouragé Maxime à se présenter, comme vous tous d'ailleurs, il lui a aussi offert de se présenter avec lui. Il est rare dans le monde d'aujourd'hui de voir les bottines suivre les babines, mais je demeure d'avis que les deux devraient continuer à travailler à l'intérieur du Cercle.

Pierre me surprend avec une position aussi ferme.

— Merci, Pierre. Maintenant, j'aimerais avoir l'avis de vous tous. Nous collaborons depuis plusieurs mois et je désire avoir votre point de vue.

Je jette un coup d'œil vers Sylvie Delagrave. J'ai toujours respecté l'opinion de cette enseignante du Collège militaire de Saint-Jean et je veux qu'elle soit la première à s'exprimer ; je suis convaincu qu'elle donnera une direction positive à la discussion.

— Les élections sont d'en moins de six mois. Le Cercle possède la crédibilité pour influencer la campagne et s'assurer que les débats dépassent les promesses usuelles de bonne gouvernance, d'intégrité et de saine gestion.

Tony Adornato, le professeur de sciences politiques à l'Université Concordia, abonde dans le même sens et, sans surprise, l'étudiante Karla Anaskova termine la discussion en lançant :

— Nous pouvons influencer le débat, mais, sans être au pouvoir, il est impossible de changer les institutions.

* * *

J'ai marché pour me rendre aux bureaux de Communications Azur sur la rue Saint-Jacques. Ce bref moment de solitude a soulevé une crise d'anxiété ; j'avais presque pris la décision de ne pas me présenter et de consacrer mon temps au Cercle lorsque la dernière phrase de Karla Anaskova m'est revenue à l'esprit. Au moment où elle a lancé sa phrase, je l'ai interprétée comme une boutade, comme une vérité de La Palice. Mais après un moment de réflexion, je réalise qu'elle a tout à fait raison.

Continuer avec le Cercle me semble faire partie d'une tendance dans ma vie, une vie qui semble s'être déroulée au gré des circonstances sans que je doive vraiment intervenir. La première de ces circonstances a été le décès de mes parents lorsque j'avais à peine 20 ans. Quelques années plus tard, après des études en administration publique à Paris, je me suis retrouvé chargé de cours à l'Université du Québec à Montréal pour financer mon doctorat. Je suis devenu chroniqueur en affaires publiques au *Journal de Montréal* à la suite d'une recommandation de l'Université. La notoriété créée par cette incursion dans les médias a débouché sur une offre d'émission à Télé-Québec et puis il y a eu le décès mon oncle Eusèbe et son testament… La décision de me présenter ou pas est la plus importante décision que j'ai eue à prendre dans ma vie et la réalisation que cette décision est lourde de conséquences me fait encore hésiter.

Mes réflexions sur les circonstances de la vie sont interrompues par mon arrivée aux bureaux de Carole. Je suis reçu par l'adjointe administrative, Claire Beauséjour, qui me dirige immédiatement vers le bureau de Carole en me glissant à l'oreille :

— La conférence de presse est prévue pour 3 h.

— Elle a été convoquée !

Carole me reçoit avec une accolade et répond :

— Oui ! À la Place d'Armes en face de la basilique Notre-Dame. Nous allons donner à la conférence de presse l'allure d'une rencontre informelle avec les médias.

— Je n'ai pas encore pris une décision.

— Maxime ! Que tu le veuilles ou non, tu es une personnalité publique et les médias veulent savoir.

— Ils vont être désappointés.

— Tu ne peux les ignorer et je ne crois pas qu'ils s'attendent à ce que tu annonces ta candidature. Ils savent très bien que tu ne peux le faire maintenant. Le jour où tu annonceras ta candidature, tu auras un parti, des candidats, un programme, une organisation, et j'en passe. Les médias vont prendre bonne note de ta déclaration, mais ce qui les intéresse aujourd'hui, c'est l'enquête ; parfum de scandale.

— J'ai vu cela ce matin, il y avait des journalistes…

— Je sais, j'ai regardé les bulletins de nouvelles. Tes réponses étaient excellentes, mais tu avais l'air tellement nerveux. Il va falloir corriger cela. Pour ce qui est de l'enquête, tu répètes tes déclarations de ce matin, mais tu ajoutes : « La Ville de Montréal devrait faire enquête sur la source de la fuite policière, une fuite qui compromet l'enquête. »

— Tout le monde va savoir que je vise Félicia.

— La campagne électorale est commencée, mon Maxime.

Je ne suis pas certain que cette déclaration me plaît.

— Pour ce qui est de tes intentions de te présenter, tu dois être prudent : toute cette histoire des Amis de Montréal ressemble à une tentative de manipulation, à un *stunt* publicitaire. J'aurais aimé qu'ils me consultent. Je suis convaincu que les médias sont sceptiques et ont de la difficulté à croire que tu n'étais pas courant. Tu dois donc être prudent et candide. Mais tu dois leur donner quelque chose à se mettre sous la dent.

— Comme quoi ?

— La vérité peut-être ?

J'avoue qu'elle vient de me boucher. Cela doit se voir à mon expression parce qu'elle ajoute :

— Ils savent très bien que tu n'en es pas rendu là. Amuse-toi un peu de leurs gueules et déclare qu'avant d'annoncer ta candidature officiellement et de dévoiler ton programme, tu veux voir si tu peux mettre en place « des conditions gagnantes » et tu n'en dis pas plus.

Nous sommes interrompus par Claire Beauséjour. Elle a en main plusieurs exemplaires du *Flambeau de l'Est* :

« Excusez-moi, mais j'ai pensé que vous seriez intéressés par cet article, page trois. »

Elle nous distribue à chacun un exemplaire et quitte la salle. Le titre de l'article ne laisse aucun doute sur son contenu : MONTPOSSIBLE, PAS DANS MA COUR. L'article fait référence à une déclaration du maire de l'arrondissement, Bernard Foucrault : « Alors que le quartier est en pleine phase de mutation et de reconstruction, la dernière chose que nous voulons y voir s'installer est un autre organisme social qui attirera des éléments indésirables dans notre arrondissement. Les services existants sont suffisants et répondent aux besoins de nos résidants. »

Monsieur le maire termine en faisant mention de la carte haineuse, « un acte déplorable dont on ignore les auteurs. » Et l'article se termine avec une déclaration laconique de l'évêque apostolique monseigneur Raoul Rioux : « Nous sommes disposés à rencontrer les autorités civiles dans le dossier. »

Nous sommes de nouveau interrompus par Claire, qui nous avise que Noémie est sur la ligne :

— Je viens de recevoir un appel de monseigneur Rioux qui m'avise que le presbytère et l'église ont été loués à un autre groupe qui s'occupe de jeunes. Je te laisse deviner : Compassion Québec. Ils vont publier un communiqué de presse dans les prochaines minutes.

Carole ajoute :

— Une belle façon d'étouffer une crise.

Chapitre 2

Occupation

Des bruits dans la cuisine me réveillent. J'ai à peine le temps de me lever que Noémie, d'une voix urgente, m'appelle de la cuisine. Je m'empresse de la rejoindre.

— Qu'est ce qu'il y a?
— Chut, écoute.

«... plusieurs personnes occupent une église du quartier Hochelaga; pour l'instant, nous avons peu de détails. Une équipe de reportage est en train de s'y rendre et nous vous reviendrons dès que nous aurons des développements. Hier en Iraq un attentat suicide a fait... »

Noémie baisse le volume du téléviseur:

Je lui demande:

— Sainte-Rusticule?
— Je ne sais pas, ils n'ont pas identifié l'église.

Son ton n'est pas convaincant, l'inquiétude se voit sur son visage. Elle se précipite vers la chambre à coucher en ajoutant:

— Je vais m'habiller.

Elle n'a pas le temps de se rendre à la chambre que le téléphone sonne. Noémie se précipite et décroche:

— Je m'en doutais.

La réaction ne laisse aucun doute:

— *Shit.*
— O.K. Je m'habille et je te rejoins là-bas. Merci, Dédé.
— Dédé s'est rendu à Montpossible pour le petit-déjeuner et il n'y a trouvé personne. Il a entendu la nouvelle à la radio et il m'a appelée. Il se rend à l'église.

Dans la voiture, il me vient un flash et j'appelle Carole. Après tout, elle est une spécialiste en gestion de crise.

— Carole, je crois que nous allons avoir besoin de ton aide.
— L'occupation de l'église?
— Oui.

— Les jeunes de Montpossible ?

— Nous sommes à peu près certains que oui. Nous nous dirigeons vers l'église.

— Maxime, tu ne te montres pas là, et c'est la même chose pour Noémie. Venez à mon bureau sur la rue Saint-Jacques et nous établirons une stratégie dès que nous saurons ce qui se passe.

Malgré les objections de Noémie, 10 minutes plus tard nous entrons dans les bureaux de Communications Azur. Carole est installée devant son téléviseur ; un signe de la main nous impose le silence. À l'écran un journaliste :

« … l'église de la paroisse Sainte-Rusticule doit être fermée au culte et vient d'être louée à un groupe local, Compassion Québec, un organisme qui s'occupe de jeunes. Un autre groupe du centre-ville, Centre Montpossible, était également sur les rangs pour louer et un mouvement d'opposition s'était organisé contre la venue de cet organisme dans le quartier. Pour l'instant, tout est calme. »

La caméra montre d'abord le clocher de l'église Sainte-Rusticule et descend vers les marches du parvis de l'église où une dizaine de jeunes jouent du tam-tam. Noémie reconnaît Zoulou, un habitué de Montpossible et l'organisateur des journées tam-tam du mont Royal. Puis la caméra nous montre la rue où une dizaine d'autos-patrouilles sont en attente. Les policiers ont établi un cordon de sécurité devant l'église avec des rubans jaunes.

Carole met le son en sourdine :

— Noémie, tu n'as pas le choix et tu dois communiquer avec les autorités et leur offrir ta coopération.

Noémie hausse les épaules pendant que Carole prend le téléphone et compose le 911. Il suffit de quelques minutes pour établir la communication avec un sergent Leacock, responsable de la scène à l'église. Après une courte explication, il demande à Noémie de se rendre sur place le plus rapidement possible ; ses collègues tentent sans succès, depuis le début, d'entrer en communications avec les squatteurs.

Je me lève pour accompagner Noémie lorsque Carole m'arrête :

— Tu ne te montres pas là. Imagine un candidat pressenti à la mairie qui se retrouve au milieu de l'occupation illégale d'une église. De toute façon, ce ne sera pas long avant que les médias découvrent ton implication et ils vont s'en donner à cœur joie. Il faut prendre les devants. Toi et Claire préparez un communiqué que nous distribuerons en temps et lieu. J'accompagne Noémie.

Elles quittent le bureau et me laissent seul devant la télévision. Après quelques minutes, Claire Beauséjour, l'adjointe de Carole, entre dans le bureau avec un café et un muffin aux bananes. Les bananes ne font pas partie de mes choix préférés, mais je suis affamé ; il est passé 10 h et je n'ai encore rien mangé. Claire me donne les journaux du matin en ajoutant :

— Tu devrais prendre connaissance de la page 38 du *Journal de Montréal*. Nous en reparlerons avec Carole à son retour.

Curieux, je me rends à la page en question pour découvrir un reportage titré : NOS VEDETTES SONT ENCEINTES. La photo de Catheryne est bien en évidence avec celle de cinq autres artistes. Le texte, à mon grand soulagement, ne mentionne, ni ne spécule, sur la source des spermatozoïdes qui ont mis ces favorites du public dans cet état. Le texte se limite à décrire les conséquences de leur condition sur les téléromans, les tournées et les films dont elles sont les vedettes. Dans les cas de Catheryne, l'article revient sur l'utilisation d'une doublure pour deux scènes de nudité dans son film avec Jack Nicholson.

Je lève les yeux vers l'écran de télévision pour apercevoir des jeunes sortir de l'église. Ils sont une trentaine. Je reconnais quelques visages ; ils forment une rangée devant les grandes portes d'entrée. Tous se tiennent par les épaules. Je reconnais au beau milieu du groupe la petite Sophie Lalande. Je suis surpris et désappointé ; je la croyais plus responsable. J'avais tenu pour acquis que Martin Desrosiers aurait été l'instigateur de l'occupation.

Je regarde ma montre : il est 10 h 45. Les caméras sont toutes braquées sur les jeunes. Une journaliste décrit la scène :

« Les jeunes sont là en silence et ils ne bougent pas. Les tam-tams se sont tus et les jeunes percussionnistes demeurent debout immobiles. »

Je remarque qu'ils ont tous les yeux rivés au sol comme s'ils étaient en réflexion. Après quelques instants, un jeune sort de l'église avec une énorme pancarte ; il avance très lentement et se place devant les jeunes qui demeurent toujours immobiles. La caméra montre un gros plan de sa pancarte : NON AU RACISME. Puis une autre jeune suit : NON, À L'INTOLÉRANCE. Et ainsi de suite : NON, À LA HAINE, NON, AU FANATISME, NON, À L'INTÉGRISME, NON, À L'HOMOPHOBIE. OUI À L'AMOUR, OUI À LA COMPRÉHENSION, OUI À LA COOPÉRATION. Personne ne bouge.

La journaliste de la télévision explique : « Plusieurs des curieux qui se sont massés derrière le cordon de sécurité des policiers applaudissent chaque fois qu'un jeune sort de l'église avec sa pancarte. Pour l'instant, les policiers ne bougent pas. »

L'œil de la caméra se braque sur Sophie Lalande, qui se détache du groupe un porte-voix à la main ; elle s'avance d'un pas lent jusqu'en haut de l'escalier du parvis. Elle reste là un bref instant pour donner la chance à deux des jeunes, qui sont sortis de nulle part, de s'approcher des curieux ; ils ont en mains des feuillets qu'ils distribuent :

— Chers résidents d'Hochelaga-Maisonneuve, nous distribuons un texte qui vous présente le Centre Montpossible, ses objectifs et sa clientèle. Nous voulons vous donner notre point de vue, celui des jeunes qui fréquentent Montpossible, tous des jeunes qui veulent s'en sortir. Je tiens à souligner que la direction du Centre n'est ni impliquée ni même au courant de l'occupation de ce matin. C'est entièrement mon initiative et celle des jeunes. Maintenant, trois demandes :

— Aux autorités religieuses, nous exigeons la conclusion, dans les meilleurs délais, d'un bail avec le Centre Montpossible.

— Aux journalistes, faites vos devoirs et identifiez les auteurs de la littérature haineuse qui circule dans le quartier. L'extrémisme religieux n'a pas sa place dans notre société, encore moins lorsqu'elle origine de notre propre collectivité. Faites vos devoirs.

— Aux policiers, nos intentions sont pacifiques et nous n'endommagerons pas la propriété d'autrui. Patience, s'il vous plaît.

— Nous vous rencontrerons demain à 10 h pour une conférence de presse.

Cela dit, elle s'empresse de retourner dans l'église suivie des jeunes.

Le commentateur ajoute :

« Restez avec nous. L'émission spéciale sur l'occupation de l'église Sainte-Rusticule se poursuit avec un invité spécial préoccupé par les nombreuses fermetures d'églises. »

La publicité d'une firme comptable passe à l'écran et le chef de pupitre revient :

« Nous avons avec nous M. Luc Gagné, président d'une organisation vouée à la promotion du catholicisme et à la préservation du patrimoine religieux. Bonjour, monsieur Gagné. »

La caméra nous montre un homme à la face ronde, le crâne dégarni et le milieu du visage dominé par des lunettes aux montures noires. Il a un petit air vertueux qui ne me revient pas. Il réagit à l'introduction de l'intervieweur d'un simple signe de tête.

— Monsieur Gagné, vous dirigez un groupe qui est opposé aux fermetures des églises catholiques. Êtes-vous impliqué dans le mouvement qui s'oppose à la fermeture de l'église Sainte-Rusticule ?

— Absolument, nous avons fait pression sur l'évêché pour empêcher cette fermeture et, d'ailleurs, pour empêcher toutes les fermetures d'églises. Le Québec a été bâti sur les éléments fondamentaux du catholicisme et notre appartenance à l'Église catholique fait partie de notre patrimoine. Les églises sont un symbole de notre passé et le catholicisme demeure garant de notre avenir.

— Ne croyez-vous pas que le Québec s'est libéré de son attachement à l'Église catholique au cours des dernières années?

À l'expression sur son visage et au ton avec lequel la question est posée, il est évident que l'intervieweur est en désaccord avec les positions de son invité. M. Gagné se raidit le corps et répond d'un air hautain :

— Je suis un intellectuel catholique qui a étudié l'impact des grands mouvements de l'histoire du Québec. Je suis convaincu que ce n'est qu'une question de temps avant que les tendances amorcées par l'œuvre meurtrière de la Révolution tranquille soient renversées pour que nous puissions revenir à nos valeurs historiques catholiques.

À son expression, l'intervieweur semble surpris de la réponse, tout comme moi ; je n'ai jamais pensé que la Révolution tranquille était une « œuvre meurtrière ». J'aurais aimé qu'il poursuive avec plusieurs autres questions qui me viennent à l'esprit, mais cet échange se fait dans le cadre d'une émission spéciale, donc pas de place pour un débat. Le journaliste demande plutôt :

— Votre organisation est-elle responsable du carton haineux qui a été distribué dans la paroisse?

— Nous sommes dans une guerre impitoyable pour défendre nos croyances et notre héritage. Il est possible que certaines de nos troupes aillent trop loin. Nos adversaires sont coriaces. Suffit de savoir que, dans le dossier de l'église Sainte-Rusticule, le groupe qui occupe l'église comprend plusieurs homosexuels, sans oublier que ce même groupe a été fondé par un jésuite défroqué qui a renié sa foi, sa religion et ses vœux sacrés.

— Monsieur Gagné ! Connaissez-vous l'organisme Compassion Québec?

— Oui ! Un organisme catholique, dont la mission…

— Merci, monsieur Gagné.

La caméra revient sur l'intervieweur qui termine en expliquant :

— M. Gagné représente un mouvement ultra-catholique qui dirige, entre autres, la lutte contre les fermetures d'église. L'évêché pour sa part a refusé de faire des commentaires et nous a renvoyés au communiqué émis hier en fin de journée.

Claire, qui était restée dans la pièce pour regarder le reportage, se lève, marmonne :

— Ça se peut-tu ?

Elle se dirige vers la réception en m'expliquant :

— Pouvez-vous répondre au téléphone? Il sonnera ici, je l'ai placé sur la ligne de nuit. Je dois m'absenter quelques minutes pour faire des achats. Nous devons nous placer en mode de gestion de crise.

Je n'ai rien d'autre à faire que de lire les journaux. J'ai devant moi *La Presse*, *The Gazette* et *Le Journal de Montréal*. J'ai à peine le temps de prendre connaissance des titres de *La Presse* que Noémie et Carole entrent dans le bureau en pleine conversation:

— Noémie! Tu dois rejoindre le sergent Leacock. Il est essentiel qu'il entre en communication avec eux.

— Je suis tellement stupide.

Noémie se précipite pour prendre son sac à main qu'elle avait placé sur une chaise et récupère son BlackBerry et ajoute:

— Je suis certain que Sophie a son BlackBerry avec elle.

Personne ne dit mot pendant que Noémie envoie un message. Noémie demeure silencieuse puis nous voyons son expression changer:

— J'ai un texto de Sophie.

Noémie tourne son BlackBerry vers nous et nous pouvons lire: «Ns voul aTTiré att médias. SVP ps inTrv. Ps inQiet, sit ss conTr. Sof»

— J'espère que la police n'interviendra pas.

— Le sergent Leacock m'a promis d'être patient, mais il m'a bien averti que sa patience avait des limites.

Claire nous surprend

— L'évêché est notre cliente; il va falloir faire attention aux conflits d'intérêts.

Carole a compris qu'elle était interpellée.

— J'ai effectué plusieurs mandats pour eux, mais ils ne m'ont pas utilisée pour le communiqué d'hier. Je ne suis pas surprise que l'évêché se soit acoquiné avec des intégristes religieux; les membres de ces groupes ultras catholiques sont à peu près tout ce qu'il lui reste comme membres actifs. L'Église catholique, au lieu de s'ouvrir, se referme de plus en plus sur ses positions.

Noémie nous surprend:

— Je n'aurais jamais pensé me retrouver au milieu d'une guerre entre des ultras catholiques et la population laïque. J'ai déjà pensé à me joindre à un kibboutz en Israël; ce qui m'en a empêché est un reportage sur l'influence des juifs orthodoxes en Israël. Le fanatisme religieux me fait peur.

Carole ajoute:

— Avec les pressions exercées par tout un chacun vers la laïcité, il ne faut pas se surprendre de ce genre de réactions et vous seriez surpris des appuis, souvent discrets, que ces groupes peuvent recevoir. Pensez seulement au maire Tremblay de Saguenay : il a réussi à ramasser toute une cagnotte pour défendre ses positions.

Claire ajoute :

— Et le crucifix trône toujours à l'Assemblée nationale.

* * *

Il est 5 h 30 du matin. Je me tourne vers Noémie. Elle est sur le dos, un bras appuyé sur le front. Dès qu'elle réalise que je suis réveillé, elle me demande, sans bouger :

— Rassure-moi. Dis-moi qu'il n'y aura pas de problèmes.

— Il me semble que Sophie Lalande a une tête sur les épaules et qu'elle ne fera pas de folies.

Elle s'approche et place la tête dans le creux de mon bras. Nous demeurons ainsi, quelques minutes en silence, mais cela ne dure pas. Elle prend la manette du téléviseur et nous apprenons d'abord que les Athletics d'Oakland ont défait les Angels de Los Angeles 3 à 2 hier soir à Oakland. Combien de personnes à Montréal peuvent être intéressées par le résultat de ce match de baseball entre les Athlètes et les Anges ?

Après deux minutes de publicité, le lecteur de nouvelles nous revient :

« Dans l'occupation de l'église Sainte-Ristu… Excusez-moi, Sainte-Rusticule, dis-je bien, le maire Castonguay a refusé de faire un commentaire. »

Le maire apparaît à l'écran, interpellé par des journalistes à sa sortie de l'hôtel de ville :

« Monsieur le maire, au sujet de l'occupation de l'église… »

« Nous surveillons la situation de près et nous réagirons en temps et lieu. » Et le maire disparaît dans sa voiture.

La caméra revient au lecteur de nouvelles et je vois apparaître le visage du sergent Leacock.

« Sergent Leacock, voilà maintenant près de 24 heures que l'occupation dure. À quel moment avez-vous l'intention d'intervenir ? »

« Nous avons rencontré les responsables de Montpossible et ils nous ont demandé d'être patients. »

« Avez-vous pu identifier les auteurs de la littérature haineuse ? »

« Non, et ce n'est pas, pour le moment, une priorité pour nous. »

« Merci, sergent Leacock. »

« Pour sa part, le maire de l'arrondissement, Bernard Foucrault, a déclaré que la situation était inacceptable et que les forces policières devaient intervenir. »

« Maintenant, notre journaliste d'enquête, Paul Saint-Louis, a une exclusivité à vous dévoiler :

« Selon nos recherches, Maxime Beaubien, candidat pressenti à la mairie, serait lié à l'occupation de l'église Sainte-Rusticule. Maxime Beaubien est le président du conseil d'administration du Centre Montpossible. Il a été dévoilé récemment que l'organisme faisait l'objet d'une enquête policière. Nous n'avons pu obtenir de commentaires de M. Beaubien. »

Noémie soulève la tête :

— Je regrette tellement de t'avoir impliqué dans ce merdier.

— Ce n'est pas toi, c'est mon oncle Eusèbe qui m'a embarqué.

— Qu'à cela ne tienne, tu n'as vraiment pas besoin de cela.

Noémie se tourne vers moi :

— Maxime, je t'aime.

Elle se lève sur un coude, se tourne et place son corps sur le mien. Sans préliminaires, sans dire un mot, elle me fait l'amour lentement, les yeux fermés. Je sens qu'elle ne veut pas que j'intervienne outre mesure. Sa tête est ailleurs. Le geste se veut physique, réconfortant au milieu du tumulte.

Nous nous réveillons une heure plus tard dans les bras l'un de l'autre et nous nous précipitons vers les bureaux d'Azur pour écouter la conférence de presse des jeunes prévue pour 10 h. En chemin, Noémie vérifie son BlackBerry et trouve un texto de Sophie :

« Tt è ss contrôl. Ds nouv de l'éVché ? »

Noémie répond :

« Aucune nouvelle. Vous devez quitter l'église immédiatement. »

Pour toute réponse, Noémie reçoit un simple : « LOL »

Carole nous reçoit avec un dossier de presse qui contient tous les articles sur l'occupation. Les journaux présentent, tous à la une, la photo des jeunes avec leurs pancartes se tenant à l'attention sur le parvis de l'église.

— Tu as entendu Radio-Canada parler de mon implication.

— Oui, et j'ai apporté quelques modifications à ton communiqué ; il a déjà été distribué. Il est des plus succincts : « Ni le conseil d'administration ni la direction du Centre Montpossible n'étaient au courant de l'occupation. La direction coopère avec les autorités pour résoudre la situation dans les meilleurs délais. » Prépare-toi, les médias ne seront pas satisfaits et vont en vouloir plus.

— Je n'ai rien à leur donner de plus.

— Ce n'est pas ce que les médias croient.

Carole passe à autre chose :

— De son côté, Felicia McCormick a publié un communiqué de presse en soirée ; je vous résume son contenu :

« Une situation inacceptable… résultat de l'incapacité des autorités municipales à répondre aux besoins de base des jeunes… la politique a besoin de femmes au pouvoir pour faire les choses différemment. »

Claire nous sert café et beignes. Noémie regarde sa montre :

— La conférence de presse des jeunes est dans 10 minutes.

Carole prend un beigne et ajoute :

— Les médias vont te demander de réagir au commentaire de Felicia. Reviens sur la portion sur « l'incapacité des autorités municipales… » et rappelle que Felicia est à l'hôtel de ville depuis une décennie et termine en qualifiant ses commentaires de regrettable récupération politique d'un événement qui pourrait avoir des conséquences sérieuses.

— Carole ! Fiche-moi la paix avec Felicia. Je ne sais même pas si je me présente.

— Tu es, à peu de choses près, le seul qui pense que tu ne te présenteras pas.

— Si je suis pour réagir, je vais placer le blâme pour cette occupation directement sur les genoux de l'évêché qui nous a niaisés durant plusieurs semaines et qui a loué à Compassion Québec sans nous avertir.

Carole me regarde avec des yeux sévères.

— Sois prudent. J'ai parlé à monseigneur Rioux de l'évêché et il me dit qu'ils n'ont pas eu le choix : les instructions sont venues directement de Rome. Compassion Québec est une organisation reliée à l'Opus Dei ; la mission de Compassion est de recruter des jeunes pour devenir surnuméraires.

— Il faut dénoncer cette situation.

— Peine perdue. On a d'autres chats à fouetter, et l'évêché m'a demandé de laisser tomber.

À la télévision, une image de transition nous montre l'église. Puis la caméra nous donne un gros plan d'un lutrin qui a été placé sur le parvis devant la porte principale de l'église. Les micros des différents médias y sont déjà accrochés.

« Il est 10 h et nous attendons la conférence de presse promise par les jeunes qui occupent l'église Sainte-Rusticule. »

À peine le journaliste a-t-il terminé sa phrase que la porte principale de l'église s'ouvre ; Sophie Lalande apparaît, seule, une feuille à la main. Elle la dépose sur le lutrin, y jette un coup d'œil, soulève la tête et s'adresse aux médias sur un ton tout ce qu'il a de plus professionnel :

— Bonjour, mesdames. Bonjour, messieurs.

Un moment d'hésitation et un petit soupir forcé trahissent sa nervosité. Elle est vêtue d'un coton ouaté noir orné d'un grand Luna Mota vert pâle. Je reconnais le papillon pour avoir été un collectionneur de papillons l'été de mes 10 ans. De toute évidence, le coton ouaté, assorti de jean dont les coutures sont cachées par des broderies, n'a pas été acheté dans un magasin à rabais. Elle penche les yeux sur sa feuille et, avec son petit accent français qu'elle entretient, elle continue :

— Le Centre Montpossible s'occupe de jeunes de la rue ; l'organisme a lui-même été jeté à la rue par de riches développeurs immobiliers de connivence avec les autorités municipales ; nous acceptons qu'il faille faire de la place au centre-ville pour les nouveaux riches, mais il faut aussi faire une place pour les sans-abri et les jeunes de la rue.

Elle s'arrête et une grimace de dégoût apparaît sur son visage.

— Nous avons tous compris que des sans-abri et des jeunes de la rue, ce n'est pas beau et ça incommode la visite.

Après une courte pause, elle poursuit :

— Et, comme si ce n'était pas suffisant, le déménagement de Montpossible dans un sous-sol d'église du quartier est refusé à cause d'une opposition hypocrite et haineuse qui se targue de vouloir protéger la foi et la religion catholique. Et la charité chrétienne dans tout cela ? Cette opposition reçoit l'appui tacite des autorités municipales, des médias et, de toute évidence, des autorités religieuses.

Elle s'arrête un moment, lève la tête et fixe des yeux les caméras. La télévision montre à l'écran un gros plan de son visage. D'un air grave, elle continue :

— Bien sûr, l'occupation pacifique d'une église par quelques jeunes fait la première des journaux, mais la distribution d'une carte postale haineuse et raciste n'est rapportée par aucun média et est ignorée par les autorités policières. Messieurs les policiers, vous devez bien être une trentaine à nous surveiller depuis hier. Si seulement un ou deux d'entre vous avaient fait leur travail, vous auriez pu identifier les auteurs de cette littérature.

Les caméras nous présentent une image des nombreux policiers installés devant l'église.

— Nous avons procédé à notre propre enquête. Une nuit, quelques jeunes ont arpenté les rues du quartier ; facile à faire, ils sont des jeunes de la rue et connaissent bien leur territoire.

Cela dit avec un sourire.

— Ils ont surpris trois personnes distribuant les pamphlets et les ont suivies. Ces individus, leur travail terminé, se sont rendus dans le local des Chevaliers de Colomb, Conseil Marcia, au 420, rue Carpentier. Après une demi-heure, ces mêmes personnes ont quitté le local et se sont rendues à pied dans ce que nous présumons être leurs résidences respectives.

Sur ce, elle s'arrête de nouveau pour faire lever le niveau d'anticipation. C'est réussi ; le mouvement corporel des journalistes trahit leur excitation. Elle consulte sa feuille et annonce :

— Les trois personnes qui ont distribué la littérature haineuse sont entrées dans les résidences de Jacques Cadorette, de Pierre Poupart et de Rolland Chicoine, tous des membres du Conseil Marcia des Chevaliers de Colomb. Maintenant, messieurs les policiers, faites votre travail.

Elle s'arrête un bon moment pour effectuer une transition et s'assurer de l'attention de son auditoire.

— L'occupation de l'église Sainte-Rusticule ne cessera que le jour où un bail sera signé par l'évêché avec le Centre Montpossible.

À peine a-t-elle terminé que la porte de l'église s'ouvre. Elle se retourne et disparaît sans donner la chance aux journalistes de lui poser des questions.

Noémie me regarde :

— Ce n'est pas réaliste, l'évêché ne cédera jamais à un tel chantage.

Nous sommes interrompus par la sonnerie du téléphone. Carole répond, écoute, fait une grimace et place la main sur le récepteur :

— Parent veut t'interviewer à son émission demain matin.

C'est à mon tour d'effectuer une grimace. Ma dernière expérience avec le *morningman* Parent n'a pas été tellement bonne, et j'hésite à accepter. Le moment de silence trahit mon incertitude. Carole accepte l'invitation sans attendre ma réponse et raccroche.

— Tu n'as pas le choix.

À peine a-t-elle terminé sa phrase que le BlackBerry de Noémie vibre de tout son corps.

— Allô ! Oui, monseigneur. Très bien, je comprends.

La conversation n'a duré qu'une minute.

— C'était monseigneur Rioux, qui m'a dit qu'il ne céderait pas au chantage et qu'il exigeait la fin de l'occupation immédiatement. Il ne m'a pas donné la chance de réagir et il m'a raccroché la ligne au nez.

Carole ajoute :

— C'est normal ; ils ne veulent pas paraître céder au chantage des jeunes et c'est la bonne position à prendre dans les circonstances. Mais je ne comprends pas pourquoi il a été aussi brusque avec toi.

Noémie reprend son BlackBerry et adresse un message à Sophie :

« Il est essentiel que vous cessiez l'occupation. Faites-moi confiance, nous trouverons une solution. »

Nous n'avons pas le temps de réagir que le BlackBerry de Noémie se remet à vibrer. Elle nous lit le texte :

« Il n'en est pas question. »

— J'appelle le sergent Leacock pour lui demander d'être patient.

La conversation se termine après quelques minutes :

— Je comprends.

Noémie se tourne vers nous :

— Il nous donne 24 heures et seulement à la condition qu'il n'y ait pas de grabuge. Contrairement aux deux derniers jours, il m'a semblé impatient.

— C'est normal. Ça fait deux jours que ça dure.

* * *

Une voix dans mon casque d'écoute :

« Vous serez en ondes dans deux minutes. »

Il est 7 h 40 et je suis assis dans le studio face au *morningman* Parent. Il met de l'ordre dans ses notes pendant qu'une annonce de glucosamine me joue dans les oreilles. Ce matin, j'ai préféré un face-à-face plutôt qu'une interview téléphonique comme la dernière fois. J'aime bien voir le visage de mon antagoniste, ses réactions, son expression corporelle. Je veux aussi qu'il voie mes réactions ; ces dernières peuvent le déstabiliser à l'occasion.

Avec Parent, il faut s'attendre à une altercation, c'est sa marque de commerce. Il a beau jeu puisque c'est lui qui choisit le sujet et il précède toujours ses interviews d'un préambule à sens unique. Il est le maître des grands énoncés qui servent à renforcer les préjugés populaires souvent sans fondement.

Durant le trajet à la station, je me suis *pompé* avec une série de répliques percutantes aux questions que j'anticipe. Je me suis donc présenté sur le terrain ennemi dans une disposition agressive qui a été légèrement déstabilisée à mon arrivée lorsque j'ai été accueilli par une gentille demoiselle qui m'a reçu avec un charmant sourire et m'a dirigé vers le studio.

Parent m'a reçu tout au plus civilement, et j'ai ressenti une tension grandir entre lui et moi lorsqu'il m'a serré la main.

Parent m'indique, en pointant l'index vers moi, que nous débutons :

— Nous avons avec nous ce matin, Maxime Beaubien, le président du conseil d'administration du Centre Montpossible, l'organisation qui occupe d'une façon tout à fait illégale l'église Sainte-Rusticule, dans le quartier Hochelaga.

Je m'apprête à intervenir, mais il m'arrête d'un signe de la main et continue :

— L'évêché, malgré l'opposition des paroissiens, a pris la décision de fermer cette église au culte cette année. Remarquez qu'avec un nom comme celui-là, cette église mérite d'être fermée, mais là n'est pas le sujet de ce matin. Monsieur Beaubien, vous et votre organisation avez discuté avec l'évêché de la possibilité de louer cette église. Ces discussions n'ont pas abouti et l'église a été louée à une autre organisation. Est-ce que je comprends bien la situation ?

Une question trop simple, je m'inquiète.

— Oui, c'est exactement ce qui s'est passé : nous avons appris par la voie des médias que l'église avait été louée à un tiers. Nous avons trouvé très cavalière la façon d'agir des autorités religieuses.

— Et, pour vous venger, vous avez organisé l'occupation de l'église.

— La direction du Centre Montpossible n'a rien à voir avec l'occupation. C'est l'initiative d'un groupe de jeunes qui...

— Monsieur Beaubien, j'ai de la difficulté à croire que le président d'une organisation ne sait pas ce qui se passe chez lui, d'autant plus qu'un membre de votre personnel, Sophie Lalande, pour ne pas la nommer, semble être à la tête des squatteurs.

Parent ne me laisse pas la chance de continuer et me demande sur un ton agressif :

— Nous avons fait des recherches et l'incorporation de votre organisation ne date que de quelques semaines et nos recherches ont découvert que votre organisme n'est pas, et je souligne, n'a jamais été accrédité auprès du ministère de la Santé et des Services sociaux. Pourtant, vous maintenez que le Centre Montpossible aide les jeunes depuis de nombreuses années. Le Centre agissait-il, dans le passé, dans la complète illégalité ? Agit-il toujours illégalement ?

Il m'a carrément pris par surprise avec cette question, et je n'ai rien trouvé à répondre que :

— Une nouvelle administration est à la tête de Montpossible et la situation sera régularisée.

— Monsieur Beaubien, pour quelqu'un qui a des ambitions politiques et qui désire se présenter à la mairie de Montréal, ne croyez-vous pas que cette stratégie d'occupation est, pour le moins, irresponsable ?

— Ce n'est pas MA stratégie et je n'étais pas au courant des intentions des jeunes ; la direction coopère avec les forces de l'ordre.

Il a failli me faire exploser, mais je me suis retenu.

— Monsieur Beaubien, toute cette affaire ne serait-elle pas un coup monté pour montrer à la population de Montréal que vous n'êtes pas seulement un intellectuel déconnecté de la réalité, mais que vous avez aussi une conscience sociale ?

Je m'apprête à répondre, mais il m'interrompt de nouveau d'un geste de la main.

— Vous devez admettre qu'une occupation par de pauvres et misérables jeunes de la rue, c'est plus vendeur que votre nébuleux et irréaliste concept de ville-région.

— Si vous aviez complété vos devoirs, vous sauriez que je me suis impliqué dans Montpossible pour aider la nouvelle directrice générale, qui s'adonne aussi être ma compagne de vie.

À voir l'expression sur son visage, je viens de marquer. Il me surprend avec un sourire, pointe son pouce vers le haut en signe de reconnaissance de ma petite victoire, ignore l'information que je viens de lui donner et retourne à son scénario :

— Pourriez-vous informer nos auditeurs du moment où vous vous présenterez sur votre cheval blanc pour sauver la situation et mettre fin à l'occupation ?

— Monsieur Parent, cette interview n'est rien de plus qu'un procès d'intention, un dialogue de sourds et JE vous informe qu'il est terminé.

Sur ce, j'ai enlevé mon casque d'écoute, l'ai laissé tomber sur la table et j'ai quitté le studio non sans entendre Parent réagir avec un :

— Le monsieur n'est pas content. Aurais-je déjoué ses plans ? Comme futur maire de Montréal, on pourrait faire mieux. Ne croyez-vous pas avoir déjà entendu de la part d'un ancien maire la célèbre phrase : « Je n'étais pas au courant » ?

J'ai à peine le temps de quitter le studio que mon cellulaire se met à vibrer ; Carole me félicite timidement et m'apprend qu'il y a des dommages *collatéraux*. Elle demande à ce que je me rende à son bureau, notre base d'opérations depuis deux jours.

À mon arrivée, je ne vois pas Noémie :

— Y a-t-il du nouveau ?

— Noémie m'a dit qu'elle se rendait chez Montpossible pour voir Dédé.

— Des nouvelles des jeunes ?

— Non. Silence complet.

Carole pointe en direction d'une liasse de coupures de journaux et m'en résume le contenu :

— Les jeunes ont eu l'effet voulu. Tous les articles sont écrits avec un penchant positif pour les jeunes et les Chevaliers de Colomb passent pour une bande de fanatiques. L'évêché refuse de faire des commentaires, sinon qu'ils ne céderont pas au chantage, et le sergent Leacock répète qu'il est en train de perdre patience.

Carole se lève pour regarder par la fenêtre. Je sais que ce geste fait partie de son rituel lorsqu'elle a besoin de réfléchir.

— Oublions l'occupation pour un instant. Durant l'interview, tu as annoncé publiquement de façon indirecte, j'en conviens, la fin de ta relation avec Catheryne.

— Oui, je sais. J'ai réalisé les conséquences de ma déclaration au moment même où je la prononçais, mais il était trop tard.

— Tu voulais prendre Parent par surprise et tu as réussi. Tu peux être certain que les journaux à potins vont sauter sur l'information et tu vas recevoir des demandes d'interview ; Catheryne aussi.

— Je vais continuer à refuser de faire de commentaires prétextant que c'est ma vie personnelle.

— Tu laisses l'initiative à Catheryne ? Cela pourrait être dangereux. N'oublie pas que sa grossesse est de nature publique… tu as vu l'article du *Journal de Montréal* hier. La population l'aime bien et continue à penser que tu es le père. Tu risques de passer pour un beau salaud pour l'avoir laissée dans cet état.

— Je fais quoi ?

Carole fronce des sourcils :

— Tu devrais lui parler.

Avec un peu de recul, je réalise que l'entrevue avec Parent a été un désastre : je me suis aussi mis à dos le plus populaire des *morningman* avec presque 300 000 auditeurs tous les matins et j'ai laissé l'impression que je ne savais pas ce qui se passait chez Montpossible.

— Qu'est-ce que je fais maintenant ?

— Parent est populaire, c'est vrai, mais il ne faut pas sous-estimer l'intelligence de la population. Les gens peuvent faire la part des choses. Ils aiment les débats-duels et Parent leur en donne un tous les matins. C'est pour cela qu'ils écoutent son émission. Mais ça ne veut pas dire qu'ils prennent automatiquement pour lui et ses positions. Une grande majorité des auditeurs sait faire la part des choses. Quelqu'un qui lui tient tête peut très bien gagner beaucoup de points auprès de l'auditoire.

— Tu me rassures, mais c'est la dernière fois que je vais à son émission.

— Si tu te présentes, tu n'auras pas le choix et, si tu refuses, il va s'en vanter tous les matins et prétendre que tu as peur de lui.

— Tu as beau dire que la population comprend, mais elle aime ces grandes gueules. La preuve ? Ils ont envoyé André Arthur au parlement fédéral.

Carole affiche un rare sourire et m'explique :

— Encore là, tu sous-estimes l'intelligence de la population ; elle a envoyé la grande gueule de la radio de Québec à Ottawa, non pas parce qu'elle l'admire, mais dans l'espoir qu'il améliore le spectacle. Les gens savaient bien que leur geste était sans conséquence. Élire un député du Bloc ou un énergumène comme Arthur ne change rien à Ottawa sinon que de brouiller les cartes des fédéralistes. Ils ne l'auraient jamais élu à l'Assemblée nationale ou à la mairie de la ville de Québec. De toute façon, Arthur n'a rien foutu à Ottawa. Il était complètement dépassé.

Carole s'arrête, prend une gorgée de café et continue :

— Les électeurs peuvent être très cyniques et se permettent de s'amuser à l'occasion. Ils ont élu Amir Khadir de Québec Solidaire parce qu'il est divertissant, et en Italie, ils ont élu Ilona Staller, la Ciccolina, une vedette de films pornos parce qu'elle montrait ses seins à tous moments.

Nous sommes interrompus par Claire, qui nous informe que Noémie est au téléphone. Carole répond :

— Noémie, je suis avec Maxime. Je te mets sur le main libre.

— Comment s'est passée l'interview avec Parent ?

— Je suis parti avant la fin et j'ai fait une bêtise : j'ai annoncé ma rupture avec Catheryne.

— Tu as fait quoi ?

— J'ai déclaré que je m'étais impliqué chez Montpossible pour aider ma compagne de vie.

— La belle affaire. On en parle ce soir. Je raccroche, je dois trouver un avocat pour représenter les jeunes. Leacock semble de plus en plus pressé d'intervenir ; il a même fait venir l'équipe SWAT qui s'est installée devant l'église.

Claire Beauséjour, l'adjointe de Carole, entre dans le bureau une liasse de petits papiers roses à la main. Elle en présente trois à Carole en expliquant :

— Le téléphone n'a pas dérougi depuis une demi-heure.

Carole prend connaissance des messages téléphoniques et ajoute :

— Une demande d'interview télévisée et deux journalistes veulent en savoir plus sur ta rupture avec Catheryne. Tu devrais l'appeler pour t'expliquer.

Aussitôt dit, aussitôt fait.

— Catheryne, Maxime.

— Je sais, j'ai vu sur l'afficheur.

Le ton est brusque.

— Je croyais que nous avions convenu de ne pas parler aux médias.

— Catheryne, j'ai fait une erreur. Mais j'espère que tu te rends compte que je ne pouvais cacher ma relation avec Noémie pour encore bien longtemps.

— Maxime ! Je vais refuser de répondre aux questions et j'aimerais que tu fasses de même. J'aimerais aussi te voir ; fais-moi parvenir un texto quand tu auras le temps.

Elle ne m'a pas donné la chance de répondre et elle a raccroché.

Carole me lance :

— La madame n'est pas contente ?

— Je ne sais pas à quoi elle s'attendait. Ce n'était qu'une question de temps avant que la nouvelle sorte. Cela fait déjà six mois que je suis avec Noémie.

Carole demande à Claire de se joindre à nous :

— Claire ! Rappelle les journalistes qui veulent en savoir plus sur la relation avec Catheryne.

— Minute, Carole. J'ai promis à Catheryne de ne pas parler.

— Maxime, calme-toi. Tu ne leur dis rien. Je vais leur parler à titre de porte-parole et les informer que toi et Catheryne n'avez rien à déclarer sur le sujet.

— J'aime mieux cela.

— J'imagine que tous les autres veulent des détails sur l'occupation ? Nous rappellerons plus tard.

Durant toute cette conversation, le téléviseur est demeuré branché, en sourdine, sur RDI. Notre attention est attirée par un gros titre : BUL-LETIN SPÉCIAL. Claire remet le son alors qu'un lecteur de nouvelles apparaît à l'écran :

« Nous apprenons, à l'instant, que des cocktails Molotov auraient été lancés sur un édifice de la rue Carpentier dans le quartier Hochelaga. L'immeuble abriterait les locaux du conseil Marcia des Chevaliers de Colomb. Rejoignons notre journaliste Christian Couturier qui se trouve sur lieux de l'occupation. »

Le journaliste, distrait par du mouvement à sa gauche, ne regarde pas la caméra.

« Christian, vous m'entendez ? »

« Oui. Je vous entends. »

Le journaliste place la main sur son oreille pour replacer son écouteur.

« Pour l'instant, tout est calme ici. Le groupe SWAT de la SPVM est en mode d'attente. Quelques autos-patrouilles viennent de quitter les lieux pour se diriger sans doute sur les lieux de l'incident. »

La caméra se braque sur un fourgon cellulaire qui arrive et se stationne sur une rue transversale.

Carole est la première à réagir :

— J'espère seulement… ça s'annonce mal.

Le lecteur de nouvelles revient à l'écran :

« Nous en savons plus sur les événements de la rue Carpentier : selon un témoin, deux jeunes, vêtus de noir, des cagoules au visage, se seraient approchés de l'édifice et auraient lancé deux cocktails Molotov sur la devanture. Ils se seraient ensuite enfuis par une rue transversale pour rejoindre d'autres jeunes qui semblaient les attendre sur la rue Sainte-Catherine. Le service des incendies est sur place et a maîtrisé l'incendie en quelques minutes. L'édifice n'a pas été endommagé, sauf pour des traces de suie sur la brique ; personne ne se serait trouvé à l'intérieur de l'édifice au moment de l'événement. »

Le lecteur s'arrête, place une main sur son oreille tout en ajoutant :

« Il y aurait de nouveaux développements. Rejoignons Christian Couturier. »

« Nous apprenons à l'instant que plusieurs personnes vêtues de noir ont bloqué la rue Sainte-Catherine et se dirigent vers l'est. Pour vous situer, la rue Sainte-Catherine est située au nord de notre position à moins d'un quadrilatère de distance. »

Carole se lève et nous branche à LCN. Un hélicoptère nous présente des images de l'édifice des Chevaliers de Colomb, entourés de camions incendie. Il n'y a aucune fumée. Puis l'hélicoptère se dirige vers la rue Sainte-Catherine : une dizaine de personnes, vêtues de noirs, courent dans la rue, renversant des paniers à ordures et lançant sur les vitrines ce qui paraît être des ballons remplis de peinture. »

« Plusieurs voitures de police se dirigent vers les lieux de la manifestation. »

La caméra nous montre des policiers du SWAT s'approcher des portes avant de l'église ; quelques autres sont aux portes secondaires. Le sergent Leacock à l'aide d'un porte-voix demande aux jeunes de libérer les lieux.

La porte principale de l'église s'ouvre lentement ; Sophie Lalande, les mains au-dessus de la tête, descend les escaliers du parvis et est immédiatement entourée de policiers armés jusqu'aux dents qui la projettent au sol. Ils la relèvent, menottes aux mains, et la dirigent rapidement vers une auto-patrouille pendant qu'une trentaine de policiers, en uniforme d'émeute, casqués et portant des boucliers, se précipitent dans l'église. Une dizaine de minutes s'écoulent et nous les revoyons ressortir bredouilles.

Le journaliste Christian Couturier apparaît à l'écran.

« De toute apparence, les jeunes ont tous quitté les lieux avant l'intervention des policiers. Seule la jeune porte-parole du groupe a été arrêtée. »

Je ne sais pas si c'est mon imagination, mais le ton du journaliste laisse paraître un brin de désappointement devant le calme avec lequel s'est terminée l'occupation.

Une bataille en règle entre les jeunes et les policiers aurait été préférable pour son émission.

Chapitre 3

Séquelles

Une fois l'occupation terminée, j'ai rendu les appels aux journalistes, une tâche qui s'est avérée ardue ; ils voulaient tous plus de détails sur les événements et je n'avais rien à leur donner sauf ce qu'ils savaient déjà :

« Oui, Sophie Lalande est une employée de Montpossible… Oui, certains des jeunes qui ont occupé l'église fréquentent Montpossible… Je ne sais pas quand ou comment les jeunes ont quitté l'endroit… Non, je ne sais pas qui est à l'origine de l'attaque au cocktail Molotov… Non, je ne sais pas qui a organisé la manifestation de la rue Sainte-Catherine… Je ne peux vous dire si notre ancien employé Martin Desrosiers y a participé… L'incendie du local des Chevaliers de Colomb est un acte criminel… »

À la suggestion de Carole, j'ai tenté de me placer au-dessus de la mêlée en promettant des communiqués de presse au fur et à mesure que j'obtiendrais des informations. Je les sens sceptiques. Je réalise aussi que je laisse l'impression que tout s'est passé sous mon nez, que je ne sais rien, que je n'ai rien vu.

Dans les blogues et les chroniques, mon implication avec Montpossible est mentionnée et plusieurs reviennent sur mes déclarations voulant que je n'étais pas au courant de l'occupation et d'autres mentionnent le fait que je suis demeuré absent des lieux durant toute la durée de l'événement. *Le Devoir* est allé plus loin avec un article du journaliste André Tourangeau. Je croyais ne plus avoir affaire avec lui depuis son article qui soulevait l'hypothèse que le Cercle était financé par des fédéralistes cherchant à déstabiliser le Québec en soulevant les régions contre Montréal.

Dans l'article de samedi, il me prête encore de mauvaises intentions : « Le Centre Montpossible, dont Maxime Beaubien est président, est fréquenté par de jeunes agitateurs qui ne cherchent qu'à provoquer les autorités et à fomenter des troubles entre les différentes classes sociales de Montréal. »

Tourangeau va encore plus loin et déclare : « Montpossible est un organisme illégal qui n'est pas accrédité par le ministère de la Santé et des Services sociaux » et il termine son article avec une question : « Qui veut de Beaubien comme maire de Montréal ? »

Le journaliste Tourangeau devrait être romancier. Je suis surpris de voir *Le Devoir* publier de tels propos, mais le dommage est fait.

Vendredi, en fin de journée, Cynthia Cohen, la criminaliste, avec qui Noémie a fait son secondaire à Bialik, à Côte-Saint-Luc, a fait libérer Sophie sur promesse de comparaître, mais pas avant que la petite n'ait été interrogée par les policiers durant de longues heures. Elle a refusé de coopérer. Pour l'instant, elle est la seule à avoir été arrêtée. Dans les médias, Sophie est devenue l'héroïne du jour. Tous les journaux sans exception ont affiché en première page la photo d'un groupe de policiers armés jusqu'aux dents qui lui passent les menottes.

Noémie avait hâte de la rencontrer pour en savoir plus et elle lui a envoyé un texto. Elle nous a donné rendez-vous pour le lendemain Chez Caféine, un petit café de l'avenue Mont-Royal. La rencontre ne s'est pas déroulée comme nous l'avions espéré : elle nous a d'abord présenté une lettre dans laquelle elle accepte son renvoi anticipé et où elle assume l'entière responsabilité des événements de la semaine dernière. Puis elle a refusé de répondre à nos nombreuses questions. Malgré tout, nous avons compris, par les quelques commentaires qu'elle a bien voulu nous faire, que l'occupation et la sortie avaient été bien planifiées et qu'ils avaient pris un méchant plaisir à mal faire paraître les policiers.

Devant notre insistance, elle nous a avoué qu'en gardant le silence, elle obéissait aux instructions de Me Cohen qui lui avait conseillé de ne rien dire à qui que ce soit et encore moins à nous deux. Un conseil judicieux parce que quelques heures après notre rencontre avec Sophie, le sergent Leacock nous convoquait à une rencontre.

Durant la fin de semaine, Montpossible est demeuré fermé ; Dédé a informé Noémie que des journalistes et des policiers faisaient le pied de grue devant l'édifice et elle a décidé de fermer le centre pour éviter tout geste qui pourrait être considéré comme de la provocation par les policiers. Ce matin, avant de nous rendre au quartier général de la SPVM, Noémie a insisté pour se rendre d'abord chez Montpossible pour s'assurer que la situation était revenue à la normale.

À notre arrivée, Dédé est à la porte du centre pour faire en sorte que les jeunes entrent rapidement. Une voiture de police est stationnée à quelques mètres de l'entrée et, les jeunes qui arrivent, saluent les policiers avec des doigts d'honneur et de larges sourires.

En entrant, nous sommes surpris de voir Conrad sortir de la cuisine :

— Le déjeuner est prêt.

Noémie s'approche et, tout en lui donnant l'accolade, lui glisse à l'oreille :

— Merci, Conrad, j'apprécie ton aide.

Conrad nous fixe du regard :

— Je m'adresse à vous deux : si vous voulez démissionner de Montpossible, je vais comprendre.

Noémie lui lance :

— Conrad, ne sois pas ridicule.

Conrad ne semble pas surpris par la réaction de Noémie. Il se tourne vers moi. Il attend ma réaction.

— J'ai accepté de m'en mêler à la demande d'Eusèbe.

Conrad me répond :

— Ton oncle avait pour toi des ambitions beaucoup plus élevées.

Une réplique qui me fait réfléchir.

Noémie demande à Dédé :

— Les jeunes sont donc bien silencieux.

Le grand Zoulou, qui jouait du tam-tam sur le parvis de l'église, a entendu et répond :

— Sophie nous a donné instruction de ne pas discuter de l'occupation en votre présence et Martin nous a expliqué qu'il fallait ériger, lorsque vient le sujet de l'occupation, un « mur chinois » entre nous et vous deux.

Dédé demande :

— Un mur chinois ?

— Ériger un *chinese wall* veut dire qu'un mur absolu existe entre deux choses, donc que tu ne discutes pas d'un sujet devant certaines personnes ; une façon de les protéger dans des cas de conflit d'intérêts possibles. De cette façon, elles peuvent nier être au courant et elles ne peuvent être impliquées.

Noémie ajoute :

— Vous voulez un bon exemple ? Par inadvertance, Zoulou vient de nous confirmer l'implication de Martin dans l'occupation. On s'en doutait, mais personne ne nous l'avait confirmé jusqu'à maintenant.

L'expression sur le visage de Zoulou en dit long :

— Je m'excuse, je ne voulais pas…

Noémie lui place une main sur l'épaule :

— Ne t'inquiète pas avec cela.

Elle regarde sa montre et ajoute :

— Nous devons vous quitter. Nous avons un rendez-vous à 10 h avec le sergent Leacock. Écoute, Dédé, avec le départ de Sophie, tu vas être obligé de jouer un rôle plus important. Informe les jeunes que nous sommes à la recherche d'un autre local, demande-leur de ne pas parler avec les journalistes et assure-toi qu'ils ne provoquent pas les policiers ; j'ai l'impression que ces derniers n'attendent que cela. S'il y a un problème, tu communiques avec moi ou avec Cynthia Cohen… Voici ses coordonnées. Elle parle français et a fait ses études à l'Université de Montréal.

* * *

Les bureaux du sergent Leacock sont situés au troisième étage du quartier général de la SPVM sur la rue Saint-Urbain face à la Place des Arts. La rencontre a lieu dans une petite salle sans fenêtre, sauf pour un miroir que je devine être à sens unique : je suis un amateur de séries policières. Je ne me suis jamais imaginé un jour me retrouver dans une telle salle d'interrogation. Une fois installés, Leacock nous offre un café. Il s'excuse et quitte la pièce. L'envie d'envoyer la main en direction du miroir me passe par la tête, mais je résiste devant le visage tendu de Noémie.

Je me penche plutôt vers elle et lui glisse à l'oreille :

— Nous n'avons rien à nous reprocher et, de toute façon, nous ne savons rien.

Le commentaire est autant pour rassurer Noémie qu'au bénéfice des personnes que je devine présents derrière le miroir.

Le sergent Leacock revient accompagné du sergent Saucier. Ce dernier est celui qui dirige l'enquête sur Martin et les Égalitaristes du Québec et qui est maintenant responsable de l'enquête sur la manifestation. L'homme est au début de la cinquantaine, souffre d'embonpoint et présente une physionomie de bon grand-père contrairement au sergent Leacock qui donne l'impression de pouvoir se transformer en un bel enfant de chienne s'il le désire. Leacock est le premier à prendre la parole :

— Monsieur Beaubien, madame Goodman, nous avons coopéré avec vous durant toute l'occupation et nous avons tenu pour acquise votre bonne foi. En échange, vous nous avez fait passer pour de beaux épais et le SPVM est devenu la risée de toute la population. Les gants sont enlevés et vous allez maintenant coopérer pour de vrai et nous dire ce que vous savez.

Saucier ne nous donne pas la chance de réagir et d'une voix doucereuse déclare :

— Il ne fait aucun doute qu'il y a eu collusion entre le Centre Montpossible et l'EDQ dans toute cette affaire. Je crois aussi que vous deux êtes trop intelligents pour avoir participé directement à cette affaire, mais vous avez une part de responsabilité parce que l'une de vos employées, Sophie Lalande, et l'un de vos anciens employés, Martin Desrosiers, sont présumés être les organisateurs des événements de la semaine dernière. Madame Goodman, en tant que citoyenne responsable, et vous, monsieur Beaubien, qui avez l'ambition devenir le citoyen numéro un de la Ville, vous n'avez pas d'autre choix que de coopérer à l'enquête.

Je ne peux croire qu'ils vont utiliser la tactique *good cop, bad cop* avec nous.

Leacock s'apprête à intervenir, mais je l'interromps :

— Mettons les choses au clair : la direction du Centre Montpossible n'a rien à voir avec l'occupation.

Mon ton est peut-être un peu trop agressif et je vois le visage de Noémie se crisper.

Leacock lance :

— Montpossible est le lien commun entre l'occupation de l'église, la manifestation de la rue Sainte-Catherine et l'incendie de l'édifice des Chevaliers de Colomb. Nous allons aller au bout des choses.

— Nous ne savons rien.

— Sauf que deux de vos ex-employés sont impliqués.

Noémie ajoute :

— Messieurs, vous en savez autant, sinon plus, que nous et l'idée même que vous pensiez que nous soyons mêlés à ces événements est complètement ridicule.

— Ça, c'est à nous de le déterminer.

Le sergent Leacock sort une série de photos prises alors que les jeunes étaient sur le parvis de l'église ; il les présente à Noémie.

— Madame Goodman, pouvez-vous nous identifier les jeunes ?

Je m'apprête à répondre, mais Noémie me place une main sur le bras.

— Je peux le faire, mais je ne le ferai pas. Lors de notre dernière rencontre, vous m'avez informée que les jeunes de Montpossible faisaient l'objet d'une enquête depuis plusieurs semaines, vous êtes donc parfaitement capable de les identifier vous-même. Nous croyons même que vous avez effectué de l'écoute électronique dans nos locaux.

Noémie m'a surpris avec cette dernière affirmation. Elle n'a cependant pas surpris les policiers parce qu'ils ont ignoré la remarque. Saucier s'est plutôt tourné vers moi.

— Je suis président du conseil d'administration de Montpossible et j'ai peu de contact avec les jeunes. Je ne suis pas en mesure de les identifier.

Saucier ramasse ses photos et Leacock se lève en ajoutant :

— C'est cela que vous appelez de la coopération ? Vous rendez-vous compte de la gravité des gestes posés par les jeunes : ils ont incendié un édifice et auraient pu causer des milliers de dollars de dommages. Nous nous reverrons.

Sur ce, le sergent Leacock quitte en claquant la porte, nous laissant avec le sergent Saucier qui nous informe que la rencontre est terminée.

Il est à peine 11 h et nous nous dirigeons vers le Complexe Desjardins pour prendre un café. Nous nous installons à une table discrète de l'aire de restauration et Noémie consulte son BlackBerry.

— Bonne nouvelle. Mon père croit avoir trouvé un endroit où nous pourrons déménager Montpossible.

— Il n'a pas perdu de temps.

— Maxime, si tu décides de te présenter, tu dois démissionner comme président du conseil d'administration de Montpossible. Nous n'avons aucun contrôle sur les jeunes et je suis certaine que Martin en a recruté plusieurs pour faire partie de l'EDQ. Tout cela pourrait nuire à ta candidature.

— Avec les événements des derniers jours, je ne crois pas que ma candidature soit possible.

Noémie me surprend :

— Je crois, bien au contraire, que tu devrais te présenter. C'est ta réputation qui est en jeu et perd ou gagne, tu vas avoir eu la chance de faire valoir ton point de vue. Tout ton travail des derniers mois ne peut aboutir qu'à la décision de te présenter.

Elle me prend la main et ajoute :

— Si tu ne fais pas le saut, tu vas le regretter toute ta vie.

— Et les conséquences sur notre couple ?

— Soyons réalistes. Je ne connais pas grand-chose à la politique, et je ne veux pas te faire de peine, mais tes chances de gagner sont à peu près nulles.

Chapitre 4

Organisation

Lorsque Noémie m'a donné le feu vert pour me présenter, elle m'a pris par surprise, et lorsqu'elle m'a dit qu'elle croyait faible mes chances de gagner, elle m'a littéralement piqué au vif. Cette brève conversation, autour d'un café au milieu d'une aire de restauration, est devenue le coup de pied au derrière dont j'avais besoin pour prendre une décision : je vais me présenter comme indépendant et j'ai l'intention de tirer avantage de la campagne électorale pour faire valoir les opinions que j'ai défendues par l'entremise du Cercle de la Montréalie.

Le soir même, j'ai organisé une rencontre pour le lendemain avec Pierre Fabien et Jon Van Tran ; Pierre a suggéré une rencontre à son club sportif, le MAA sur Peel.

Dès le début, la conversation a porté sur les manchettes de ce matin. En début de semaine, les médias avaient centré leur attention sur Sophie Lalande, « la petite demoiselle qui a déjoué la police de Montréal. » Dans presque tous les articles mon implication était mentionnée, mais pas plus. Tout a changé ce matin.

Les manchettes de tous les médias font état de mon interrogatoire par les enquêteurs de la SPVM et de mon refus de coopérer à l'enquête. Tous les articles indiquent qu'ils ont reçu l'information « d'une source crédible et bien informée. »

L'information ne peut venir que de la SPVM, qui n'a pas digéré que les jeunes les fassent paraître ridicules à la fin de l'occupation. Ils sont à la recherche de coupables plus crédibles qu'une bande de jeunes de la rue. Je représente une belle cible.

Pierre est furieux par le manque de professionnalisme de la SPVM alors que Jon est plus réaliste et est d'avis que la nouvelle va disparaître dans les prochains jours.

Je mets fin à la discussion en ajoutant :

— Mais le mal est fait. Ils ont semé le doute sur mon intégrité.

Pierre réagit.

— Imagine si tu avais décidé de te présenter à la mairie.

— C'est justement la raison pour laquelle j'ai demandé de vous rencontrer. J'ai pris une décision : je me présente comme indépendant.

Pierre est le premier à réagir.

— Maxime ! Un candidat indépendant n'a aucune chance de gagner.

— Honnêtement, mon objectif n'est vraiment pas de gagner, mais je veux profiter de la campagne pour faire valoir mes idées.

Jon ajoute :

— Attention, mon Maxime, on ne sait jamais ce qui peut arriver en politique. Nous vivons dans un monde nouveau dominé par les réseaux sociaux et les émissions continues de nouvelles. Regarde ce que nous avons réussi à faire avec le Cercle qui n'existe que depuis quelques mois et qui est maintenant connu et suivi sur les réseaux sociaux par des milliers de personnes dans la province.

Pierre renchérit.

— On a encore rien vu.

Jon me regarde avec un sourire :

— Et moi, là-dedans ?

— Tu as une belle carrière et je ne peux te demander de la sacrifier, mais je vais accepter ton aide.

Je me tourne vers Pierre.

— La tienne aussi, par amitié.

Pierre ne répond pas à ma question, mais ajoute :

— Ni moi ni Jon n'avons d'expérience en organisation politique.

— J'ai quelqu'un en tête.

* * *

Louise m'a donné rendez-vous pour le petit-déjeuner dans un restaurant près du square Saint-Louis. Voilà au moins deux ans que je ne lui ai pas parlé et elle m'a surpris avec deux nouvelles : elle n'habite plus Ville Mont-Royal et elle est revenue à son nom de baptême de Louise Blouin. J'ai compris qu'il y avait eu des changements dans sa vie.

J'ai rencontré Louise à l'université où elle a fait une maîtrise en sciences politiques. Après l'université, je l'ai revue à quelques occasions alors qu'elle était directrice générale adjointe à la section des relations avec les communautés culturelles de la Ville de Montréal.

Il fait un soleil magnifique et j'ai donc choisi de marcher, j'ai besoin d'exercice. J'ai aussi besoin de réfléchir.

Une question me préoccupe depuis quelques jours : est-il possible de se lancer en politique sans être considéré comme un politicien ? Je ne me fais pas d'illusions et je sais très bien que dès que j'annoncerai ma candidature, je deviendrai un politicien, que j'aime cela ou pas. L'important est de ne pas agir comme un politicien, de démontrer une transparence et de ne pas hésiter à dire les choses comme elles sont. La population aime quelqu'un qui paraît authentique ; Labeaume joue très bien ce rôle.

Les directives de Louise pour me rendre au restaurant étaient pourtant simples : « Au coin de Laval et des Pins. » Je suis rendu et ne vois qu'un *greasy spoon* offrant, sur un panneau graisseux placé sur le trottoir, un déjeuner complet à 3,99 $. Je me penche vers la vitrine ; j'entrevois des silhouettes, mais il est difficile d'y voir facilement à travers la vitre rendue opaque par une couche de gras à laquelle s'est agglutinée de la poussière. J'ai peine à croire que Louise fréquenterait un tel restaurant. Nous sommes loin de Ville Mont-Royal.

Sur la porte vitrée du restaurant, son nom : Chez le Grec. Pas très original. J'entre et l'odeur de bacon me frappe en plein visage. Une odeur invitante après une marche de 30 minutes.

À la droite de la porte d'entrée, derrière une caisse enregistreuse, une jolie demoiselle me fait signe d'attendre, un client veut régler son addition, une addition que je ne vois pourtant pas. Il tend un billet de cinq dollars et quitte le restaurant sans attendre de monnaie en lançant :

— Bonne journée, Connie, à demain.

Connie fait le tour du comptoir tout en prenant un menu. Le mascara trop épais de ses yeux détourne le regard de son visage agréable. Sa blouse blanche permet un coup d'œil sur des seins fermes soutenus par un soutien-gorge de dentelle noire. Une jupe de cuir moule de petites fesses rondes. Je ne laisserais pas ma fille s'habiller comme cela.

— Louise Blouin ?

— Mme Louise est à sa table à l'arrière.

La section avant du restaurant est meublée de tables de formica et de chaises de taverne. Le plancher est recouvert de tuiles d'un gris suspect. Le restaurant est populaire ; les tables de devant sont toutes occupées. Les clients sirotent leur café tout en lisant *Le Journal de Montréal*. Ils semblent synchronisés dans leur lecture et, de toute évidence, ils sont des habitués. Après chaque page, ils passent des commentaires à qui veut bien les écouter. Les réactions sont variées : souvent un simple hochement de tête avec une grimace, un sourire ou encore quelques mots qui laissent deviner la nature de la nouvelle.

— Ça a dû chauffer pas à peu près.

Je devine qu'ils font allusion à l'incendie d'un immeuble d'habitation à Longueuil dont il était question aux nouvelles du matin. Aucune réaction, tout le monde est d'accord.

— Le Canadien s'est fait planter hier soir.

— Ça prendrait quelques Québécois qui joueraient pour notre honneur.

— Ces maudits importés jouent pour l'argent et se crissent de nous.

— Peux-tu les blâmer ?

— T'as juste à ne pas les regarder.

— Je regarderais quoi à la place ?

Connie me dirige vers la section arrière qui est séparée par un demi-mur et des paniers de plantes artificielles dont les couleurs sont devenues fades avec les années. Ici, le plancher est recouvert d'un tapis rouge orné de fleurs foncées pour mieux camoufler les taches. Dans cette autre section, les tables sont couvertes de nappes blanches. Cette partie du restaurant est moins occupée et c'est là que j'aperçois Louise assise à une table au fond de la pièce, concentrée sur son portable. Elle lève la tête et me fait un signe de la main.

— Bonjour, Maxime, et bienvenue Chez le Grec.

Louise a dû remarquer mon air décontenancé et m'explique :

— J'ai de la difficulté à vivre ma nouvelle solitude. Je demeure à deux pas d'ici et je déjeune ici deux, trois fois par semaine. Le restaurant est à l'image du Plateau : à l'avant, les résidents de souche qui se connaissent depuis longtemps et à l'arrière les nouveaux arrivés dans le quartier qui ne veulent pas nécessairement connaître les premiers. Dépendant de mon humeur du jour, je m'assois, soit en avant, soit en arrière. Je suis à l'aise et maintenant acceptée des deux côtés du mur. Lorsque je m'assois à l'arrière, ceux du devant savent que je ne veux pas être dérangée ; lorsque je m'assois en avant, ils savent que je suis disponible et la discussion tourne toujours à la politique. Après le hockey, la politique est leur sujet favori et tous sont des experts. Tu ne peux trouver mieux pour tester le pouls de la population et c'est bien mieux que les sondages avec leurs questions tendancieuses. D'ailleurs, la plupart, ici, se vantent de mentir aux sondeurs ; leur revanche pour avoir été dérangé dans la quiétude de leur foyer.

La serveuse se présente à la table et Louise m'explique :

— Déjeuner complet deux œufs, bacon, patates grecques, rôties et café pour 3,99 $.

— Oui, je sais, j'ai vu le panneau à l'avant.

Louise ajoute :

— Pour 50 cennes de plus, tu obtiens des cretons et un *ordre* de rôties de pain croûteux.

Je commande le spécial. Louise prend une gorgée de café.

— Quand as-tu quitté ton emploi ?

— Ma nomination à la ville était une nomination politique et mon congédiement fut tout aussi politique lorsque Castonguay a pris le pouvoir.

— Et aujourd'hui?

— J'ai eu une année difficile il y a trois ans : j'ai perdu mon emploi et mon chum, l'éminent anesthésiste, m'a plantée là. Il m'a laissée pour une plus jeune. Imagine! J'ai à peine 40 ans. Elle est mieux d'être bonne parce qu'elle lui a coûté cher. Depuis trois ans, je voyage et je suis devenue une travailleuse autonome qui ne travaille pas fort, qui suit la politique, et il y a du stock à suivre de ce temps-ci. Mais j'avoue que je commence à m'ennuyer. Pour m'occuper, je suis devenue chroniqueuse politique de l'hebdo *Le Plateau*, mais ce n'est pas assez.

Elle s'arrête pour prendre une gorgée de café et va droit au but :

— Tu te lances en politique ou tu ne te lances pas?

La question est lancée comme ça, sans préliminaire. Ça m'arrange, j'avais hâte d'aborder le sujet. La serveuse s'approche et nous sert nos déjeuners. L'interruption me donne l'occasion d'observer Louise de plus près : le passage des années a fait son œuvre, comme pour tout le monde, mais son corps a bien résisté. Louise a toujours été petite et musclée, avec des cheveux noirs raides qu'elle a toujours portés aux épaules et un visage agréable dominé par des yeux perçants qui laissent deviner du caractère.

— Cours-tu encore des marathons?

— J'ai cessé il y a quelques années, douleurs aux hanches obligent.

— Pour revenir à ta question, comme tu le sais, au cours des derniers mois, le Cercle est devenu un groupe de pression influent; une conséquence inattendue… laisse-moi qualifier, inattendue pour moi, a été de me projeter sur la scène politique.

— Tu t'attendais à quoi au juste?

— Je ne sais pas exactement. De toute façon, c'est une bonne chose parce que j'ai réalisé qu'un groupe de pression comme le Cercle avait ses limites.

Louise sourit :

— Une conclusion logique.

— J'ai donc décidé de me présenter, et j'ai besoin d'aide.

— J'espère que tu n'as pas l'intention de te présenter avec Progrès-Montréal?

— Il n'en est pas question. Je veux rester indépendant.

— Comme indépendant, tes chances sont faibles, mais c'est possible; je pense à la mairesse Andrée Boucher qui s'est présentée à la mairie de Québec en 2005 et qui s'est fait élire avec 46 % du vote, sans organisation, sans affiche électorale et sans programme.

— Elle était bien connue.

— Toi aussi tu es bien connu, mais la notoriété n'est pas la seule condition. Il faut que les planètes soient bien alignées et ça prend la coopération des adversaires.

— La coopération des adversaires ?

— Dans la plupart des cas, on ne gagne pas une élection, ce sont les élus en place qui la perdent.

— Je n'ai aucun contrôle là-dessus.

— Tu dois avouer qu'en ce moment les planètes sont bien alignées. La gang de Castonguay n'a aucune chance de gagner les prochaines élections et Sylvie Larocque ne fait pas le poids.

— Tu aimerais mon aide ?

— Oui ! J'aimerais que tu sois mon organisatrice.

— Si tu ne te présentes pas avec un parti, cela ne fait pas sérieux. Je ne mettrai pas ma vie en veilleuse pour quelqu'un qui ne veut pas gagner ni prendre le pouvoir avec une majorité au conseil.

— Je n'ai pas le temps de former un parti : les élections sont en novembre et la campagne débute en septembre.

Louise continue :

— Tu as beaucoup d'appui. Tu fais quoi avec tes amis du Cercle de la Montréalie, avec les Amis de Montréal, avec Jean Deragon et Paul Underhill, deux piliers de l'organisation du parti de Castonguay et deux proches du Parti libéral du Québec ?

— Beaucoup d'appui peut-être, mais pas de parti.

Louise me regarde avec un petit sourire qui en dit long et réplique tout en ouvrant un porte-documents qu'elle avait laissé sur le coin de la table :

— Voici l'organigramme de la campagne à la mairie de Jacques Delagrave. Si tu te souviens, j'avais fait d'une pierre deux coups lors de sa campagne ; j'avais travaillé dans son organisation et j'avais ensuite rédigé une analyse de sa campagne qui est devenue le sujet de ma thèse de maîtrise.

Louise reprend l'organigramme :

— Tout en haut une boîte avec le titre : DIRECTEUR CAMPAGNE et un nom que je ne reconnais pas.

En dessous de cette première boîte, une autre à gauche avec le titre EXPERTISE ; la boîte contient une liste de sujets : affaires municipales, provinciales, fédérales, internationales, économie, fiscalité, taxation. Chacun des sujets est suivi d'un nom ; j'en reconnais vaguement quelques-uns. À l'opposé, sur la droite, une autre boîte avec le titre ORGANISATION et une liste de fonctions : agent officiel, organisation, bénévoles, choix des candidats, agenda, financement, publicité, relations médias.

Louise continue :

— À gauche, tu as les penseurs ; ils sont ta source d'informations et d'idées. C'est ici que tu retrouves les professeurs d'université et les consultants. Ils sont importants, mais il ne faut pas les mélanger avec les organisateurs à droite, ceux qui feront fonctionner ta campagne. Les deux groupes sont incompatibles. Il est inutile de rassembler les penseurs et les organisateurs autour d'une même table ; bisbille et chicanes garanties. Les penseurs sont souvent dans les nuages et les organisateurs trop près des mottes de terre. Mais les deux groupes sont essentiels. Il en revient au directeur de campagne de faire le lien entre les deux groupes.

Louise s'arrête un instant et termine sa présentation en ajoutant :

— Comme tu le vois, je sais quoi faire, mais la clé est de savoir comment le faire. Il va falloir trouver un homme de terrain qui connaît tous les dessous de l'organisation politique.

Elle prend une gorgée de café pour me laisser le temps de réfléchir.

— Avons-nous vraiment besoin de tout ce monde ? Il y a quelques minutes, on parlait d'Andrée Boucher…

— Andrée Boucher se présentait dans une petite ville où la population est homogène et elle n'avait pas d'adversaire. À Montréal, c'est plus compliqué : il te faut une organisation et des appuis des différentes communautés ethniques et de la communauté anglophone de l'ouest de Montréal.

— Est-il possible de monter une organisation comme celle-là d'ici le début de la campagne électorale en septembre ?

— La campagne a déjà débuté.

— Je suis trop tard ?

— Pas du tout. Tu es déjà perçu comme un candidat depuis plusieurs semaines et dès que tu annonceras la formation de ton parti les bénévoles intéressés se présenteront.

Je suis loin d'être convaincu de vouloir créer un parti. Ma poitrine se contracte : une poussée d'angoisse. Je pense à la difficulté que j'ai eue à préparer une liste de membres potentiels pour le Cercle de la Montréalie, à peine une dizaine de personnes. Je dois maintenant recruter des centaines de personnes prêtes à me consacrer plusieurs mois de leur vie pour me faire élire à la mairie de Montréal.

Louise s'arrête et fait signe à la serveuse de réchauffer notre café.

Je ne suis pas prêt à lui avouer mon inquiétude et je ne trouve rien de mieux que demander :

— De combien de personnes avons-nous besoin ?

— Quelques centaines : des personnes qui distribueront tes brochures, qui feront ton pointage, qui placeront tes pancartes sur les poteaux, qui feront le porte-à-porte avec tes candidats, qui feront des téléphones le jour du vote, qui travailleront comme chauffeurs, et j'en passe. Ces personnes sont généralement toujours les mêmes dans toutes les élections ; pour elles, la politique est un passe-temps, mais elles s'identifient à des partis politiques qu'ils soient provinciaux ou fédéraux. Au Québec, cette base est polarisée entre les fédéralistes et les souverainistes. Si tu veux avoir une chance de gagner, il faut te trouver une façon de t'allier à l'un de ces deux groupes.

— Je suis loin d'être certain que les partis provinciaux accepteront de s'allier à moi. N'oublie pas que les régions me détestent.

— Les partis provinciaux ne déclarent jamais leur appui lors d'élections municipales ; ce serait considéré comme de « l'ingérence » dans un autre niveau de gouvernement, mais ils tirent les ficelles en catimini. Tu as l'avantage de ne pas être identifié à un parti en particulier. Tu as donc le choix. Un choix qui est facile à faire : sur l'île de Montréal, tu serais mieux servi par le Parti libéral avec sa base ethnique et son appui anglophone.

— Je suis confus. Est-ce que tu me suggères de m'associer au Parti libéral ?

Louise affiche un large sourire :

— Je ne t'ai pas dit de te joindre au Parti libéral, je t'ai suggéré d'utiliser l'organisation libérale.

— Et pourquoi pas le Parti québécois ?

— Parce qu'ils vont te demander de faire l'acte de foi en faveur de la souveraineté et je te connais assez pour savoir que tu n'es pas prêt à faire cela.

— Par où devrions-nous commencer ?

— Réunis donc quelques personnes de ton entourage pour former un comité provisoire.

* * *

Lorsque j'ai quitté Louise la semaine dernière, je me suis empressé de parler à Pierre et à Jon. J'ai ensuite communiqué avec Jean Deragon pour l'aviser que j'avais changé d'idée et que j'avais maintenant l'intention de me présenter comme indépendant et de peut-être fonder un parti. Sa réaction ne s'est pas fait attendre : « Une grosse perte de temps. » Je lui ai aussi fait part de ma rencontre avec Louise Blouin et de sa suggestion d'organiser une rencontre pour discuter de l'idée. Il m'a suggéré d'inviter Charles Létourneau, qui «connaît tout, et tout le monde dans le milieu municipal.»

La première rencontre a lieu ce matin. À mon arrivée au restaurant La Carafe sur Victoria, derrière le musée McCord, l'hôtesse me dirige vers une petite salle au deuxième étage. Pierre Fabien est déjà là, en grande conversation avec Louise.

— … et les élections ont lieu dans moins de six mois. C'est très peu de temps pour mettre sur pied une organisation.

En me voyant, elle s'arrête l'espace d'une seconde et continue pour mon bénéfice :

— … il n'a donc pas le choix. Il doit s'allier à une organisation existante.

Pierre ne me donne pas la chance de réagir ; il me sert la main et demande :

— Qui d'autre sera ici ?

— Jon Van Tran et Brahm Vandycke d'AMP, que Louise a invités. J'allais oublier : Charles Létourneau.

— Charles Létourneau ? L'ami de Jean Deragon qui t'avait approché pour que tu te joignes à Progrès-Montréal ?

— Jean m'a suggéré de l'inviter.

Louise ajoute :

— Je croyais que Deragon se tiendrait à l'écart. Tu aurais dû m'en parler. Je connais Charles depuis des années et ce que tu ne sais peut-être pas, c'est que Felicia McCormick l'a écarté de son cabinet de campagne. Ce n'est pas encore sorti, mais il était l'un des collecteurs de fonds les plus actifs de Progrès-Montréal et, s'il y a des accusations du DGE, son nom risque de sortir.

Pierre fait une grimace, s'apprête à intervenir, mais il est interrompu par l'arrivée de Paul Lebouthiller. Je suis surpris par sa présence. Paul est un ami de longue date de Pierre. Nous nous croisons régulièrement, mais notre relation n'a jamais développé la chimie requise pour tisser des liens cordiaux.

Lebouthiller s'approche pour me serrer la main pendant que Pierre s'explique :

— J'ai pensé qu'il serait utile d'avoir un avocat avec nous.

Il est interrompu par l'arrivée de Charles Létourneau ; il ne reste qu'une personne à venir et Louise nous prévient :

— Nous ferions mieux de débuter, Brahm est toujours en retard.

Nous nous installons autour de la table. Pierre presse une sonnette pour demander du service. Un serveur se présente avec des menus ce qui nous permet quelques minutes de réflexion pendant qu'il s'affaire à nous verser des jus d'orange.

Mon choix est déjà fait et les paroles de Louise lorsque nous nous sommes quittés la semaine dernière me reviennent à l'esprit : « Les idées créent une notoriété, mais c'est l'organisation sur le terrain qui gagne l'élection. » Lorsque Jean Deragon m'a fait la suggestion d'inviter Charles Létourneau, il a insisté sur la même idée et il m'a assuré que Charles était un spécialiste de l'organisation sur le terrain. J'ai d'abord hésité puis j'ai pensé qu'il était l'homme que recherchait Louise. Je me suis tout de même demandé toute la fin de semaine si nous avions vraiment besoin d'une organisation électorale à l'ancienne. J'ai l'impression que dans le monde d'aujourd'hui, avec les émissions de nouvelles continues et les réseaux sociaux, les idées et la notoriété pourraient suffire.

La tenue de cette rencontre me donne l'impression que je place le doigt sur la première dent d'un engrenage dont je ne pourrai m'extraire et qui m'introduit sur la face obscure du monde de l'organisation politique, un monde que je ne connais pas et que je suis loin d'être certain de vouloir connaître avec tout ce qui a été dévoilé au cours des dernières semaines. Mais si je demeure indépendant…

Le serveur est à nous servir notre petit-déjeuner lorsque Brahm Vandycke arrive. Il s'excuse pour son retard et s'installe à la table. Le serveur place devant lui une assiette de fruits que Louise a déjà commandée pour lui. Le serveur lui demande s'il désire un café :

— Un café ordinaire, s'il vous plaît.

Puis avec un rire nerveux, il ajoute :

— Le café ici est assez fort pour me faire friser.

De toute évidence, il fait allusion à ses cheveux noirs qui frisent dans toutes les directions. Des cheveux en broussailles jumelés à des lunettes aux montures noires qu'il a dû acheter il y a plusieurs années présentent l'image du génie excentrique. L'image de Darry Cohl me vient à l'esprit. Comme pour renforcer cette impression, il se lève soudainement :

— Oh ! Excusez-moi ! Mon nom est Vandycke. Brahm pour les intimes.

Il fait le tour de la table et serre la main à tout le monde, une poignée de main nerveuse et trop longue, qui rend inconfortable.

Louise prend une première gorgée de café, fait une grimace et s'adresse à Brahm :

— Tu as tout à fait raison, le café pourrait servir d'engrais pour le jardin.

Maintenant que tout le monde est arrivé, je leur souhaite la bienvenue, les remercie de leur présence et leur demande de se présenter. Charles Létourneau, qui est assis à ma gauche, débute :

— Mon nom est Charles Létourneau j'étais, jusqu'à il y a une semaine, le président-directeur général de l'Agence de promotion touristique de Montréal. Je fais de l'organisation politique depuis toujours.

— Brahm Vandycke, associé fondateur d'AMP, une firme de consultation spécialisée dans la planification stratégique. Ma firme se spécialise dans l'accompagnement des équipes de direction lors de la préparation de plans stratégiques. J'ai été conseiller auprès de deux premiers ministres du Québec et de trois premiers ministres du Canada. C'est la première fois que je serai conseiller du maire de Montréal.

Une fiche impressionnante.

— Mon nom est Paul Lebouthiller, je suis avocat spécialisé en droit commercial et l'associé principal du bureau de Montréal du cabinet national Noble, Chart et associés. Je suis ici par amitié pour Pierre et Maxime.

— Pierre Fabien, comptable agréé.

Jon est connu de toutes les personnes présentes, tout comme Pierre, et je suis curieux de voir si sa présentation sera aussi brève que celle de Pierre.

— Jon Van Tran, un consultant un peu fou qui se meurt de devenir politicien.

— Louise Blouin, travailleuse autonome, amateur de politique et amoureuse… de Montréal… et de politique.

— Je vous ai convoqués ce matin pour discuter de l'idée de me présenter à la mairie de Montréal et j'aimerais d'abord faire un tour de table pour avoir votre réaction initiale.

Pierre, toujours pragmatique, est le premier à réagir et il me surprend :

— Il y a longtemps que la population de Montréal n'a pas eu la chance de se donner un maire qui pourra brasser la cage de Québec ou à tout le moins faire bouger les choses. Rappelez-vous les années de Jean Drapeau. Plus récemment, regardez la popularité de Régis Labeaume à Québec. Nous avons la chance, avec Maxime, de présenter un candidat qui brasse déjà la cage, mais avec une grande différence, il a de la classe. Mais il y a un problème majeur : il n'a aucune organisation et les probabilités d'une défaite sont trop grandes. Il ferait mieux de continuer à utiliser le Cercle de la Montréalie comme plate-forme pour faire avancer ses idées.

Brahm ajoute :

— Jean Drapeau est bien connu pour l'Exposition universelle de 67 et les Olympiques de 76, mais son pouvoir et sa popularité venaient beaucoup plus de sa popularité auprès de l'électorat qui le voyait comme un défenseur de sa ville face à Québec et à Ottawa. Il avait aussi derrière lui une machine électorale bien à lui. Son Parti civique ne relevait ni d'un parti provincial ni d'un parti fédéral et il n'était voué à aucune option constitutionnelle. Des conditions gagnantes pour exercer de la pression sur les gouvernements supérieurs.

La remarque est reçue avec des sourires. Je m'empresse d'ajouter :

— Rassurez-vous, Montréal n'est pas dans une situation pour organiser une Exposition universelle ou des Olympiques, et c'est bien ça le drame.

Paul Lebouthiller nous surprend :

— Avec toutes les allégations de corruption et de collusion qui ont été dévoilées, il nous faut un candidat blanc comme neige, quelqu'un qui n'est pas perçu comme un politicien. Maxime se qualifie, mais son implication avec le Centre Montpossible est un nuage gris qui plane au-dessus de sa tête.

— Noémie Goodman, ma conjointe, est la directrice générale.

— Elle va comprendre.

Charles Létourneau donne son grain de sel :

— Une campagne électorale ne peut se faire sans organisation et sans argent. Progrès-Montréal peut compter sur l'organisation du Parti libéral et vous savez tous que ses coffres sont bien garnis. Je recommande de tasser Felicia, de prendre le contrôle de son parti et d'en changer le nom.

Paul Lebouthiller est catégorique :

— En temps normal, tu aurais eu de bonnes chances de gagner avec Progrès-Montréal, mais, si toutes les allégations qui les concernent s'avèrent exactes, ce parti va disparaître de la carte. Il vaut mieux se tenir loin.

Louise termine le tour de table :

— J'ai beaucoup réfléchi au cours des derniers jours et Maxime n'a pas d'autre choix que de former son propre parti. Je sais qu'il y a beaucoup de discussions autour de la pertinence des partis politiques au municipal, mais il faut faire la part des choses. Je suis tout à fait d'accord avec l'opinion que les partis politiques n'ont pas leur raison d'être dans les petites et moyennes municipalités. Mais dans une ville comme Montréal, un candidat à la mairie n'a pas le choix. Il faut qu'il fasse élire une équipe, son équipe, avec des personnes qui ont les compétences pour administrer un budget de près de 5 milliards et 28 000 employés. Il n'y a pas de place à l'improvisation.

Je décide de l'interrompre :

— Je continue à croire que je dois me présenter comme un candidat indépendant. Une fois élu, je formerai une coalition.

Du regard, je fais un tour de table rapide pour voir les réactions : Pierre Fabien a un petit sourire discret sur les lèvres et me fait un clin d'œil approbateur, Louise hausse les sourcils, Charles Létourneau ne trahit pas sa pensée et Brahm Vandycke revient sur son commentaire d'ouverture.

— Jean Drapeau avait son Parti civique, tu as le Cercle de la Montréalie. Ce n'est peut-être pas un parti, mais c'est une bonne base.

Paul Lebouthiller ajoute;

— La formation d'une coalition de différents élus et de différents partis ne fonctionnera jamais. On n'est pas en Italie.

Louise me demande :

— Tu tiens beaucoup à ton indépendance et je te comprends. Il n'y a donc qu'une solution : former un parti indépendant.

Brahm ajoute :

— Avec les moyens de communication d'aujourd'hui, l'importance des médias et l'influence des réseaux sociaux, la façon de faire une campagne électorale a bien changé. La formation d'un parti politique n'est pas si compliquée. De toute façon, Maxime a suffisamment de notoriété qu'il pourrait se présenter sans organisation et il récolterait un bon pourcentage du vote.

Louise réagit :

— Sûrement, mais pour prendre le pouvoir, il faut aussi avoir une majorité au conseil de ville et pour atteindre cet objectif il faut faire élire des personnes qui nous appuient. Je suis d'accord avec Me Lebouthiller, se fier à la création d'une coalition après l'élection est utopique

Le grand Charles l'interrompt de sa voix profonde :

— Tu as raison, et rappelez-vous qu'il n'y a pas de loyauté au municipal. Les conseillers actuels sont de belles putains et se rangeront derrière le candidat qui a le plus de chance de les faire élire, quel que soit le parti. Et tous ces conseillers municipaux amènent avec eux leur petite organisation dans chaque arrondissement.

Je sens que le vent tourne vers l'idée de former un parti indépendant, mais j'aime moins l'idée de recruter des candidats parmi les conseillers actuels de Progrès-Montréal, qui sont tous associés à un parti sali par des manœuvres douteuses de financement.

Brahm ajoute :

— Au municipal, les partis ne veulent rien dire sauf durant une campagne électorale. Ils sont formés pour appuyer un candidat. Durant les dernières élections, le nom des partis était associé au candidat. Rappelez-vous : l'Équipe Doré, l'Équipe Bourque, l'Équipe Tremblay. J'aimerais vous faire une suggestion : on forme un parti pour la période électorale tout en annonçant, dès sa fondation, qu'il sera dissous le lendemain de l'élection.

Paul Lebouthiller ajoute :

— Peut-être pas dissous, mais à tout le moins mis en veilleuse. Une stratégie à laquelle il faut réfléchir. Maxime, as-tu l'intention d'utiliser « Montréalie » comme nom de parti ?

— Non ! N'oubliez pas que le Cercle a adopté le nom Montréalie pour bien faire comprendre que son objectif est de défendre la grande région montréalaise et l'utiliser risquerait de dénaturer le Cercle.

Louise ajoute :

— Pourquoi pas simplement : Équipe Beaubien-Montréal.

Personne ne réagit et je tiens donc pour acquis que le parti a maintenant un nom. Au risque de montrer mon manque total d'expérience en politique, je lance la question :

— Quelqu'un peut-il me dire qu'est ce que ça prend pour former un parti politique ?

Paul Lebouthiller répond à ma question :

— C'est très simple. Il faut d'abord remplir un formulaire qui contient des informations de base : l'adresse, le nom du chef, le nom de quelques dirigeants et le nom du représentant officiel. Cette autorisation doit ensuite être accompagnée d'une liste de signataires qui appuient la formation du parti. Ça prend la signature d'au moins 10 électeurs par district dans au moins le tiers des districts électoraux.

Charles Létourneau intervient :

— C'est simple, il n'y a rien là ; la preuve ? À chaque élection, il y a des groupuscules de tous acabits qui se forment en partis. Mais le processus peut aussi servir pour lancer une campagne et décourager les adversaires potentiels. La clé réside dans la composition et la diffusion de la liste de signataires : beaucoup de noms, dans tous les districts et une liste qui contient des signataires prestigieux et influents.

Lorsque je me suis présenté au restaurant ce matin j'étais convaincu de pouvoir faire valoir mon idée de me présenter comme un candidat indépendant. J'ai quitté confus, avec l'impression que j'étais le seul à avoir le pas et que la meilleure stratégie était de former un parti indépendant. Me présenter seul m'apparaît futile, mais la formation d'un nouveau parti à moins de six mois d'une élection me paraît irréaliste.

Chapitre 5

Décision

Après la rencontre à La Carafe, j'ai pris une décision définitive : je me présente et je forme un parti ; j'ai aussi réalisé que l'idée de me présenter comme candidat indépendant était une façon de me défiler de l'énorme tâche à laquelle je fais face. Les jeux sont faits, je me lance dans l'aventure politique et, comme le répétait souvent Catheryne la veille d'une première : « … Et c'est parti, mon kiki ! » Je me demande bien si mon oncle Eusèbe, ce vieux ratoureux, avait anticipé ce résultat. Je crois que oui, mais il n'avait certainement pas anticipé le climat dans lequel cette campagne va se dérouler. Les politiciens en ont pris pour leur rhume au cours de la dernière année.

Lorsque j'ai fait part à Noémie de ma décision, elle a reçu l'information d'une façon stoïque et a réagi en déclarant : « Je suis tombé en amour avec une vedette de la télé et me voilà maintenant en amour avec un politicien. La vie nous réserve de ces surprises… » Puis, elle m'a embrassé tout en me glissant à l'oreille : « Je suis avec toi. » La remarque attendue d'une femme en amour, mais dont la sincérité est trahie par la brève expression d'inquiétude qui a traversé son visage. Elle réalise, tout comme moi, que je viens de changer nos vies à jamais.

Ce matin, nous consacrons notre avant-midi à Montpossible. Là aussi, les choses semblent vouloir progresser.

À notre arrivée, le père de Noémie est déjà là et prend un café avec la notaire Élisabeth Dubois, l'associée de Florence, qui a accepté d'agir à titre de secrétaire tant de Montpossible que de la Fondation d'Eusèbe. Nous avions d'abord demandé à Florence, mais elle a refusé ; elle et Conrad sont trop occupés à apprendre à vivre ensemble et à profiter de la vie. Par courtoisie, Noémie a invité Conrad comme observateur à ce conseil d'administration.

La rencontre a lieu dans une petite salle, au deuxième étage, adjacente au bureau de Noémie. Quelqu'un a acheté des beignes et du café, sûrement le père de Noémie qui, depuis son retour de Floride, passe ses journées au centre. La salle est meublée d'une grande table pliante et de six chaises métalliques. Il n'y a pas de fenêtre et j'ai l'impression qu'il y a un bon bout de temps que le tapis a ressenti le souffle d'un aspirateur. J'ai à peine le temps de me servir un café que Conrad arrive à bout de souffle :

— Excusez-moi, mais Jean et Paul voulaient déjeuner avec moi ce matin. Maxime, tu vas créer ton propre parti ?

— Les nouvelles vont vite !

— Jean Deragon…

John est le premier à réagir :

— Mon cher Maxime, tu as des… *balls.*

Élisabeth traduit :

— Des couilles.

— Oui, des couilles pour te lancer en politique aujourd'hui.

Noémie met fin à cette discussion avec une remarque qui nous surprend tous d'autant plus qu'elle s'adresse à son père.

— *Dad, leave Maxime's* couilles *to me.*

Je n'aurais jamais osé faire une telle remarque devant mon père et encore moins devant ma mère.

Noémie, avec l'aide de son père, a réorganisé l'administration de Montpossible avec le résultat que la réunion se déroule d'une façon rapide et ordonnée : Élisabeth nous informe que la situation légale a été normalisée et que toute la paperasse gouvernementale est maintenant en ordre, sauf pour l'accréditation du Centre qui est « sous analyse » selon le fonctionnaire responsable. John présente un rapport financier et le budget pour l'année puis Noémie nous fait un rapport sur le nouveau local :

— Aaron Sternthal, un développeur immobilier et ami de mon père, est propriétaire d'une bâtisse industrielle désaffectée dans le quartier Hochelaga. La propriété a été acquise pour des raisons spéculatives, mais le développement du quartier en « Nouveau Plateau » tarde à se concrétiser. Il est d'accord pour rafraîchir les lieux et pour les louer à Montpossible pour une période de cinq ans.

John enchaîne :

— J'ai visité les lieux et j'ai été agréablement surpris.

Noémie ajoute :

— La bâtisse se situe dans le même quartier que l'église Sainte-Rusticule.

La notaire Dubois demande :

— J'ai reçu le projet de bail hier et il me semble que M. Sternthal ne nous fait pas une faveur avec le coût du loyer.

Jon répond :

— C'est une question fiscale. Aaron va s'engager à effectuer une donation annuelle à la Fondation d'Eusèbe.

— Avons-nous eu des nouvelles de l'évêché ?

Noémie me répond :

— Monseigneur Rioux nous a fait parvenir une lettre de quelques lignes dans laquelle il nous avise que notre offre de location a été refusée parce que Montpossible n'est pas accrédité par le ministère de la Santé et des Services sociaux.

John lance un « *bullshit* » bien ressenti qui trahit notre pensée à tous.

L'ordre du jour terminé nous faisons un tour de table et Conrad conclut :

— Il me semble qu'en quelques semaines vous avez fait avancer les choses plus loin que je ne l'ai fait en 15 ans. Je vous remercie tous.

* * *

À mon arrivée au bureau du Cercle, je trouve Carole dans la salle de conférence concentrée sur l'écran de son ordinateur :

— Je révise le texte que nous allons publier pour répondre à une série d'affirmations parues dans la dernière édition du magazine *Quorum* de la Fédération des municipalités du Québec. Tu ne le croiras pas, mais l'article annonce la création d'un mouvement régional baptisé le « Bouclier des régions » dont l'objectif avoué est, et je cite : « De faire échec aux efforts du Cercle de la Montréalie et à son président Maxime Beaubien, qui conspirent — c'est le verbe utilisé — pour augmenter l'hégémonie de la région de Montréal sur la Province. »

— Ils ont tout à fait raison.

— J'ai aussi appris que tu veux créer un nouveau parti et que tu ne veux que des candidats sans expérience. Ai-je bien compris ?

— Je vois que quelqu'un t'a parlé.

— Charles Létourneau.

— Je veux un parti vierge et des candidats vierges.

— Maxime, j'espère que tu te rends compte du travail à accomplir pour créer un parti.

— Tout le monde ne cesse de me le répéter.

— Malgré tout, je comprends ce qui motive ta décision et je suis prête à travailler avec toi. De toute façon, comment une spécialiste en communications comme moi peut-elle refuser de s'attaquer à la série de défis auxquels tu fais face : créer un nouveau parti à moins de six mois d'une élection, avec un candidat qui ne veut pas être perçu comme un politicien et qui veut faire les choses d'une façon différente de ce qui se fait depuis 50 ans, sans oublier qu'il est un suspect dans le dossier de l'occupation illégale d'une église, d'une attaque au cocktail Molotov et d'une émeute sur la rue Sainte-Catherine, sans oublier qu'il s'est mis à dos l'ensemble des politiciens provinciaux et les régions du Québec.

Même si je sais que la remarque se veut sarcastique, elle me dégonfle.

— C'est encourageant! Es-tu en train de me dire que je n'ai pas de chance?

— Disons juste que tu ne t'aides pas.

— Je suis bien content que tu acceptes de m'aider malgré tous mes handicaps. Maintenant, même si je me présente, je veux que le Cercle continue sur sa lancée et c'est pour cette raison que j'ai demandé à Jon de se joindre à nous pour le lunch.

— Maintenant que tu as pris une décision, tu dois démissionner de Montpossible; cette organisation est une véritable boîte de Pandore. Il faut que tu prennes tes distances.

— J'ai une obligation envers Eusèbe et j'ai promis à Noémie de l'aider.

— Tu peux continuer à donner un coup de main, mais il n'est pas nécessaire pour toi d'avoir un titre et des responsabilités spécifiques.

Carole regarde sa montre et ajoute:

— Jon devrait être ici d'une minute à l'autre. En attendant, prends donc connaissance du texte qui sera envoyé dans les prochains jours à tous les abonnés du Cercle.

Le texte reprend les positions du Cercle: Montréal est une ville-région du monde, la seule du Québec, elle n'a ni le pouvoir ni les moyens pour se gérer comme telle, et cela non seulement à son détriment, mais au détriment de toute la Province.

J'ai à peine terminé que Jon se présente, deux sacs graisseux en main. La senteur ne laisse aucun doute: nous allons manger du *smoke meat* de chez Schwartz ce midi. Carole lance:

— Jon! Je t'avais demandé une salade.

— Une salade de chez Schwartz? À part la salade de choux…, on va avoir un six mois occupé. Il faut se faire des réserves d'énergie.

Sans attendre, il sort trois sandwichs bien emballés dans du papier ciré et les distribue:

— Deux maigres et un moyen pour moi.

Puis il sort une portion de frites et des cornichons:

— J'ai acheté une frite moyenne, il faut tout de même faire attention à notre ligne.

Jon s'assoit:

— Maxime, avant de parler du Cercle, j'aimerais éclaircir une chose. Hier matin, au petit-déjeuner, Charles Létourneau était là. J'ai fait quelques vérifications et il est l'un de ces organisateurs politiques spécialistes des élections clé en main, qui font la pluie et le bon temps, à chaque élection, avec les vieux partis depuis des décennies. Il est aussi connu comme un *bagman*, un leveur de fonds, pour le Parti libéral. Dans les circonstances, je crois qu'il serait sage de l'éloigner.

Carole ajoute :

— Il n'est pas avec nous par conviction, il cherche un retour d'ascenseur. Il s'est fait foutre à la porte de Tourisme Montréal et il se cherche un emploi.

— Je vais en parler à Louise.

Jon acquiesce d'un hochement de tête, suivi d'une grimace. J'ai compris.

— Nous devons maintenant discuter de l'impact de ta décision sur le Cercle : il sera impossible de dissocier le Cercle de la Montréalie du parti Équipe-Beaubien-Montréal.

Carole renchérit :

— Ce n'est pas une mauvaise chose et, même si nous essayons, il va toujours y avoir confusion entre les deux.

Jon ajoute :

— De toute façon, si j'ai bien compris, tu n'as pas l'intention de changer de discours. Les positions du Cercle demeurent les tiennes et le Cercle va continuer à les défendre, que ces positions soient populaires ou non.

— Il faut que le Cercle de la Montréalie survive, que je sois élu ou pas.

Carole ajoute :

— Si c'est le cas, il faut se trouver un nouveau président pour le Cercle. Tu ne peux cumuler les deux postes.

— Pour la présidence du Cercle, que diriez-vous de Pierre-André Lepage ?

Carole réagit :

— Excellent choix. Un choix très crédible aussi : il est professeur d'université, à la retraite et l'auteur de plusieurs livres sur la fiscalité.

Jon l'interrompt :

— Il est un peu professoral, mais à partir de maintenant tu seras le centre d'attention. Maintenant, il y a quelque chose qui me fatigue : ton implication avec le Centre Montpossible.

— Je vais donner ma démission.

Carole ne me donne pas la chance de continuer.

— J'ai parlé à monseigneur Rioux pour en savoir plus sur son changement d'attitude au sujet de Montpossible. Il m'a répété la platitude au sujet de l'accréditation et il m'a ensuite avoué qu'il avait subi des pressions du Rome pour louer à Compassion Québec, un organisme associé à l'Opus Dei. Il a refusé de m'en dire plus.

Jon regarde Carole :

— Tu me surprendras toujours. Je ne te savais si proche des autorités religieuses. Tu as souvent des discussions, comme ça, avec l'évêché ?

— L'évêché est mon client.

— Et pourquoi l'évêché a-t-il besoin d'une experte en communication ?

— Réfléchis un peu, Jon ; s'il y a un groupe qui a besoin d'expertise en communications, c'est bien l'Église catholique.

Je demande :

— L'Opus Dei, Compassion Québec, les Chevaliers de Colomb, des ultras catholiques, tout ce monde travaillent-ils ensemble ?

— Je ne sais pas, mais je ne serais pas surprise. Il faut que l'Église catholique unisse ses forces autour de ceux qui ont encore la foi. Maintenant, Maxime, nous avons beaucoup à faire : tu dois me fournir tes déclarations sur tes revenus des cinq dernières années et une liste de toutes les associations, syndicats et partis politiques dont tu as fait partie au cours de ta vie. Tout comme nous l'avons fait lorsque tu as créé le Cercle, nous devons nous assurer qu'il n'y a pas de squelettes dans ton placard et cela de façon beaucoup plus exhaustive que nous l'avions fait il y a quelques mois. Et c'est la même chose pour toi, mon cher Jon, et pour tous les candidats, puisque je comprends qu'ils seront tous des inconnus.

— Inconnus du monde politique, mais connus dans leur milieu. Il y a une grosse différence.

* * *

Je suis resté à mon bureau du Cercle tout l'après-midi et j'ai été le dernier à quitter les lieux. C'était voulu : je dois prendre un verre avec Catheryne au bar Les voyageurs du Reine Élisabeth.

Suite à l'interview avec Parent, Catheryne avait exprimé le désir de me rencontrer et m'avait demandé de lui envoyer un texto, ce que j'avais négligé de faire. Je ne suis pas fort sur les textos — je n'ai même pas un BlackBerry — et j'avoue avoir tout simplement négligé de faire le suivi.

Hier soir, j'ai reçu un courriel de sa part : « Demain soir, 18 h, au bar Les Voyageurs. » Le choix du bar les Voyageurs ne m'a pas surpris ;

Catheryne a toujours eu le sens du dramatique. Des dizaines d'idées pour expliquer le motif derrière cette rencontre me sont passées par la tête depuis hier soir. Certains des motifs sont sans conséquence, d'autres beaucoup plus compliqués. Qu'à cela ne tienne, j'ai tout de même hâte de la voir ; j'aurais aimé qu'elle demeure une amie, mais, dans les circonstances, c'est délicat. Peut-être plus tard, sûrement plus tard, si je veux voir notre enfant.

Contrairement à la dernière rencontre dans ce bar, lorsqu'elle m'avait demandé d'être le père biologique de son enfant, et m'avait fait attendre un bon moment, Catheryne est déjà là à mon arrivée. Elle a choisi une table éloignée du lobby à l'abri des regards. Elle est toujours aussi belle et j'ai même l'impression qu'elle a fait un effort particulier avec son maquillage.

Elle me reçoit avec un baiser sur la bouche et une accolade qui m'a permis de sentir la rondeur de sa taille. Elle l'a fait expressément et je commence à m'inquiéter pour ce qui va suivre. Elle s'assoit, et nous sommes immédiatement interrompus par le garçon. Elle demande une bouteille d'eau minérale Pelligrino, « étant donné ma condition » et je commande un martini vodka double.

— Maxime ! Écoute !

Le pianiste joue *Un homme et une femme* de Claude Lelouch, l'une de nos chansons fétiches. Je garde un œil sur le pianiste pour voir s'il va jeter un regard dans notre direction ; je suis convaincu que Catheryne a planifié le moment. Je ne décèle rien.

Elle ouvre la conversation :

— Je vois que tu as de grands projets. On ne rit plus : maire de Montréal !

— Je devrais annoncer ma candidature dans les prochains jours. Je serai occupé pour les cinq prochains mois.

— Je ne peux en dire autant de mon côté ; les rôles pour des actrices enceintes sont rares.

— Je n'avais jamais pensé à cela.

— Les seules offres que je reçois sont pour des présences à des jeux-questionnaires. J'ai toujours refusé de m'abaisser à accepter ce genre d'invitation et je continue à le faire, même si les cachets sont intéressants.

J'aimerais bien lui demander comment se passe sa grossesse, mais je n'ose pas aborder le sujet.

Elle me prend la main ;

— J'ai beaucoup de temps sur les bras et je commence à réaliser que j'ai fait une grosse erreur en te laissant partir.

Elle me serre la main un peu plus forte.

— Maxime ! Est-ce qu'il y a une chance de raviver notre relation sur des bases plus permanentes ?

La question qui m'inquiétait et que j'espérais ne pas voir venir. Je retire ma main.

— Je vis une relation merveilleuse avec une femme avec qui je veux terminer mes jours.

Je vois des larmes apparaître à ses yeux. Elle se lève et quitte le bar en me lançant :

— Merci. Ta réponse veut tout dire.

Chapitre 6

Préliminaires

Ce matin, je m'installe dans les bureaux du Cercle ; j'ai besoin d'un espace pour travailler, d'un quartier général. L'appartement ne convient pas et, je l'avoue, j'ai besoin de voir du monde. Je suis devenu un personnage public et mon nom est mentionné presque tous les jours dans les journaux, mais je me sens seul, sauf le soir quand Noémie vient me rejoindre à l'appartement.

J'ai aussi invité Louise à venir s'installer dans les bureaux du Cercle. Nous nous parlons tous les jours, mais ce n'est pas pratique du tout. Depuis le jour où elle a accepté de devenir ma directrice de campagne, elle m'impressionne par son expérience et son approche ; elle est de ma génération et elle est une femme, un attribut important si je considère que mon adversaire anticipé demeure toujours Felicia McCormick. Je ne crois pas que sa candidature est sérieuse ; elle est loin de faire l'unanimité au sein de son parti, un parti qui devrait d'ailleurs disparaître.

Les analystes politiques parlent de plus en plus des efforts de l'exécutif de Progrès-Montréal et du Parti libéral pour trouver un candidat avec le potentiel de gagner. Le nom de Jean-François Boulé est souvent mentionné comme un candidat potentiel ; il est un ancien ministre libéral, qui a quitté la politique pour prendre soin de son épouse récemment décédée du cancer.

Plusieurs journalistes ont fait la remarque que Boulé était redevenu actif sur le site il y a quelques jours avec un *tweet* :

Jean-François Boulé@JFBoulé
Moi et mes trois enfants aimerions remercier tous nos amis pour leurs sincères vœux de sympathie. #Montréal #politique.

Avant la maladie de sa femme, Boulé était un fervent utilisateur de Twitter et il avait cessé de *tweeter* il y a quelques mois lorsque la maladie de sa femme s'était aggravée. Depuis ce *tweet* de remerciement, il intervient tous les jours et tous ses commentaires portent sur les activités de ses enfants, deux garçons et une fille. Il a plus 30 000 abonnés.

L'opposition à l'hôtel de ville est toujours représentée par Sylvie Larocque, la syndicaliste. Elle n'a pas encore annoncé sa candidature, mais elle n'est pas considérée comme une adversaire forte. Elle est trop jeune, manque d'expérience, et son organisation est associée de trop près au Parti québécois.

J'ai aussi une autre raison pour laquelle je m'installe dans les bureaux du Cercle ; je veux surveiller de près ses activités. Maintenant que j'ai pris la décision de me présenter et de former un parti, les médias et la population risquent de confondre les interventions du Cercle comme étant celles du candidat et vice versa. Il est donc essentiel de coordonner et de mesurer l'impact des interventions de l'un et de l'autre. Une opération qui sera délicate parce que je me suis promis, depuis le début que ni pour ma campagne ni pour le Cercle, nous ne ferions de compromis pour des raisons électorales.

La politique est peut-être l'art du compromis, mais ce dernier doit être l'aboutissement d'un débat, pas la position de départ. Les politiciens en période électorale veulent à tout prix éviter les débats de fond pour se limiter à des superficialités et à des arguments démagogiques. Il n'y a pas de mal à arriver à un compromis, mais il faut y travailler et c'est une opération toujours délicate et de longue haleine. Le risque que courent tous les politiciens en allant directement au compromis pour éviter des positions impopulaires est de mettre trop d'eau dans leur vin et de le rendre imbuvable. Je ne donnerai pas de choix à mes adversaires, ils vont devoir élever le niveau des débats.

À mon arrivée au Cercle, Frank, l'adjointe administrative, n'est pas à la réception, mais j'entends la voix de Louise en conversation avec Carole. Je ralentis le pas pour épier leur conversation :

— J'ai passé une dizaine d'années à Québec avec le Parti libéral et je me suis trimbalée de responsable de l'agenda, à responsable des communications, à directrice adjointe de cabinet. Puis le parti m'a demandé de revenir à Montréal pour donner un coup de main à la campagne de Jacques Delagrave. Comme récompense, j'ai été nommée directrice générale adjointe de la Ville et j'ai été remerciée lorsque Castonguay et sa gang sont arrivés au pouvoir.

— Les aléas du monde politique. Et aujourd'hui ?

— Trois ans à ne pas faire grand-chose après un divorce difficile. Depuis quelques mois, j'écris pour le journal local. Il y a deux semaines, Maxime m'a offert un défi intéressant et j'ai accepté.

C'est le moment que j'ai choisi pour entrer dans la salle de conférence, non sans apercevoir, du coin de l'œil, Frank, derrière moi, un large sourire sur les lèvres : elle venait de me surprendre à écouter à la porte. D'un mouvement de l'index, elle me fait un reproche suivi d'un autre sourire, un peu plus taquin celui-là. Je suis tout de même gêné de m'être fait prendre.

— Je vois que vous avez fait connaissance.

Carole se lève pour me recevoir, mais Louise ne réagit pas à ma remarque et va droit au but comme elle a l'habitude de le faire.

— La SPVM t'a fait une belle job de bras en dévoilant que tu as été interrogé.

Carole est la première à réagir.

— Il ne fait aucun doute que les policiers, comme ils le font régulièrement, ont laissé filtrer l'information et les médias ont tout gobé comme toujours et ont pris le crédit pour avoir découvert cette grande exclusivité.

Louise l'interrompt :

— Mon expérience à la Ville de Montréal me laisse croire que ce n'est pas des policiers individuels, mais la Fraternité qui est la source de l'information. De cette façon, aucun individu ne peut être directement impliqué et faire l'objet de réprimandes. La Fraternité justifie ses interventions par le besoin de défendre la crédibilité — eux appellent cela l'honneur — de ses membres. Il y a peut-être des enveloppes brunes qui financent les partis politiques, mais il y a, à Montréal, beaucoup d'enveloppes brunes qui sont envoyées aux médias avec non pas des dollars, mais des informations confidentielles que seuls des policiers peuvent connaître. Pour une raison que j'ignore, les syndicats cherchent à discréditer l'administration municipale et, dans ton cas, ils n'attendent même pas que tu sois élu.

Carole ajoute :

— Nous ne pouvons évidemment pas porter d'accusations en ce sens et la seule réaction possible est de publier un communiqué pour rétablir les faits. Maxime, tout cela est délicat, et, durant les interviews, tu te limites au contenu du communiqué.

Louise se lève pour se servir un café et conclut :

— Carole a raison, maintenant que Maxime est considéré comme un politicien, ses explications, quelles qu'elles soient, vont être reçues avec scepticisme. Ensuite, les médias vont reprocher aux politiciens de pratiquer la langue de bois.

Sa remarque me chavire l'estomac.

* * *

Il est maintenant midi, j'ai faim et ma proposition de nous rendre aux comptoirs-express de la Place Ville-Marie est reçue avec un « franchement ! » de la part de Carole :

— Allons Chez Julien. Il fait beau et j'adore la terrasse.

Carole et Louise commandent le tartare de saumon avec frites et je choisis une salade de homard. Carole profite de ce moment pour sortir un document de son énorme sacoche.

— Maxime, tu as rédigé ta chronique dans *Le Journal de Montréal* durant un peu plus de trois ans. Nous en avons répertorié plus de 150 et toutes ont été lues. En passant, il faudrait que tu nous fasses parvenir une liste et des exemplaires de tes autres publications.

— La plupart de mes publications datent du temps où j'envisageais une carrière universitaire et elles sont très didactiques.

— Je veux que quelqu'un les lise. Tes adversaires vont le faire et je ne veux pas être prise de court.

— Je les numérise et je te les fais parvenir.

— Merci. Tu trouveras dans le dossier une liste des 150 chroniques, d'abord en ordre chronologique de parution, puis par sujet ; celles qui pourraient créer une controverse sont identifiées au surligneur rouge. Nous en avons retrouvé une cinquantaine, mais plusieurs sujets se répètent comme le déséquilibre fiscal entre les niveaux de gouvernement et le découpage irrationnel des régions administratives. À voir le nombre de chroniques sur ces mêmes sujets, deux de tes marottes. Tu reviens aussi sur l'étalement urbain, le faible pourcentage d'allophones dans la fonction municipale, l'inefficacité de la bureaucratie et trois chroniques, publiées en avril de chaque année, sur les nids de poule. Tu commences à te répéter, mon Maxime.

Carole a donné à Louise une copie de la liste. Elle ajoute :

— Une chose est certaine, tu n'auras pas l'appui des syndicats et de la fonction publique avec ta chronique qui suggère l'abolition du droit de grève dans la fonction publique et celle dans laquelle tu dénonces l'incompétence des hauts placés de la fonction publique tant à Montréal qu'à Québec.

Carole m'a demandé de réserver mon après-midi ; après le lunch, Louise nous a quittés et Carole et moi sommes partis pour nous rendre chez mon coiffeur qui est installé sur la rue Sainte-Catherine à l'est de Bleury, dans un édifice dilapidé qui attend le pic du démolisseur. Rendue devant le salon, Carole me lance :

— Es-tu sérieux ?

— Angelo me coupe les cheveux depuis au moins 20 ans.

Nous entrons, accueillis avec un chaleureux :

— Bonjour, monsieur Maxime.

Angelo, surpris par la présence de Carole, se précipite vers la table située entre les deux chaises d'attente et réorganise les magazines qui s'y trouvent de façon à cacher les éditions de *Playboy* et de *Penthouse*. Une revue de chasse et pêche est maintenant au-dessus de la pile de revues.

Angelo se tourne vers Carole:

— Je m'excuse, je n'ai pas de magazines de femme.

Carole sourit et répond:

— Ça va, pas de problèmes, j'ai du travail à faire.

Elle s'assoit et sort son BlackBerry pendant que je m'installe sur la chaise: Angelo me passe son peigne dans les cheveux. Poli, il remarque:

— Pas très longs, vous êtes venu le mois dernier, non?

Carole, qui a entendu la remarque, se lève et pointe vers une photo sur le mur:

— Je veux ses cheveux aussi courts que sur cette photo.

Angelo, perplexe, me regarde et attend ma réaction:

— La madame a parlé, tu t'exécutes. Puis j'ajoute à voix basse:

— Je t'expliquerai.

Angelo commence son travail, puis ajoute d'une voix suffisamment forte pour que Carole entende:

— Une coupe de politicien?

Carole, qui est concentrée sur son BlackBerry, se lève soudainement, regarde autour du salon, remarque une télévision et demande à Angelo de mettre les nouvelles. LCN nous annonce qu'il y a eu en avant-midi une descente conjointe de la Sûreté du Québec et de la Gendarmerie royale du Canada dans des bureaux de la ville de Montréal et que deux personnes ont été arrêtées. Le lecteur de nouvelles nous avise que les policiers et le Bureau de la concurrence du Canada tiendront en fin d'après-midi une conférence de presse conjointe.

Carole place le téléviseur en sourdine.

— J'espère seulement que les personnes arrêtées sont de petits fonctionnaires qui ont effectué une petite magouille.

— Il est temps que quelqu'un soit arrêté. Cela va peut-être calmer l'ardeur des médias.

— Je ne crois pas. Il y a trop de fumée sans feu pour que cela s'arrête là. J'ai bien l'impression que ce n'est que le début.

La coupe de cheveux terminée, nous nous dirigeons vers le studio d'un photographe. Lorsque Carole m'a annoncé que je devais passer chez le photographe, je lui ai montré les clichés que j'utilisais depuis quelques années. Carole m'a expliqué que des photos d'un candidat en politique devaient être beaucoup plus douces et amicales «que des photos d'un professeur vedette qui veut se donner des airs et qui porte les cheveux trop longs. » J'ai encaissé même si j'aime bien ces photos.

Le studio du photographe est situé dans un vieil édifice manufacturier de la rue Sainte-Catherine qui loge aujourd'hui des entreprises de services dont la clientèle se retrouve dans les grands édifices de bureaux du centre-ville. Le hall d'entrée est négligé, des graffitis ornent les murs de l'ascenseur ou, plutôt, du monte-charge, et une odeur de vieille poussière domine. L'édifice attend de se métamorphoser en lofts résidentiels.

Nous arrivons au cinquième étage après un trajet marqué de grincements et de sursauts qui pourraient concurrencer un manège de parc forain. Les planchers des larges corridors sont de lattes de bois franc et il est facile d'imaginer des chariots chargés de tissus se promener d'un atelier à un autre.

Le studio de Karl Klein est situé au bout du corridor. Un petit homme chauve et bedonnant nous reçoit. Il doit être dans la soixantaine avancée.

— Bonjour, madame Boutet.

Puis il me serre la main tout en m'invitant à passer dans son studio. Nous traversons un bureau orné des habituelles photos de mariage et de remises de diplôme et de plus vieilles photos de mannequins affublées de vêtements qu'aurait portés ma mère. Klein a remarqué mon regard et explique :

— Je suis ici depuis 40 ans. J'étais le photographe officiel de la plupart des fabricants de vêtements de l'immeuble. Ils sont tous partis. Aujourd'hui, je survis avec des photos de passeport.

Carole explique :

— M. Beaubien veut faire de la politique. J'ai besoin d'une expression chaleureuse.

— O.K. Pas une expression d'homme d'affaires sérieux et déterminé, mais l'expression de quelqu'un que l'on aimerait avoir comme ami.

— Vous avez compris.

Klein me demande de m'asseoir sur un tabouret placé devant un écran gris-blanc entre deux réflecteurs et il s'installe derrière l'appareil photo. Il y jette un coup d'œil, déplace de quelques pouces l'un des réflecteurs et retourne derrière son appareil.

— Tout est beau.

Le tout a pris à peine trois minutes. M. Klein a du métier.

— Maintenant, monsieur Beaubien, tournez votre corps vers la droite.

Je me tourne vers la droite.

— Non! Seulement votre corps, pas vos jambes, ni votre tête. Très bien. Penchez-vous maintenant et tournez la tête vers l'objectif.

Je me sens comme doit se sentir un bretzel.

— Maintenant, je veux un sourire. Imaginez que vous vous adressez à des enfants.

J'ai à peine le temps de m'exécuter que des déclics à répétition se font entendre. Klein regarde les résultats et lance un « *shit* » de frustration. Il se dirige vers moi, se mouille le pouce avec la langue et replace quelques poils rebelles de mon sourcil de droite. Il retourne derrière l'appareil photo et me lance :

— On recommence. Les enfants… !

D'autres déclics, il montre les résultats à Carole : le résultat est bon. La séance est terminée. Le tout a duré à peine 10 minutes. Nous sortons et je pars à la recherche d'une toilette pour me rincer le visage.

* * *

La descente policière dans les bureaux administratifs de la ville de Montréal et l'arrestation de deux fonctionnaires font évidemment toutes les manchettes. Le Bureau de la concurrence du Canada, dont le mandat est de s'assurer qu'il n'existe pas de collusion dans l'octroi de contrats, est responsable de l'enquête. Les informations sont fragmentaires, mais il appert qu'un groupe d'entrepreneurs, de collusion avec deux responsables des travaux publics de la ville de Montréal, ont conspiré pour fausser le processus d'appels d'offres. Les autorités sont avares de commentaires pour l'instant, mais indiquent qu'il y aura d'autres arrestations dans un avenir prochain.

L'enquête policière sur les incidents de Montpossible n'a pas pour autant été oubliée, mais elle a été reléguée à la page cinq. Les journalistes ont maintenant eu quelques jours pour fouiller et c'est maintenant la course aux exclusivités.

La Presse dévoile l'implication passée de Martin et de Sophie dans Groupe Qualité-Vie, un organisme d'activisme social que dirigeait Noémie. Je me souviens à l'époque que les médias avaient encensé l'organisme et Noémie en particulier, lorsqu'elle avait mené une campagne contre la démolition d'une ancienne usine de textile pour faire place à des condominiums de luxe ; l'ensemble résidentiel avait été qualifié d'une « machination de riches entrepreneurs de connivence avec les politiciens du quartier. » Dans l'article de *La Presse* de ce matin, l'organisme est devenu un « groupuscule d'agitateurs sociaux dirigé par Noémie Goodman maintenant directrice du Centre Montpossible et l'épouse du candidat à la mairie Maxime Beaubien. » Comme les perceptions se transforment au gré des préjugés journalistiques. Noémie va tout de même aimer apprendre qu'elle est maintenant mon épouse.

La descente policière et les arrestations accaparent tellement d'espace média que la série de cinq défaites des Canadiens et des rumeurs possibles de renvoi du coach se retrouvent en page trois. Un entrefilet, en septième page, annonce la conclusion d'une entente entre Compassion Québec et l'évêché pour la location du sous-sol et du presbytère de la paroisse Sainte-Rusticule. Le maire de l'arrondissement Bernard Foucrault s'est déclaré satisfait. Pas un mot sur la relation de Compassion Québec avec l'Opus Dei. Les journalistes sont en train de manquer un bon sujet de reportage.

Ce matin, Carole m'oblige à rencontrer un couturier pour me faire fabriquer des vêtements sur mesure. Cette décision a été prise à la suite de notre visite chez le photographe. Juste avant de quitter, discrètement, M. Klein a fait remarquer à Carole que le bleu marine du veston que je portais n'allait pas bien avec mon teint. De toute évidence, elle respecte son opinion puisqu'elle a organisé la rencontre de ce matin faisant fi de mes objections. Je demeure perplexe et trouve superflue la nécessité d'agencer mes vêtements avec mon teint. Carole, de son côté, m'a simplement dit qu'en politique, il ne fallait négliger aucun détail.

Le couturier a insisté pour que la rencontre ait lieu à l'appartement sous le prétexte d'effectuer un inventaire de ma garde-robe. Ce ne sera pas long et il ne sera pas impressionné : je possède un complet bleu marine trois-pièces pour les occasions importantes et trois vestons sport que je porte avec des cols roulés. Je porte cet uniforme d'intellectuel depuis des années. Il ne me manque que la barbe. Je ne m'en suis jamais laissé pousser une par respect pour ma mère qui était d'avis que quelqu'un qui se laissait pousser la barbe souffrait d'un complexe identitaire.

Carole et son couturier se présentent à 9 h comme convenu. L'homme, vêtu d'un polo vert pâle trop ajusté et d'un pantalon noir trop serré, est menu et il arrive à peine à l'épaule de Carole, gigantesque à côté de lui. En voyant la couleur de son polo, je deviens méfiant. Je déteste le vert.

Carole entreprend les introductions d'usage :

— Maxime, je te présente Marcel Séverin.

L'homme me tend une main flasque et humide, assortie d'une expression corporelle que j'ai peine à déchiffrer jusqu'au moment où il ajoute, d'une voix efféminée :

— Carole, cette fois-ci, tu m'amènes un spécimen intéressant.

Puis il ajoute :

— À vous voir, j'ai déjà une bonne idée des couleurs qui vous avantageront. Mais je dois aussi vous convaincre.

Il jette un coup d'œil autour de lui et ajoute :

— Venez, je vois une lampe qui fera l'affaire.

Il se dirige vers le salon, enlève l'abat-jour et sort d'une mallette une grande serviette blanche.

— Essayez-vous ici près de la lumière.

Il place la serviette autour de mes épaules et sort un assortiment de tissus.

Tout en choisissant des tissus de couleurs différentes, il m'explique :

— La lumière et le blanc de la serviette me permettent de mieux évaluer les couleurs dominantes de votre teint. Avec vos cheveux châtains et vos yeux bruns, il est naturel de retrouver une peau d'un teint pêche avec des nuances de rose. Pour vous, aucun doute, des bruns foncés accompagnés de couleurs, orange et jaune vous iront à merveille.

Il me prend la main et la tourne vers la lumière :

— Regardez la couleur de l'intérieur de votre poignet et vous verrez tout de suite.

Pour être honnête, je ne vois rien, mais je le laisse faire. Il semble savoir ce qu'il fait, mais je demeure sceptique.

Il continue :

— Maintenant, j'aimerais voir votre garde-robe.

— Ma garde-robe est très limitée. Je porte peu d'attention à ma tenue vestimentaire.

Carole réagit :

— Les gens acceptent qu'un savant professeur porte peu d'attention à sa tenue vestimentaire. C'est autre chose pour quelqu'un qui veut devenir maire de Montréal. Il faut que tu te conformes à l'image de la fonction bien qu'elle ait été *maganée* au cours des dernières années. Rappelle-toi la chemise hawaïenne et les bermudas du maire Bourque au Grand Prix de Montréal et comment il avait été critiqué.

J'ouvre la porte de ma garde-robe et remarque que Marcel a jeté un coup d'œil sur la photo de Noémie qui trône sur ma table de chevet. C'est sûrement mon imagination, mais je crois percevoir une expression de désappointement sur son visage. L'attention de Marcel revient sur mes vêtements :

— Il vous faut des vêtements neutres qui se marient bien avec votre teint de façon à ce que l'attention de votre auditoire soit sur votre visage et non sur vos vêtements.

Marcel sort mon veston-sport en poils de chameau, le retire de son cintre et explique :

— Ça, c'est une couleur qui vous va bien.

Catheryne m'a toujours dit qu'il me faisait bien.

Puis il sort mon habit trois-pièces bleu foncé et, avec une grimace, me suggère :

— Quant à celui-là, pas de problème, vous le laissez au fond de la garde-robe, et il pourra servir pour vos funérailles. À ce moment-là, votre teint aura peu d'importance.

Marcel est reparti avec mes mensurations et une commande de trois habits dans différents tons de brun et six chemises jaune pâle et beiges. J'ai émis mon droit de veto sur les chemises orange. « Des chemises de couleurs uniformes sont mieux pour la télévision. » Il se rend aussi responsable de l'achat de cravates.

Après le départ de M. Séverin, j'ai insisté pour que Carole reste pour prendre un café. Il y a plusieurs sujets qui me tracassent : l'image que projette maintenant le Centre Montpossible, la réaction que je devrais avoir au sujet des arrestations à la ville et le délicat sujet des fusions qui est revenu sur le tapis.

Nous nous installons à la cuisine et je prépare les cafés pendant que Carole vérifie son BlackBerry. C'est la troisième fois qu'elle le vérifie en moins d'une demi-heure. Carole souffre de *blackberrisme*, une dépendance qui, pour bien des personnes, a remplacé le tabagisme. Au lieu d'allumer une cigarette, on consulte son BlackBerry en se levant le matin, après le déjeuner, en arrivant au bureau, à chaque fois qu'il y a un moment de stress dans la journée et, bien sûr, avant de se coucher. Une nouvelle forme d'esclavage.

Je lui sers son café et je suis soulagé de voir qu'elle place le bidule en mode vibration. J'aurais préféré qu'elle le ferme, mais, dans son cas, ce n'est plus une option depuis longtemps.

Carole me montre son BlackBerry.

— Comme tu le sais, Boulé est revenu sur Twitter, et il ne cache même plus ses intentions. Regarde !

Jean-François Boulé@JFBoulé
Pour mettre de l'ordre, il faut de l'expérience. 20 ans en politique.
Rien à me reprocher. #Montréal #politique

Carole reprend son BlackBerry.

— Tu devrais te procurer un iPhone. C'est devenu essentiel dans le monde d'aujourd'hui pour savoir ce qui se passe. Les innovations technologiques, les réseaux sociaux et les émissions de nouvelles continues ont changé la donne et ont accéléré d'une façon inouïe l'échange d'informations. Tu dois être branché.

— Je sais. J'ai toujours considéré que les sujets sur les réseaux sociaux étaient les mêmes que dans le passé alors qu'ils s'échangeaient à la cafétéria de l'usine, au café du coin et sur le parvis de l'église, après la grande messe du dimanche matin. Les commères demeurent des commères, les langues sales sont toujours des langues sales et les bavards sont toujours des bavards.

— Il y a une grande différence ; l'échange d'informations est instantané et l'auditoire a augmenté. Mais revenons à Montpossible. Je ne m'inquiète pas outre mesure ; il nous faut trouver un porte-parole connu qui sera prêt à devenir l'image publique de Montpossible et, ainsi, te faire oublier.

— Dans les circonstances, ce ne sera pas facile. Tu as quelqu'un en vue ?

— Oui, mais avant de mentionner son nom, je veux lui parler.

— Maintenant sur un autre point. J'ai reçu hier les résultats préliminaires de City State Consulting sur la pertinence de fusionner certains services de la grande région de Montréal.

— Maxime ! Pas encore le sujet des fusions ?

— Justement, les conclusions sont claires, une petite ville-région comme Montréal devrait fusionner un certain nombre de ses services, dont le transport en commun, l'assainissement des eaux, et j'en passe.

— J'ai bien entendu ? Une petite ville-région ?

— La région de Montréal avec ses 3 850 000 personnes figure au 110e rang des agglomérations urbaines du monde. En comparaison, New York a une population de plus de 22 000 000 personnes.

— Tu caches ce rapport dans un tiroir et tu le sors après les élections. Je n'ai pas besoin de te rappeler ce qui est arrivé la dernière fois que tu as parlé de fusions.

— Et pour ce qui est des arrestations ?

— Nous n'en savons pas assez et il faut être prudent pour ne pas se mettre les pieds dans les plats. Limite-toi à déclarer que tu veux en savoir plus et que tu espères que c'est un cas isolé.

* * *

Il est presque midi lorsque Carole quitte l'appartement et j'ai moins de cinq minutes pour me rendre au St-Hubert du Complexe Desjardins pour mon lunch avec Charles. J'avais proposé le Latini, mais Charles a insisté pour que nous nous rencontrions à la rôtisserie. À mon arrivée, il n'est pas encore là et, malgré l'heure de pointe, je suis heureux de trouver une banquette qui vient de se libérer. Nous serons plus à l'aise pour discuter.

J'ai à peine le temps de m'installer que j'aperçois Charles s'approcher.

— Maxime, peut-on s'asseoir à une table?

Il ouvre son manteau et me laisse voir sa corpulente bedaine. J'ai compris. Nous nous installons à une table.

Charles est enfin installé et c'est lui qui ouvre la conversation:

— St-Hubert est mon restaurant favori.

— Charles, je voulais te voir ce midi…

Charles soulève la main.

— Maxime, je suis d'accord avec ta décision de choisir Louise Blouin pour être ton organisatrice. C'est un excellent choix, elle est de ta génération. Elle sera parfaite pour diriger une campagne dans le monde d'aujourd'hui. Mais n'oublie pas que tu dois rejoindre toutes les générations; ce n'est pas tout le monde qui utilise les réseaux sociaux et c'est là que je peux t'aider. Les vieilles méthodes pour organiser des élections sont encore nécessaires et pour cela je suis ton homme. C'est bien beau de gagner la course dans les sondages, mais la véritable partie se joue le jour du vote. À partir d'aujourd'hui, c'est une guerre de tranchées pour faire sortir le vote, arrondissement par arrondissement, district par district, bureau de vote par bureau de vote.

Je suis pris de court. C'est comme s'il avait lu dans mes pensées et de celles de Louise qui s'inquiètent de notre manque d'expérience dans l'organisation politique sur le terrain et qui m'a demandé de le garder dans notre entourage comme consultant sans tâche officielle.

— Charles, je suis reconnaissant pour ton offre, mais ne crains-tu pas que si tu te joins à moi de façon officielle, cela risque de nuire à ton emploi?

— Mon mandat à la présidence de Promotion touristique Montréal est terminé. Je fais partie des dommages collatéraux causés par les allégations reliées à l'utilisation des prête-noms dans les firmes d'ingénieurs. Dans toute cette affaire, je n'étais que le messager; je ramassais les chèques des individus *that's it, that's all*. Ce qu'ils faisaient à l'intérieur de leurs firmes n'était pas de mes affaires.

Je ne sais pas comment réagir à cette annonce. L'interruption de la serveuse me donne une minute pour réfléchir. Elle se tourne vers moi:

— Vous avez choisi?

— Un quart poitrine avec une salade traditionnelle.

— Monsieur Létourneau! Comme d'habitude?

La jeune demoiselle nous quitte et Charles explique:

— Je mange du poulet St-Hubert au moins trois fois par semaine. Il y a 30 ans, lorsque je suis arrivé à Montréal de Nicolet, j'étais seul, je ne savais pas cuisiner et j'ai adopté ce restaurant. Même durant mon mariage, je mangeais du St-Hubert. Ma femme était infirmière et travaillait le soir.

— Je ne savais pas que tu étais marié.

— Je ne le suis plus. Sais-tu combien de poulets j'ai mangés dans ma vie ?

La serveuse s'approche et sert à Charles un spécial deux cuisses.

— Laisse-moi deviner : 3 fois par semaine, pendant 30 ans…

Charles ne me donne pas la chance de répondre.

— Plus de 4 600 poulets.

— Tu as été remercié ?

— Ils m'ont donné une indemnité de départ de six mois de salaire.

Je décide d'aller droit au but :

— Tu sais que j'ai avisé Jean Deragon que je ne le voulais pas dans mon organisation à cause des allégations qui pèsent sur lui et son entreprise.

— Ils n'ont rien sur moi.

Cette simple affirmation me confirme que notre décision de le garder dans les coulisses est la bonne.

Chapitre 7

Planification

En fin de journée vendredi, j'ai reçu un appel de *Mme Simoneau, adjointe administrative de M. François Belzile du Parti libéral du Québec.* Au ton de madame, j'ai compris que monsieur était un fort important personnage. Madame m'a donc convoqué à un petit-déjeuner avec monsieur au restaurant Le Montréalais de l'hôtel Reine Élisabeth pour ce matin. La raison du petit-déjeuner?

Monsieur Belzile aimerait vous rencontrer.

Merci, madame Simoneau, pour cette information des plus pertinentes. Je n'ai pas accepté sur le champ; dans le monde d'aujourd'hui, il suffit pour un politicien d'être vu avec quelqu'un dont la réputation est douteuse pour qu'un journaliste d'enquête soulève des hypothèses dont les limites sont établies par son imagination; ces hypothèses, avec le temps, deviennent des vérités même si elles ne sont que des légendes politiques. La réputation du politicien est salie à jamais et celle du journaliste prend, elle, du galon.

À la suite de l'appel, je me suis empressé de communiquer avec Jean Deragon pour savoir s'il connaissait l'individu en question. Il s'avère que François Belzile est un *politicailleux*, le terme utilisé à ma surprise par Jean — je préfère apparatchik — du Parti libéral, le genre d'individu dont un parti a besoin pour du travail dans l'ombre comme organisateur, entremetteur, négociateur, collecteur de fonds et *gofer* discret. En d'autres mots, il est appelé à effectuer des tâches que les politiciens ne peuvent ni ne veulent effectuer directement. Jean m'a suggéré de le rencontrer, mais d'être prudent et de le laisser parler.

Il est 7 h 30 à mon arrivée et je demande la table de M. Belzile. Le restaurant est déjà occupé par la classe d'affaires qui peut se permette un déjeuner deux-œufs-bacon, pain brun, café inclus, à 18 $ grâce à l'obligeant système des notes de frais. Il est déjà installé à une table *m'as-tu-vu*, une pile de journaux devant lui. Lorsqu'il me voit, il s'empresse de les remettre au maître d'hôtel:

— Merci, Jacques, j'ai terminé.

Il me tend la main en ajoutant :

— Monsieur Beaubien, c'est un plaisir de vous rencontrer. J'ai tellement entendu parler de vous.

Pendant que je prends place, il m'explique :

— Lorsque je viens à Montréal, je suis ici à 6 h 30 pour prendre connaissance des nouvelles et des éditoriaux. C'est important dans mes fonctions.

L'homme est dans la cinquantaine, des cheveux trop noirs pour ne pas avoir été trafiqués et un visage de jeune premier périmé. Il est vêtu comme un président de banque : complet bleu foncé trois-pièces, chemise bleu pâle avec collet blanc sur lequel trône un monogramme bien en vue ; une cravate à pois complète l'ensemble.

— Maxime, tu permets que je t'appelle Maxime ?

Je passe à un cheveu de lui répondre non, mais je décide de me taire.

— Nous, à Québec, suivons avec intérêt les activités du Cercle de la Montréalie et Raphael m'a demandé de te faire part de son grand intérêt pour ton travail de sensibilisation sur les problèmes de la grande région de Montréal... même s'il y a eu quelques dérapages.

Pour un bref moment, je me demande qui est ce Raphael, auquel il fait allusion pour réaliser aussi vite qu'il fait référence à Raphael Munger, le premier ministre du Québec. Le ton de Belzile est prétentieux et, si cela lui fait plaisir de me rencontrer, son visage ne le démontre pas. Dès le départ, l'individu m'est antipathique.

Il continue :

— Les enjeux économiques et sociaux de la grande région de Montréal sont importants pour nous à Québec.

Je lui réponds :

— C'est bon à entendre de quelqu'un qui est connu pour son attachement à la région de la Vieille Capitale.

Jean m'a informé que François Belzile est originaire de Charny et qu'il est l'organisateur libéral de la région de Québec.

Belzile reçoit ma remarque avec un léger sourire et est épargné de réagir par le garçon qui vient s'enquérir de nos choix pour le déjeuner. Le buffet que j'ai vu au centre du restaurant est attirant, mais je choisis plutôt des rôtis, pain brun, avec café. Belzile répond au garçon par un simple :

— Comme d'habitude.

Puis il se tourne vers moi :

— Je prends toujours un gros déjeuner parce qu'avec mes occupations, j'ai rarement le temps de prendre trois repas par jour.

Je ne suis pas impressionné.

Durant le petit-déjeuner, la conversation se résume en une longue litanie des nombreuses réalisations de Raphael Munger et du Parti libéral pour la région de Montréal, des réalisations qui prennent, pour la plupart, la forme d'une série d'octrois et de subventions. M. Belzile n'a pas bien fait ses devoirs et la discussion est superficielle et insipide. Elle tend même à prouver la position du Cercle qui maintient que Québec contrôle la région de Montréal par un régime de subventions dont l'utilisation est déterminée à Québec sans consultation avec l'administration montréalaise. J'ai peine à croire que ce petit-déjeuner a été organisé dans le but d'avoir cette discussion. Il doit y avoir un autre motif et je devine que Belzile, habitué à ce genre de rencontre, attend la fin du repas pour entrer dans le vif du sujet. Si la rencontre tourne au vinaigre, il est plus facile d'y mettre fin lorsque rendu au café.

Mon intuition ne me fait pas défaut. Dès que nous avons terminé, Belzile me sert un café et s'adresse à moi sur un ton confidentiel :

— Maxime, nous comprenons que vous avez des ambitions politiques et que vous désirez vous présenter à la mairie. Nous comprenons aussi que vous êtes fédéraliste.

Beaucoup de vous, maintenant pour quelqu'un qui a demandé de me tutoyer ; nous devons être rendus à la portion sérieuse de la rencontre.

Il s'arrête et attend ma réaction. Je décide de m'amuser.

— Monsieur Belzile, j'ai de grandes ambitions pour la Région de Montréal et, sur le plan constitutionnel, je suis un *statuquiste*, donc pour le statu quo. Je suis un fédéraliste d'accommodement parce que les souverainistes n'ont pas encore réussi à me convaincre d'appuyer l'indépendance.

Je vois à l'expression sur son visage que cette réponse ambiguë ne lui plaît pas. Il poursuit tout de même :

— Nous avons à cœur la ville de Montréal et nous voulons nous assurer d'avoir un candidat d'envergure pour prendre la place du maire Castonguay.

— Je croyais que votre candidate était Felicia McCormick ?

— Vous comprenez que cette discussion est hautement confidentielle.

J'ai HAUTEMENT compris en effet, et j'ai hâte d'en savoir plus.

— Je comprends.

— Felicia est l'une de mes bonnes amies, mais, étant donné les circonstances, nous croyons qu'elle n'est pas assez forte. En temps normal, c'était à son tour de devenir maire de Montréal et Felicia aurait été la candidate idéale : une femme, au conseil de ville depuis 12 ans et au comité exécutif depuis 8 ans. Elle est aussi depuis toujours une militante libérale. Avec les arrestations de la semaine dernière, elle est maintenant identifiée à l'administration actuelle et à Progrès-Montréal, et nous avons certaines informations qui nous permettent de croire que le DGE déposera des accusations contre le parti bientôt.

Voilà donc le chat sorti du sac. Je ne peux croire qu'ils vont m'offrir leur appui. Belzile demeure silencieux et attend ma réaction :

— J'ai décidé de former mon propre parti et je n'ai pas l'intention de m'allier ni à un parti provincial ni à un parti fédéral.

Je n'en dis pas plus.

Belzile montre un signe d'impatience en déposant sa tasse de façon un peu trop brusque et en la repoussant vers le centre de la table. Il se penche vers moi et, d'une voix trop familière à mon goût, me dit :

— Écoute, Maxime, en te présentant à la mairie tu divises le vote et nous risquons de permettre au Parti québécois de faire passer son candidat. Et ça, il n'en est pas question.

Plus de vous désormais ! J'ai bien envie de lui demander pour qui il se prend, mais je choisis de donner à ce résident de Québec une petite leçon sur l'environnement montréalais :

— Vous savez, aujourd'hui, il faut être de plus en plus prudent dans une élection à Montréal quand il s'agit de s'identifier à une option constitutionnelle. Contrairement au niveau provincial où il est payant de polariser l'électorat, à Montréal, l'utilisation de cette polarisation est un jeu dangereux qui risque de coûter l'élection à celui ou celle qui s'identifie de trop près à une option constitutionnelle. D'une part, la population francophone représente à peine 50 % de la population de l'Île et l'option souverainiste rallie un peu plus de la moitié de ce groupe, ce qui assure, théoriquement, une base souverainiste de 25 % pour un candidat à la mairie qui serait souverainiste. Mais même cette base, au municipal, ne se voit pas obligée de voter en fonction de La Cause. La foi a ses limites.

Belzile est pris par surprise, ne réagit pas et j'en profite pour ajouter :

— Mon intention est de rallier tous les Montréalais, qu'ils soient fédéralistes ou souverainistes.

Il ignore ma remarque et continue :

— Nous avons présentement des discussions avec un candidat d'envergure et il a exprimé un certain intérêt à ce que tu te joignes à lui. Il serait prêt à t'offrir la présidence du comité exécutif.

Il se penche vers moi.

— Écoute, Maxime, la décision de te rencontrer a été prise par les instances du parti, il y quelques jours, c'est-à-dire avant l'occupation de l'église Sainte-Rusticule, l'émeute de la rue Sainte-Catherine et l'incendie de l'édifice des Chevaliers de Colomb. Ta réputation est loin de sortir indemne de ces aventures et j'ai dû me battre pour que cette offre demeure sur la table.

Sur ce, je me lève et lui serre la main :

— Vous m'excuserez, mais je dois me rendre dans les Cantons de l'Est pour une réunion. Merci pour le petit-déjeuner.

Je résiste à la tentation de lui lancer que je rencontre mon comité organisateur pour planifier ma campagne électorale. Malgré tout, ses dernières remarques m'ont dérangé ; il a peut-être raison ; mon étoile ne brille peut-être plus d'un si bel éclat. C'est dans cet état d'esprit que je quitte le chic établissement pour me rendre à Shefford.

* * *

Ce midi, je rencontre Louise, Carole et Brahm en Estrie dans une maison qui appartient à AMP, la boîte de consultation dont Brahm est président. Nous devons préparer une séance de remue-méninges qui se déroulera demain avec Pierre, Paul et un nouveau venu, recruté par Louise, Stéphane Audet, un génie de la publicité. J'avais invité Jon à se joindre à nous aujourd'hui, mais il est à New York et il se joindra à nous demain matin.

Mes instructions pour me rendre sont simples et précises : à la sortie 78 de l'autoroute 10, je dois tourner vers la gauche pour me rendre au Mont-Shefford et là, prendre le chemin qui grimpe sur la montagne. Je me retrouve sur une voie étroite et sinueuse, bordée d'arbres, et j'ai peine à distinguer les résidences dans cette forêt qui vient de retrouver son feuillage d'été. Je regarde une autre fois les instructions : 3,8 kilomètres à partir de la dernière intersection et tourne à droite rendu à la grosse roche.

Grosse roche est un euphémisme ; la roche est énorme et je me pose l'inévitable question : comment a-t-on pu déplacer une telle roche qui doit peser plusieurs tonnes ? J'en arrive à la conclusion qu'elle n'a été déplacée qu'une fois, par un glacier, il y a des millions d'années et qu'elle est restée là depuis. L'entrée me conduit vers un pont construit au-dessus d'un ruisseau qui cascade vers le bas de la montagne. À ma gauche, j'aperçois la maison construite sur un escarpement avec une grande galerie qui surplombe la gorge où s'écoule le ruisseau 20 mètres plus bas. Je stationne ma voiture et me dirige vers la porte d'entrée non sans avoir fait un petit détour vers le pont pour admirer l'endroit, et, en particulier, le ruisseau.

Brahm me reçoit :

— Bonjour, Maxime, tu es le premier arrivé. Viens, je t'installe et je te fais visiter les lieux.

Nous descendons un escalier vers un long corridor où je compte une demi-douzaine de portes. Sur chacune d'elle, un nom gravé sur une plaque de bois : la première a été baptisée EINSTEIN, la deuxième CONFUCIUS. Brahm ouvre cette dernière et nous nous retrouvons dans une petite chambre meublée d'un lit, d'une chaise et d'une table de travail, rien sur les murs. La pièce est bien éclairée par de grandes fenêtres qui donnent sur un patio qui fait la longueur de la maison.

— Ta chambre ! Tu peux y déposer tes affaires.

Nous nous dirigeons ensuite vers le bout du corridor et passons devant une porte baptisée DIEU. À la vue de la porte, je ralentis le pas. Brahm a remarqué.

— Ma chambre ; il y a deux ans quelqu'un a changé le nom. Je l'avais baptisé TINTIN.

Nous entrons dans une salle meublée d'appareils d'exercice cardiaux et de musculation. Deux salles de bains sont attenantes. Ici, comme dans les chambres, il n'y a aucun élément de décoration ; rien sur les murs, aucune plante d'intérieur, le strict nécessaire. L'ensemble donne l'impression d'un espace dont l'aménagement n'est pas terminé.

— Nous avons la maison depuis cinq ans et c'est un succès. AMP est un *think tank*, une boîte à réflexion, et la maison a été aménagée pour être un espace de travail. L'austérité monastique est voulue ; nous ne voulions pas créer un environnement qui ressemblait à une maison de campagne ou à un hôtel de villégiature. Les gens qui viennent ici sont ici pour s'isoler et réfléchir.

Brahm me dirige vers l'étage supérieur.

— Je voulais te demander : d'où vient le nom AMP ?

— Dans les bandes dessinées, lorsqu'un personnage a une idée, une ampoule apparaît au-dessus de sa tête. Nous sommes une boîte à idées, de là le nom AMP, les trois premières lettres du mot AMPoule. Au cours des années, le nom a acquis une notoriété qui fait que l'origine du nom n'a plus d'importance.

Notre conversation est interrompue par la sonnerie de la porte. Brahm reçoit Louise et Carole et les accompagne vers l'étage du bas :

— Louise, tu prends la chambre SOCRATE, Carole, la chambre DE BEAUVOIR.

Il me laisse seul dans un grand espace ouvert qui sert de cuisine, salle à manger et salon. Le décor est aussi sobre qu'à l'étage du bas. Une grande armoire domine la pièce et, en l'ouvrant, je découvre un téléviseur. À la droite de l'armoire, des étagères de livres sur des sujets variés et des centaines de DVD.

Mon examen des lieux est interrompu par Brahm, qui revient avec Carole et Louise :

Brahm regarde sa montre et nous annonce :

— Nous avons une bonne heure de travail avant le lunch. Suivez-moi.

Il nous dirige vers le deuxième étage et nous explique :

— À l'étage se trouvent cinq bureaux fermés que vous pourrez utiliser et une plus grande pièce qui sert de salle de réunion.

Les fenêtres de la salle de réunion nous donnent une vue magnifique des pistes de ski de Bromont. Nous nous installons autour d'une table ronde et Carole sort un épais dossier de son porte-documents. Je profite de l'occasion :

— Avant de débuter, j'aimerais vous faire part d'une rencontre que j'ai eue ce matin avec François Belzile.

Louise est la première à réagir sur un ton sans équivoque :

— Qu'est-ce qu'il te voulait, celui-là ?

Carole intervient, encore plus impitoyable :

— As-tu pris ta douche après la rencontre ?

Brahm demande :

— Vous me parlez du François Belzile, le lobbyiste et le proche du Parti libéral ? Il fait partie de cette racaille politique qui est maintenant dénoncée par tout le monde. J'aurais pensé qu'il serait disparu quelque part pour se faire oublier.

Je réponds à Brahm d'un signe de tête :

— M. Belzile voulait m'offrir de me présenter avec un candidat avec qui ils ont des discussions. Il m'offrait la présidence du comité exécutif.

Brahm est le premier à réagir :

— Tout le monde sait qu'ils vont appuyer la candidature de Jean-François Boulé

— Après l'affaire Beaubien, je me croyais persona non grata au Parti libéral.

Louise ajoute :

— Les considérations électoralistes ont le pouvoir de faire oublier beaucoup de choses. Je crois qu'ils te craignent et ils pensent que tu as des chances de gagner.

— Belzile m'a dit que, depuis les événements de l'église Sainte-Rusticule, ils ont maintenant des doutes sur mes chances de gagner.

Brahm demande :

— Je ne comprends pas pourquoi ce n'est pas Boulé qui t'a approché.

Carole met fin à la conversation :

— Maxime aurait pu se vanter d'avoir été approché par Boulé et d'avoir refusé.

Carole ouvre un dossier et continue :

— Maintenant, passons à quelques sujets d'ordre administratif. Lors de la fondation du Cercle de la Montréalie, nous avons épluché le curriculum vitae de Maxime. Maintenant qu'il a décidé de se lancer en politique, nous devons aller beaucoup plus loin.

Elle s'arrête et nous distribue à chacun un dossier. J'en devine le contenu :

— Tout d'abord, Maxime m'a fourni ses déclarations de revenus des cinq dernières années et son bilan financier. Je ne les ai pas inclus, c'est plutôt personnel, mais ils ont été préparés par le bureau de vérification de Pierre Fabien.

— Pierre est plus catholique que le pape.

— Nous n'avons rien à nous inquiéter de ce côté-là. Maintenant, vous trouverez dans le dossier une liste des associations, des syndicats et des conseils d'administration auxquels Maxime appartient ou a déjà appartenu. Il est toujours membre d'Amnistie internationale et de Greenpeace Canada, mais je ne crois pas que ce soit problématique, de petites tendances de gauche ne font pas de tort dans le climat politique d'aujourd'hui. Son implication avec le Centre Montpossible est plus problématique, mais il a donné sa démission.

Brahm ne laisse pas la chance à Carole de continuer :

— L'occupation n'est plus une nouvelle.

Carole continue :

— Tu as sûrement raison, mais je me sens plus à l'aise de savoir qu'il n'a plus de responsabilités officielles avec l'organisation.

Brahm lance :

— Sauf qu'il couche avec la P.D.G.

Carole ignore la boutade.

— On n'a aucun contrôle sur les jeunes du Centre et Dieu seul sait ce qu'ils sont capables de faire. Il est vrai que sa relation avec Noémie va toujours l'associer au Centre, mais nous allons détourner l'attention en recrutant un porte-parole vedette.

Brahm, d'un air inquiet, demande :

— Et ton choix ?

— Ben Comtois, le poète-slameur, mal rasé, qui se prend quelques fois pour un chanteur, et qui est, avant tout, un contestataire sur tous les sujets au menu du jour ; en résumé une grande gueule qui se donne des airs de paumé. Les jeunes l'aiment, la gauche l'admire, la droite ne peut pas le sentir et les médias l'adorent.

— Ben Comtois ? En as-tu parlé à Noémie ?

— Je n'ai pas encore parlé à Noémie, mais j'ai parlé à Ben ; il comprend la situation et il est prêt à jouer le rôle. En passant Maxime, il t'admire et il est impressionné par les jeunes de Montpossible. Cela est réglé. Maintenant, il y a un éléphant de six tonnes dans la pièce que nous ne pouvons ignorer.

— Laisse-moi deviner : mes chroniques ?

— Eh oui ! Les 150 quelques chroniques que tu as rédigées et tes 26 émissions feront partie de la campagne. Nous avons un candidat ici qui, durant trois ans, a baissé ses culottes sans contrainte et qui n'a pas hésité à faire valoir ses opinions, souvent controversées, sur un tas de sujets. Nos adversaires vont avoir un pique-nique.

Brahm réagit :

— Notre réponse est simple : *What you see, is what you get.* Finalement un candidat qui ne craint pas de dire ce qu'il pense.

— Je suis d'accord avec toi, Brahm ; la semaine dernière Carole m'a demandé de relire une cinquantaine des chroniques qui avaient le potentiel d'être utilisées par mes adversaires. Sur tous les sujets, je maintiens mes positions et j'ai l'intention de les défendre, advienne que pourra.

Carole ajoute :

— Bonne réponse. Je vais demander au comité de recherche du Cercle d'étoffer ces dossiers et de préparer des réactions aux critiques qui ne manqueront pas d'apparaître.

— D'accord. Vous n'aurez pas de difficultés avec mes émissions, celles-ci étaient didactiques, mais j'admets que souvent, dans mes chroniques, je me suis amusé à provoquer.

Carole me lance :

— Mon Maxime, j'ai bien peur que tu aies à payer pour le fun que tu as eu.

* * *

Réveil brusque ce matin à 5 h ; impossible de retrouver le sommeil dans cette petite chambre inhabituelle de la maison monastère d'AMP. Je reste au lit un moment, mes pensées embrouillées par mes chroniques, celles que j'ai écrites, celles que j'aurais dû écrire, et celles que je n'aurais jamais dû écrire, si j'avais su. Après une demi-heure, il est clair que le sommeil ne représente plus une option et je me lève pour aller prendre de l'air ; j'étouffe dans cette petite chambre surchauffée et j'ai besoin de me changer les idées.

Après quelques minutes de marche, l'air frais devient de l'air froid. J'accélère le pas. J'apprécie le silence et le calme qui m'entourent, mais je ne suis pas habillé pour la campagne. J'ai à peine fait 100 mètres qu'une petite Honda Accord couleur bourgogne me croise ; et voilà pour la belle solitude.

Quelques dizaines de mètres de plus et je décide de retourner, transi par le froid qui me pénètre de partout ; je n'avais pas prévu de temps glacial, car nous sommes fin mai. Arrivé à l'entrée de la maison, je retrouve la petite Honda dans le stationnement. En entrant, je sens une odeur de café et je me dirige vers la cuisine pour y trouver une dame affairée à mettre la table.

— Bonjour, monsieur… Monsieur Beaubien, excusez-moi, je ne vous ai pas reconnu sur le coup. Un bon café pour vous réchauffer ?

— Volontiers, je suis gelé.

— Mon nom est Linda Tremblay. Je suis la femme à tout faire de la maison. Je suis responsable du physique et Brahm est responsable du mental. Vous voulez déjeuner ?

— Je vais attendre les autres.

Des journaux ont été placés sur la table ; *Le Journal de Montréal* annonce, en première page, l'arrestation de Martin Desrosiers, mais fournit peu de détails sinon que les policiers le considèrent comme une personne d'intérêt dans le dossier de la manifestation de la rue Sainte-Catherine. Après interrogation, ils l'ont laissé partir. Aucune mention de l'incendie du local des Chevaliers Colomb. Un entrefilet intéressant : la peinture lancée sur les vitrines des magasins était une peinture à l'eau facile à nettoyer. Les dommages ont été minimes. Le journaliste présume d'un lien entre l'occupation de l'église et la manifestation de la rue Sainte-Catherine en rappelant que les jeunes, *probablement durant la manifestation*, avaient ridiculisé les policiers en quittant les lieux avant l'arrivée de ces derniers.

J'ai de la difficulté à me concentrer sur les autres nouvelles. Mon esprit gravite autour de l'ordre du jour de la journée : formation d'un parti, recrutement de candidats, financement, programme électoral, échéancier et stratégie. Tout est à faire et nous n'avons que quelques mois devant nous.

Je lève les yeux et regarde un instant Mme Tremblay s'affairer dans sa cuisine ; une jolie femme dans la cinquantaine. Elle a conservé un corps svelte, mais les rides de son visage trahissent ses années. Ses cheveux, teints d'un brun châtain, sont noués à l'arrière en queue de cheval. Elle est vêtue d'un uniforme de serveuse, blouse blanche, jupe noire. Il y a quelque chose dans son regard qui trahit une vie qui n'a pas été facile.

Elle s'approche de la table, un café à la main :

— Vous permettez ?

— Bien sûr. Vous travaillez ici depuis longtemps ?

— Depuis que Brahm a acheté la maison.

— Vous vivez dans le coin ?

— Je demeure à Ville-Émard.

— Ville-Émard ?

— Si des gens de Shefford peuvent se rendre à Montréal pour y travailler, je peux faire le contraire. Il y a des jours où les heures sont longues, mais je ne viens que lorsqu'il y a du monde. Brahm me fournit l'auto et j'ai un salaire annuel.

La familiarité avec laquelle elle utilise le nom de Brahm m'intrigue :

— Vous connaissez Brahm depuis longtemps ?

— Depuis qu'il est enfant : lui et ses parents ont été mes clients pendant des années. J'ai été serveuse au casse-croûte Chez Larry pendant 27 ans ; le restaurant était sur Notre-Dame à l'est d'Atwater dans Saint-Henri. Brahm est né dans le quartier et lui et ses parents venaient dîner tous les samedis midi. Brahm, même après qu'il eût déménagé à Westmount, en haut de la côte, revenait au moins une fois par mois. Il me laissait l'impression que c'était pour me voir, mais je comprenais que c'était pour garder un lien avec son passé et je suis encore convaincu, à ce jour, que c'était aussi pour la poutine de Larry.

— La poutine de Larry ?

— Oui, et c'était un secret bien gardé. Maintenant qu'il est décédé, ce n'est plus un secret : il ajoutait de la sauce HP à la sauce qu'il achetait déjà préparée.

— La dernière fois que Brahm est venu, il a appris que le restaurant fermait et il m'a offert ce travail. Il m'a même offert de déménager ici en permanence, mais j'ai refusé ; ma vie était déjà assez bouleversée par la fermeture du restaurant que je n'étais pas prête à déménager de mon appartement de Ville-Émard que j'habite depuis 30 ans, en fait depuis mon divorce.

Un détail dont je n'ai pas besoin, mais je comprends vite que ce divorce a été pour elle l'événement marquant de sa vie et elle veut en parler comme le font certains vétérans de la dernière guerre qui ne cesse de parler de leur temps dans l'armée.

Je ne me suis pas trompé.

— J'ai été mariée une fois, une seule fois, à un bel homme qui cachait un ivrogne violent que j'ai planté là en me promettant qu'il n'y aurait pas d'autres hommes dans mon lit. Trop compliqué. J'ai tout de même eu beaucoup d'hommes dans ma vie, des clients réguliers du restaurant, que je voyais tous les jours ; j'aimais leur parler, je vivais leur quotidien et j'aimais les servir, mais il n'y en a pas eu un qui n'est entré ni dans ma culotte ni dans mon appartement. Mes clients sont devenus ma famille, mais, à mes conditions. Point final!

Je ne sais vraiment pas comment réagir:

— Au moins, vous avez pris la bonne décision dès le début.

— Je ne le regrette pas, mais j'aurais tout de même aimé avoir des enfants. En passant, Catheryne Leclaire est due pour quand?

La question me prend par surprise:

— Fin octobre.

Notre conversation, à mon soulagement, est interrompue par l'arrivée de Brahm.

— Bonjour, Linda.

Linda se lève pour lui servir un café.

Dans les minutes qui suivent, Carole et Louise nous rejoignent et les autres arrivent. Louise en profite pour nous présenter Stéphane Audet, le petit nouveau du groupe.

— Stéphane est le fondateur et le président d'une agence de publicité, que je pourrais presque décrire comme *contre-culture*, en commençant par son nom, Stéphane Audet et les Autres.

L'homme est dans la quarantaine, 1,75 mètre, probablement 109 kilos, de longs cheveux grisonnants attachés en queue de cheval et une bonhomie qui cache, si je me fie à sa réputation, une intelligence hors du commun. Il est tout de noir vêtu.

— Son agence de publicité n'a que trois employés à temps plein et elles sont toutes des adjointes administratives. Les autres sont des dizaines de collaborateurs qui sont invités à participer, selon leurs talents particuliers, à des mandats spécifiques.

Louise s'arrête et Stéphane s'empresse d'ajouter:

— J'ai déjà été président d'une agence de publicité qui avait plus de 100 employés, mais je ne pouvais plus exercer mon métier de créateur. J'ai tout vendu et je ne fais aujourd'hui que de la création. Mes trois adjointes administratives s'occupent du reste et mes collaborateurs raffinent les idées qui me sont passées par la tête.

Le petit-déjeuner terminé nous nous dirigeons vers la salle de réunion du deuxième et j'invite Louise à débuter la rencontre.

Elle distribue l'ordre du jour dont nous avions convenu hier soir. Après nous avoir donné quelques minutes pour en prendre connaissance, elle me fait signe de poursuivre.

— Y a-t-il des sujets à ajouter?

Carole demande:

— Qui va rédiger le procès-verbal?

Louise, au soulagement de tout le monde, répond:

— Je m'en charge. Ce ne sera pas un procès-verbal formel, mais une liste de tâches à effectuer, avec des échéances et des personnes responsables de chacune.

— Excusez-moi.

L'interruption est de Paul Lebouthiller. Paul est un homme réservé et peu loquace pour un avocat. Il est dans la cinquantaine avancée, chauve avec une couronne de cheveux blancs et de perpétuelles lunettes de lecture sur le bout de nez. Lors de la dernière réunion, au restaurant La Carafe, il n'était intervenu que pour nous expliquer les procédures nécessaires à la formation d'un parti et à l'enregistrement d'un nom. Après la réunion, j'avais questionné Pierre sur la pertinence de l'avoir sur notre comité organisateur. Pierre m'avait demandé de lui faire confiance et m'avait assuré que je ne le regretterais pas. Je me souviens encore de ses paroles : « Tu verras, dans les périodes difficiles, tu seras content de l'avoir pas loin. De toute façon, ce serait bien bête de gagner une élection et d'être disqualifié par la suite pour quelque irrégularité qu'un bon avocat aurait détectée et empêchée. »

Paul regarde au-dessus de ses lunettes :

— J'ai reçu hier, en fin d'après-midi, un appel de Michel Couturier, le président du Parti libéral du Québec. Michel est l'un de mes amis et il voulait m'aviser que l'organisation libérale se cherchait un candidat à la mairie de Montréal et qu'on t'avait rencontré.

— Hier matin. Un certain François Belzile. Il m'a offert la présidence du comité exécutif si je me présentais avec Jean-François Boulé.

— Couturier voulait connaître les motifs de ton refus. Apparemment, le premier ministre Munger était très désappointé.

Paul ne laisse à personne le temps de réagir et il continue :

— En travaillant pour Maxime, vous réalisez tous que vous allez vous mettre le Parti libéral du Québec à dos. Si c'est un problème, il faudrait le dire tout de suite ?

Il termine, son regard d'abord fixé sur Stéphane Audet, puis sur Brahm. Stéphane comprend qu'il est interpellé. Il se relève sur sa chaise :

— À chaque élection, je suis approché pour travailler pour un parti ou pour un autre et j'ai toujours refusé parce qu'il n'offrait rien de concret. Dans le cas de Maxime, je sais ce qu'il pense et j'ai suivi les péripéties entourant la fondation du Cercle de la Montréalie. J'aime ce que je vois, j'espère seulement que la population verra la même la chose et fera abstraction des élucubrations des médias.

Un moment de silence ; nous attendons la réaction de Brahm qui ne vient pas. Paul perd patience :

— Brahm ! AMP obtient de nombreux contrats avec la province.

Brahm sourit :

— Comme ton bureau, mon cher Paul. Nous avons reçu des contrats tant sous les régimes libéraux que péquistes, tant au municipal qu'aux provincial et fédéral. AMP, comme tous les bureaux de professionnels, est un peu comme le caméléon, qui prend les moyens nécessaires pour se confondre dans l'environnement du moment.

Il n'en dit pas plus. Nous avons tous compris qu'AMP n'est pas tant un caméléon qu'une pieuvre qui étend ses tentacules dans toutes les directions.

Je ne vois pas de raison de continuer cette discussion même si je demeure inquiet ; je suis dans la mire du premier ministre et c'est un politicien d'expérience avec plus d'un tour dans son sac. Il va falloir se méfier.

— Louise ! L'échéancier ?

— Toutes nos décisions aujourd'hui doivent être prises en fonction de dates préétablies et sur lesquelles nous n'avons aucun contrôle. L'élection a lieu le premier dimanche de novembre et la campagne débute officiellement 60 jours avant. Nous sommes fin mai, et, dès le début de la campagne, nous devons avoir nos candidats dans tous les districts si nous voulons être pris au sérieux. Début septembre, nous tiendrons un congrès d'orientation qui légitimera notre programme et ensuite la campagne débute.

Carole ajoute :

— Le congrès d'orientation en septembre sert à lancer la campagne, mais il faut d'abord tenir un congrès de fondation du parti et cela avant le 24 juin, avant la période des vacances, et je vous rappelle que nous sommes fin mai.

Louise se lève et rafraîchit son café :

— Pour avoir un congrès de fondation, il faut avoir des candidats et nous n'en avons pas. Oublions le congrès de fondation. Pour les prochains mois, nous avons deux objectifs : le recrutement de 103 candidats et la notoriété de Maxime, non pas seulement comme un intellectuel, mais aussi comme une personne empathique et préoccupée par les problèmes quotidiens des Montréalais.

Pour ce faire, nous devons être présents sur le terrain pour rencontrer monsieur et madame Tout-le-Monde ; Maxime sera de tous les festivals, de toutes les fêtes de quartier et dans les marchés publics.

Louise arrête pour prendre une gorgée de café et Stéphane en profite pour intervenir :

— Je suis d'accord qu'il doit être vu, mais attention à la façon qu'il sera vu. Maxime possède une bonne image, celle de quelqu'un qui s'élève au-dessus de la foule grâce à son intelligence supérieure et à ses connaissances. Il ne faut pas qu'il tombe dans le piège de vouloir se montrer trop « populo » alors que le peuple se cherche quelqu'un avec des qualités supérieures pour diriger Montréal.

Il faut surtout éviter que Maxime fasse le clown. Depuis un certain temps, les politiciens pensent que pour se faire élire, il faut qu'ils fassent les bouffons pour montrer qu'ils sont comme le monde ordinaire ; ensuite, ils se demandent pourquoi ils n'ont pas le respect de la population. Donc, pas question pour Maxime de passer une nuit chez une famille d'immigrants, de se couper la moustache en public, ou encore de servir des hot-dogs dans une soupe populaire pendant 10 minutes.

Carole renchérit :

— Je suis tout à fait d'accord avec Stéphane : il ne chantera pas à Musique Plus, je ne sais même pas s'il devrait y aller, il ne se transformera pas en humoriste au festival Juste pour rire, ni ne dansera au festival folklorique africain. Il doit être présent, mais comme spectateur intéressé.

Stéphane se lève et continue :

— Maxime, tu veux ramener un peu de respect au monde politique et c'est là que cela commence. Il faut que tu projettes l'image d'un personnage trop sérieux et trop digne pour t'abaisser à ces balivernes de campagne qui ne donnent rien. Pensez-vous honnêtement que Mme Linda Tremblay, qui travaille en bas à la cuisine, ne voit pas à travers ces conneries ?

J'avoue que je suis soulagé par la tournure de la discussion

— Je suis tout à fait d'accord avec Stéphane et Carole : je n'ai aucune intention de faire le pitre.

Jon intervient :

— Une campagne électorale se gagne à deux niveaux et les deux sont aussi importants l'un que l'autre. Il faut d'abord gagner le respect de l'élite, ceux qui, finalement, qu'on aime ou pas, influencent l'opinion publique : les éditorialistes, les professeurs d'université, les journalistes politiques et la communauté d'affaires. Ce sont eux qui seront le gage de la crédibilité de Maxime. Mme Tremblay se fie à eux pour juger de la compétence de Maxime. Je crois d'ailleurs que ce groupe est acquis : ton travail avec le Cercle de la Montréalie, tes chroniques et ton émission ont contribué à te créer cette image.

Le deuxième niveau, c'est la population ; elle peut être d'avis que tu es un homme brillant, mais il faut qu'elle te trouve intéressé à son quotidien. Mme Tremblay peut te croire compétent, mais elle veut aussi que tu sois sympathique et empathique. Trop souvent dans le passé, une élection à la mairie à Montréal était une *blind date* avec un candidat inconnu :

qui connaissait Bourque ou encore Doré avant leur élection ? Dans notre cas, nous allons avoir Boulé dans les jambes et il est populaire. Lui devra travailler sur sa crédibilité et, nous, sur l'image.

Paul ajoute :

— Il faut que tu continues d'être perçu comme le grand défenseur de Montréal envers et contre tous. C'est ce que Labeaume fait à Québec. Cette image, tu la dois au Cercle de la Montréalie. Cela dit, il est essentiel que le Cercle continue ses activités et je dirais même qu'il faut augmenter la cadence.

Pierre, qui a accepté d'être mon agent officiel, interrompt la conversation :

— Il semble que tout le monde oublie un point important : le financement de la campagne.

Brahm est le premier à réagir :

— Un très bon point ; une campagne électorale coûte plusieurs centaines de milliers de dollars et tout le monde sait maintenant comment ces campagnes étaient financées dans le passé. Québec, en réduisant le montant des contributions a réglé une partie du problème, mais en a créé un autre qui est de taille, surtout pour un nouveau parti qui n'a pas accumulé une caisse électorale.

Pierre ajoute :

— Il va falloir en discuter et j'avoue que je n'ai aucune idée.

Louise intervient :

— Il faut annoncer au plus tôt la formation d'un parti et ensuite former un comité de financement.

Paul ferme la discussion en ajoutant :

— Maxime ! Si j'ai bien compris, tu aimerais recruter comme candidat des personnes qui n'ont jamais touché à la politique. C'est utopique, non ? Les personnes qui sont là maintenant ne sont pas toutes des croches et il y a sûrement quelques maires d'arrondissement et quelques conseillers qui voudront se joindre à nous et qui seront acceptables.

— Je suis d'accord, mais il faudra être prudent. En ce moment, toute la classe politique est devenue suspecte.

Chapitre 8

Transition

Louise Blouin est efficace : le soir même de mon retour de Shefford, je recevais, dans un courriel, la longue liste de tâches dont nous avions discuté. L'une, assignée à Carole, m'a intrigué : « Coaching en communications pour Maxime. » Je ne me souviens pas que ce sujet ait été discuté.

Le lendemain, Carole m'a appelé pour me fixer un rendez-vous avec une firme de communications. Je comprends l'importance relative de renouveler ma garde-robe et j'accepte le besoin de nouvelles photos, mais un expert en communication ? Je me considère comme un expert en la matière, après tout c'est mon métier. J'ai accepté de me rendre au rendez-vous, non sans avoir offert une certaine résistance.

Les bureaux de Carpentier, Cinq-Mars et associés sont situés sur la rue Saint-Paul dans le Vieux-Montréal. À mon arrivée, Carole est déjà là. J'imagine que l'expression sur mon visage trahit ma contrariété.

— Maxime, ne fais pas cette tête-là. Louise et moi croyons que tu pourrais faire mieux ; les gens ici vont ou confirmer ou infirmer nos impressions. De toute façon, la séance de coaching ne te fera pas de tort.

Nous sommes interrompus par un homme et une femme que j'ai l'impression d'avoir déjà vus quelque part :

— Maxime, je te présente Éric Carpentier et Jocelyne Cinq-Mars. Je connais Éric et Jocelyne depuis des années. Ils ont tous les deux débuté chez TQS, Éric, comme lecteur de nouvelles, Jocelyne, comme journaliste. Ils se sont mariés et Jocelyne a pris trois congés de maternité. Elle n'est jamais revenue à la télévision.

Jocelyne entre dans le vif du sujet :

— Carole nous a demandé d'effectuer une évaluation rapide pour déterminer s'il y a des carences dans votre façon de communiquer en public.

— Je communique depuis 15 ans.

Éric réagit :

— Justement, communiquer pour transmettre de l'information et communiquer pour convaincre tout en projetant une image d'autorité sont deux choses bien différentes. Venez ! Nous avons un bon deux heures de travail devant nous.

Nous entrons dans une salle dominée par un écran de télévision. Jocelyne prend le téléphone et je l'entends demander :

— Êtes-vous prêt ? O.K. dans 10 minutes.

Puis elle se tourne vers moi :

— Nous allons commencer par des tests avec deux types de télé-prompteur. En passant, vous n'êtes pas le premier politicien à passer ici et vous seriez surpris d'apprendre combien reviennent chaque année. Nous offrons d'ailleurs un service continu qui consiste à enregistrer les interventions de nos clients et à les revoir avec le client une ou deux fois par année.

Éric sort quelques feuilles d'une chemise :

— Comme politicien, dans certaines occasions, vous devrez faire des discours à partir de textes préparés et fignolés par votre équipe.

J'ai envie de répliquer que je n'ai aucune intention de m'astreindre à livrer des textes préparés, mais je laisse passer.

Éric me présente quelques feuillets et ajoute :

— Carole nous a préparé un texte et je vous donne quelques minutes pour en prendre connaissance ; ensuite, nous ferons quelques essais.

Éric, Jocelyne et Carole quittent la pièce et me laissent seul. Je lis le texte dont le sujet porte sur les difficultés rencontrées par le Cercle de la Montréalie dans sa tentative de créer un front commun dans la grande région de Montréal. J'ai eu le temps de lire le texte trois fois, je le connais presque par cœur lorsque Éric vient me chercher. Il m'invite à le suivre dans une pièce à l'extrémité de laquelle j'aperçois un podium.

— Vous avez déjà utilisé un téléprompteur ?

— Non, cela n'a jamais été nécessaire.

Il me dirige vers le podium et m'explique :

— Nous allons débuter avec les panneaux qui sont installés de chaque côté du podium. Votre texte apparaîtra simultanément sur les deux panneaux, ce qui permet de regarder de droite à gauche et vice versa. N'occupez-vous pas de la caméra et imaginez que vous êtes dans une salle et que vous vous adressez à des centaines de personnes.

Je lève les yeux pour apercevoir Jocelyne et Carole assises sur des chaises à la droite de la caméra, puis tout disparaît lorsque des projecteurs, fixés au plafond, s'allument et m'éblouissent.

Je m'exécute tant bien que mal. Après une dizaine de minutes, qui m'ont paru comme une demi-heure, Éric m'interrompt :

— O.K. ça va aller.

Il enlève les panneaux et ajoute :

— Maintenant, reprenez en lisant le texte sur le téléprompteur simple qui est devant vous.

Je reprends mon texte et, même si je sais que je devrais regarder mon prétendu auditoire à l'occasion, j'ai de la difficulté à quitter le moniteur sur lequel défile le texte. Une fois que j'ai terminé, les projecteurs s'éteignent et Jocelyne et Carole m'invitent à les suivre. Personne ne dit un mot ; c'est mieux comme ça, je ne crois pas que ma performance ait été à la hauteur. Je suis plus à l'aise sans texte, je l'ai toujours été. J'avoue que la mise en scène m'a fait réaliser mon manque d'expérience dans de telles situations.

Revenus dans la première pièce, nous demeurons debout et Jocelyne explique :

— L'autre évaluation est celle d'un scrum, la mêlée journalistique qui t'attendra dans un corridor après un discours ou une réunion.

Jocelyne prend le téléphone et demande :

— Vous êtes prêts ?

Elle se tourne vers moi et ajoute :

— Dans une mêlée de presse, vous devez répondre en fixant les caméras sans regarder la personne qui vous a posé la question et, une fois la réponse donnée, vous fixez brièvement une autre personne et, dès que la question est posée, vous revenez aux caméras. Ne jamais oublier que des caméras sont braquées sur vous. Encore ici, la mêlée peut paraître improvisée, mais votre équipe devrait avoir anticipé les questions et vous aura préparé. Donc vous choisissez, autant que faire se peu, les questions auxquelles vous voulez bien répondre et vous ignorez les autres. Dans une mêlée, il est important de rester en contrôle de la situation.

Éric regarde sa montre et annonce :

— Ils devraient être prêts. Une minute, je vais vérifier.

Il revient et m'invite à retourner dans la salle de test. J'entre et j'ai à peine fait quelques pas que trois micros se braquent devant mon visage et une série de questions me sont posées en même temps : « Qui finance le Cercle ? Combien de membres ? Avez-vous l'intention de former un parti politique ? Êtes-vous le père de l'enfant de Catheryne Leclaire ? Avez-vous des commentaires sur l'arrestation de Martin Desrosiers ? » Et ainsi de suite. Après quelques minutes, Jocelyne met fin à l'exercice :

— Merci, tout le monde.

Puis elle se tourne vers moi et me présente les prétendus journalistes :

— Maxime, rencontre Frédéric de la comptabilité, Stéphanie, notre réceptionniste et Judith, notre webmestre.

Ils arborent tous de larges sourires. De toute évidence, ils ont l'habitude et ils se sont bien amusés à mes dépens.

De retour dans la salle d'évaluation, Éric place un DVD dans le lecteur et j'apparais à l'écran derrière le podium. Il place l'image en pause et nous invite à nous servir de café. Je suis nerveux ; il y a longtemps que j'ai eu à subir un examen auquel j'ai l'impression d'avoir échoué. Éric s'approche de l'écran et, manette de contrôle en main, active l'image.

Je me vois, livrant mon discours avec l'aide des panneaux. Avant que l'on me le dise, je vais au devant des coups :

— J'ai l'air de quelqu'un qui regarde un match de tennis.

Jocelyne ajoute :

— Oui, et c'est normal. Deux bonnes séances de formation et cela se corrigera. La diction est bonne et vous dégagez l'image d'une personne sûre d'elle. C'est important.

Puis vient la portion où mon texte apparaît sur le moniteur face à moi. Beaucoup mieux ; il me semble que je maîtrise mieux cette manière de faire. Jocelyne se lève, prend la manette d'Éric et recule pour s'arrêter sur un gros plan de mon visage, puis elle explique :

— Regardez l'expression sur votre visage, l'effort que vous déployez pour lire le texte donne une impression de grande intensité, mais elle vous fait paraître distant. C'est peut-être bon pour un professeur qui s'adresse à des étudiants de maîtrise, mais pas pour un politicien qui parle au peuple. Elle reprend le visionnement et je comprends ce qu'elle veut dire.

Éric ajoute :

— Je vous suggère d'utiliser les deux, les panneaux de vitre et le moniteur simple. Ils seront synchronisés.

Carole ajoute à son tour :

— Ces appareils demeurent de la mécanique et peuvent faillir au milieu de ta présentation. Dans ces occasions, tu auras toujours un texte écrit avec toi. Puis elle s'adresse aux autres :

— Dans un tel cas, nous avons l'avantage d'avoir un communicateur, il s'en tirera beaucoup mieux que quelqu'un d'autre.

Éric reprend la manette pour visionner l'exercice de la mêlée journalistique. Avant d'activer, il ajoute :

— En passant, monsieur Beaubien, votre performance avec les téléprompteurs était tout à fait prévisible. C'est la même chose pour tout le monde. Un peu de répétition et tout ira bien.

J'interprète cette intervention comme une tentative pour soulager ma susceptibilité. Ils ont l'habitude de travailler avec de gros ego.

La portion *mêlée* est visionnée en silence. Je remarque deux éléments : j'ai utilisé l'expression « n'est-ce pas » à six reprises et j'ai la mauvaise habitude de me gratter l'extérieur de la narine droite de mon index lorsque je réfléchis, deux de mes particularismes que je connais pour les avoir visionnés lors d'une soirée humoristique présentée par mes élèves de l'université. Je n'attends pas la critique des autres et je leur livre mon évaluation, tout en me grattant la narine droite de mon index :

— Une excellente performance, n'est-ce pas ?

L'après-midi m'a épuisé et j'ai hâte de rejoindre Noémie chez Montpossible ; Carole a organisé, ce soir, une rencontre avec Ben Comtois pour lui permettre de rencontrer les employés, les bénévoles et les jeunes du centre. Il y a quelques jours, Noémie l'a rencontré et elle a donné le feu vert à Carole pour qu'il devienne le porte-parole de Montpossible. Après la rencontre, Noémie m'a avoué avoir hésité avant d'accepter ; elle craint la personnalité forte de l'individu. Pour ce soir, il a offert de nous donner un court spectacle. Carole a insisté pour que l'événement soit strictement privé.

À mon arrivée, Noémie est au milieu d'une visite guidée.

— Les jeunes peuvent venir ici le soir pour souper et ensuite nous leur permettons de regarder la télévision jusqu'à 11 h.

La réaction de Comtois est prévisible.

— Puis ils redeviennent des jeunes de la rue. C'est écœurant.

— Nous n'avons pas les facilités pour les recevoir la nuit.

— Et dans le nouvel endroit ?

— Une ancienne usine de chaussures désaffectée.

— Ça ne règle pas grand-chose.

C'est le moment que je choisis pour les interrompre ;

— Nous avons un projet de lofts pour les jeunes, mais nous sommes loin d'une première pelletée de terre.

Carole, qui vient d'arriver, s'approche et nous invite à la suivre dans la petite salle de la mezzanine où nous attend le père de Noémie. Comtois demande à voir les états financiers de Montpossible. John présente les chiffres qui ne sont pas reluisants, mais la Fondation d'Eusèbe, avec son million de dollars, semble rassurer notre futur porte-parole. Je suis impressionné, et même surpris de son sérieux.

Nous sommes à prendre un léger souper lorsque nous sommes interrompus par Dédé :

— Je ne comprends pas, il y a une centaine de personnes à la porte.

Ben explique :

— Je me suis permis d'inviter quelques amis.

Comtois est bien connu pour son habitude d'offrir des performances impromptues : il se présente dans un centre d'achat ou dans un lieu public quelconque et il donne, gratuitement, une performance. Il prend toujours le soin d'avertir ses admirateurs sur les réseaux sociaux et, de cette façon, il s'assure d'un auditoire gagné d'avance ; il n'oublie pas non plus d'en aviser les médias, ce qui lui attire une bonne dose de publicité gratuite.

Carole se lève et nous demande de rester là. Elle revient après quelques minutes.

— J'ai demandé à Dédé de faire entrer la centaine de personnes qui sont déjà là et d'afficher complet.

Carole se tourne vers moi.

— J'ai vu au moins deux photographes et une dizaine de journalistes. On ne peut pas les empêcher de rentrer.

Je demande :

— Ils sont tous ici pour une représentation de Ben Comtois ?

Carole a le nez dans son BlackBerry. Elle me fait signe d'attendre un moment puis elle agite les bras :

— La police vient d'arrêter cinq entrepreneurs qui sont accusés de collusion dans l'octroi de contrats à la ville de Montréal.

Elle s'arrête, se tourne vers moi et ajoute :

— Il va falloir préparer une réaction pour demain. En attendant, tu ne te montres pas. L'objectif derrière la nomination de Ben comme porte-parole est de t'éloigner de Montpossible et cela commence ce soir. Tu restes dans le bureau de Noémie et tu regardes de la fenêtre… et tu n'oublies pas de fermer la lumière.

J'ai passé deux heures, seul dans le noir, à écouter de la poésie simpliste, débitée sur un ton saccadé qui passe pour une forme de musique ; si je me fie aux applaudissements enthousiastes, les jeunes ont apprécié la chose. Comtois a profité de l'occasion pour annoncer qu'il était maintenant le porte-parole de Montpossible « une organisation qui s'occupe des jeunes de la rue sans leur imposer les valeurs des prétendus bien-pensants qui nous dirigent. »

J'ai l'impression d'entendre Conrad.

* * *

Ce matin, je rencontre les employés du Cercle pour leur présenter Pierre-André Lepage, leur nouveau président. Je vais aussi profiter de l'occasion pour avoir une bonne discussion avec eux. Depuis que j'ai installé mes bureaux au Cercle, je ressens un malaise chez certains qui étaient, au début, emballés à l'idée de participer à un groupe de pression et qui se retrouvent aujourd'hui devant la possibilité d'être associés à un parti politique ; dans le climat social d'aujourd'hui, il est beaucoup plus populaire d'être un réactif bien assis sur les lignes de côté qu'un proactif au milieu du terrain de jeu. Notre société est devenue une société de spectateurs frustrés, revendicateurs, mais réfractaires à tout changement.

Pierre-André m'a appelé hier soir et a demandé de me rencontrer avant la réunion. J'espère qu'il n'a pas changé d'idée. Je lui ai donné rendez-vous sur la terrasse du restaurant situé dans la gare Centrale. Depuis que nous avons ouvert les bureaux du Cercle, j'ai pris l'habitude d'y venir prendre un café.

J'ai constaté, il y a plusieurs années, que, pour une raison que je ne m'explique pas, je réfléchis mieux, incognito, au milieu d'une foule. À la gare Centrale, ces milliers de banlieusards qui défilent devant moi me fournissent une distraction indolente qui me permet une réflexion plus profonde. Je me demande si c'est la même chose pour eux. Probablement pas. Je les imagine penser au téléroman d'hier soir qui deviendra le sujet de conversation de la pause café, aux échanges que devrait faire le Canadien qui a des ratés, aux motifs de la mauvaise humeur du patron hier, au solde de la carte de crédit qui inquiète, aux aléas de la vie.

Pierre-André interrompt mes pensées.

— Tu parles d'un endroit pour prendre un café !

— J'aime venir ici et regarder les gens passer.

— Tes futurs sujets.

— Non. Ceux qui ne veulent pas le devenir. Ils viennent des banlieues.

— Tu réalises que dans quelques jours, tu ne pourras plus venir ici seul.

— J'ai l'habitude des regards furtifs.

— Maxime, je voulais avoir un moment avec toi avant de rencontrer le personnel du Cercle.

— Pierre-André…

— Appelle-moi P.A. comme le font tous mes amis et mes étudiants, mais eux, derrière mon dos.

— O.K. P.A. ! J'espère que tu n'as pas changé d'idée ? Tu acceptes toujours de prendre la présidence du Cercle ?

— Absolument, je voulais d'ailleurs te remercier pour ton offre. Je m'embêtais à la maison : j'ai pris ma retraite de l'université il y a 5 mois et cela fait maintenant 150 jours bien comptés que le téléphone n'a pas sonné. Le jour de ma retraite, j'ai fait une croix sur l'enseignement, mais j'espérais faire autre chose sans savoir exactement quoi : de la consultation, une participation à une commission gouvernementale, des conseils d'administration ? Rien. Le monde m'a oublié. Je réalise aujourd'hui que je n'avais pas très bien préparé ma seconde carrière. Ton offre est arrivée à point. Si le monde admire les *raging grannies*, il attend de voir ce que peut faire un « vieux intellectuel enragé » qui a été mis de côté. Je commence à comprendre les Parizeau, Michaud et Landry.

— Mon cher P.A., cela me fait plaisir de te l'entendre dire. Il faut que le Cercle continue à défendre les intérêts de la grande région de Montréal.

— Non seulement cela, Maxime, mais je veux t'appuyer dans ta campagne à la mairie. Imagine ce que nous pourrions accomplir avec toi à la mairie et moi au Cercle de la Montréalie. Québec et les régions n'ont qu'à bien se tenir.

Notre conversation est interrompue par un appel de Frank qui m'apprend que les autres sont arrivées et qu'ils nous attendent. Je regarde ma montre ; nous sommes en retard. J'ai peine à croire ce que j'ai entendu. J'avais peur que Pierre-André soit trop circonspect comme président du Cercle et qu'il ne soit pas efficace, et voilà qu'il veut sauter dans la mêlée. J'espère seulement qu'il ne deviendra pas une belle-mère inopportune comme d'autres le sont devenus.

Francine Fournier, notre adjointe administrative au Cercle, nous reçoit et nous demande si nous voulons des cafés.

— Oui. Merci, Frank.

Pierre-André me jette un coup d'œil inquisiteur :

— Frank ?

— C'est son surnom au bureau. Elle a un caractère de chien, tu le demanderas à Carole ; elles ne peuvent se sentir toutes les deux, mais elle est si efficace que Carole l'endure. Il faut s'habituer.

J'ai à peine terminé que Frank nous rejoint. Elle nous suit vers la salle de conférence non sans nous glisser à l'oreille un sarcastique « wouf, wouf ! »

En entrant, Sylvie Delagrave, la professeure de sciences politiques au Collège militaire de Saint-Jean, se lève :

— Bonjour, monsieur Lepage. Elle lui serre la main et se tourne vers moi :

— Tu sais qu'il m'a donné deux cours en fiscalité ?

— Je crois que le professeur Lepage a donné au moins un cours de fiscalité à tous les économistes du Québec.

Je fais un tour de table pour saluer les autres :

— Vous savez tous déjà que M. Lepage a accepté de prendre la présidence du Cercle pendant que je vais aller m'amuser sur la scène politique.

J'invite P.A. à s'installer sur la chaise à l'autre bout de la table pendant que je m'installe sur une chaise à côté de Frank. P.A. prend en main la réunion :

— Le conseil d'administration du Cercle a pris la décision d'appuyer ouvertement la candidature de Maxime à la mairie de Montréal. Ce n'est pas une surprise. Le mandat du Cercle ne changera pas pour autant et nous continuerons nos interventions agressives pour la défense de la grande région de Montréal.

La réunion n'a duré qu'une demi-heure et s'est terminée avec un tour de table : Francine et Philip sont tous les deux heureux avec la situation. Chez nos recherchistes, la réaction est mitigée : Sylvie Delagrave s'est montrée enthousiaste ; je m'attendais au départ de Karla Anaskova, l'étudiante à tendances socialistes de Concordia, mais elle s'est montrée discrète ; Tony Adornato le professeur de sciences politiques de Concordia a donné sa démission par souci d'impartialité et il en va de même pour le journaliste Paul Papadopoulos, qui ne veut pas se retrouver devant un conflit d'intérêts potentiel.

En fin de journée, j'ai rejoint Noémie au condo d'Eusèbe. Il faut que je cesse d'utiliser ce qualificatif : à chaque fois que je l'utilise, un regard réprobateur apparaît sur son visage. Pour elle, avec les rénovations majeures qu'elle a entreprises, c'est maintenant notre condo. En effet, après avoir obtenu la bénédiction de son père, Noémie a acheté l'unité adjacente, a envoyé le mobilier d'Eusèbe en entreposage, et elle a entrepris les rénovations pour créer un vaste appartement.

Les peintres doivent terminer aujourd'hui et Noémie veut faire une dernière visite d'inspection pour s'assurer que tout est à son goût. Nous n'avons pas encore déterminé une date pour notre déménagement, mais cela ne devrait pas tarder. Nous avons décidé d'utiliser les meubles antiques qui viennent de ma mère, sauf pour le mobilier de notre chambre à coucher. Noémie a insisté pour acheter un lit et un matelas neuf qui… « n'auront été utilisés par personne d'autre que nous. » Ce que femme veut… et pas nécessaire de comprendre.

À mon arrivée, Noémie est en grande discussion avec le peintre. Je reconnais ma perfectionniste : elle a en mains trois fiches de couleurs et elle explique au peintre :

— Notre tapis est bourgogne et je veux les murs d'un beige un peu plus foncé.

Le peintre, vêtu d'un t-shirt et d'un pantalon blanc souillé de taches de peintures multicolores, réplique avec un surprenant accent français :

— Mais, madame, c'est la couleur que vous aviez choisie, non ?

— Je sais que c'est moi qui l'ai choisie, ET c'est moi qui change d'idée, ET c'est moi qui vous demande d'ajouter une couche un peu plus foncée, ET c'est moi qui paierai pour le travail additionnel. On se comprend ?

Le débit rapide de la réponse fait apparaître l'accent anglophone et provoque une réponse frôlant l'arrogance :

— *Yes, Madam, you're the boss* et si vous permettez, je dois quitter pour acheter de la peinture d'un beige un peu plus foncé. Il faut que je termine ce soir, j'ai un autre contrat qui débute demain.

Le peintre quitte le condo et Noémie, à voix basse, marmonne :

— Maudit Français.

Noémie se tourne vers moi, m'embrasse et pousse un long soupir exaspéré.

— Je n'ai rien à la maison pour souper. Tu veux aller au restaurant ?

— Pas ce soir, je suis fatigué. On commande du chinois ?

— Bonne idée.

De retour à l'appartement, Noémie ouvre une bouteille de Chablis pendant que je sers le repas. Nous nous sommes installés au salon pour manger devant la télévision. Un jeu-questionnaire est à l'écran. Noémie met l'appareil en sourdine.

— Je veux organiser une activité de collecte de fonds pour Montpossible ; tu ne peux continuer à verser 10 000 $ tous les mois et j'aimerais protéger le capital de la fondation d'Eusèbe pour acheter un jour notre propre local. J'ai pensé à une soirée-bénéfice avec un spectacle des Indescriptibles.

— Peux-tu vraiment avoir les Indescriptibles ?

— Je les ai déjà ; ils viennent du quartier Saint-Henri et je les ai aidés à leurs débuts lorsque je travaillais là-bas.

— C'est un bon choix. Et où tu fais ça ?

— Au Centre Bell le 18 septembre.

— Madame est ambitieuse.

— Ils donnent un spectacle les 11 et 12 et ils ont réservé le 18 et le 19 pour des supplémentaires. J'ai jusqu'au 15 août pour vendre des billets ; après ils seront offerts au grand public. De cette façon, je ne prends aucun risque financier. La supplémentaire du 18 sera annoncée dès la semaine prochaine comme le « Spectacle du Centre Montpossible. »

— *Sounds like a plan.* Mais tu te rends compte que le concert aura lieu à peine une semaine après le début de la campagne électorale ?

— Oui, mais je n'ai pas le choix. C'est la seule date disponible. Mon père a déjà accepté de m'aider à mettre sur pied un comité de financement et les membres de l'orchestre ont promis de m'aider avec la vente de billets.

— Avec le départ de Martin et de Sophie, tu vas être occupée cet été.

— Dédé fait un travail remarquable, mais je vais devoir engager quelqu'un. Je veux être présente à tes côtés durant la campagne.

— Ne t'inquiète pas pour cela, ta priorité doit être Montpossible. De toute façon, je ne veux pas mêler ma vie personnelle avec ma vie publique.

— Maxime, ta vie personnelle est déjà publique et je vais m'y faire. Une fois que tu seras élu, j'aimerais travailler à tes côtés et m'occuper d'un certain nombre de dossiers sociaux qui me tiennent à cœur et que les politiciens négligent parce qu'ils n'ont pas le temps.

— Tu me surprends, je croyais que tu détestais la politique.

— Je continue à la détester. Mais, que je le veuille ou pas, ta décision de te lancer en politique me lance, moi aussi, en politique. Autant m'impliquer.

Je me lève et l'embrasse.

— On va faire toute une équipe. Tu veux encore des mets chinois?

— Non, ça va.

— Je jette ce qui reste?

— Tu sais ce que je pense des mets chinois réchauffés.

Noémie me rejoint à la cuisine avec les verres et la bouteille de vin et s'installe au comptoir de la cuisine.

— Cynthia est d'avis que Martin et Sophie vont s'en tirer avec des engagements de garder la paix à moins que les policiers réussissent à les impliquer dans l'incendie du local des Chevaliers de Colomb. J'en ai aussi appris un peu plus sur ce qui s'est passé lors de l'occupation : la trentaine de jeunes qui avaient occupé l'église l'ont tous quittée dans la nuit de mercredi à jeudi par une porte arrière du presbytère qui n'était pas surveillée par les policiers. Seul un jeune est resté avec Sophie et ce dernier s'est esquivé aux petites heures vendredi matin.

— Savons-nous si Martin était impliqué?

— Oui! Apparemment, les jeunes devaient sortir le vendredi après-midi pendant la diversion créée par la mini-émeute de la rue Sainte-Catherine. C'est Sophie qui a changé d'idée ; elle craignait l'intervention rapide des policiers et elle a décidé de faire sortir les jeunes durant la première nuit.

— Et le but de cette machination?

— Ridiculiser les autorités bien évidemment et éviter les arrestations lors de l'intervention policière.

Noémie se lève et me prend par la main.

— Maxime, viens t'asseoir.

Je m'exécute et je vois son visage changer. Je ne peux déchiffrer l'expression qui y apparaît. Elle me prend la main.

— Avec notre déménagement dans le condo dans quelques jours notre relation prend des airs de permanence. Mes parents n'ont encore rien dit, mais je les connais.

Elle me serre la main. Je crois deviner qu'il sera question de mariage, mais elle me surprend.

— Veux-tu des enfants?

— Oui.

Un grand sourire apparaît sur son visage.

— Moi aussi. Mais j'aimerais être mariée.

— C'est une demande en mariage, madame Goodman?

— Oui. Pas pour faire plaisir à mes parents, mais parce que je désire fonder une famille.

Le moment est gâché par l'apparition d'une photo de Catheryne à la télévision. Je m'empresse de remettre le son pour entendre :

« … le propriétaire de Construction Delaforte inc. est l'oncle de la vedette Catheryne Leclaire dont le nom de baptême est Genoueffa Delaforte. Vito Delaforte est le parrain de Mme Leclaire. Cette dernière a refusé tout commentaire. M. Delaforte ainsi que les quatre entrepreneurs arrêtés pour collusion ont été remis en liberté avec engagement de comparaître. Si trouvés coupables, ils sont passibles d'une amende maximale de 25 millions de dollars et d'un emprisonnement maximal de 14 ans. »

Catheryne a encore gâché un beau moment entre moi et Noémie.

Chapitre 9

Un livre

Même si les arrestations des fonctionnaires et des entrepreneurs prennent beaucoup de place dans les médias, les spéculations entourant ma candidature et la formation de mon parti continuent de faire les manchettes, mais, je ne suis plus en première page : Rodrigue Hurtubise, dans *La Presse* de samedi, affirme avoir appris « d'une source fiable, qui désire garder l'anonymat » que le Parti libéral du Québec n'appuiera pas ma candidature à la mairie. La même source soutient que plusieurs militants libéraux et plusieurs organisateurs s'affichent maintenant en faveur de la candidature de Felicia McCormick depuis que l'étoile du candidat Beaubien « a pâli au cours des dernières semaines avec son implication avec le Centre Montpossible. »

Dans *Le Devoir*, le journaliste Tourangeau, qui semble toujours bien informé, annonce que ce n'est plus qu'une question de jours avant que j'annonce la formation de mon nouveau parti. Ses affirmations sont basées sur la mobilisation récente de tout le personnel du Cercle de la Montréalie pour travailler à ma campagne. Il rapporte aussi qu'après le départ de Fred Barette, c'est maintenant Louise Blouin, une ancienne employée de la ville de Montréal, qui travaille à temps plein à ma campagne dans les bureaux du Cercle. Dans son texte, il rapporte le départ de Tony Adornato et revient sur la question du financement : « Et tout ce beau monde est payé par le candidat lui-même ? Permettez-moi d'être sceptique. La question se pose toujours : qui est derrière le Cercle de la Montréalie ? »

Il est grand temps que j'annonce la fondation de mon parti.

Il n'y a pas de doute que la chronique d'Hurtubise et l'article de Tourangeau seront les sujets de conversation d'une réunion du comité d'organisation ce matin, dans les bureaux d'AMP à la Place Ville-Marie.

Deux grandes portes vitrées laissent voir l'impressionnante réception. Je suis attendu et la réceptionniste me dirige vers une salle de réunion où je retrouve Louise et Carole.

— Vous avez lu les journaux de la fin de semaine ?

Carole sourit :

— Oui. Ils ont mis la table pour l'annonce de ta candidature la semaine prochaine.

La remarque me surprend. Pourquoi la semaine prochaine ? J'aurais aimé prendre cette semaine pour mettre fin aux spéculations et enfin me lancer dans le recrutement de candidats, l'aspect de la campagne qui m'inquiète le plus. De toute évidence, Carole a une autre idée en tête.

— La chronique d'Hurtubise laisse sous-entendre que j'ai demandé l'aide du Parti libéral ; or c'est totalement faux.

Carole réagit :

— Relis bien la chronique ; il ne mentionne nulle part qui a amorcé la rencontre. Hurtubise est un journaliste d'expérience et il a fait exprès. C'est un vieux truc du métier, une astuce que j'ai baptisée une « omission volontaire » qui rend le sujet d'un article plus sensationnaliste et qui laisse le lecteur tirer sa propre conclusion ; c'est une pratique de plus en plus courante dans les médias d'aujourd'hui.

— Tourangeau revient sur le financement.

C'est au tour de Louise de réagir :

— Et puis après ? Tu as déjà répondu et expliqué que ton argent venait d'un héritage.

Carole ajoute :

— En passant, ce gars-là semble en savoir beaucoup : le départ d'Adornato, la présence de Louise au Cercle. Quelqu'un lui refile de l'information.

Nous sommes interrompus par Brahm, qui arrive en trombe :

— Excusez-moi.

Puis il se tourne vers moi :

— Bienvenue dans nos chics bureaux tape-à-l'œil du centre-ville. La Place Ville-Marie nous donne une adresse prestigieuse pour recevoir nos clients les plus importants, ceux que nous devons impressionnés. La grosse majorité de nos employés travaille dans nos bureaux de la rue Victoria à Saint-Lambert et du boulevard Saint-Martin à Laval. Finis les ponts pour ceux de la Rive-Sud et finis le boulevard Métropolitain et le boulevard Décarie pour ceux de Laval et des Laurentides.

Des commentaires qui me font mal au cœur. Déjà un réflexe de maire de Montréal ?

Pendant que Brahm s'installe, Louise continue :

— Pour ce qui est du financement, tant et aussi longtemps que tu n'as pas de parti tu es libre de faire ce que tu veux. Après tout, c'est ton argent. C'est la raison pour laquelle nous n'incorporerons le parti qu'en septembre, au moment où la campagne débutera. D'ici là, tu n'as pas à te conformer aux règles qui régissent le financement des partis politiques.

— Je n'aime pas cela. Je veux être transparent.

Brahm intervient :

— Maxime a un peu raison : le financement des partis politiques est devenu une marotte pour les médias à un tel point qu'ils font un procès d'intention à tous les donateurs, quels qu'ils soient. Des cibles faciles depuis que l'information est disponible sur le site du DGE.

Louise ajoute :

— Tu as raison, le Cercle et Maxime sont tellement près l'un de l'autre que ce sera un problème tout au long de la campagne ; le directeur général des élections, l'opposition et les journalistes vont nous avoir à l'œil. Nous devrons être prudents. Maintenant, discutons de l'annonce de la formation du parti.

— Après la chronique d'Hurtubise et l'article de Tourangeau, je n'ai pas d'autre choix que d'annoncer dans les prochains jours.

Carole se lève et nous distribue une feuille :

— L'idée est de faire durer le plaisir le plus longtemps possible et de maximiser la couverture médiatique. D'abord, le Cercle devrait publier un premier communiqué et annoncer que son conseil d'administration t'encourage à former un parti politique indépendant des vieux partis. Le lendemain, tu publies ton propre communiqué dans lequel tu annonceras qu'au cours des derniers jours, tu as eu de nombreuses rencontres avec un comité d'organisation provisoire et des candidats potentiels. Tu termines en affirmant que tu annonceras ta décision au début de la semaine prochaine durant une conférence de presse.

— Je n'ai que deux candidats, Jon Van Tran et Cosette Marquis.

Louise répond

— Pour le moment, ce n'est pas important. Tu as deux excellentes candidatures à la mairie d'arrondissements à présenter aux médias et c'est suffisant pour l'instant.

Brahm regarde sa montre :

— Je n'ai pas beaucoup de temps ; parlons maintenant du livre. Carole !

Un bref sentiment de panique m'envahit. Un livre ! Ils sont malades. Je n'ai pas le temps d'écrire un livre. Carole sourit et me lance :

— Ne fais pas cette tête-là, mon Maxime. Tu n'auras pas à écrire un livre, seulement un prologue et encore.

Louise aussi arbore un large sourire.

— Ce sont tes chroniques et certaines de tes émissions qui nous fatiguent ; il ne fait aucun doute que tes adversaires vont ressortir, souvent hors de contexte, plusieurs de tes écrits et commentaires. La meilleure façon de se défendre est de prendre l'offensive et de publier les chroniques qui pourraient faire l'objet de controverses. De cette façon, tu tires le tapis sous les pieds de tes adversaires qui ne pourront t'accuser de manquer de transparence et de cacher tes opinions.

— Certaines de mes opinions n'étaient pas exactement *politically correct*.

Carole ajoute :

— Tu as tout à fait raison et, comme ils disent dans la langue de Shakespeare : *We will roll with the punches.*

— Au moment où j'ai écrit ces chroniques, j'avais le luxe d'être libre de mes opinions et je portais le chapeau du spécialiste en affaires gouvernementales qui s'était octroyé le mandat de soulever des débats. Les lecteurs et mes auditeurs comprenaient mon rôle et ne m'en tenaient pas rigueur. Aujourd'hui, lorsque je relis ces textes à travers le prisme des responsabilités imposées par la fonction d'un maire élu par la population pour gérer une ville, je réalise que je suis restreint par un carcan imposé par des considérations que je n'avais pas ressenties dans le passé. Ma perception des politiciens a changé du tout au tout depuis que j'ai décidé de joindre la confrérie.

J'ai souvent pensé que les politiciens n'avaient pas le courage de leurs opinions et je réalise aujourd'hui que leur mandat est de défendre leurs concitoyens, un peu comme celui des avocats qui défendent leur client même s'ils savent ce dernier coupable. Les politiciens se retrouvent, à l'occasion, à devoir défendre des positions auxquelles ils ne croient pas, mais qu'ils doivent défendre à la demande de leur population.

Brahm m'interrompt :

— Attention, Maxime, cette attitude est à la base du problème : trop de politiciens pensent qu'ils sont dans un concours de popularité, une popularité mesurée mensuellement par des sondages d'opinion. Je croyais que tu voulais être différent et si tu veux l'être, il faut que tu montres ton leadership et ne pas craindre de défendre tes idées, même si elles ne sont pas populaires.

Dans mon for intérieur, je sais qu'il a raison.

— Tu as raison, mais je veux avoir une chance de gagner l'élection.

— Sais-tu quoi, je crois que la population est prête à élire quelqu'un qui ne pense pas nécessairement comme elle, qui offre des solutions, qu'elles soient populaires ou non, et qui démontre qu'il possède une colonne vertébrale, surtout devant des groupuscules très vocaux qui prétendent représenter la population.

Louise ajoute sur un ton un peu trop agressif à mon goût :

— Il ne faudrait pas oublier que le premier objectif d'un politicien est de se faire élire.

— Je suis d'accord, mais pas nécessairement de se faire réélire. Une fois élu le politicien doit assumer ses responsabilités et prendre les décisions qui s'imposent. Nous avons aujourd'hui trop de politiciens qui perçoivent la politique comme une carrière à long terme alors que la politique devrait être un hiatus dans une carrière durant laquelle des personnes décident de consacrer du temps au service de l'État. Mais quand on n'a pas d'autre carrière à laquelle retourner…

Carole revient sur le sujet :

— Le livre sera publié par le Cercle et portera le titre *La Montréalie de Maxime Beaubien*. Le livre commencera par un prologue de ta part puis suivra ton curriculum vitae. Il faut que tu sois mieux connu de la population. N'oublie pas que pour une grande partie de la population tu n'es rien de plus que le compagnon de la vedette Catheryne Leclaire.

Avec un grand sourire, Brahm, lance :

— Et voilà pour ton ego, mon cher Maxime.

Carole lève les épaules et continue :

— Après les chroniques, nous publierons des extraits de textes qui reprendront les positions que tu as défendues comme président du Cercle. Suivra un texte de Jean-Luc Landreville, ton ancien confrère de classe et ex-ministre des Affaires municipales. Il est maintenant professeur à l'Université Harvard et il nous offre un texte qui, vous ne serez pas surpris, explique que l'évolution économique et sociale de la société aujourd'hui se fait maintenant autour des grandes agglomérations urbaines et il soutient que les limites géopolitiques historiques n'ont plus de pertinence. Son texte tiendra lieu de préface à la publication des textes préparés sur les villes-régions par les universitaires lors du colloque organisé par le Cercle tenu en février.

Carole s'arrête un instant et nous distribue un dossier :

— Vous trouverez dans le dossier le curriculum vitæ de Maxime, le texte de Landreville, celui des universitaires et la liste de toutes les chroniques ; celles que nous voulons publier sont indiquées au surligneur rouge et vous en trouverez des photocopies dans le dossier.

— Carole, j'aimerais dédier le recueil à Eusèbe.

— Excellente idée. Tu pourrais même le remercier pour son soutien financier posthume.

Brahm feuillette mon curriculum vitæ :

— Je ne crois pas que la publication du C.V. va atteindre nos objectifs. La première partie du livre devrait contenir une biographie de Maxime, écrite à la première personne et dans laquelle il pourrait d'abord nous décrire ses états d'âme sur sa jeunesse, son adolescence, la mort de ses parents et ses études ; puis il pourrait aborder la démarche qui l'a conduit à prendre la décision de se présenter : sa relation avec son oncle Eusèbe et l'héritage, la création du Cercle de la Montréalie et ses efforts pour créer un front commun. La biographie pourrait se terminer avec son implication avec le Centre Montpossible et sa rencontre déterminante avec Cosette Marquis. Tant qu'à faire, pourquoi pas une section sur ses relations amoureuses, Catheryne, la rupture et la rencontre de Noémie ?

Louise se lève pour se servir un café :

— Tous les éléments d'un bon roman-fleuve et une bonne façon de remettre les pendules à l'heure sur plusieurs sujets.

Carole ajoute :

— Exactement. Il faut que monsieur et madame tout-le-monde souhaitent le lire. Stéphane ! Qu'en penses-tu ?

— Excellente idée, les biographies de vedette sont toujours populaires, mais je n'inclurais pas les chroniques et les textes des universitaires. Trop long. Une liste suffit et nous pourrons offrir des copies numériques gratuites à ceux qui sont intéressés. Je garderais par contre le texte de Landreville comme épilogue.

Personne ne réagit et je présume donc que tout le monde est d'accord, moi le premier.

— Quelqu'un a-t-il une idée pour une date de parution ?

Carole sort un agenda de sa poche, consulte son calendrier et demande :

— Pouvons-nous effectuer un lancement à la mi-août ?

— C'est dans moins de deux mois.

— Je connais un auteur qui travaille avec nous à l'occasion chez Azur et qui s'est fait une spécialité de sortir une biographie de vedette chaque année. Je vais lui demander s'il est disponible pour effectuer la rédaction.

Chapitre 10

Annonce

Une levée du corps difficile ce matin : j'ai mal partout. Un mauvais début pour une journée importante : c'est ce midi que j'annonce la fondation de mon parti. Nous nous sommes couchés à minuit hier soir, tous les deux trop fatigués pour inaugurer, comme il aurait été approprié, cette première nuit dans notre condo du Vieux-Montréal. Les déménageurs ont terminé vers 16 h et Noémie a insisté pour tout déballer et ranger avant que nous allions nous coucher. Presque sept heures de travail, interrompu par le traditionnel souper de déménagement : une pizza toute garnie, pas d'anchois, avec deux Coke diètes.

Je rejoins Noémie à la cuisine.

— Nous avons oublié de faire un marché hier. Nous n'avons que du café.

J'ignore la remarque et l'embrasse dans le cou. Elle se tourne vers moi et me donne un long baiser puis me regarde dans les yeux :

— Des fois, j'aimerais que nous ayons tous les deux un travail neuf à cinq sans histoire.

— Le café est prêt, assois-toi, je te sers.

Noémie s'installe à une petite table placée dans un coin de la cuisine. Je la rejoins, apportant une boîte de biscuits au gruau que j'ai récupérés du garde-manger.

— Ni toi ni moi n'avons les attributs pour être heureux dans ce genre d'emploi. Nous sommes des entrepreneurs, pas des entrepreneurs d'affaires, mais des entrepreneurs sociaux. Nous sommes des *doers*.

— Tu dois tout de même avouer que nous menons une vie intéressante.

— À ce sujet, quand rencontres-tu, Jérémy Vézina, l'écrivain fantôme de ton autobiographie ?

— Écrivain fantôme est un anglicisme, il faut dire nègre.

— Au diable l'anglicisme, je préfère écrivain fantôme et je suis certaine que plus personne n'utilise le mot nègre.

— Je dois le rencontrer demain à son condo situé à quelques pas d'ici. Il m'a demandé de prendre des notes sur chaque étape de ma vie et de penser à des anecdotes cocasses qui pourraient être incluses. Comme si j'avais le temps. Il veut aussi des photos. Te souviens-tu où on a rangé mes albums?

— Tu veux dire les boîtes à souliers remplies de photos? Dans le bas de la bibliothèque de ton bureau.

Elle se lève et jette son café dans l'évier:

— Je ne peux boire du café sans crème.

Elle rapproche son iPad.

— La première page de *La Presse* annonce la formation du parti.

— C'est ce que nous voulions.

— Il y a aussi un article sur le déménagement de Montpossible.

Je la regarde lire tout en tentant de voir une réaction sur son visage. Elle fronce des sourcils:

— Le maire Foucrault maintient qu'il n'est toujours pas heureux de voir Montpossible déménager dans son arrondissement. Il demande aux citoyens de rester calmes et de ne pas organiser de manifestations samedi durant le déménagement de façon à ne pas mettre le feu aux poudres.

— Le salaud! Un commentaire comme celui-là est une invitation à tenir une manifestation. Il va falloir que tu prévoies de la sécurité.

— Dédé m'assure qu'il a prévu toutes les éventualités.

— La présence de Dédé et de ses amis risque d'être interprétée comme une provocation. N'oublie pas à qui tu as affaire. Je te suggère de retenir les services d'une agence de sécurité et que tu demandes qu'elle se fasse discrète et de se faire voir seulement s'il y a du grabuge.

— Ce n'est pas aux policiers à faire cela?

— Penses-tu vraiment que nous puissions compter sur leur collaboration?

— Monsieur le maire, vous ne faites pas confiance à vos policiers?

— La nature humaine est ce qu'elle est...

Nous sommes interrompus par la sonnerie du téléphone. L'afficheur m'indique que c'est Pierre-André Lepage.

— Bonjour, P.A.

— Bonjour, Maxime. Prêt pour ce midi?

— Oui, j'ai hâte de rendre la chose officielle.

— C'est pour cela que je t'appelle: depuis que nous avons publié notre communiqué de presse annonçant notre appui à ta candidature, nous avons reçu une centaine de commentaires sur notre blogue. Plusieurs expriment leur désaccord à l'idée que tu veuilles te joindre à la classe politique. Quelques-uns vont même jusqu'à parler de trahison.

— Je m'attendais un peu à cette réaction. Le Cercle de la Montréalie est un groupe de pression et a attiré, à ce titre, beaucoup d'individus qui se voient comme des « critiques » de la société, et qui sont heureux dans ce rôle. Ils ont réponse à tous les problèmes, mais n'ont aucun désir de prendre des responsabilités pour changer les situations qu'ils dénoncent.

— Maxime, dans ton discours ce midi, mets l'accent sur l'idée que tu veux être un politicien « pas comme les autres. »

— Merci pour la suggestion, mais, de ce temps-ci, tout le monde s'engage à vouloir faire les choses autrement. C'est une mode. À tantôt, P.A.

Noémie, demande :

— Qu'est-ce qui est une mode ?

— D'annoncer que l'on veut faire les choses autrement.

— Ton discours est prêt ?

— Carole et Brahm ont fait un excellent travail. Je reviens sur les grands thèmes en défense de la région de Montréal puis j'annonce la fondation d'un parti dans lequel j'espère recruter une majorité de citoyens montréalais qui ne sont pas des politiciens, mais qui veulent travailler au succès de la région de Montréal. Je termine en affirmant que « c'est cela, agir autrement. »

— C'est bon.

— C'est bon, mais je suis loin d'être satisfait, Ça tombe à plat. Je vais m'en servir parce que c'est le discours anticipé par les médias, mais je leur réserve quelques surprises.

— Des surprises ? Louise et Carole sont au courant ?

— Non.

— Elles vont être furieuses. Tu sais comment elles aiment tout contrôler.

— Seul Jon est au courant, et il est d'accord avec moi. Il est aussi d'avis qu'elles seront d'accord.

— Ne me dis rien. Je veux être surprise.

— Il faut que je te quitte, je dois me rendre aux bureaux d'AMP à la Place Ville-Marie pour 11 h.

— Une minute ! Tu réserves une surprise à Carole et Louise ? Elles aussi ont une surprise pour toi.

Je suis curieux. Elle se lève, ouvre l'une des armoires et en sort une boîte. Je comprends vite : elle contient un iPhone.

— Elles m'ont demandé de te le donner ce matin comme cadeau pour marquer ce moment important de ta vie. Elles veulent aussi pouvoir communiquer avec toi 24 sur 24. C'est une bonne idée et tu n'as pas le choix. Bienvenue au XXIe siècle.

— Je vais devoir m'y faire.

— N'oublie pas de manger quelque chose sinon tu vas être affamé. J'irai te rejoindre vers midi et je veux que ton premier texto me soit destiné.

— Je n'ai aucune idée du fonctionnement de ce machin.

— Ton problème, mon cher !

* * *

J'ai une demi-heure devant moi et j'ai l'estomac dans les talons. Je me rends à l'aire de restauration de la Place Ville-Marie et m'arrête au McDonald's — non sans ressentir un brin de culpabilité — et me commande un bagel-matin, bacon et œuf, avec un café. Mon cabaret en main, je me cherche une table lorsque j'aperçois Louise et Carole qui me font de grands signes.

Je les rejoins. Carole jette un regard sur mon choix :

— J'espère que tu ne compenses pas ta nervosité en avalant des calories. Si c'est le cas, tu vas prendre 25 kilos dans les 5 prochains mois.

— Nous avons déménagé dans notre condo, hier, et il n'y avait rien à manger ce matin.

— Noémie va bien ?

— Oui.

— Toujours d'accord avec ta décision ?

— Oui.

— Tu as semblé hésiter.

— Elle veut fonder une famille.

— Je la comprends.

— Parlant de Noémie, elle m'a remis un cadeau de votre part.

Je sors mon nouveau iPhone et demande à Carole de me montrer comment envoyer un texto. Elle s'exécute et je fais parvenir un court texto à Noémie, « Love you ».

Louise ajoute :

— À compter de demain, tu devras toujours être accompagné à toutes tes sorties en public. On ne sait pas ce qui peut arriver et, dans tous les cas, on veut un témoin.

— Par qui ?

— J'ai parlé à une agence spécialisée qui t'affectera quelqu'un comme chauffeur et garde du corps.

Carole regarde sa montre :

— Il faudrait y aller.

Jon Van Tran et Cosette Marquis sont déjà arrivés et en grande discussion avec Brahm :

— Madame Marquis ! Ne vous inquiétez pas, tout va bien aller.

Brahm se tourne vers nous :

— Voulez-vous expliquer à Mme Marquis que l'une des raisons qui font que nous avons accepté sa candidature, c'est justement parce qu'elle n'est pas une politicienne ?

Cosette ne me donne pas la chance de réagir :

— Cela, je l'ai bien compris et, en plus, je crois même que j'ai d'excellentes chances de me faire élire. Là où j'ai un problème, c'est que j'ai l'impression de faire de fausses représentations en laissant sous-entendre, en me présentant, que j'ai les compétences pour diriger un arrondissement. Durant ma vie, je n'ai fait que gérer un bureau de médecin et ensuite je suis devenue présidente du conseil d'administration d'un centre de bénévolat. Rien pour préparer quelqu'un à diriger un arrondissement.

— Ma chère madame Marquis, c'est déjà beaucoup plus que ce qu'ont accompli beaucoup d'élus, lance Louise avec un petit sourire.

Carole renchérit :

— Ce n'est pas pour rien que, durant les campagnes électorales, le curriculum vitae des candidats est souvent un secret bien gardé.

Brahm se tourne vers Louise :

— Tout est prêt ?

— Oui ! J'ai cinq personnes qui sillonnent la galerie commerciale, la rue University et la rue Sainte-Catherine pour distribuer un feuillet aux passants les invitant à la conférence de presse.

Carole ajoute :

— Tous les médias sont là. Il est l'heure de débuter.

Nous nous rendons sur la place centrale extérieure de la Place Ville-Marie devant la fontaine située au pied de la rue McGill College. La toile de fond est magnifique ; le regard est d'abord attiré par la sculpture de bronze au milieu de la fontaine, puis gravite vers la longue ligne de pommiers en fleurs qui se termine au portail de l'université McGill avec, en arrière-plan, le mont Royal. Mais je réalise que nous avons fait une grave erreur : la fontaine fait un bruit d'enfer. Carole voit mon regard inquiet et, de la main, me fait comprendre que la situation est sous contrôle. Elle me fait signe de m'avancer derrière le podium. Devant moi, je vois une dizaine de caméras et, derrière elles, quelques centaines de badauds attirés par l'activité inusitée de cette heure de lunch.

Carole s'approche un micro à la main. La fontaine s'arrête, le silence soudain nous assure l'attention de l'auditoire.

— Mesdames ! Messieurs ! Moïse a séparé les eaux, Maxime Beaubien les a arrêtées.

La remarque de Carole est reçue avec des sourires discrets et une expression de soulagement des médias qui tous tentaient d'ajuster leurs appareils. Carole enchaîne :

— Des copies du discours sont disponibles à la table des médias. Sans plus tarder, je laisse la parole à Maxime Beaubien.

— Le discours auquel fait allusion Carole est celui que vous avez déjà entendu, vous connaissez tous mes opinions et mes intentions et je n'ai pas l'intention de me répéter ce matin sauf pour vous annoncer, d'une façon officielle, la fondation d'un nouveau parti municipal qui sera connu sous le nom : Équipe-Beaubien-Montréal.

Je fais une pause et je peux voir l'inquiétude sur le visage de Carole et le sourire complice de Jon ; il avait été convenu avec Carole que, ce matin, je m'en tiendrais au texte.

— Des dizaines de personnes se lancent en politique avec des objectifs louables, j'en suis une, et ils se transforment en politiciens, sans s'en rendre compte, par leur désir d'être réélus qui les force à patiner, affirmer des demi-vérités et, surtout, mentir par omission. Je veux éviter ce piège, et je vous annonce, dès ce matin, que je me présente pour un seul terme. J'ai l'intention de réaliser mes objectifs en quatre ans sans considérations électorales ultérieures.

Si je forme un parti politique aujourd'hui, ce n'est pas par choix, mais par obligation. Avec les nouvelles règles de financement, il est maintenant impossible pour un candidat indépendant de financer une campagne électorale à la grandeur de Montréal. Les règles font aussi que, si un groupe de personnes indépendantes veulent travailler ensemble, elles sont forcées de former un parti. Je forme donc un parti, mais les personnes qui m'accompagneront demeureront indépendantes et le parti sera placé en veilleuse le lendemain de l'élection. Il n'est donc pas question de discipline de parti et nous travaillerons tous pour une même cause, la grande région de Montréal.

Mon premier objectif est de rétablir la confiance des citoyens dans la gestion de la ville. Il n'est pas question d'improviser. Pour ce faire, j'ai demandé à Jon Van Tran, un spécialiste respecté en gestion, de se joindre à nous et de recruter une dizaine de candidats d'expérience en gestion qui verront à assurer une saine gestion de notre ville. J'ai bien dit candidats, des personnes qui s'engageront pour les prochaines quatre années à redresser l'administration et qui ne demanderont rien d'autre que leur rémunération à titre de conseillers municipaux. Ils ne seront pas membres du comité exécutif ; leur rôle se limitera à améliorer la gestion de la ville et de faire des recommandations appropriées aux responsables.

Finalement, comme président du Cercle de la Montréalie, j'ai, au cours des derniers mois, forcé un débat sur la place que devrait avoir la région de Montréal, au Québec. La bataille est loin d'être terminée. Comme maire de Montréal, j'ai la ferme intention de continuer à me battre pour que la région de Montréal obtienne les pouvoirs administratifs et fiscaux nécessaires pour qu'elle puisse s'acquitter de ses responsabilités et occuper sa place sur l'échiquier mondial et cela au bénéfice de tout le Québec.

Mes chers concitoyens et concitoyennes, la bataille de Montréal ne fait que débuter.

Chapitre 11

Distractions

Hier, j'ai passé la majeure partie de l'après-midi à donner des entrevues. L'annonce de la fondation du parti et mes engagements particuliers ont fait la nouvelle, comme prévu, mais le tout a été relégué en second plan, éclipsé par un reportage de l'agence QMI qui a obtenu des informations à l'effet que les entrepreneurs arrêtés pour collusion avaient remis des centaines de milliers de dollars à Kevin Boudrias, l'agent officiel de Progrès-Montréal. Comme si cette nouvelle n'était pas déjà surprenante en soi, nous apprenons en surplus que ce Kevin Boudrias est le gendre du maire Castonguay.

Nous sommes maintenant tous convaincus que c'est le dernier clou dans le cercueil de Progrès-Montréal. Un parti accusé de recevoir des contributions illégales n'est plus crédible aux yeux de la population. Devant cette révélation, je ressens de la sympathie pour le maire Castonguay. La question qui demeure sans réponse : était-il au courant ? Tous ceux qui le connaissent sont d'avis qu'il n'aurait jamais toléré de tels agissements, mais les médias, et surtout les placoteux des ondes, semblent plus sceptiques et ne semblent pas lui donner le bénéfice du doute. Est-ce que je veux vraiment me présenter et me placer moi aussi à la merci de cette bande d'irresponsables ?

C'est dans cet état d'esprit que je me rends chez Jérémy Vézina, l'auteur qui doit rédiger mon autobiographie. À la suite des suggestions de Stéphane Audet, le titre du livre sera simplement *Maxime Beaubien* et devrait être publié au milieu du mois d'août. La publication d'un livre est devenue un passage obligé pour tout chef de parti. Ces livres sont généralement un ramassis d'idées et de pensées dont l'objectif est de démontrer la supériorité intellectuelle du « biographié ». J'ai rarement lu ce genre de livres qui ne sont rien de plus que de la propagande.

Dans notre cas, le livre est vraiment une autobiographie, et Audet a même demandé à Vézina d'adopter un style plus près du récit d'une bonne histoire que de la biographie classique. L'objectif est d'atteindre la population, la gent féminine en particulier, qui achète les livres et qui représente plus de cinquante pour cent du vote. L'objectif est de modifier la perception que je suis un intellectuel, ce qui n'est pas nécessairement une bonne chose de nos jours. La population se méfie des intellectuels. L'objectif de l'autobiographie est donc de faire connaître aux électeurs mon côté personnel et humain.

La publication de ce livre me permettra d'expliquer, de nouveau, les raisons qui ont motivé la fondation du Cercle de la Montréalie et les facteurs qui ont mené à mon implication avec Montpossible, un sujet particulièrement important. Dans un sondage en avril, je récoltais 37 % des intentions de vote. Un sondage la semaine dernière me plaçait à 31. Les analystes politiques se perdent en conjectures au sujet de mon implication dans les événements du mois de mai, à un degré tel, qu'ils ont semé des doutes parmi la population. Maxime Beaubien est-il vraiment un défenseur de Montréal ou un activiste, comme il en existe plusieurs, qui adoptent des causes au gré du moment ? Le livre me permettra de mettre les pendules à l'heure.

Hier soir, j'ai pris quelques heures pour faire un retour en arrière sur ma vie et je me suis retrouvé avec une dizaine de pages de notes. C'était la première fois que je m'astreignais à me remémorer les étapes passées de ma vie durant plus que quelques minutes. Qui fait cela d'ailleurs ? Je n'ai pas particulièrement apprécié l'exercice et, lorsque j'ai terminé, je me suis retrouvé dans un léger état de dépression : opportunités manquées, mauvais choix, beaucoup de si seulement....

Vézina habite un loft sur la rue Saint-Paul au-dessus d'un magasin de bébelles destinées aux touristes. Au bout d'un court escalier, je me retrouve dans un corridor bordé de quatre portes. Je m'arrête devant le loft numéro deux. J'ai de la difficulté à concevoir qu'ils ont réussi à aménager 4 lofts dans un espace que j'estime mesurer à peine 300 mètres carrés. Un homme dans la trentaine, le crâne dégarni par une calvitie précoce et un visage dominé par de larges montures roses m'ouvre la porte. Le type est vêtu d'un coton ouaté délavé à l'effigie des Expos et d'une paire de pantalons qui un jour ont dû être bleu foncé. Je jette un coup d'œil derrière lui pour voir un loft d'à peine 50 mètres carrés de grandeur : à ma droite un comptoir, un petit réfrigérateur et une plaque chauffante, au fond, une grande table placée devant la fenêtre et sur laquelle repose un portable.

Jérémy me fait entrer.

— Le loft est l'endroit où je travaille lorsque je suis à Montréal.

Il se dirige vers la grande table et d'une main la tire vers l'autre extrémité de la pièce. La table est sur des roulettes. Sans dire un mot, il presse un bouton placé sur le mur et un lit encastré se déploie. Il le replie immédiatement :

— Je passe la plus grande partie de mon temps dans la résidence familiale à Saint-François-du-Lac. Lorsque mes parents sont décédés, j'ai gardé la maison.

Il m'invite à la fenêtre. La vue donne sur l'arrière des édifices de la rue de la Commune, des édifices presque tous convertis en condominiums.

— Le soir, dans la noirceur, vous ne pouvez imaginer ce que je vois à travers les fenêtres de ces condos. Je vais écrire un jour un livre sur ces voisins anonymes dont j'observe les habitudes de vie. Vous allez me dire que je suis un voyeur. Je suis d'accord. Il faut l'être pour écrire des biographies.

Il rapproche de la table deux chaises de type taverne et m'invite à prendre place. Je sors mes notes.

— J'ai préparé une série de notes, mais je m'inquiète du peu de souvenirs que j'ai de mes années d'enfance.

— Ce n'est pas surprenant, nous sommes tous un peu comme cela, mais vous allez être surpris lorsque nous aurons terminé. Tout le monde pense que ces années disparaissent dans un vide qui semble s'approfondir avec les années qui passent, mais, souvent, il ne suffit que d'une photo pour éveiller des souvenirs. Je regarderai vos notes plus tard et j'espère que vous avez des photos avec vous. Pour le moment, commençons par le début. Vos parents…

La séance avec Jérémy a duré deux bonnes heures et sa série de questions a fait jaillir de mon subconscient plusieurs souvenirs oubliés : un professeur favori, un ami dont le père était un journaliste que j'admirais particulièrement, ma première amourette avec Amodini, la fille d'immigrants indiens. Je me suis même rappelé que son nom signifiait joyeuse. Je me demande où elle est aujourd'hui. Je me demande aussi si les lecteurs sont vraiment intéressés par ces détails anodins. Jérémy m'assure qu'il élaguera le tout au moment de la rédaction.

Après deux heures, j'en ai assez et je crois que c'est la même chose pour lui ; les temps d'arrêt entre les questions semblent de plus en plus longs. Je mets fin à l'exercice et je me rends à mes bureaux du Cercle où Noémie doit me rejoindre pour une première rencontre avec Ben Comtois. Noémie a insisté pour que je sois présent. Elle ne se sent pas à l'aise en présence de Comtois et elle ne comprend pas pourquoi l'individu l'intimide de la sorte. De mon côté, mon opinion de Comtois est négative : j'ai l'impression qu'il joue un rôle, qu'il n'est pas sincère.

Dès mon arrivée, Louise ne me donne pas la chance de m'installer.

130

— Il faut réunir le comité de candidatures au plus sacrant. Depuis lundi, Pierre-André a dû recevoir une trentaine d'appels de personnes qui désirent se présenter. J'ai aussi reçu des appels d'une vingtaine de conseillers et de maires d'arrondissement, tous membres de Progrès-Montréal, qui se montrent intéressés à se joindre à nous.

— J'aurais déjà 50 candidats? C'est presque la moitié.

— Soit prudent, Maxime; ceux qui ont envoyé leur C.V. ont de bonnes intentions, mais ne savent pas dans quoi ils s'embarquent et, lorsqu'ils réaliseront ce qu'une candidature implique, plusieurs vont prendre la poudre d'escampette. Quant aux autres, plusieurs sont associés à Progrès-Montréal.

— Nous devrions d'abord rencontrer ceux qui nous ont fait parvenir leur demande et attendre pour rencontrer les autres.

— Des sources me disent que plusieurs d'entre eux sont désappointés de Felicia pour son manque de leadership. Elle refuse de faire des commentaires. Elle traîne derrière toi dans les intentions de vote depuis un mois, et cela même après la dégringolade que tu as subie à la suite des événements de Montpossible. Nous savons tous que les bonzes du Parti libéral font des pieds et des mains pour se trouver un candidat plus crédible qui pourrait rallier les conseillers actuels. Ils ont une peur bleue de toi.

— S'ils réfléchissaient pour une minute, ils se rendraient compte que je n'ai pas de candidats et une organisation embryonnaire. Cela dit, je suis d'accord qu'il est devenu urgent de convoquer notre comité de nomination.

— Vendredi matin.

Nous sommes interrompus par l'arrivée de Noémie et de Ben Comtois. À notre surprise, il est accompagné de Sophie Lalande, qui semble gênée d'être là, et d'une autre personne. L'homme, que je devine dans la trentaine, est vêtu d'une chemise beige, d'un veston sport bleu marine et d'une paire de pantalons jaune pâle. Les lumières du plafond créent des reflets sur ses cheveux qui se dressent sur sa tête grâce à l'utilisation d'une quantité industrielle de gel. C'est lui qui ouvre la conversation :

— Bonjour, je me présente, Alexandre Taillefer.

Nous lui serrons la main, Noémie donne une accolade inconfortable à Sophie et nous les invitons à se joindre à nous dans la salle de conférence. Nous avons à peine la chance de nous asseoir que Taillefer ouvre la conversation.

— Je suis l'agent de Ben et je dirige tous les aspects de sa carrière d'artiste, ce qui inclut son travail bénévole. Son implication avec votre organisation doit être gagnante-gagnante, c'est-à-dire que cette implication doit lui profiter autant qu'à vous. Dans son cas c'est une question d'image, dans votre cas une question de crédibilité et d'argent.

Je sursaute lorsque j'entends les derniers trois mots. Je choisis de me taire, pas Noémie.

— Il n'a jamais été question de rémunération.

Taillefer sourit et sort de son porte-documents une présentation PowerPoint.

— De l'argent pour votre organisation. Pas pour nous.

— Excusez-moi.

— Ben est suivi par plus de 14 000 personnes sur Twitter et nous avons l'intention de mobiliser tout ce beau monde autour d'une collecte de fonds au profit de Montpossible.

Noémie l'interrompt :

— Vous savez que nous planifions une soirée-bénéfice avec les Indescriptibles.

— Oui, mais nous, nous visons une clientèle de jeunes et Sophie sera notre victime.

— Sophie ! Victime ? Vous savez qu'elle est la fille d'un important importateur de vins de France et que ses parents habitent à Westmount.

— Oui, je sais tout cela. Je sais aussi qu'elle a abandonné ses études de médecine pour faire du travail social et que son père, furieux, l'a fou-tue à la porte de la résidence familiale.

Taillefer nous présente une affiche dominée au centre par une photo de Ben Comtois et de Sophie à son bras. La photo a été prise devant l'église Sainte-Rusticule. En haut de l'affiche à gauche, une photo de Sophie qui grimace de douleurs alors que les policiers lui passent les menottes. À droite une reproduction de la carte postale hai-neuse ; au bas une invitation à une présentation-bénéfice de Ben Comtois et de ses amis artistes dans un lieu et à une date qui reste à déterminer.

Noémie pose la question qui me tracasse.

— Pourquoi utiliser Sophie alors que vous auriez pu utiliser l'un des jeunes ? Il y en a plusieurs qui sont de véritables victimes de notre société.

J'ajoute :

— Vous pourriez parler de Montpossible, de ses objectifs, de ses ser-vices.

— Pour qu'une campagne ait du succès, il faut d'abord qu'elle soit spontanée et qu'il y ait une victime identifiable. Qui de mieux que la gen-tille et douce Sophie brutalisée par les méchants policiers ? Les médias l'ont adorée et, même si elle a perdu son emploi chez Montpossible, « elle n'en tient rancœur à personne et elle est même prête à participer à une collecte de fonds pour cet organisme attaqué de toutes parts par des racistes et des mangeurs de balustre. »

Nous ne savons vraiment pas comment réagir. Je suis abasourdi par la froideur de l'approche. Jouer sur l'empathie des gens est une chose, mais créer une victime est autre chose. Je suis loin d'être à l'aise.

— Monsieur Taillefer, j'insiste pour que le conseil d'administration de Montpossible soit tenu informé de tous les détails.

Ma demande est reçue avec un sourire et un léger hochement de la tête. Nous les remercions et leur promettons de leur revenir dès que nous avons eu la chance d'en discuter avec Carole. Ils se lèvent tous les trois et Taillefer nous lance :

— C'est déjà fait.

* * *

Nous sommes à terminer notre souper lorsque Carole nous appelle. La conversation ne dure qu'une minute. Noémie demande :

— Carole était au courant ?

— Oui, et je n'aime pas l'idée qu'ils lui ont parlé avant nous. Qu'à cela ne tienne, elle croit que l'approche est brillante, elle pense qu'une telle campagne va faire entrer les opposants dans leurs trous respectifs et, encore plus important, elle va mettre Comtois en évidence et faire oublier mon implication dans Montpossible, qui, pour elle, est une distraction qui éloigne l'attention des médias de ma campagne.

Noémie me prend la main.

— Je suis d'accord avec elle. Maintenant, sur un autre sujet. Depuis quelques jours, ma mère m'a demandé si nous avions pris une décision quant à notre mariage. J'ai l'impression que des membres de sa famille, qui demeurent en France, veulent savoir. Plusieurs font partie du mouvement Massorti.

— Le mouvement Massorti ?

— C'est un mouvement juif conservateur qui veut conserver un mode de culte traditionnel.

— Comme tout bon petit Québécois, j'ai été élevé catholique, mais je ne pratique pas et je ne me considère plus membre de cette super-secte qu'est l'Église catholique. Me marier selon une tradition ou une autre ne me dérange pas. Je suis prêt à jouer le jeu.

— Maxime, tu ne comprends pas. Les juifs conservateurs, et une majorité de ma famille des deux bords le sont, n'acceptent pas une union mixte entre une Juive et un non-juif. Pour avoir un mariage juif, il faudrait que tu te convertisses au judaïsme.

Je suis perplexe et inquiet. Il n'est pas question que je me convertisse à quoi que ce soit et j'hésite à réagir à sa remarque. Elle me tire d'embarras.

— Je ne suis pas bien religieuse, mais je ne dirais pas que je suis agnostique. Je crois que les religions devraient évoluer avec le temps. Cela dit, j'ai l'intention de proposer à mes parents un mariage civil suivi d'une réception limitée à nos proches parents et amis.

— Et tu as l'intention de faire cela quand?

— J'aimerais un mariage au début du mois d'août avant que ne débute la campagne.

— Je suis d'accord.

Noémie se lève, me prend par la main et me dirige vers la chambre à coucher. Elle s'approche de la table de nuit et sort quelque chose du tiroir. Je n'arrive pas à voir ce qu'elle a dans la main.

— Pour les prochaines semaines, tu utilises des condoms. Je ne suis plus sur la pilule.

— Pourquoi des condoms?

— Une question de *timing*, mon Maxime. Je ne veux pas paraître enceinte le jour de mon mariage.

Chapitre 12

Candidats

Nous sommes dans les bureaux de Pierre Fabien pour cette première rencontre du comité des candidatures. Le comité est formé de Pierre, Louise, Jon, et Charles, qui agit comme consultant officieux ; il n'assiste pas aux réunions, mais il travaille avec Louise en coulisse. Nous le tenons aussi éloigné des autres que possible et Louise, malgré ses réticences du début, avoue qu'elle profite de son réseau et de son expérience.

Nous n'avons pu éviter une bonne demi-heure de discussions sur ce qui se passe à l'hôtel de ville. Il y a déjà plus d'une trentaine de conseillers qui ont annoncé leur départ de Progrès-Montréal ; plusieurs se sont déclarés ouverts à se joindre à un autre parti, mais, demeurent sur les « lignes de côté » en attendant de connaître les intentions de Jean-François Boulé. Toujours pas de nouvelles du maire Castonguay qui n'a pas été vu à son bureau depuis l'annonce du rôle de son gendre dans le scandale de la collusion.

Louise met fin à la discussion et commence la rencontre en nous distribuant une carte électorale de l'île de Montréal :

— Mon cher Maxime, nous avons besoin de 102 candidats. Idéalement 51 hommes et 51 femmes, le tout saupoudré de quelques minorités visibles et une représentation suffisante de diversités culturelles que nous devons choisir parmi des personnes originaires de 188 pays d'origine. Il faut aussi faire une place aux anglophones de souche.

Jon en remet :

— Les minorités culturelles sont importantes et trop souvent oubliées. Elles représentent, avec les anglophones, 50 % de l'électorat et elles sont en majorité dans plusieurs arrondissements. Je pense, entre autres à Côte-des-Neiges-Notre-Dame-de-Grâce, Saint-Léonard et Villeray-Saint-Michel-Parc-Extension. Idéalement, il nous faut un candidat d'origine grecque dans Plateau-Mont-Royal et un candidat italien dans Rivière-des-Prairies-Pointe-aux-Trembles.

Pierre a compris que Louise et Jon s'amusent à mes dépens. Il renchérit :

— Attention ! Attention ! Les considérations culturelles sont importantes et nous connaissons tous l'intérêt de Maxime pour la gent féminine issue des communautés culturelles ; mais il ne faudrait pas oublier les considérations génétiques et sociales ; il faut s'assurer d'avoir une représentation parmi les homosexuels, les lesbiennes, les familles monoparentales, les bénéficiaires de l'aide sociale, sans oublier les sans-abri et, quelques travailleurs et travailleuses du sexe, les syndiqués…

Je reconnais l'humour caustique de Pierre, mais il y a un brin de vérité dans ce qu'il dit.

— Et, pour chaque catégorie, il faut une représentation des jeunes, des moins jeunes et des aînés sans oublier les classes économiques. Mais rien n'empêche de combiner les considérations : une Jamaïcaine anglophone, lesbienne, monoparentale, âgée dans la cinquantaine et sur l'aide sociale nous permettrait de faire un bon bout de chemin.

Je ne suis pas certain que Louise a apprécié ce badinage et elle nous rappelle à l'ordre :

— Toutes ces considérations sont intéressantes, mais il demeure que nous devons recruter 102 candidats, au cours des deux prochains mois si nous voulons être crédibles.

Jon se tourne vers Louise :

— Tu m'as dit qu'une trentaine de personnes avaient manifesté un intérêt à devenir candidats pour nous ?

— J'ai répondu à chacun et je leur ai demandé de me faire parvenir des notes biographiques. Personne de connu sauf pour quelques accros de la politique qui se présentent à toutes les élections pour le plaisir de voir leur photo affichée.

J'ajoute :

— Je ne veux rien savoir de candidats « poteaux » qui n'ont rien à apporter. En politique, il y a trop d'élus qui ne font que remplir une chaise en attendant leur chèque et la prochaine élection.

Louise se lève et nous distribue une liste des 19 arrondissements. Dans la colonne des maires, nous reconnaissons au moins trois noms : Jon dans Ville-Marie et Cosette Marquis dans Mercier-Hochelaga-Maisonneuve sont en vert. Dans l'arrondissement du Sud-Ouest, le nom de Pierrette Lavigne apparaît en jaune.

— Les candidats confirmés sont en vert et ceux en jaune sont des potentiels.

Pierre demande à Louise :

— Pierrette Lavigne ?

— Je la connais et elle a le profil que nous recherchons. Elle est l'une des démissionnaires de Progrès-Montréal, et la seule pour l'instant que je n'hésiterais pas à approcher.

Jon intervient :

— Puis-je vous rappeler que je suis à la recherche de gestionnaires d'expérience, une dizaine, pour former le groupe de travail qui devra mettre de l'ordre dans l'administration municipale ?

J'ajoute :

— Pour le reste, j'aimerais des candidats qui désirent améliorer le quotidien des Montréalais dans leur district et travailler à faire pression sur Québec en mobilisant la population et les politiciens de toute la région.

Louise ajoute :

— L'organisation politique est comme une pyramide : nous devons d'abord concentrer nos efforts sur le recrutement des candidats à la mairie des arrondissements. Ensuite, ce sont eux qui prendront la responsabilité de recruter les candidats et les organisateurs pour chaque arrondissement. Le choix de candidats ne m'inquiète pas. Des candidats, il y en a toujours. Le défi, c'est de trouver des candidats compétents. Vous savez ce qui est malheureux en politique aujourd'hui ? C'est le sénateur américain Eugene McCarthy qu'il l'a bien exprimé : « Ce serait tellement mieux si la politique était une activité où les personnes avec une réputation s'impliquaient plutôt qu'un endroit où les personnes s'impliquent pour se faire une réputation. »

Jon se tourne vers Louise :

— Depuis que j'ai annoncé ma candidature, je parle à beaucoup de monde et Maxime passe pour un intellectuel qui défend des concepts organisationnels nébuleux. Cela fait trop sérieux et il tombe dans la catégorie des Stéphane Dion ou Michael Ignatieff ; nos adversaires vont se servir de cela comme l'a fait Harper aux deux dernières élections fédérales.

Louise répond :

— Nous passerons l'été à travailler pour le faire connaître de la population en général : des visites dans tous les arrondissements, des présences dans les fêtes de quartier et à tous les festivals. Ces visites nous fourniront de la couverture de presse.

Jon revient à la charge :

— Très bien, sa notoriété augmentera, mais qu'en est-il de son image ? Il est reconnu comme un grand défenseur de Montréal, mais qui est-il vraiment pour la population ? La perception populaire veut qu'il soit un riche héritier, professeur d'université dans la quarantaine, avec de belles grandes théories, dont la notoriété tient plus de ses fréquentations avec la populaire actrice Catheryne Leclaire que de sa présence comme animateur d'une émission d'affaires publiques suivie par à peine 20 000 personnes. Bâtir son image autour de la thèse de Montréal ville-région passe difficilement auprès du grand public. C'est un peu comme tenter de devenir premier ministre du Canada en faisant la promotion d'une taxe sur le carbone.

Louise ajoute :

— Jon, nous sommes tout à fait conscients de ce que nous devons faire et la publication de la biographie va nous aider à faire un bon bout de chemin. Carole a aussi développé tout un programme qui passe de sa tenue vestimentaire, à sa coupe de cheveux et à son comportement devant les caméras. Durant l'été, nous allons créer un portrait personnel de Maxime, une image à laquelle la population peut s'accrocher. Notre sujet ressemble à Pierre Elliot Trudeau : intelligent, brillant, riche et séducteur, les qualités sur lesquelles la trudeaumanie a été développée dès ses débuts en politique.

Il est plus facile de bâtir une image pour un nouveau venu en politique que de rebâtir une image pour des politiciens de carrière comme Chrétien, Duceppe et Charest. L'usure du temps et l'exposition quotidienne au cynisme en continu des médias font des dommages. L'occasion de créer, j'ai presque envie de dire manipuler, l'image d'un politicien ne se présente qu'au début de sa carrière, au moment où il est peu connu de la population. C'est le cas de Maxime. Après, ça dépend de lui.

Jon ajoute :

— Il ne faut pas non plus créer l'image trop parfaite du bonhomme qui trône sur un gâteau de mariage.

— Tu as raison. Souvent, lorsqu'un nouveau venu se présente en politique, c'est un peu comme une *blind date* pour la population. On en connaît très peu sur lui et dans bien des cas le candidat ne veut pas que l'on en sache trop. Avec Maxime, c'est tout le contraire, nous avons du matériel, il ne faut pas hésiter à le faire connaître : un professeur d'université, animateur de télévision, né d'un père québécois de souche et d'une mère anglophone membre de l'aristocratie de Westmount, éduqué à Brébeuf puis au Cégep du Vieux-Montréal, avec des études universitaires à McGill et à la Sorbonne ; il vit avec une juive de Hampstead, qui, elle, a été éduquée à l'Université de Montréal.

Je veux m'opposer à l'idée de mêler Noémie à la campagne, mais je réalise que c'est inévitable. Dans le passé, la vie personnelle des politiciens était respectée par les médias, mais j'ai bien peur que ce temps soit révolu. La course à l'exclusivité entre les médias ne peut que déborder sur la vie privée des personnalités publiques. C'est déjà commencé ; n'importe quelle connerie qui apparaît sur les réseaux sociaux fait l'objet d'une nouvelle. Un commentaire sur la vie personnelle d'un politicien sur Twitter est devenu une source d'information pour les médias et ils se sentent obligés d'en parler.

Louise ajoute :

— Autre que tout ce qui entoure Montpossible, la relation avec Catheryne est le seul squelette que nous avons dans le placard. Une majorité de la population pense encore qu'ils sont ensemble, et que Maxime est le père de son enfant.

Jon demande :

— Depuis que nous savons que son oncle a été arrêté dans le scandale de la collusion, c'est devenu plus inquiétant. En passant savons-nous qui est le père de son enfant ?

Mon estomac ne fait qu'un tour. Seules Catheryne et Noémie savent et les autres n'ont jamais osé demander.

Pierre, peu loquace, mais perspicace, me tire de l'embarras, non sans me jeter un coup d'œil qui me fait comprendre qu'il a des soupçons. Il laisse la question en suspens et revient sur le sujet de mon image :

— Le maire Castonguay avait déjà laissé entendre qu'il ne se présentait pas ; nous savons donc qu'il y aura des changements à l'hôtel de ville. Tout le monde est d'avis que Felicia va retirer sa candidature et que Jean-François Boulé deviendra notre adversaire. Nous devons nous préparer à une véritable bataille.

J'interromps Pierre en demandant :

— En passant avons-nous des nouvelles de Sylvie Larocque, la péquiste ? Est-ce qu'elle se présente ?

Louise continue :

— Aucune nouvelle, les péquistes ont de la difficulté à se trouver un candidat crédible et la rumeur courre qu'elle serait d'accord pour se présenter à la condition d'obtenir un poste comme déléguée du Québec à Paris comme prix de consolation lorsque le PQ prendra le pouvoir.

Jon conclut la discussion :

— Une chose est certaine, ce sera une lutte à deux et demi et, dans ce genre de campagne, tout peut arriver. Boulé est populaire et il a la sympathie des électeurs, Maxime est bien perçu pour ses connaissances, mais sa vie privée pourrait devenir un réel problème. Quant à Sylvie Larocque, elle n'a pas de crédibilité, mais elle va tout de même obtenir le vote des indépendantistes durs et purs.

Les six prochains mois vont être occupés.

Louise ajoute :

— Pour ce qui est de sa vie privée, nous comptons sur la publication de la biographie pour mettre les choses au clair.

* * *

Après la rencontre, une rencontre étrange où, durant une bonne partie de la discussion sur mon image, je me sentais comme la proverbiale mouche sur le mur qui entend tout sans être vue, j'ai décidé de me rendre au condo du Vieux-Montréal plutôt qu'à mon bureau du Cercle. J'ai besoin de réfléchir. La dernière remarque de Jon m'a frappé en plein visage et m'a tout à coup fait comprendre la source de ces sentiments d'inconfort qui viennent me hanter de plus en plus souvent depuis quelques jours. Au moment où ils sont apparus, j'ai interprété ces moments de mal à l'aise pour des regrets pour ma confortable vie antérieure : mes étudiants, mon émission, mes chroniques, même ma relation avec Catheryne, si peu compliquée.

Je descends la côte du Beaver Hall et me voilà rendu au square Victoria. Je décide de m'asseoir quelques minutes pour tirer avantage de la belle température. Le soleil est radieux et pas encore trop chaud pour devoir l'éviter. Je suis assis sur mon banc perdu dans mes pensées lorsque trois jeunes passent devant moi en rouli-roulant ; ils dévalent les marches dans un bruit infernal. Je décide de quitter mon banc et me dirige vers le sud par la rue McGill.

Non seulement mon ancienne vie me manque, mais je néglige aussi la nouvelle que je me suis créée au début de l'année. Une vie encore beaucoup plus stimulante que la première : je suis fier de la création du Cercle de la Montréalie et du travail accompli, mais le tout demeure une œuvre inachevée. Encore plus important, je suis devenu amoureux de la femme de ma vie, une femme avec laquelle je veux fonder une famille. Ma vie a enfin trouvé une direction, non sans certaines difficultés, et voilà que je mets un hiatus sur ces deux beaux projets pour me lancer en politique avec tous les risques que cela comporte.

Voilà plus d'un mois que toutes mes pensées et mes heures sont accaparées par cette campagne électorale qui n'est même pas commencée, qui ne se terminera qu'en novembre et que je déteste déjà : 102 candidats à recruter, 19 organisateurs à trouver, des centaines de bénévoles à intéresser, une campagne de financement à réaliser dans des conditions difficiles, des milliers de mains à serrer sans oublier les médias qui vont chercher partout des bibittes réelles, inventées ou sous-entendues pour créer la primeur qui les rendra intéressants et une opposition qui va s'évertuer à démolir les positions que je défends depuis la création du Cercle.

Pourquoi un tel calvaire quand je veux travailler pour ma ville et mes concitoyens ? Et l'on se demande pourquoi il est si difficile de recruter des gens compétents pour se lancer en politique. En cet après-midi de juin, je regrette ma décision, une décision que je n'ai pas prise volontairement, mais qui m'a été pratiquement imposée par une habile mise en scène. Merci, mon oncle Eusèbe ; tu m'excuseras si je suis en beau maudit et si je fais une belle crise d'anxiété.

* * *

Carole et Louise m'ont bien défendu d'accompagner Noémie pour l'aider au déménagement de Montpossible. Je me sens coupable et, lorsque j'ai exprimé mon intention de m'y rendre quand même, Noémie m'a fait une petite crise en me lançant : « tête dure de Beaubien, veux-tu bien écouter pour une fois. » Je ne suis pas surpris du commentaire. Elle fait allusion aux remontrances que j'ai reçues cette semaine de Louise et Carole au sujet des engagements que j'ai pris lors de l'annonce de la fondation du parti. Elles sont froissées parce que je ne les ai pas consultées et je me rends compte qu'elles ont raison. J'ai voulu faire mon *smart*, comme mon père me disait, et je le regrette. Ce n'est pas la bonne façon de tisser des liens de confiance.

Noémie est partie vers 7 h tout en me promettant de me tenir au courant et en me rappelant que nous soupons chez ses parents ce soir. J'ai donc passé la matinée à étudier les rouages de l'administration municipale, une organisation complexe qui compte plus de 28 000 employés. Dans six mois, moi qui n'ai jamais eu à diriger un seul employé de ma vie, je serai à la tête de cette organisation.

Vers 11 h, j'ai quitté le condo pour me rendre au bureau du Cercle pour rencontrer Jean Deragon ; il a un candidat vedette à me présenter. Son appel m'a surpris et ma première réaction a été de refuser. Si un journaliste me voyait en sa compagnie ? Je suis devenu un peu paranoïaque.

J'ai accepté, à la condition que la rencontre ait lieu au Cercle, loin des caméras. J'ai suggéré à Jean d'inviter Jon et il m'a répondu que ce n'était pas une bonne idée. Il a cependant accepté la présence de Louise, ce qui m'a rassuré.

Aucune nouvelle de Noémie. Avant de quitter le condo, j'ai écouté les nouvelles ; rien de particulier.

Jean et Louise sont tous les deux là à mon arrivée. Louise demande :

— Le déménagement ?

— Pas de nouvelles, bonnes nouvelles.

J'ai à peine terminé que mon cellulaire se met à vibrer sur la table. Je retiens mon souffle, c'est Noémie.

— Enfin !

— Tout va bien. Il y a quelques manifestants avec des pancartes, mais tout est calme. Même les médias ne sont pas présents. La présence de Dédé et de ses copains, tous des taupins, semble avoir refroidi les esprits.

— Merci, tu me rassures. Rappelle-moi.

Je me tourne vers Jean.

— Jean ! Qui est ce candidat vedette que tu veux que je rencontre ?

— Pierre-Marc Dandurand.

Jean me tend un curriculum vitae et une photo. Je reconnais le visage de l'homme d'affaires, vice-président principal pour le Québec du Dominion Trust.

— Tu le connais bien ?

— Je l'ai rencontré à quelques reprises lorsque j'étais président de la Chambre de commerce. Dandurand est bien connu dans le monde des affaires et vient d'être mis à la retraite. Il a demandé à Jérôme Cadieux, le ministre de l'Immigration à Ottawa, de planifier cette rencontre avec nous ; ils sont des amis d'enfance et ils ont grandi ensemble à Outremont. Jérôme est l'une de mes connaissances.

Nous sommes interrompus par le bruit d'un coup de pied dans la porte. Je me lève pour ouvrir : Frank, notre adjointe administrative est là, les bras chargés de deux plateaux. Elle entre et place le tout sur une table de coin où se trouvent déjà des assiettes et des verres.

— Des sandwichs et une salade de patates. Il y a deux sandwichs aux légumes grillés. M. Dandurand est végétarien. Sa secrétaire m'a appelé hier pour m'avertir. Il est arrivé et attend à la réception ; un beau bon-homme. S'il est intéressé, je laisse mon mari et je fonds dans ses bras.

Sacré Frank ! Le pire est qu'elle serait susceptible de le faire. Je crois qu'elle en est à son quatrième mari. Je ne fais que commencer à m'habituer à cette femme qui veut être « un des boys. » Carole, elle, ne s'habitue pas et sa relation avec cette adjointe administrative hors du commun demeure houleuse. D'un autre coté, il faut donner crédit à Fred qui l'a embauchée ; elle est excellente et accomplit seule le travail de trois.

Quelques minutes plus tard, elle fait entrer Pierre-Marc Dandurand dans la salle ; un homme grand aux cheveux blancs ondulants, le corps bien droit, se présente à nous d'une façon des plus formelles. Il est vêtu d'un habit trois pièces bleu foncé, d'une chemise bleu pâle avec collet blanc et cravate rayée bleue et noire. Il porte la rosette de la Ville de Montréal à la boutonnière. Si j'étais un parieur, je gagerais qu'il se teint les cheveux. Comment peut-on avoir des cheveux aussi blancs ?

Nous nous levons pour le recevoir. Une fois à nos places respectives j'amorce l'entrevue en demandant :

— Vous voulez vraiment faire de la politique ?

Dandurand se redresse sur sa chaise et, les yeux fixés à quelques centimètres au-dessus de nos têtes, nous surprend en répondant :

— Pas vraiment, je déteste la politique.

Moment de silence pour nous permettre de bien digérer cette réponse puis il continue :

— Lors d'un souper avec mon ami Jérôme... vous savez, le ministre de l'Immigration à Ottawa... il m'a fortement encouragé à offrir mes services pour mettre de l'ordre à Montréal et il a offert d'organiser la rencontre de ce midi.

Confronté à ce ton pompeux, je sens mon antipathie pour l'individu augmenter à chaque mot qu'il prononce. Je suis convaincu que c'est lui qui a demandé au ministre d'organiser l'introduction. Je ne sais trop comment réagir. La tentation est forte de lui dire tout de suite que nous ne sommes pas intéressés. Mais je dois être prudent : nous avons besoin de candidats et celui-ci n'est tout de même pas un deux de pique. Je choisis la voie prudente et lui offre de se servir quelque chose à manger.

Jean et Louise demeurent silencieux pendant que nous nous servons et ils me laissent la responsabilité d'alimenter la conversation pendant que nous prenons une bouchée. À quelques occasions, je crois apercevoir un rictus sur le visage de Louise alors que Jean se donne un air de concentration. L'effort de maintenir une conversation n'est pas difficile ; M. Dandurand aime parler de lui-même.

Nous apprenons qu'il a obtenu un diplôme de l'Université Harvard en 1967 et qu'il est un résident de Ville Mont-Royal, qu'il était un membre actif du Club Saint-Denis, qu'il joue au golf à Laval-sur-le-Lac et qu'il possède une résidence secondaire au lac Memphrémagog ; nous avons tous compris qu'il fait partie de l'establishment montréalais. Très peu sur sa carrière d'affaires avec le Dominion Trust.

Louise, sur un ton qui laisse deviner un brin d'agressivité, ramène le sujet sur ses intentions politiques :

— Si nous avons compris, votre intention serait de joindre notre parti et de vous présenter à la prochaine élection ?

— J'ai compris que vous étiez à la recherche de gestionnaires d'expérience et je vous offre mes services, mais j'aurais quelques exigences : d'abord, vous devez me trouver un arrondissement sûr. Je n'ai aucune intention de me retrouver au milieu d'une bataille électorale. En second lieu, vous devez me réserver le poste de président du Comité exécutif de la Ville.

Louise ne nous donne pas la chance de réagir. Elle se lève et se dirige vers notre invité :

— Je vous remercie pour votre offre et nous allons lui donner la considération qu'elle mérite. Maintenant, vous nous excuserez, monsieur Dandurand, mais nous avons un autre rendez-vous. Elle lui tend la main. Dandurand n'a pas d'autres choix que de se lever. Jean ajoute, tout en le dirigeant vers la sortie :

— Je vous remercie de votre intérêt, nous allons considérer votre candidature et nous vous rappellerons. Mes salutations à Jérôme.

J'ai trouvé Louise un peu brusque. Louise revient et s'explique :

— Je n'ai jamais compris comment ce gars-là avait obtenu un MBA d'Harvard. Sa carrière s'est limitée à 25 ans comme postiche à la tête du Dominion Trust au Québec ; pas de pouvoir, pas d'autorité, et un gros budget de relations publiques pour se faire voir.

Je ne réagis pas ; je suis du même avis. Je regarde ma montre, voilà plus d'une heure que je n'ai pas eu de nouvelles de Noémie. J'allume le téléviseur pour apercevoir l'image d'un camion de déménagement éclaboussé d'œufs et de tomates.

« ... à la suite de l'intervention des policiers, la situation est revenue au calme et le déménagement du controversé Centre Montpossible s'est poursuivi sans autres interruptions. »

Louise lance :

— Voilà que c'est maintenant le Centre Montpossible qui est controversé. Maudits journalistes.

Jean ajoute :

— J'espère que tu te tiens loin de toute cette histoire.

Je n'ai pas le temps de réagir que Louise nous demande de nous taire et elle pointe vers le téléviseur :

« Jean-François Boulé a annoncé son intention de se présenter et de créer un nouveau parti municipal à Montréal. M. Boulé possède une longue carrière politique : il a d'abord été chef de cabinet du ministre de l'Industrie et du Commerce durant les années 90 pour devenir par la suite député libéral de la circonscription d'Anjou et ministre du Tourisme et du Travail. Il avait quitté la politique pour prendre soin de son épouse qui est récemment décédée du cancer. »

Louise place le téléviseur en sourdine et ajoute :

— Mon Maxime, tu connais maintenant ton adversaire.

Jean ajoute :

— Je ne suis pas surpris, Jean-François Boulé est un proche du Parti libéral et un bon ami de Fred Barette.

— Mme Felicia ne sera pas contente.

— Le Parti libéral l'avait choisie parce qu'elle n'était pas une personnalité forte et ils envisageaient de pouvoir la manipuler à leur guise durant son terme. S'ils lancent Boulé dans la mêlée, c'est qu'ils réalisent qu'ils ont une bataille sur les bras.

Louise ajoute :

— Il va être un adversaire coriace et il aura l'appui de l'organisation du Parti libéral

* * *

Noémie est revenue au condo en fin d'après-midi. Elle semblait épuisée.

— Le déménagement se passait bien jusqu'à l'arrivée des journalistes et de leurs caméras. C'est le moment que la dizaine de manifestants attendaient pour lancer des œufs et des tomates. Cela n'a duré que quelques minutes, mais c'est tout ce que nous avons vu à la télé.

Les médias semblaient désappointés qu'il n'y ait pas eu plus de grabuge. J'ai même eu l'impression qu'ils nous blâmaient. Croirais-tu qu'il y en a un qui m'a accusée de leur avoir caché l'heure de notre déménagement ? Comme si nous avions l'obligation de les tenir informés de tous nos faits et gestes.

— Ils commencent à être un peu ridicules.

— Et toi, ton candidat vedette ?

— Un bel arrogant à la retraite qui nous a répété, je ne sais plus combien de fois, qu'il possédait un MBA d'Harvard. Je crois que c'est la seule chose qu'il a réussie dans sa vie. Mais, en ce moment, je ne m'inquiète pas des candidats, je m'inquiète de notre rencontre avec tes parents ce soir.

— Mon père a passé la journée avec moi et nous avons eu quelques minutes pour parler. Tu n'as pas à t'inquiéter, tout va bien aller.

— Je me sens coupable de les placer dans une situation où ils doivent faire un compromis sur leurs croyances.

— Dans leur for intérieur, j'ai l'impression que mes parents ne croient pas à toute cette histoire de l'alliance contractée avec Abraham, qui a été scellée au mont Sinaï par le don de la Tora et tout ce charabia. Leur génération a des doutes et n'en discute jamais alors que ma génération ne se cache pas pour afficher son scepticisme publiquement.

— Cela ressemble au catholicisme.

— Pour les conventions sociales, mon père a suggéré une cérémonie privée accompagnée de la récitation d'un rituel juif. Je ne veux rien savoir d'une telle hypocrisie.

J'ai la distincte impression que ma Noémie a une idée en tête et que ses parents n'auront pas grand-chose à dire sur le sujet.

— J'ai promis à ton père d'élever nos enfants dans la religion juive.

— Nos enfants vont comprendre la différence entre le baptême et la circoncision, le dimanche et le Shabbat, l'arbre de Noël et les bougies de Hanoul, la confirmation et la bar-mitsva. Tout cela va faire partie de leur bagage culturel et, un jour, ils choisiront ou ignoreront.

— Tu proposes quoi à tes parents ce soir ?

— Un mariage civil à l'hôtel de ville en intimité et une réception privée avec des amis et les membres de la famille qui voudront bien venir.

La soirée avec ses parents s'est bien passée ; ils ont accepté la proposition de Noémie, mais je demeure convaincu qu'ils auraient préféré que Noémie se trouve un bon garçon d'origine juive. Tout aurait été si simple.

Chapitre 13

Stratégie électorale

Il est 7 h du matin et tout le monde est là pour la première rencontre officielle de mon comité de stratégie. Cette semaine, à la suite de l'annonce de la candidature de Jean-François Boulé, j'ai senti Louise et Carole se placer en grande vitesse. C'est un candidat populaire qui va avoir la sympathie du public. Nous avons une bataille sur les bras.

Déjà, Mario Langevin, le ministre responsable de l'île de Montréal, s'est déclaré heureux de l'arrivée de ce « candidat d'expérience. » Le premier ministre Raphaël Munger ne s'est pas gêné lui non plus et s'est dit réjoui de voir un candidat avec qui Québec pourra travailler de façon « constructive ». Je suis la cible de cette déclaration qui a fait l'objet d'un éditorial dans *Le Devoir* que Boulé a *tweeté* à tous ses abonnés accompagnés d'un court texte : « coopération plutôt que confrontation. » Son *tweet* a été *retweeté* une cinquantaine de fois.

Louise dirige la rencontre :

— Mes chers amis, j'aimerais vous remercier de votre présence à cette heure matinale. J'aimerais d'abord vous rassurer ; je ne crois pas aux réunions à répétition. Vous recevrez de façon régulière des rapports d'étapes et n'hésitez pas à nous faire parvenir questions, idées et suggestions. Des réunions seront convoquées seulement s'il y a dérapage, ou du nouveau.

L'environnement dans lequel nous vivons aujourd'hui est tout nouveau et évolue chaque jour ; aujourd'hui, le succès ou l'échec d'une campagne électorale se joue sur les réseaux sociaux et les émissions de nouvelles continues. Les intentions de vote sont devenues d'une volatilité extrême et peuvent changer l'espace d'un *tweet*. J'ai donc eu plusieurs rencontres avec Stéphane Audet et Philip Simons, les spécialistes des réseaux sociaux du Cercle, pour établir une stratégie de communication.

Louise se tourne vers Stéphane.

— Stéphane, tu pourrais nous donner un aperçu.

— En politique aujourd'hui, il y a peu de différence entre les partis et c'est particulièrement vrai au niveau municipal, qui est, d'abord et avant tout, un niveau administratif. Les programmes se ressemblent tous avec leurs promesses de saine gestion, de transparence et de développement économique. Chacun des partis présente des candidats pour la plupart inconnus sauf dans leurs communautés respectives, avec le résultat que les élections sont devenues des concours de popularité entre les chefs de parti.

Nous avons la chance d'avoir un candidat dont la notoriété a été créée par ses positions sur les relations Montréal-Québec. Il est perçu comme le défenseur de la grande région de Montréal et nous devons bâtir sur cette perception. Enfin! Quelque chose de nouveau et qui va le différencier des autres candidats, et c'est déjà fait; suffit de lire le commentaire du premier ministre Munger qui parle de relations constructives, et Boulé qui insiste sur un climat de coopération.

Maintenant, l'un des problèmes majeurs de Montréal est le manque de crédibilité de son administration et de ses élus. Nous voulons miser sur l'expérience et la qualité de nos candidats. Pour ce faire, nous avons développé une stratégie de communication, arrondissement par arrondissement, district par district. Nos candidats deviendront des vedettes dans leur patelin, mais le succès de cette stratégie repose sur le recrutement de candidats de qualité. À l'échelle de Montréal, nous choisirons une dizaine de candidats vedettes sur lesquels nous concentrerons nos efforts de façon à ce que toute la population les connaisse. Nous devons démontrer que Maxime a réussi à mettre sur pied une véritable équipe et pas seulement des *bobbleheads* qui se tiennent derrière lui lors des rencontres de presse.

Louise remercie Stéphane et passe au prochain sujet:

— J'ai, de mon côté, deux priorités, le recrutement et le financement. Au cours des derniers jours, une cinquantaine de personnes ont communiqué avec nous pour se présenter. Plusieurs se vantent déjà dans les médias d'avoir été approchés. Nous allons les rencontrer et choisir ceux qui ont des compétences et le véritable désir de servir. Nous allons éliminer les individus qui n'ont d'autres ambitions que d'être élus ou réélus; au municipal, il y a une catégorie de conseillers qui aiment le titre, aiment la rémunération, aiment la notoriété, mais qui ne veulent pas être à l'avant ou prendre de responsabilités; plusieurs préfèrent même être dans l'opposition où les attentes sont moindres.

Pierre l'interrompt:

— N'oublions pas qu'il nous faut des candidats dans tous les districts. Gardons-nous des candidats « poteaux » en réserve.

— Je suis tout à fait d'accord; nous devons d'abord trouver notre dizaine de candidats vedettes et ensuite faire de notre mieux pour remplir toutes les cases. Pour ce qui est des organisateurs, nous en avons quelques-uns ; ce sont des gens que j'ai dénichés à travers mon réseau et celui de Charles. Des gens qui ont de l'expérience et qui font de l'organisation politique parce qu'ils aiment ça. Ils aiment être impliqués et se sentir au milieu de l'action.

Jon l'interrompt :

— Dans le recrutement, les personnes que j'approche ont toutes la même réaction ; ils ont une peur bleue de devoir faire une campagne électorale. Moi aussi, d'ailleurs ; je veux être en position de leur présenter un programme clé en main, qu'ils n'auront qu'à suivre.

— On s'en occupe, mais fais-moi une faveur ; n'utilise plus l'expression clé en main

Louise fait une pause et Paul Lebouthiller en profite :

— Nous avons besoin de 102 candidats ! C'est ridicule quand on pense que l'un des buts des fusions, il y a quelques années, était de réduire le nombre d'élus.

Louise renchérit :

— Nous sommes au Québec et rien, ici, ne peut être simple. Savez-vous qu'à Toronto, pour une population de 2,5 millions, il n'y a que 44 conseillers ? Encore plus, à Toronto, les 22 districts électoraux sont les mêmes au municipal, au provincial et au fédéral et ils portent tous le même nom : comble de simplicité volontaire ou rigueur anglo-saxonne ?

Stéphane ne peut s'empêcher d'ajouter son grain de sel :

— Depuis mon divorce, je demeure près du parc Jarry : au fédéral, je suis dans la circonscription de Papineau, au provincial, dans la circonscription de Laurier-Dorion et au municipal dans l'arrondissement Villeray-Saint-Michel-Parc-Extension sans oublier que je vis dans le district Jarry ; ces circonscriptions, arrondissements et districts n'ont pas les mêmes territoires géographiques. Après, l'on se demande pourquoi la participation au scrutin est si faible. Il faut un diplôme en sciences politiques pour comprendre.

Brahm pousse un long soupir et ajoute :

— C'est pour cela que le Québec est une *société distincte*.

Jon revient sur le sujet de l'organisation :

— Vous savez tous que je serai le prochain président du comité exécutif et que plusieurs candidats ambitieux vont nous demander un poste sur le comité avant de se joindre à nous. Mais avant, j'aimerais savoir s'il y a quelqu'un sur le comité exécutif actuel que nous devrions approcher. C'est bien beau de recruter des néophytes, mais nous avons besoin d'un peu d'expérience.

Louise répond :

— J'ai travaillé à la ville plusieurs années et je connais bien les neuf membres du comité. Il n'y en a un qui pourrait être intéressé, Stéphane Bourget, mais il voudra être nommé président. Parmi les huit autres, il y a Felicia, que l'on peut oublier, et trois qui ont déjà déclaré qu'ils se retirent. Les quatre qui restent vont sûrement aller du côté de Boulé. Ils ont des ambitions politiques supérieures et ils veulent rester près du Parti libéral.

Sur ce, Carole se lève, se dirige vers la porte et sur un ton qui ne cache pas son exaspération :

— Francine, tu te joins à nous ?

Frank se présente dans la salle, ne s'excuse pas pour son retard, donne à Carole une pile de documents et lui demande de les distribuer ; le visage de Carole devient écarlate, mais elle ne dit mot et exécute les ordres de l'adjointe administrative pendant que Louise nous explique :

— Avec la venue de Boulé dans la course, il nous faut maintenant créer un événement pour faire les manchettes et maintenir la position de Maxime dans les sondages. Le recrutement de candidats et le financement en dépendent aussi. Les gens veulent appuyer un gagnant. Un congrès de fondation aurait été l'événement idéal, mais nous ne sommes pas prêts. Nous allons donc organiser un événement rencontre-citoyens : d'abord, en matinée, nous allons tenir une période de consultation avec des groupes de citoyens. Puis, en après-midi, un ralliement où nous inviterons nos partisans à venir nous rencontrer. Rien de formel, mais sur invitation seulement. On veut garder le contrôle. Frank ?

— J'ai réservé l'amphithéâtre de l'UQAM pour la journée du samedi 14 juillet. Nous pouvons y asseoir 500 personnes. Nous avions d'abord pensé au Centre Pierre-Péladeau, mais c'est trop grand ; 875 places à remplir, c'est beaucoup en plein mois de juillet et il faut présenter une salle comble aux médias.

Pierre Fabien demande :

— Au mois de juillet ? J'ai des doutes.

— Nous n'avons pas le choix, c'est la meilleure date que nous avons trouvée. Entre les fêtes nationales et les vacances de la construction. N'oublions pas que nous créons d'abord un événement pour les médias ; les vacanciers, où qu'ils soient, ont maintenant accès aux nouvelles.

Carole explique :

— Vous trouverez dans les pochettes une liste d'associations et de regroupements, à qui nous avons demandé de nous soumettre des propositions écrites « que nous considérerons dans l'élaboration de notre programme ». Il y en a au-dessus de 300 et cela va de l'Association de soccer d'Ahuntsic à l'Association des aînés de Rosemont. Nous allons diviser la journée par thèmes et inviter quelques-uns des participants à nous livrer leurs recommandations en personne. Les invitations devraient être envoyées dans les prochains jours.

D'ici là, Maxime devra consacrer son temps à rencontrer des candidats potentiels et à se faire voir et entendre. Nous avons eu une belle présence média le 12 juin lorsqu'il a tenu sa conférence de presse et ensuite plus rien. Les arrestations, la collusion et les démissions ont accaparé les nouvelles.

— Et vous proposez?

— Pour les prochaines semaines, tu reviens sur les thèmes que tu as défendus comme président du Cercle de la Montréalie : la centralisation du pouvoir à Québec, un gouvernement provincial dirigé par les régions, la détérioration des infrastructures de Montréal faute de financement provincial, le déséquilibre fiscal entre les paliers de gouvernement, et n'hésite pas à aborder des sujets plus précis ; la dégradation des ponts de la Rive-Sud, les retards du fédéral à aménager les abords du Canal Lachine, le manque de place en CPE et j'en passe. Les recherchistes du Cercle ont été mobilisés pour te préparer des dossiers.

Paul Lebouthiller ne peut faire autrement que de réagir en bon avocat qu'il est :

— Plusieurs de ces sujets sont de juridiction fédérale et provinciale.

Carole, sur un ton qui se veut déterminé, mais qui semble agressif, lui répond :

— On s'en fout, nous allons faire de Maxime le champion de la population de la région de Montréal et cela pour tous les dossiers qui touchent le quotidien des Montréalais. Il est grand temps qu'un politicien se lève et défende les intérêts de la population et qui de mieux que le futur maire de Montréal.

Louise nous interrompt :

— Parlons maintenant de financement.

Dès que la discussion vient sur le sujet du financement ma poitrine se contracte. Si seulement on pouvait faire une campagne sans financement.

Louise continue :

— Nous avons préparé un budget préliminaire de 500 000 $ pour la campagne de Maxime. Il nous faut donc ramasser 150 000 $.

— Louise, tu dois m'expliquer, je ne comprends pas.

Pierre Fabien, notre agent officiel, répond :

— 70 % dépenses électorales admissibles sont remboursées.

Louise nous demande de prendre le projet de budget que Frank nous a distribué.

— Pour atteindre l'objectif, nous allons demander à chaque candidat de donner un montant de 1 000 $. Il me semble que c'est un minimum si un candidat est sérieux.

— L'autre 50 000 $ viendra de la population et des membres du Cercle. Notre stratégie de financement va s'échelonner sur plusieurs semaines. Chaque semaine, Maxime va intervenir sur un thème spécifique ; une semaine sur l'environnement, une autre sur les loisirs, un autre sur la culture et ainsi de suite. Nous avons fait parvenir un questionnaire pour demander à chacun de nos abonnés du Cercle quelle est leur priorité. Lorsque Maxime abordera un thème qui correspond à cette priorité, ils seront ciblés pour une contribution et pour devenir membre de notre parti, soit un montant de 25 $. Il y en a plus de 10 000 membres.

Nous utiliserons également les réseaux sociaux, en ciblant toujours les personnes intéressées par le thème de la semaine.

Je suis impressionné par l'approche.

— S'il nous manque des fonds ?

— Jean Deragon et Charles Létourneau se sont offerts pour organiser un cocktail-bénéfice à 300 $ par personne. Ils m'assurent qu'ils n'auront aucun problème à réunir plus de 100 personnes. Si tout va bien ce sera notre coussin.

Je vois déjà les médias se jeter sur la liste, l'éplucher et ensuite mettre en doute les motifs des personnes qui ont contribué.

— Je ne veux rien savoir d'une telle soirée de collecte de fonds.

— Maxime ! Tous les partis le font.

— Justement, nous, nous ne le ferons pas.

Chapitre 14

Q *déchaîné*

La rencontre de notre comité de stratégie s'est terminée par une longue discussion sur notre échéancier, une discussion qui m'a inquiété. Il y a tellement de choses à faire. Louise et Carole ont tenté de me rassurer, mais sans succès. Ils m'assurent qu'ils ont la situation sous contrôle, mais j'ai tout de même de sérieuses appréhensions, nourries par le sentiment qu'ils veulent m'éloigner de l'organisation.

Le seul élément qui m'a plu, hier, est l'idée de mettre l'accent sur mon rôle de défenseur de la population de Montréal et de la région, un rôle dans lequel je suis à l'aise. Mais je continue à ressentir de légères crises d'anxiété à l'idée que je me lance dans une bataille électorale contre des adversaires qui feront tout en leur possible pour me discréditer. J'ai bien eu des critiques dans le passé, mais un débat de campagne électorale est bien différent. « Une autre *game* » comme l'aurait dit ma mère. Je suis loin de me sentir à l'aise dans un tel environnement, surtout face à l'idée que je devrai user de représailles lorsque je serai attaqué pour montrer que j'ai du coffre.

Malgré ces pensées négatives, j'entreprends la journée sur une note positive, mais une faille apparaît rapidement lorsque je rejoins Noémie à la cuisine. Je ne peux déchiffrer l'étrange expression sur son visage.

— Regarde ce que j'ai trouvé à la page six.

Elle me tend la plus récente édition du *Q déchaîné*.

Le *Q déchaîné* est un journal humoristique du style bête et méchant qui s'en prend tant à la population artistique qu'aux regroupements politiques, sportifs et religieux. J'en suis un abonné et j'aime son humour même si je trouve que les rédacteurs éprouvent quelques fois de la difficulté à faire la différence entre humour, sarcasme et méchanceté.

À la page six, un grand titre : « LE JEU DE LA PATERNITÉ. »

Dans le haut de la page, les photos de six vedettes féminines avec en sous-titre : « Elles attendent toutes un enfant. » Chaque photo est numérotée. La photo numéro deux est celle de Catheryne. Dans le bas, six photos d'homme et un sous-titre : « Devinez qui est le père. » Ma photo est la quatrième et est identifiée de la lettre D. Le texte nous renvoie à la dernière page pour la solution.

Je me tourne vers Noémie. Elle ne me donne pas la chance d'aller voir la solution. Elle s'approche, reprend le magazine de mes mains pour ensuite l'ouvrir à la dernière page. En bas, à droite, un carré titré : « SOLUTION » et un texte d'une phrase : « Seules les mères peuvent répondent à cette énigme. » Noémie lance entre ses dents un « bastards ».

Je ressens un léger soulagement même si je ne devrais pas ; une grande partie de la population pense toujours que je suis avec Catheryne, et croit avec raison que je suis le père de son enfant, mais ignore les circonstances entourant sa conception. Pour ceux et celles qui savent que notre relation est terminée, je passe pour un beau salaud pour l'avoir abandonnée dans son état. Une situation que je devrais éclaircir dans ma biographie. Noémie brise le silence :

— Maxime, je sais que tu veux garder notre vie privée en dehors de la campagne, mais ta vie privée est déjà si publique. Nous n'avons pas le choix. Tu m'achètes une bague et nous annonçons nos fiançailles au monde entier. Aussi bien évacuer ce quiproquo immédiatement.

Je suis pris par surprise même si je ne devrais pas l'être. J'aurais dû m'attendre à une telle réaction de ma Noémie. Elle se lève, m'embrasse et jette le magazine à la poubelle.

— À partir de maintenant, je veux être à tes côtés partout pour tous les événements médiatiques. Tout le monde va savoir qui je suis.

C'est une décision qui me plaît. Il est vrai que j'ai souvent déclaré que je voulais garder ma vie privée en dehors de la campagne. C'était la chose à déclarer, mais, dans mon subconscient, j'espérais le contraire. Je voulais, j'espérais que Noémie participe et m'accompagne. Cette maudite vie politique est tellement prenante qu'elle accapare toute la place dans la vie de la personne qui choisit de s'y lancer. Pas un choix à faire au début d'une relation. Je n'avais jamais osé lui en parler, sachant qu'elle aurait accepté pour de mauvais motifs. Le motif choisi n'est guère mieux.

— Je suis bien content de ta décision. Nous allons faire toute une équipe.

Je me lève et l'embrasse.

— Maxime. Tu devrais y aller, Pierre et les enfants t'attendent.

J'ai passé la matinée avec un photographe à prendre une série de photos qui seront insérées dans la biographie. J'ai déjà fourni à Carole des photos de mon passé, mais elle a insisté pour obtenir quelques photos plus contemporaines. La séance de photo a commencé dans l'aire de jeux du parc Beaubien situé près de la résidence de Pierre. Lorsque j'ai demandé à Pierre et Lynda la permission de photographier Patrick et

Joëlle, ils ont d'abord hésité puis ils ont accepté, à deux conditions : le visage des enfants ne devait pas être identifiable et leurs noms ne pourraient être mentionnés dans le livre.

La séance s'est bien déroulée même si le photographe a eu de la difficulté à expliquer aux enfants pourquoi ils devaient toujours lui tourner le dos. La deuxième série de photos a été prise en face de l'UQAM alors que je marche parmi des étudiants. De l'université, nous nous sommes rendus dans le modeste salon de coiffure d'Angelo puis sur le mont Royal où j'ai fait semblant de faire du jogging après avoir revêtu une tenue de cotons ouatés par-dessus mes vêtements.

Cette corvée terminée, j'ai pris une douche et je me suis empressé de me rendre chez Pierrette Lavigne, la mairesse de l'arrondissement Le Sud-Ouest. C'est Louise qui a organisé la rencontre et elle va m'accompagner. La mairesse a la réputation de ne pas avoir la langue dans sa poche et j'ai hâte de la rencontrer. Elle s'est lancée en politique aux dernières élections, et, dès le départ, elle a été muselée par le maire Castonguay. Elle est connue et appréciée des contribuables dans son arrondissement, mais peu connue à l'extérieur.

Mme Lavigne nous avait d'abord donné rendez-vous à son bureau d'arrondissement sur la rue Bel-Air à 14 h précises et elle avait insisté sur son amour de la ponctualité. Pourtant, c'est elle qui m'a appelé sur mon cellulaire pour me demander de la rejoindre au coin des rues Guay et Agnès devant le parc Saint-Henri. Dieu merci pour le GPS.

Durant le trajet, Louise m'a donné une courte biographie. Pierrette Lavigne a été enseignante durant 25 ans et elle est devenue par la suite directrice de l'école primaire des Tanneries à Saint-Henri. Elle s'est fait connaître dans le quartier pour avoir rénové son école avec l'aide de bénévoles, d'une campagne de souscription auprès des parents ainsi que de la générosité de quelques commanditaires du quartier. Une fois les rénovations terminées, la commission scolaire lui a coupé tous ses budgets d'entretien. C'est comme cela que les autorités ont remercié tout ce beau monde pour leurs efforts. Mme Lavigne, frustrée, a démissionné et pris la décision de se présenter aux élections municipales. Elle n'a eu aucune difficulté à se faire élire. Je crois que je vais aimer cette dame.

Je me stationne et nous sortons de la voiture. Il n'y a personne sur le coin de la rue, mais Louise la repère dans le parc en grande discussion avec deux femmes accompagnées de poussettes de bébé. La dame est grande et son allure distinguée ; ses cheveux gris et les rides de son visage laissent comprendre que sa vie a débuté il y a plusieurs décennies. Elle pourrait être la sœur jumelle de Marie-Paul Ross, cette religieuse missionnaire sexologue qui s'est créé une notoriété comme auteure de livres sur la sexualité. Chaque fois que je la vois dans les médias, je pense à l'obsession de l'Église catholique sur la sexualité de ses fidèles ; rien n'a changé, sauf pour la légitimité d'un diplôme en la matière.

Pierrette Lavigne tend d'abord la main à Louise :

— Bon après-midi, Louise, je suis bien heureuse de vous revoir.

Elle se tourne vers moi :

— Le fameux Maxime Beaubien ! J'admire ce que vous avez accompli et je suis heureuse de vous rencontrer.

— Merci pour le compliment.

— Venez, nous allons nous installer sur l'un des bancs du parc. Vous m'excuserez de vous avoir fait déplacer ici, mais il fait tellement beau ; aussi bien en profiter.

— C'est plus discret qu'au bureau d'arrondissement ?

— Mon cher Maxime, cela n'a rien à voir, je me fous pas mal de ce que les gens peuvent penser.

Je dois avouer que le parc est magnifique avec ses arbres matures et cette étrange structure qui trône au milieu d'une fontaine.

— Le parc est magnifique, mais la fontaine ?

— Oui, je sais un peu étrange ; le socle a été fabriqué comme ils avaient l'habitude de les construire à la fin du XIXᵉ siècle, mais il manque la statue de Jacques-Cartier. Je l'ai fait enlever pour réparation. Jacques-Cartier du haut de son socle orné tendait une main ouverte vers l'horizon. Des petits comiques lui ont cassé le pouce, le majeur et l'annuaire et tout le monde sait ce que cela veut dire.

Peut-être que tout le monde le sait, mais pas moi. Je devine le signe, je l'ai souvent vu exécuter, mais je ne me suis jamais vraiment posé de question sur sa signification.

Mᵐᵉ Lavigne continue :

— Je connais bien ce parc parce que je le fréquente depuis plus de 60 ans. Je suis née dans le triplex que vous voyez au coin de la rue, celui qui possède la grande galerie peinte en blanc. J'ai élevé ma famille à l'étage supérieur et, lorsque j'en ai eu les moyens, je l'ai acheté et j'ai déménagé au premier.

— Vous avez pris la bonne décision. Si je ne me trompe pas, les gens reviennent dans le quartier.

— Le quartier s'embourgeoise et les pauvres sont déplacés. Un phénomène normal et les autorités doivent en tenir compte. Maintenant, passons au sujet de cette rencontre : j'aimerais faire partie de votre équipe, mais j'ai des conditions.

Une autre qui va me demander de faire partie du comité exécutif.

— Je vous écoute.

— Je me suis joint à Progrès-Montréal avec enthousiasme aux dernières élections, un état d'esprit qui n'a pas survécu à mes premiers mois au pouvoir ou du moins dans ce que je croyais être le pouvoir. Je n'avais aucune expérience au municipal et j'ai consacré tout mon temps et mes énergies à comprendre le fonctionnement et les rouages de mon arrondissement. Ce faisant, j'ai fait une grosse erreur. Une fois que je me suis sentie un peu plus à l'aise et en contrôle, j'ai voulu m'impliquer dans des dossiers à l'extérieur de mon arrondissement et j'ai frappé un mur ; j'avais été étiquetée comme une bonne joueuse d'équipe, heureuse de jouer dans les ligues mineures et tout le monde s'attendait à ce que j'y demeure.

Louise ajoute et m'explique même si je crois avoir compris :

— Tu vas bien comprendre le phénomène dans les prochains jours avec les choix de candidats que nous devons faire. Pour qu'un parti fonctionne, tu as besoin d'une vingtaine de leaders et puis il y a les autres : de bonnes personnes, flexibles, sans grandes idées et heureuses de suivre les événements sans les provoquer. Avant tout, ces personnes doivent être prêtes à suivre les consignes et de laisser aux autres le soin de gouverner.

Je comprends et j'espère pouvoir faire autrement.

Mme Lavigne réagit :

— Louise, je ne te savais pas aussi pragmatique, mais tu as tout à fait raison. J'avais été désignée comme l'une de ces personnes.

— Madame Lavigne, mon objectif serait de recruter 102 leaders, mais les leaders du monde d'aujourd'hui ne veulent pas s'impliquer en politique. Il n'y a pas de doute dans mon esprit que vous serez l'une de mes leaders.

— Merci. En passant, je ne désire pas siéger au comité exécutif. J'en ai plein les bras à gérer l'arrondissement. Ce que je veux c'est devenir votre porte-étendard en matière d'éducation. Nous devons, à titre d'élus de Montréal, intervenir dans ce dossier tout comme dans le dossier de la santé. Les écoles de Montréal sont dans un piteux état, je suis bien placée pour le savoir, et les budgets viennent de Québec. C'est la même chose pour la santé, les salles d'urgence de Montréal débordent, phénomène unique à Montréal, et encore là les décisions sont prises à Québec. Personne ne dit rien, sauf pour quelques articles sporadiques dans les journaux. Il faut que quelqu'un dénonce ces situations et j'ai compris que vous aviez l'intention de le faire.

— La population de Montréal ne réalise pas à quel point ses services, ses infrastructures, sa qualité de vie dépendent de décisions prises à Québec par une bande de députés élus par les régions et dont les intérêts demeurent leurs patelins. En éducation, en santé, en transport, les budgets vont dans les régions et Montréal reçoit des miettes.

— Maxime, je suis prête à te suivre et je vais te livrer l'arrondissement Le Sud-Ouest et tous ses districts.

— Le Sud-Ouest?

— Je n'ai pas encore compris qu'est-ce que ce LE faisait là.

Louise a sauté sur l'occasion et la mairesse Lavigne a accepté d'en faire l'annonce dès la semaine prochaine. Nous avions à peine terminé que le cellulaire de Mme Lavigne s'est fait entendre. À voir son visage, il est clair que la nouvelle est sérieuse. Une fraction de seconde plus tard, c'est le tour de mon cellulaire suivi de celui de Louise.

Nous apprenons que le maire Castonguay est décédé ce matin, à la suite d'un infarctus subi deux jours plus tôt.

* * *

Depuis quelques jours, le décès du maire Castonguay fait la nouvelle. Les médias qui, il y a à peine 10 jours, le soupçonnaient de collusion avec son gendre Kevin Boudrias — ou, à tout le moins, d'aveuglement volontaire — ont accueilli la nouvelle avec une certaine réserve. L'opposition a également été prudente dans ses réactions alors que les élus de Progrès-Montréal qui l'avaient abandonné sont disparus dans leur terrier. À la surprise de plusieurs, Felicia a eu la réaction la plus exacte : « un homme intègre qui avait une trop grande confiance dans le genre humain. »

Samedi, nous avions prévu une réunion de mon comité des candidatures et nous n'avons pu éviter une longue discussion sur la réaction que nous devrions afficher à la suite du décès du maire Castonguay ; nous avons décidé de ne pas faire de déclaration autre que d'offrir nos condoléances à la famille.

La réunion a mal débuté alors que Pierre nous a annoncé qu'il ne pourrait continuer de faire partie du comité. Son bureau a amorcé des discussions de fusion avec une grande firme internationale et les prochaines semaines seront chargées pour lui. Durant la conversation, j'ai compris qu'il était loin d'être favorable à l'idée de cette fusion, mais il n'avait plus le choix. Avec la disparition de tant de sièges sociaux de Montréal au cours des dernières décennies et la progression inéluctable de la mondialisation, l'économie québécoise est devenue une économie de succursale. Pour maintenir sa masse critique, un bureau de vérificateurs comme celui de Pierre doit s'associer à une firme internationale. Il en va de même pour les bureaux de droit et d'ingénierie. C'est malheureux, mais c'est notre réalité. Mais, qu'à cela ne tienne, il faut s'adapter et c'est ce que Pierre tente de faire avec son bureau. Pierre ne m'abandonne pas pour autant et il continue d'être mon agent officiel.

Nous avons ensuite examiné une cinquantaine de CV de candidats potentiels. Une trentaine a été retenue et ceux qui l'ont été seront convoqués pour une entrevue dans les plus brefs délais. J'ai insisté pour les rencontrer. Louise me semble confiante : j'ai baissé à 30 % dans les intentions de vote, mais je demeure en tête. Boulé est à 22 %, Felicia à 10 % et les indécis ont augmenté à 23 %. Sylvie Larocque, qui n'a pas encore annoncé ses intentions, se maintient avec sa base de 15 %. Je fais partie du peloton de tête dans tous les sondages et les candidats veulent s'allier à quelqu'un qui a des chances de gagner.

Jon nous a ensuite fait un rapport sur ses efforts de recrutement de candidats avec une expertise en gestion et dont le seul mandat sera de se pencher sur l'administration municipale. La tâche s'avère difficile, presque impossible. Les jeunes en début de carrière ne peuvent se permettre un tel hiatus, ceux en milieu de carrière ne sont tout simplement pas intéressés. Il ne reste que les retraités ; au moins cinq de ces derniers ont été approchés. Tous sont disponibles et disposés à embarquer, sauf que l'idée de devoir se présenter à une élection leur pue au nez. Comme l'a très bien dit Jon : « Qui, aujourd'hui, veut se joindre à la classe politique ? » J'ai eu envie d'ajouter : « ... et d'y laisser sa peau », mais je me suis abstenu. Je rencontrerai ces candidats en priorité.

Je suis revenu à la maison avec deux heures de retard et j'ai trouvé Noémie endormie sur le divan du salon. J'ai bien tenté de ne pas la réveiller, mais sans succès. Elle s'est levée complètement *groggy* et m'a demandé de retarder notre départ pour le chalet au lendemain. Je n'ai pas insisté. Ses parents nous ont offert leur chalet de Saint-Donat et nous avons accepté. Nous sommes tous les deux à bout, et quelques jours à la campagne nous feront du bien. C'est aussi une bonne excuse pour ne pas assister au défilé de la Saint-Jean. J'avais l'intention d'y aller, mais Carole a refusé, craignant que ma présence, à titre de candidat, soit interprétée comme un geste d'opportunisme politique. La vie politique et ses perceptions sont bien compliquées.

* * *

C'est la première fois que nous nous rendons au chalet de ses parents ; heureusement que Noémie m'accompagne sinon nous n'y serions jamais arrivés ; nous sommes d'abord passés devant l'entrée et nous avons dû rebrousser chemin un demi-kilomètre plus loin. L'entrée est à peine visible de la route et n'est en fait qu'un étroit chemin de terre qui s'engouffre dans une dense forêt. À quelques centaines de mètres, nous entrons dans une clairière au fond de laquelle une maison en bois rond a été construite. L'ensemble me surprend par sa rusticité et j'ai peine à croire que les parents de Noémie y passent l'été. Je jette un coup d'œil inquisitif vers Noémie :

— Attends de voir l'intérieur et le patio.

Je me stationne et Noémie se précipite vers la porte d'entrée et m'invite à l'intérieur. En entrant, je me retrouve dans un décor de planchers et de murs en pin verni. Le mobilier et les accessoires décoratifs pourraient faire l'objet d'un reportage de *Country Magazine*. Au fond de la pièce, des baies vitrées me présentent la cime de quelques sapins. Noémie, enthousiaste, m'invite à la suivre. Elle me dirige à l'extérieur sur un énorme patio qui surplombe une falaise ; une vue magnifique d'un petit lac entouré de forêt s'offre à moi.

— Le lac des Nénuphars. C'est plus un marécage qu'un lac. On ne peut même pas s'y baigner. Mon père possède tous les terrains autour, donc pas de voisin.

— Comme c'est beau et calme.

— Tu ne peux savoir comment j'ai détesté l'endroit. Durant mon adolescence, une fin de semaine ici, seule avec mes parents, était un supplice. Depuis quelques années, je les accompagne à l'occasion pour leur faire plaisir, mais c'est tout. En passant, tu es le premier homme qui m'accompagne ici.

Cette affirmation est suivie d'un long baiser.

— Vite, rangeons nos affaires et allons faire un tour. Mon père entretient un sentier qui fait le tour du lac. Nous allons apporter un pique-nique.

Les préparations ne prennent que quelques minutes. Noémie, qui s'est changée en jean et t-shirt, me tend un vaporisateur contre les moustiques et elle me donne un sac à dos. Le sentier est bien aménagé au milieu d'une forêt entretenue.

— Mon père passe des heures à nettoyer la forêt.

La température est agréable avec un vent suffisamment costaud pour forcer les moustiques à se terrer. Il est passé midi et je commence à avoir faim.

Noémie s'arrête enfin.

— Viens, j'ai un endroit secret.

Elle quitte le sentier et se dirige vers une petite clairière dominée par une dizaine de pins blancs. Le sol est couvert d'un épais tapis d'aiguilles de pin. Noémie reprend le sac à dos et sort une couverture qu'elle étend sur le sol. Nous allons enfin pouvoir manger. Elle éloigne le sac à dos, m'invite à m'asseoir et me rejoint sur la couverture. À voir l'expression sur son visage, j'ai la distincte impression que nous n'allons pas manger tout de suite.

Sans dire un mot, elle place la main sur ma ceinture et m'embrasse. J'ai compris. J'enlève mon pantalon pendant qu'elle fait de même. Elle ne porte pas de slip. Elle s'étend près de moi. Je dirige ma main sous son coton ouaté pour découvrir qu'elle ne porte pas non plus de soutien-gorge. Tout cela est prémédité.

— As-tu un condom ?

— Fini les condoms. Nous sommes maintenant fiancés et notre mariage approche.

— Je ne t'ai pas encore acheté de bague.

— Ce que nous allons faire est encore plus significatif qu'une bague.

C'est la première fois en 25 ans que je fais l'amour sachant qu'il pourrait y avoir des suites. Je devrais aussi ajouter : « en toute connaissance de cause ». Je réalise que le moment que je vis est exceptionnel et tellement plus intense et significatif que les nombreuses fois où j'ai vécu des moments similaires pour le simple plaisir ou pour un simple soulagement physiologique.

Nous demeurons tous les deux couchés sur le dos, côte à côte, les yeux vers le ciel, sans dire un mot. Nous apprécions le moment en silence. C'est Noémie, qui la première nous sort de nos réflexions :

— Nous devrions manger. J'ai faim.

Noémie remet son jean et sort la bouteille de vin, la baguette, le pâté et le fromage. Le repas est abrégé par une centaine de fourmis qui ont décidé de partager notre repas.

De retour au chalet, nous prenons ensemble une douche et, conséquence normale, je suggère une sieste. Noémie insiste pour que nous utilisions la chambre d'invités même si la grande chambre de ses parents donne une vue magnifique du lac.

— Je ne suis tout simplement pas à l'aise dans leur chambre.

Nous devions être fatigués, parce que nous dormons une bonne partie de l'après-midi.

Vers 19 h, installé au salon, je suis en train de lire le roman de Steig Larsson, *Les hommes qui n'aiment pas les femmes* que j'ai trouvé dans la bibliothèque, lorsque Noémie m'appelle de la cuisine. Elle me remet une bouteille de Chablis, un martini vodka dans un verre givré, et elle m'invite à la suivre à l'extérieur. Elle me dirige vers une extrémité du patio où se trouve un belvédère circulaire entouré de moustiquaires.

— Nous serons mieux ici. Les maringouins font compétition aux mouches noires à cette heure-ci.

Elle place sur la table une assiette de saumon fumé farci d'un mélange de câpres et d'échalotes françaises hachées et de l'ingrédient secret de son père : des croustilles nature écrasées.

— Une spécialité que nous ne mangeons qu'au chalet. *Don't ask…* et mon père a toujours maintenu que c'était excellent avec un martini.

J'avoue que c'est loin d'être mauvais. Nous restons là quelques minutes sans parler pour justement apprécier le silence qui nous entoure. Le moment est brisé par le croassement d'une corneille qui est venue nous narguer, juchée sur la cime de l'un des sapins qui nous fait face.

C'est à ce moment précis que je prends la résolution de nous acheter une maison de campagne. Je suis un gars de ville qui n'a jamais compris l'attrait de la campagne. Je viens de comprendre.

— Dis-moi, toi qui fréquentes les jeunes, qu'est ce que signifie ce signe ?

Je plie le majeur et l'annuaire et les retiens avec mon pouce. Noémie sourit.

— Tu parles d'une question.

Je lui explique le traitement qu'a subi la statue de Jacques Cartier dans le parc Saint-Henri.

— C'est le signe de la main cornue, un symbole satanique qui est devenu un signe de rébellion. Il a été popularisé par les orchestres de hard rock et il est maintenant utilisé à toutes les sauces.

— J'ai vu des interprètes féminines utiliser le signe.

— Attention ! Elles reproduisent le signe, mais laissent leur pouce ouvert, ce qui signifie *I love you*. Il est dérivé du langage des signes. Elle pointe son auriculaire.

— L'auriculaire pour l'*I*, l'index et les doigts pliés pour le *L* du *love* et le pouce et l'index pour l'*Y* du *You*.

— Je vais me coucher moins niaiseux ce soir.

— J'ai eu une longue discussion avec ma mère et elle est d'accord pour que la célébration de nos fiançailles soit un événement intime. J'ai pensé à un souper dans un restaurant avec mes parents, nos amis Pierre, Lynda et les enfants, ta tante Alma et les deux Lucien. J'aimerais aussi inviter ma meilleure amie durant mon adolescence, Karmel Swidler, qui vit maintenant à Toronto. Nous avions 16 ans et nous nous étions fait la promesse « solennelle » de s'inviter à nos fiançailles et à nos mariages respectifs.

— Tu ne m'en as jamais parlé.

— Elle s'est mariée il y a une dizaine d'années et elle a maintenant quatre enfants. Nous avons peu de chose en commun, mais nous restons en contact deux ou trois fois par année. Elle ne sera pas heureuse de savoir que je me marie à l'extérieur de la communauté.

— Tu ne lui as jamais parlé de moi ?

— Non. Je ne voulais pas entendre le sermon sur l'importance de garder en vie le peuple juif.

— Franchement. Tu t'es fait souvent sermonner depuis que tu sors avec moi ?

— Tu serais surpris. Ils ne font pas la vie facile à quelqu'un qui veut se marier à l'extérieur de la communauté, et c'est encore pire pour une femme.

— Tes parents ont l'air d'accepter.

— Ils me connaissent bien et ils t'aiment bien. Maintenant pour le mariage : un mariage civil à l'hôtel de ville le 16 août et une réception au Ritz-Carlton.

— Ça me va. Mais une réception au Ritz, un jeudi soir ?

— Le Ritz est le rêve de mon père et beaucoup de mariages juifs se célèbrent le jeudi. C'est plus facile pour ceux qui respectent le sabbat.

Je me demande si je ne devrais pas me sentir offusqué à l'idée que tous ces arrangements aient été conclus sans ma participation, mais c'est tout le contraire. Je me lève et l'embrasse.

— *Sounds like a plan.*

— Je suis bien heureuse que cette partie de ma vie soit réglée. Il n'en est pas de même avec Montpossible.

— Qu'est-ce qui se passe ?

— Cela fait maintenant une semaine que nous sommes installés dans nos nouveaux locaux et les jeunes sont pratiquement disparus. Nous avions l'habitude d'en recevoir une centaine par jour. Il n'en vient à peine qu'une dizaine.

— Tu sais pourquoi ?

— Montpossible est trop loin et Dédé n'a pas réussi à établir un rapport avec les jeunes comme l'avaient fait Martin et Sophie.

— J'ai l'impression qu'ils vont revenir. N'oublie pas que nous sommes en été.

— Voilà maintenant quelques mois que je suis chez Montpossible et je commence à remettre en question l'approche passive que Conrad a mise en place. Il offre un certain réconfort à court terme, mais il ne les aide pas vraiment à se sortir de leur condition ; j'irais même jusqu'à dire qu'il encourage les jeunes à demeurer à l'intérieur des conditions de vie qu'ils se sont créées.

— Il va falloir que tu sois prudente. Les jeunes fréquentaient Montpossible justement parce que personne ne leur faisait la morale.

— Plusieurs de ces jeunes sont brillants, peut-être même trop brillants pour survivre à l'intérieur des cadres rigides du système d'éducation et c'est la raison pour laquelle plusieurs ont décroché. Il faut que je trouve une solution.

Chapitre 15

Course

Nous sommes revenus à Montréal plus rapidement que prévu, sous les demandes insistantes de Carole, qui s'est dite débordée par les appels des médias qui veulent mes réactions sur le décès du maire Castonguay. Le communiqué de presse offrant mes condoléances à la famille n'a apparemment pas suffi. Dès mon retour, j'ai accepté plusieurs interviews, mais j'ai refusé d'aller plus loin, me contentant de déclarer que je voulais laisser à la famille la chance de faire son deuil.

Les funérailles du maire Castonguay ont eu lieu mercredi matin dans la plus stricte intimité. La présence aux obsèques était sur invitation seulement et un porte-parole de la famille a demandé aux médias de respecter les souhaits de la famille. Malgré cette demande, certains médias se sont permis des images du cortège funèbre, mais la plupart ont respecté la consigne, d'autant plus que le fils du maire avait déclaré la veille que « les médias et en particulier certains journalistes, dits d'enquête, mais en recherche de sensationnalisme, avaient contribué à la mort de son père, en présumant sans réserve qu'il était lié à la corruption et aux contributions illégales de son parti. » Il a refusé d'en dire plus. Pour sa part, Kevin Boudrias, le gendre du maire était absent et demeure introuvable, d'après les médias.

Le lendemain des funérailles, l'attention des journalistes s'est tournée vers les tractations qui président à l'élection du maire intérimaire. Étant donné qu'il reste moins d'un an au terme, c'est par un vote majoritaire des conseillers que le nouveau maire sera choisi. Le vote est prévu pour vendredi prochain lors d'une assemblée spéciale du conseil de ville. Avec les nombreuses démissions de Progrès-Montréal, il n'y a plus un parti qui a une majorité au conseil, ce qui fait que le choix du premier magistrat sera le résultat d'une coalition entre un parti et la trentaine de nouveau indépendants. Le nom de Felicia McCormick revient dans tous les articles et analyses.

Louise était aussi heureuse de mon retour hâtif. Au cours des derniers jours, plusieurs des élus démissionnaires de Progrès-Montréal qui nous avaient approchés ne nous rappellent pas. Charles nous a informés que, dès l'annonce de sa candidature, Boulé s'était lancé dans une campagne agressive de recrutement. Tous les jours, il publie un communiqué pour annoncer le recrutement de nouveaux candidats à son parti.

Pour ne pas être en reste, nous avons convoqué les médias ce matin à une conférence de presse en face des bureaux de l'arrondissement du Sud-Ouest durant laquelle la mairesse Lavigne annoncera qu'elle se joint à notre parti. Pour nous, le recrutement de la mairesse Lavigne représente un coup d'éclat qui devrait faire du bruit.

Depuis deux jours, je réalise maintenant pourquoi l'on parle d'une course électorale plutôt que d'une campagne électorale.

Les bureaux de l'arrondissement du Sud-Ouest ont été aménagés dans l'une des anciennes usines du quartier. Un beau projet de recyclage de bâtiment comme le sont les nombreux projets de copropriétés que nous avons croisés en nous rendant sur la rue Irène près du bureau de l'arrondissement. Nous roulons en deux voitures : dans l'une, Noémie et moi, dans l'autre, Jon, son épouse Minh et Cosette. Richard Florent conduit la nôtre et l'autre est conduite par l'un de ses amis. Richard est devenu mon chauffeur et garde du corps. Il est une connaissance de Carole qui l'a rencontré lorsqu'il était à la Sûreté du Québec affecté à la garde des ministres du gouvernement. Il travaille aujourd'hui pour une agence de sécurité privée. Nous sommes stationnés et attendons les instructions de Carole pour effectuer notre entrée.

Nous n'avons pas à attendre longtemps ; au bout d'une dizaine de minutes, Carole avise Richard que nous pouvons y aller. Lorsque nous arrivons au coin de Saint-Jacques et Bel-Air, une auto-patrouille de la SPVM bloque l'intersection. Richard a beau expliquer les raisons de notre présence, rien à faire. Le monsieur en uniforme ne veut rien savoir ; ses ordres sont clairs, personne ne passe, les ordres sont les ordres. La portière de l'automobile s'ouvre et Jon est là.

— Viens, nous allons marcher.

Les cars de reportages sont tous stationnés sur le même côté de la rue. Aucune place disponible de l'autre côté : des dizaines de petites voitures rouges ornées du logo de la ville prennent toute la place. Nous avons le temps de nous approcher à quelques mètres derrière les médias avant que quelqu'un ne réalise que nous sommes là. Je peux voir la mairesse Lavigne qui nous attend sur le perron du bureau d'arrondissement accompagnée de deux conseillers et d'une conseillère de la ville. La quatrième conseillère de l'arrondissement serait en période de réflexion ; tout le monde sait qu'elle a des ambitions pour la mairie.

Louise et Carole s'approchent de nous et nous dirigent vers les escaliers. La température est belle et la rencontre de presse aura lieu à l'extérieur.

La mairesse Lavigne est celle qui a convoqué les médias et elle a mentionné ma présence et celle de plusieurs membres de mon équipe. Le sujet de la conférence de presse n'est donc plus un secret et déjà, depuis hier, les médias annoncent le recrutement de Pierrette Lavigne dans mon équipe. Bien que trois des quatre conseillers d'arrondissement se joignent à elle, c'est celle qui est absente qui a reçu la plus grande couverture de presse. Le négatif est toujours plus populaire que le positif.

Mme Lavigne, après nous avoir reçus, se présente au micro. Carole avait offert d'agir comme maître de cérémonie, mais la mairesse a refusé. Nous sommes sur son territoire, c'est clair.

— Mesdames et messieurs des médias, vous avez tous deviné les raisons pour lesquelles je vous ai convoqués et votre perspicacité m'impressionne.

La remarque est lancée avec un petit sourire en coin et reçue avec des sourires discrets. Ils connaissent la mairesse et ils ont l'habitude de ses remarques ironiques.

— Je suis avec intérêt les activités de Maxime Beaubien depuis plusieurs mois et, dès qu'il a annoncé ses intentions de se présenter, ma décision était prise. J'allais l'appuyer.

Pierrette fait une courte pause et je reçois un léger coup de coude de Louise qui m'indique que je devrais m'approcher pour lui serrer la main. C'est exactement ce qu'elle attendait. Je vais devoir m'habituer à ces rituels dont l'objectif est de créer une occasion pour les photographes. Je ne suis pas certain si c'est le moment où je dois prendre le micro, mais la mairesse se charge de résoudre mon questionnement. Elle continue :

— Je me suis lancée en politique il y a quatre ans avec l'intention de faire pression sur Québec pour améliorer les équipements scolaires de la ville et pour m'assurer que l'administration de l'arrondissement était efficace. J'arrivais avec un préjugé négatif au sujet des fonctionnaires de la ville, un préjugé d'ailleurs répandu dans la population, un préjugé bien entretenu par des personnes à la parole facile et à la plume habile. Lorsque j'ai été élue, j'ai été confrontée à une tout autre réalité. L'administration publique est bien gérée, par des personnes compétentes qui font ce qu'elles peuvent avec les moyens qui leur sont donnés. Bien sûr qu'il y a des pommes pourries, mais elles sont rares et elles doivent être considérées par rapport à la taille de l'organisation municipale.

Alors que les journalistes demeurent impassibles devant une déclaration qui a peu de chance de faire les nouvelles, nous entendons des cris et des applaudissements qui viennent d'une trentaine de personnes qui sont juchées sur une petite butte située à l'extrémité nord du stationnement. Tous les yeux se tournent dans cette direction. Pierrette me regarde et hausse les épaules. La manifestation est de courte durée, ce qui lui permet de continuer.

— Mon autre objectif était de dénoncer l'état pitoyable de nos installations scolaires à Montréal, ce que j'ai d'ailleurs tenté de faire. Je me suis fait rabrouer par les commissions scolaires et le ministère de l'Éducation qui se sont contentés de me dire de me mêler de mes affaires, l'éducation n'étant pas une compétence municipale. Je me suis donc concentrée sur mes fonctions à l'arrondissement, en d'autres mots, j'ai pris mon trou. Cette année, je n'avais donc pas l'intention de me représenter et puis Maxime Beaubien est apparu sur la scène politique, un homme qui s'est donné comme mission de défendre les intérêts de la population de Montréal sans s'enfarger dans les considérations administratives et structurelles. Finalement quelqu'un à Montréal qui ne craint pas de défendre sa ville et sa population. Mon cher Maxime, je te cède la parole.

J'ai à peine le temps de m'approcher du micro, que des sifflets et des huées se font entendre. Je fais comme tout le monde et regarde dans la direction des manifestants. Certains sont grimpés sur des tables à piquenique, et tous ont des pancartes en haut desquelles, en lettres majuscules mon nom : BEAUBIEN. Sous mon nom, différents messages : NE TOUCHEZ PAS À NOS DROITS, LE DROIT DE NÉGOCIER EST ACQUIS, NON À LA SÉGRÉGATION INVERSÉE et ainsi de suite. Les pancartes arborent au dos l'emblème du SCFP, le Syndicat canadien de la fonction publique.

Je jette un coup d'œil vers Carole. Elle me fait signe de débuter. Je me tourne vers les journalistes et je m'aperçois que j'ai perdu une bonne partie de mon auditoire. Plusieurs semblent lire un communiqué distribué par les manifestants. Du coin de l'œil, je vois Carole s'approcher, une feuille à la main. Elle me glisse à l'oreille :

— Tes chroniques !

Je me penche brièvement sur le texte : ils font référence à deux de mes chroniques. L'une qui proposait l'abolition du droit de grève dans la fonction publique, l'autre sur le peu de représentations des populations allophones et anglophones dans l'appareil de l'État. Je m'approche à nouveau du micro et un relatif silence s'établit. Je suis furieux et j'ai bien envie de m'adresser aux manifestants, mais je me retiens.

— J'ai eu le privilège, au cours des derniers jours, de passer plusieurs heures avec Pierrette Lavigne. Quelle femme exceptionnelle ! Une femme de conviction qui s'est retrouvée dans les coulisses du pouvoir sans jamais obtenir l'occasion de se présenter en avant-scène, sauf dans son arrondissement. Pourquoi une personne, élue par ses concitoyens, ne peut-elle pas les défendre sur tous les plans, sans se préoccuper des structures administratives? Pierrette Lavigne veut dénoncer l'état des écoles à Montréal et c'est son droit. Les personnes qui veulent la faire taire sont justement celles qui devraient dénoncer cette situation et qui ne le font pas.

Dans mon parti, Mme Lavigne aura toute la liberté de parole et je vais l'appuyer. Les écoles de Montréal sont dans un piètre état ; des plafonds qui tombent, des toits qui coulent, des moisissures, des toilettes condamnées et j'en passe. La cause du problème est facile à identifier, et c'est la même cause pour toutes nos infrastructures : les budgets sont accordés par Québec. Ce sont les députés de Québec qui décident et il ne faut pas se demander où va l'argent. La réponse est simple : en région parce qu'une majorité de nos chers députés viennent des régions. Il faut dénoncer cette situation et je compte sur la mairesse Lavigne pour le faire.

Cela dit, je me recule d'un pas et Carole s'approche du micro.

— M. Beaubien et Mme Lavigne sont disposés à répondre à vos questions si nos amis du syndicat leur en donnent la chance.

Les manifestants se sont approchés et scandent le SO… SO… SO… SOLIDARITÉ. Quelques voitures de police se stationnent et des agents s'approchent, dont un sergent qui se dirige vers la mairesse Lavigne. Après quelques mots, la mairesse s'approche du micro :

— Une rencontre de presse aura lieu à l'intérieur dans la réception. Messieurs, mesdames des médias, je vous invite à me suivre.

Nous la suivons, sous un tollé de huées ; quelques caméras restent à l'extérieur : du grabuge possible, de meilleures images, de la sensation. Les médias sont devenus si faciles à manipuler.

Il y a une dizaine de journalistes qui nous ont suivis. Pas de micro, pas de chaises, nous restons tous debout. Un scrum impromptu, mais rendu difficile par des cris qui viennent de l'extérieur où une ligne de policiers bloque l'accès à l'entrée.

— Monsieur Beaubien, êtes-vous contre le droit de grève dans la fonction publique ?

— J'ai écrit une chronique sur le sujet et j'ai présenté cette solution comme une façon de rétablir le rapport de force entre les syndicats des fonctionnaires et leur employeur, la population.

— Êtes-vous contre le droit de grève ?

— Dans le secteur privé, lorsqu'il y a grève, tant la compagnie que les grévistes perdent des revenus. Dans le secteur public, le rapport de force est différent. Les grévistes perdent des revenus, mais c'est la population qui est prise en otage et qui paie le prix. J'ai présenté une solution pour corriger la situation et, jusqu'à maintenant, personne ne m'a présenté quelque chose de mieux, autre que le statu quo.

— Êtes-vous pour l'établissement de quotas pour assurer la présence d'allophones et de minorités visibles dans la fonction publique?

— Je suis contre le racisme latent qui, seul, explique le faible pourcentage des minorités dans la fonction publique.

— Vous parlez de racisme…

— Je parle aussi de l'état lamentable de nos écoles, une situation qui doit être dénoncée.

— Les médias et les journalistes d'enquête ont souvent fait état de cette situation, qu'allez-vous faire de plus?

— Les journalistes d'enquête font leur travail et sont souvent encensés pour leurs reportages. Mais le journaliste d'enquête n'est souvent que le conduit utilisé par des fonctionnaires et des policiers de bonne volonté qui les mettent sur la piste des scandales. C'est souvent le seul moyen que ces personnes ont à leur disposition pour faire changer les choses. C'est une situation anormale et nous avons l'intention de changer cette dynamique.

— Est-ce que vous minimisez le travail des journalistes d'enquête?

— Absolument pas et j'apprécie leur travail quand il est fait de façon professionnelle, ce qui n'est pas toujours le cas. Le sensationnalisme prend souvent le dessus sur l'intégrité intellectuelle.

Du coin de l'œil, je vois une grimace apparaître sur le visage de Carole. Elle s'approche, me fait reculer d'un pas et se place devant moi.

— Messieurs, nous allons devoir mettre fin à cette entrevue. Les forces policières m'avisent qu'ils craignent de perdre le contrôle de la situation à l'extérieur.

Elle a à peine terminé qu'une porte s'ouvre à l'arrière de la réception et nous sommes invités à quitter les lieux. Deux policiers nous expliquent qu'il serait préférable de sortir par une porte arrière où des voitures nous attendent. Ma première réaction est de refuser. Je meurs d'envie de me forcer un chemin à travers les manifestants. Les images de Pierre Elliot Trudeau assis seul dans les estrades lors des émeutes de la Saint-Jean-Baptiste et de Jean Chrétien qui n'hésite pas à prendre par le cou un manifestant qui lui bloque le passage me viennent à l'esprit. Mon machisme est tempéré par la présence de Noémie avec nous.

Deux voitures nous attendent à l'arrière et nous demandons à être conduits aux bureaux du Cercle. Richard et son ami ne nous accompagnent pas. Ils sont allés récupérer les voitures qu'ils avaient garées sur une rue transversale.

— Tu avais raison Carole, mes chroniques vont venir me hanter.

— Je ne m'attendais pas à ce que ce soit aussi vite. La campagne n'a même pas débuté.

— J'ai l'impression que les syndicats te craignent.

— Ce n'est peut-être pas une mauvaise chose. Les syndicats n'ont pas une très bonne cote auprès de la population ces temps-ci.

* * *

À la suite de la rencontre de presse avec Pierrette Lavigne, mais principalement à cause de la manifestation de la vingtaine de syndiqués, j'ai fait les manchettes toute la fin de semaine dernière. Il est bien évident que la manifestation a pris plus de place que nous l'aurions voulu, mais la couverture de presse a tout de même été excellente. Les médias semblent accepter l'idée que le maire de Montréal puisse se permettre de devenir le porte-parole de sa population et qu'il dénonce des situations qui ne relèvent pas nécessairement de son autorité, mais qui affectent ses citoyens. Même certains éditorialistes sont d'accord et arrivent à la conclusion que s'il y a quelqu'un en autorité qui devrait le faire, c'est bien le maire de Montréal.

Mais les choses se sont gâtées lorsque Jean-François Boulé a effectué une série d'entrevues en début de semaine. En moins de deux jours, il a réussi à m'affubler d'un surnom : « l'intellectuel éparpillé ». Il a répété ce sobriquet sur toutes les tribunes et les commentateurs politiques ont pris un méchant plaisir à l'adopter. Il prétend que je suis un intellectuel, qui a gagné sa vie à exprimer des opinions et à donner des avis sur tout et sur rien, sans jamais avoir la responsabilité de devoir les mettre en pratique sur le terrain. Il termine ses interventions en répétant : « que mon manque d'expérience est flagrant et que je devrais réaliser que le maire de Montréal doit maintenir des relations cordiales avec le gouvernement provincial et se concentrer sur ses responsabilités propres. »

Les interventions de Boulé sont personnelles et ça me dérange. Aux journalistes qui m'ont demandé des réactions, j'ai repris la même rengaine à l'effet que je suis préoccupé par l'ensemble des dossiers qui affectent la population de la région montréalaise, et que mon parti a l'intention de présenter une brochette de candidats qui ont de l'expertise dans tous les domaines qui touchent le quotidien des Montréalais.

Si les déclarations de Boulé m'ont dérangé en début de semaine, mes rencontres avec des candidats potentiels m'ont rassuré ; tous ont mentionné mon intervention à propos de la piètre condition des écoles et une majorité trouve rafraîchissante l'idée que des politiciens municipaux défendent les intérêts de leur population, même dans les secteurs qui ne relèvent pas de leurs responsabilités directes. Mes rencontres ont été stimulantes, mais désolantes : je n'ai recruté qu'une dizaine de conseillers et deux maires d'arrondissements, ceux d'Ahuntsic-Cartierville et de Rosemont-La Petite-Patrie. Louise et Carole sont satisfaites, mais je m'inquiète ; plusieurs ont mentionné leurs inquiétudes relativement à notre manque d'organisation et de financement. Il va falloir les rassurer.

La semaine s'est terminée avec l'élection à la mairie de Felicia McCormick, la première femme à détenir ce poste à Montréal. Dès son élection, elle a annoncé qu'elle renonçait à se présenter à l'automne de façon à concentrer tous ses efforts à mettre de l'ordre à l'hôtel de ville.

Chapitre 16

Slam

Ce soir, un peu de divertissement : nous assistons à la soirée-bénéfice de Ben Comtois au profit de Montpossible. La soirée a lieu au cabaret Le Lion d'Or sur la rue Ontario. J'en ai profité pour demander à Louise et Carole de se joindre à nous pour un souper au Petit Extra. Je veux discuter d'organisation avec elles, une question qui me préoccupe de plus en plus et qui a été soulevée par plusieurs des candidats potentiels que j'ai rencontrés.

Louise consulte le menu, le dépose et entre dans le vif du sujet :

— Tu veux parler d'organisation et bien c'est simple, nous avons une organisation dans les trois arrondissements où nous avons des maires existants qui nous appuient. Dans les autres arrondissements, j'ai quelques amis qui sont prêts à nous aider et nous avons quelques autres personnes qui ont offert leurs services. Je suis d'accord avec toi, nous avons un problème parce que nous devons bâtir l'organisation à partir de rien. Si nous nous étions associés à un parti provincial, nous aurions eu une base, mais nous avons fait un choix et il faut maintenant vivre avec ce choix.

— Nous avons des candidats à la mairie dans cinq arrondissements.

— Jon et Cosette n'ont pas d'organisation sauf que Cosette est en train de recruter des amis.

Carole ajoute :

— À juste titre, vous vous inquiétez de notre manque d'organisation. Mais, attention, dans le monde d'aujourd'hui, l'organisation sur le terrain est devenue secondaire. Pensez à ce qui est arrivé au Nouveau Parti démocratique aux élections fédérales de 2011. Ils n'avaient pas d'organisation et ils ont fait élire une majorité de candidats.

— Ils avaient « Smiling Jack ».

— Nous avons « Angry Max ».

— Oubliez cela.

Nous sommes interrompus par le serveur. Carole commande les tagliatelles aux fruits de mer, alors que moi et Carole choisissons le confit de canard en salade landaise. Noémie a pensé commander la même chose jusqu'au moment où le serveur lui a expliqué qu'une salade landaise contenait des foies de canard et des gésiers. Elle a été heureuse d'apprendre que le poisson du jour était du saumon.

Noémie n'a pas l'habitude d'intervenir dans les conversations sur la politique. Comme elle me l'a expliqué il y a quelques semaines : « J'écoute et j'apprends ». C'est pourtant elle qui reprend la discussion :

— Je ne connais pas grand-chose à la politique, mais ne pourrions-nous pas recréer les conditions qui ont fait élire le Nouveau Parti démocratique ?

Louise et Carole se regardent d'un œil furtif et hésitent avant de réagir ; ce n'est pas la première fois que je les vois agir ainsi et j'ai de la difficulté à comprendre leur comportement. J'en suis arrivé à la conclusion que, n'ayant rencontré Noémie que quelques fois, elles ont de la difficulté à jauger notre relation. Comme tout le monde, elles connaissent ma longue liaison avec Catheryne, et elles sont conscientes que ma relation avec Noémie ne date que de quelques mois. Louise est celle qui finalement décide de réagir :

— Personne n'avait anticipé le phénomène et honnêtement il est difficile à expliquer : Jack Layton n'était pas un nouvel arrivé en politique et il est ridicule de prétendre que sa popularité soudaine était due à sa présence à *Tout le monde en parle*. Depuis deux décennies, les Québécois ont voté pour le Bloc, un vote de protestation, un vote sans conséquence, sachant que le Bloc ne pourrait jamais former un gouvernement. Lorsqu'ils ont voté NPD, leurs motivations étaient les mêmes sauf qu'ils ont changé de poulain. Ils en avaient assez de la démagogie des bloquistes et de leur prétendue défense des intérêts du Québec.

Carole ajoute :

— Les souverainistes voulaient aussi servir une mise en garde au Parti québécois qui ne semble aller nulle part.

— Ne prenons pas de chance, il faudrait que je sois invité à *Tout le monde en parle*.

Louise réagit :

— Ils n'auront pas le choix de t'inviter parce que tu es un candidat, mais c'est une lame à deux tranchants. Ils sont complètement imprévisibles et, s'ils veulent te faire mal paraître, tu es à leur merci. C'est eux qui choisissent les invités et l'émission est préenregistrée ; ils peuvent faire ce qu'ils veulent au moment du montage. Carole fouille dans un porte-documents et sort une feuille.

— J'ai les résultats du dernier sondage. Tu as encore baissé. Tu es maintenant à 28 % dans les intentions de vote alors que Boulé est à 35 % grâce au retrait de Felicia. C'est encore une course à deux.

Je reçois la nouvelle avec un pincement au cœur. Louise voit mon air déconfit et ajoute :

— Ne fait pas cette tête-là : 62 % des répondants au sondage sont d'accord avec l'idée que le maire de Montréal soit le défenseur des intérêts des Montréalais. Nous sommes sur la bonne voie.

Carole ajoute :

— Pour revenir à l'organisation, Louise y consacre tout son temps et nous demandons à chaque candidat que nous recrutons de s'organiser dans son district, mais on ne peut compter sur eux seuls. De mon côté, je travaille avec Stéphane Audet sur la stratégie de communication que nous imposerons à chaque candidat et qui devrait être mise en place à la mi-août.

— Est-ce que vous en avez discuté avec Charles ?

Louise fait une grimace et répond :

— Oui, je lui ai parlé et, lui aussi, est un peu découragé ; il est maintenant pratiquement impossible de monter une organisation et de recruter de prétendus bénévoles sans leur offrir une rémunération. Même les vrais bénévoles, qui ont travaillé pour lui sans rémunération lors d'élections passées, exigent maintenant d'être payés depuis qu'ils ont appris que d'autres l'avaient été dans le passé.

Carole ajoute :

— Avec toutes les histoires de contributions illégales et de cagnottes secrètes, il n'y a plus personne qui peut se permettre de rémunérer au noir des bénévoles. De toute façon, nous n'avons pas les fonds pour payer qui que ce soit.

Noémie ajoute :

— C'est la même chose pour Boulé, non ?

Louise répond :

— Ce n'est pas aussi difficile pour lui. Il travaille avec l'ancienne organisation de Progrès-Montréal, il a l'appui de l'organisation du Parti libéral et il est en avance dans les sondages. Les bénévoles ne seront pas payés pendant la campagne électorale, mais ils se verront promettre toutes sortes de récompenses une fois passées les élections. Le patronage va augmenter.

Je regarde ma montre et demande l'addition.

Le Lion d'Or est bondé. Je ne croyais pas qu'une soirée de poésie, même populaire, aurait été aussi fréquentée. C'est la première fois que j'assiste à une soirée slam, et mes attentes sur le plan divertissement ne sont pas élevées. Louise me présente l'écran de son téléphone intelligent pour me montrer une série de *tweets* qui annoncent la participation d'une longue liste d'artistes. Je cherche un bref instant le nom de

Catheryne ; c'est exactement le genre d'endroit où je me serais attendu à la retrouver. À mon soulagement, elle ne figure pas sur les listes.

Des places ont été réservées pour nous au-devant de la salle et nous nous approchons sous le regard curieux des autres spectateurs. Je ne suis pas surpris de voir plusieurs personnes à cravates déjà installées dans ces sièges privilégiés ; j'en reconnais un certain nombre et plusieurs se lèvent pour venir me saluer. Ben Comtois nous a fait parvenir une liste des donateurs importants et j'ai reconnu sur la liste plusieurs des plus importantes sociétés de communications et de publicité de Montréal. Si Carole, la semaine dernière, ne m'avait dévoilé, sous la stricte promesse de ne pas le répéter, que Ben Comtois vivait une double vie, j'aurais de la difficulté à comprendre leur présence dans une telle soirée.

L'image que projette Ben Comtois est celle d'un marginal, slameur, contestataire à ses jours et résident d'un petit appartement sur le Plateau. Son public ne sait pas que sa véritable résidence est une grande maison située dans un boisé de Dunham dans les Cantons de l'Est. Son public le connaît et l'admire pour son rôle de *slameur* populaire, mais Ben Comtois possède une autre identité qu'il garde discrète ; dans son deuxième rôle, il est l'actionnaire principal d'une importante société de consultation spécialisée dans la gestion de site d'achats en ligne. Officiellement, Ben Comtois est le porte-parole de la maison et son agent, Alexandre Taillefer, est l'actionnaire et le président. Ce n'est qu'une façade : le véritable actionnaire est Comtois. Personne ne se surprend donc de les voir toujours ensemble. Je dois avouer que mon opinion sur Ben Comtois a fait un 180 degrés.

Les lumières de la salle se tamisent pour nous prévenir que la soirée devrait débuter sous peu. Conrad et Florence se présentent à la dernière minute et s'installent sur les deux seules chaises qui sont demeurées libres à côté de nous. Je me penche vers Conrad et lui glisse à l'oreille : « Cialis ? » Il me répond d'un signe de tête négatif accompagné d'un large sourire. C'est deux là semblent heureux.

Taillefer s'avance sur la scène et s'approche du micro. Il n'a pas la chance de dire un mot avant qu'il y ait une perturbation dans la salle. Curieux, je me tourne pour voir Catheryne se frayer un chemin jusqu'à l'avant-scène. Elle présente une enveloppe à Taillefer et s'installe sur une chaise dans la section réservée, non sans avoir jeté un coup d'œil dans ma direction, suivi d'un petit geste de salutation.

Taillefer, tout en ouvrant l'enveloppe pour prendre connaissance de son contenu, commence la soirée.

— Mes chers amis, j'aimerais tout d'abord vous remercier pour votre présence et pour vos généreuses contributions.

Il s'arrête et sort un chèque de l'enveloppe et s'adresse à Catheryne.

— Merci, madame Leclaire, pour cette généreuse contribution et pour votre présence à cette soirée.

Des applaudissements fusent de la salle et, par réflexe, je fais de même non sans remarquer le regard mal à l'aise de Noémie. Taillefer se tourne vers la salle et poursuit sa présentation.

— J'aimerais aussi vous rassurer : la soirée est un slam, donc une soirée de poésie, mais nous aurons aussi droit à quelques témoignages et à de la musique.

Nous entendons quelques huées venant de l'arrière de la salle où les admirateurs de Ben Comtois se sont installés.

— Ne vous inquiétez pas en arrière, il y en a pour tous les goûts. Cela dit, j'invite donc notre ami Ben à ouvrir la soirée.

Ben Comtois s'approche du micro, penche la tête et reste ainsi jusqu'au moment où le silence se fait.

Pour Montpossible, je fais mon possible
Une rime facile pour une tâche difficile
Pour des jeunes pour qui rien ne rime
Ni la famille, ni l'état, ni la vie
Seulement la rue

On leur reproche
De ne pas penser à leur avenir
Ils souffrent d'un passé lourd
Leur présent est leur quotidien
L'avenir se résume au néant
Sauf s'il y a de l'espoir

— Et c'est justement de l'espoir qu'il faut leur donner, un espoir sans condition.

Conrad se lève, se met à applaudir et à crier « Bravo » malgré les efforts de Florence, qui tire sur sa queue de chemise pour le faire asseoir. L'intervention de Conrad a interrompu la présentation de Ben Comtois. Celui-ci ne semble pas contrarié ; bien au contraire, il enchaîne comme si de rien n'était.

— Voilà une bonne occasion… je n'ai vraiment pas le choix… de vous présenter le fondateur du Centre Montpossible, M. Conrad Héroux. Conrad est présent tous les jours chez Montpossible et passe ses journées à placoter avec les jeunes et à faire des sandwichs.

La remarque est reçue avec des rires et Conrad salue les spectateurs.

— J'aimerais également vous présenter Mme Noémie Goodman, la directrice générale du Centre. Elle est accompagnée ce soir de son compagnon de vie, M. Maxime Beaubien. Comtois a compris son rôle et n'en dit pas plus.

Noémie et moi nous levons pour saluer l'auditoire et notre présence est reconnue d'une façon des plus mitigées. Ben invite ensuite quelques personnes à venir déclamer des poèmes de leur cru. Certains textes sont bien travaillés, d'autres plutôt simplistes, mais je m'amuse. Quelques artistes bien connus participent. Après une trentaine de minutes, je suis surpris d'apprendre que Sophie Lalande est la suivante. Elle se présente sur scène et elle est reçue par des cris et des sifflets qui viennent de l'arrière. Son texte est court et se termine de façon à choquer. Rien de surprenant :

Il ne faudrait pas sous-estimer
Le pouvoir des jeunes
Ce n'est qu'une question de temps
Avant qu'ils prennent
Les choses en mains

Sophie s'arrête et demeure silencieuse sous les applaudissements. Elle lève les bras et demande le silence. Elle sort une enveloppe de sa poche et demande à Ben Comtois de s'approcher :

— Comme preuve de mes propos, c'est avec plaisir que j'offre une contribution de 10 000 dollars au Centre Montpossible.

Un groupe de jeunes filles à l'arrière de la salle scande SOPHIE… SOPHIE… SOPHIE…

Chapitre 17

Ralliement

Ce matin, nous nous rencontrons au bureau du Cercle pour réviser pour une dernière fois le déroulement de notre journée de consultation et du ralliement de l'après-midi. C'est la journée qui lance notre campagne de façon officielle et nous ne pouvons pas nous permettre de manquer notre coup. Une première bonne nouvelle, le temps est maussade en ce 14 juillet, et le soleil ne nous fera pas concurrence. Noémie m'accompagne, comme elle le fait toujours depuis un mois. En route, elle m'a glissé à l'oreille : « Tu réalises que ce jour est un des moments importants de NOTRE vie ». Oui, je le réalise, et cela m'inquiète.

Je regrette aussi que nous ayons sabré dans l'idée d'un congrès de fondation pour le remplacer par cette consultation, mais, à ce moment, nous n'avions que quelques candidats ; or nous avons maintenant une brochette complète de candidats dans cinq arrondissements et une quinzaine de candidats aux postes de conseiller dans divers districts. Les choses vont bien, au-delà de nos espérances.

À notre arrivée, Frank n'est pas à la réception et nous entendons des voix émanant de la salle de conférence. Ils n'auraient pourtant pas commencé la réunion sans nous. Je suis intrigué. Notre arrivée passe inaperçue ; tout le monde est concentré sur la page d'un journal. Le téléviseur de la salle est syntonisé à LCN. Frank sursaute à notre arrivée et referme le journal.

Carole se lève, jette un regard impatient vers Frank, prend le journal, retrouve la page et nous invite à prendre connaissance de son contenu. Ce n'est pas une nouvelle, mais plutôt une publicité qui fait une demi-page ; le titre attire l'attention du lecteur : « QU'EST-CE QUE MONT-RÉAL VEUT ? » La publicité se divise en deux avec à la droite une photo de Jean-François Boulé assis derrière un bureau un stylo à la main signant un document. Il est vêtu d'une chemise et d'une cravate qu'il a détachée. Sous la photo, un sous-titre : « UN ADMINISTRATEUR D'EXPÉRIENCE ».

À la gauche, ma photo ; je suis vêtu d'un sarrau blanc devant un tableau couvert de gribouillis, gesticulant dans ce qui laisse croire à une grande envolée oratoire. Le sous-titre de la photo : « BLA… BLA… BLA. »

Je me tourne vers Carole :

— Je croyais que les publicités négatives ne faisaient pas partie de nos mœurs.

— Regarde ce que les conservateurs ont fait à Stéphane Dion à Michael Ignatieff, et ce qu'ils ont tenté de faire à Justin Trudeau. Ils ont présenté les deux premiers comme des intellectuels décrochés du monde ordinaire et regarde ce qui est arrivé. Dans le cas de Justin, ils ont eu moins de succès, mais ils ont tout de même passé le message qu'il n'était qu'un professeur de secondaire sans autre expérience. Boulé tente de faire la même chose avec toi, et ce n'est pas le fruit du hasard si cette publicité apparaît aujourd'hui.

Noémie ne cache pas sa colère :

— Nous devrions poursuivre ce *schmuck* ; il a truqué la photo.

Carole réagit :

— Oublie cela et bienvenue dans le merveilleux monde de la politique. En passant, la publicité est dans tous les journaux du matin et toutes les émissions de nouvelles en parlent dans leurs bulletins.

Je l'interromps :

— Où a-t-il trouvé les fonds pour pouvoir se payer une telle campagne ?

Pierre répond :

— C'est une hypothèse, mais les partis politiques, si l'on en croit les rumeurs, accumulent le comptant. Progrès-Montréal a peut-être cessé d'exister officiellement, mais tout le monde sait que le parti de Boulé n'est que son successeur. Tu veux savoir qui a payé, cherche la caisse occulte.

Louise nous amène sur le sujet de la rencontre.

— Maintenant, passons au déroulement de la journée. Stéphane ! Faisons-nous salle comble cet après-midi ?

— J'ai demandé à nos 40 candidats de réunir chacun une dizaine de personnes. Ça fait 400 personnes. Dans les arrondissements où nous n'avons pas encore de candidats, nous avons invité des personnes qui se sont montrées intéressées. Une invitation a été envoyée aux membres du Cercle de la Montréalie, avec le résultat que nous avons reçu une cinquantaine d'inscriptions. Ça fait donc à peu près 500 personnes inscrites. Avec nos organisateurs, les candidats, les invités spéciaux, les médias et les observateurs nous frisons les 650 personnes pour une salle qui contient officiellement 500 personnes.

Louise l'interrompt :

— Merci, Stéphane, bon travail.

— Et en avant-midi ?

— Nous y sommes allés avec les thèmes les plus populaires : les loisirs, les activités culturelles, les services municipaux. Nous avons réservé 1 heure pour chaque thème et avons retenu 10 intervenants pour chacun.

— Qui sera dans l'auditoire.

— Nous serons une cinquantaine, nos candidats, certains de nos organisateurs…

— Une cinquantaine dans un auditorium qui en contient 500 ?

— Les consultations se tiendront dans une salle de cours qui peut recevoir 75 personnes. Nous ferons salle comble et les consultations se font à huis clos, loin des caméras. De cette façon, nous éliminons le risque que quelqu'un veuille donner un spectacle pour les caméras.

— Excellent. Maintenant, Carole, le matériel de promotion ?

Carole se lève et prend un premier carton parmi plusieurs qui sont déposés face contre le mur. Elle le place sur un présentoir. En grosses lettres, dans le haut, MAXIME BEAUBIEN, au milieu POUR et dans le bas MONTRÉAL. Le tout est sur un fond jaune moutarde. J'avais déjà vu des esquisses, mais voir cette pancarte dans sa forme finale me fait tout un effet. Étrange comment cet élément, mineur à côté de tout ce qui s'est passé depuis quelques mois, recrutement de candidats, rédaction d'un programme, préparation de l'assemblée d'aujourd'hui, étrange comment ce carton devient pour moi le symbole de la finalité de ma décision de me présenter.

À la vue de la pancarte avec mon nom, je ressens une poussée d'adrénaline d'une intensité que j'ai rarement ressentie. Carole enlève la première pancarte et en place une deuxième sur le présentoir. Sur celle-ci, en grosses lettres : ÉQUIPE BEAUBIEN-Montréal. Le BM stylisé est reproduit dans le bas. Carole, à ma surprise, nous présente une troisième pancarte. Jusqu'à ce matin, je n'avais vu des esquisses que des deux premières. Sur celle-ci, un simple BM stylisé toujours sur fond jaune moutarde. Carole nous explique :

— Le BM devient notre marque et le fond jaune moutarde notre couleur. Il sera partout, sur nos pancartes, sur les macarons, sur le matériel publicitaire, sur les bannières. Dans quelques semaines, la population saura qui est derrière le BM.

Louise ajoute :

— Tu te souviens de nos discussions autour de la couleur. Notre choix a été judicieux ; ça frappe. En bonus, il est difficile d'imaginer un intellectuel aimant la couleur jaune moutarde.

La dernière remarque m'est adressée et fait référence aux objections que j'avais émises sur le choix de cette couleur.

Carole enlève la pancarte et poursuit sa présentation :

— Au moment où tu annonceras l'ouverture de l'assemblée, les participants soulèveront les pancartes en scandant : *Beau… Beau… Beau… Beaubien, Mon… Mon… Mon… Montréal.* J'ai déjà avisé les médias qu'ils devraient être là dès le début et qu'ils auraient du matériel intéressant pour leurs bulletins de nouvelles de la soirée. J'ai tout fait pour avoir une couverture en direct, mais sans succès. Cependant, tant LCN que RDI m'ont promis un journaliste et une caméra et ils décideront à la dernière minute s'ils iront en direct. Si nous avons plus de 500 personnes et avec l'ouverture que nous avons planifiée, ils n'auront pas le choix. Maintenant, vous m'excuserez, mais je dois me rendre là-bas. J'ai une réunion avec la trentaine de personnes qui animeront les mouvements de la foule.

Carole ramasse ses affaires et nous quitte en nous lançant :

— L'enthousiasme impromptu et spontané d'une foule se prépare.

L'avant-midi de consultation se déroule rapidement. Comme il fallait s'y attendre, les personnes qui se sont présentées avaient ou des plaintes ou des revendications ; les personnes satisfaites se présentent rarement à ce type d'événements. Il est facile de résumer l'avant-midi : le manque de ressources et le financement. Les revendications m'ont toutes semblé légitimes sauf pour une : un individu, avec le titre d'entraîneur-chef d'une équipe de hockey de catégorie midget A, nous a demandé d'inclure dans notre plate-forme électorale, un programme dont l'objectif serait d'augmenter le nombre de jeunes Montréalais qui atteignent la Ligue de hockey junior majeure du Québec et ultimement la Ligue nationale. Il a terminé sa présentation avec une déclaration qui a fait monter ma pression : « Les autorités municipales ont un devoir d'encourager notre sport national. »

Carole, qui était assise à ma droite, et qui connaît bien mon opinion sur la LHJMQ, m'a glissé à l'oreille un « laisse tomber » autoritaire. Je n'ai pas obtempéré, mais je me suis tourné la langue une dizaine de fois avant de répondre à l'entraîneur en question que j'étais d'avis que le but des programmes de hockey demeurait, avant tout, d'offrir aux jeunes une activité de loisir. L'individu a voulu amorcer un débat, mais Carole l'a immédiatement informé que son temps était épuisé.

Durant la pause du lunch, sandwichs et salades, j'en ai profité pour réviser, une dernière fois, le texte de mon discours. Une fois terminé, j'ai commencé à ressentir une nervosité que je n'avais pas éprouvée auparavant.

Ce n'est pas long avant que nous nous retrouvions dans une salle attenante à la salle de l'UQAM à quelques minutes du début du ralliement. Quelqu'un entrebâille la porte de la salle et nous lance un fébrile :

— Cinq minutes.

Noémie s'approche de moi, m'embrasse et me glisse à l'oreille :

— *Break a leg.*

Puis elle me quitte pour se rendre dans la section de sièges réservés à l'avant de la salle. Elle a refusé d'être présentée avec les candidats et les organisateurs.

Son « break a leg » me rappelle ma mère qui avait l'habitude de me dire la même chose les matins d'examen, sa façon de me laisser savoir qu'elle prenait intérêt à ma vie. Mon père, lorsqu'il était là, ce qui était rare puisse qu'il partait au petit matin pour ses rondes à l'hôpital, me souhaitait le « merde » traditionnel malgré l'objection de ma mère qui jugeait l'expression vulgaire.

Je me surprends donc à avoir la tête ailleurs alors que dans quelques minutes je dois m'adresser à 500 personnes, mais je suis ramené à la réalité lorsque Frank nous invite à nous placer devant une porte d'entrée latérale dans l'ordre où nous serons présentés à l'auditoire. Une fois tout le monde en place, elle nous ordonne de ne plus bouger et disparaît dans la salle. Quelques minutes plus tard, elle réapparaît et entrebâille la porte pour nous permettre d'entendre ce qui se passe. Nous entendons la voix de Carole qui termine sa présentation sur le déroulement de l'après-midi et qui demande à l'auditoire de bien recevoir quelques éminents membres de notre parti :

— J'ai le plaisir de vous présenter M. Pierre Fabien, associé principal de la firme Fabien, Beauséjour et associés. M. Fabien est l'agent officiel du parti.

Sur ce, Frank ouvre la porte et Pierre entre dans la salle aux applaudissements de la foule. Il est de mise de demander à un auditoire de retenir les applaudissements jusqu'à la fin des présentations. Dans notre cas, nous avons décidé de laisser les participants applaudir à chaque introduction pour permettre à l'auditoire de se réchauffer. Nos meneurs de claque, dispersés dans la salle, s'assurent de générer un enthousiasme qui devient contagieux.

Après Pierre, les autres sont présentés : Paul Lebouthiller, Brahm Vandycke, Stéphane Audet et Louise Blouin. Carole s'arrête un bref instant puis reprend ses présentations ;

— J'aimerais maintenant vous présenter nos candidats.

Carole présente nos 5 candidats à la mairie d'arrondissements et les 35 candidats aux postes de conseiller. Chacun est reçu avec des applaudissements et des cris qui émanent de différentes sections de la salle. C'est un peu normal, chacun a amené avec lui sa brochette de partisans. L'entrée de Cosette Marquis a été la plus remarquée ; une cinquantaine de personnes lui ont réservé un accueil enthousiaste. L'entrée la plus discrète a été celle de Jon qui avait admis avoir eu de la difficulté à recruter du monde.

Une fois que tout le monde est entré, Frank vient me chercher et me dirige, par un couloir, vers l'entrée principale. L'idée est de surprendre en me faisant entrer par le devant de la salle. Elle me laisse seul et mon cœur doit battre à plus de 150 pulsations à la minute. Je suis à la ligne de départ et j'attends le coup de pistolet. Enfin, j'entends la voix de Carole :

— Et, maintenant, recevez : LE FUTUR MAIRE DE MONTRÉAL, MAXIME BEAUBIEN.

L'idée de me faire entrer par la porte principale pour surprendre l'auditoire a produit l'effet voulu. Même si je sais très bien que les applaudissements sont orchestrés par nos meneurs de claque, je suis frappé par le chahut et les cris qui me reçoivent. Pendant que je salue la foule, je vois quelques pancartes qui se soulèvent, mais elles disparaissent aussi vite ; quelqu'un a ramené les enthousiastes à l'ordre. Carole l'a répété des dizaines de fois : le scénario doit être suivi à la lettre si nous voulons créer l'effet voulu. Je m'avance dans l'allée centrale. Plusieurs personnes se lèvent pour me serrer la main. Je ne reconnais que quelques visages. Je continue à serrer des mains tout en suivant deux hommes vêtus d'habits foncés des écouteurs aux oreilles. Me voilà rendu avec des gardes du corps !

Je suis impressionné par le succès du scénario mis en place. J'étais pourtant incrédule ; je craignais, malgré les assurances de Louise, que notre mise en scène soit trop flagrante et ne paraisse pas spontanée. Je me souviendrai toujours du commentaire de Louise lorsque je lui ai fait part de mes inquiétudes :

— La spontanéité est la chose la plus rare dans ce bas monde de la politique.

Carole avait ajouté :

— Il faut présenter un spectacle aux médias. Ils savent très bien que tout est planifié, mais ils demeurent des complices muets en échange de bonnes images.

Je continue à suivre les deux taupins qui m'ouvrent le chemin vers l'avant de la salle où Louise m'attend debout avec les autres candidats. À mon arrivée, ils me reçoivent en me serrant la main. Du haut de la scène, derrière son lutrin, Carole nous invite à nous asseoir. Je prends place à côté de Noémie, qui, discrètement, me prend la main, et me chuchote à l'oreille :

— *All right !*

J'ai peine à croire ce qui m'arrive.

Carole semble attendre que l'assistance se calme pour continuer, mais voilà qu'un écran géant descend lentement au milieu de la scène. L'écran s'anime avec un large BONJOUR TOUT LE MONDE, et des images de l'auditoire apparaissent à l'écran. Je cherche un instant la caméra qui nous donne ces images et je la trouve suspendue au haut de la scène. L'objectif se rapproche et donne de gros plans des différents groupes identifiés par des pancartes au nom des arrondissements : lorsqu'ils se voient à l'écran, les participants éclatent en applaudissements. Une belle façon de réchauffer une foule.

Après avoir fait le tour de la salle, le manège cesse et l'écran nous présente un gros plan de Carole qui invite l'auditoire au silence.

— Mes chers amis, nous sommes ici aujourd'hui pour officialiser la fondation d'un nouveau parti politique municipal. Vous savez tous que la création de ce parti est l'aboutissement des efforts de M. Maxime Beaubien que plusieurs d'entre vous ont eu l'occasion de rencontrer au cours des dernières semaines ; vous connaissez tous Maxime comme personnalité publique, mais le connaissez-vous vraiment ? Il me fait plaisir de demander à M. Pierre Fabien, l'associé principal de la prestigieuse firme de vérification Fabien, Beauséjour, Irving et associés de vous présenter une courte biographie de son bon ami.

Pendant que Pierre se rend sur la scène, une série de photos d'enfant de mon enfance apparaissent à l'écran : les fesses à l'air sur le lit de mes parents, le visage barbouillé de glaçage à mon premier anniversaire, à quatre pattes sur le tapis du salon, debout, accroché à une table à café, les deux bras en l'air tentant de garder mon équilibre, assis sur mon pot l'air contrarié par cette atteinte à mon intimité, jouant dans un carré de sable avec ma petite pelle jaune et ma chaudière de plastique rouge et finalement l'air fier assis sur mon premier tricycle. L'image s'arrête sur une photo de mes 12 ans, dans mon uniforme de hockey, fixant l'objectif de la caméra d'un air déterminé, sans aucun doute inspiré du regard si bien connu de Maurice Richard. L'idée de la présentation des photos d'enfant vient de Carole et fait partie de la stratégie pour peaufiner mon image.

Pierre Fabien arrive finalement sur la scène. Je sens sa nervosité ; il déplace le micro de haut en bas pour le replacer à l'endroit original et amorce sa présentation :

— Mon cher Maxime, le supplice n'est pas terminé.

La remarque est reçue avec des rires. Sur l'écran apparaît ma photo de première secondaire, une photo que j'ai toujours détestée où j'apparais, les cheveux fraîchement coupés, avec les oreilles décollées et une expression d'adolescent déconcerté. J'ai l'air d'un chevreuil figé devant les phares d'une automobile. Pierre commence une courte biographie :

— Maxime a fait son secondaire au Collège Jean de Brébeuf, son collégial au Cégep du Vieux-Montréal et il a obtenu son premier diplôme universitaire en sciences politiques à l'Université McGill. Puis, ont suivi une maîtrise aux Hautes études commerciales et une année de spécialisation à l'École nationale d'administration publique à Paris.

Pierre continue de donner des détails de ma vie pendant que les photos prises pour la publication de la biographie *Maxime Beaubien* défilent à l'écran. Pierre termine et me souhaite bonne chance. Carole revient au micro.

— Merci, Pierre. J'aimerais maintenant inviter Jon Van Tran, notre candidat à la mairie de l'arrondissement Ville-Marie, à vous adresser la parole.

Jon est peu connu du public et l'annonce de son intervention n'est reçue qu'avec politesse, rien de plus.

La présentation de Jon porte sur la gestion et la gouvernance et présente une série de mesures que nous avons l'intention d'implanter pour améliorer l'administration de la ville. C'est un sujet que nous ne pouvons ignorer ; après les scandales, la population perçoit l'administration de la ville comme corrompue, lourde et inefficace.

Je craignais que Jon nous fasse une présentation trop technique, lui qui est habitué à faire des présentations à des conseils d'administration de multinationales. Bien au contraire, sa présentation est courte, directe et se limite à une énumération de saines pratiques de gestion qui devraient être implantées pour améliorer l'administration municipale. Il termine en annonçant qu'il a l'intention de recruter des candidats, une dizaine, qui seront des gestionnaires d'expérience et qui formeront, dès leur élection, un comité permanent qui se penchera sur les pratiques administratives de la ville.

La proposition est reçue avec des murmures dans la salle. Jon retourne à sa place et Carole se présente au micro :

— Mesdames et messieurs, j'ai l'immense plaisir de vous présenter Maxime Beaubien.

Je me dirige vers l'escalier de la scène lorsque Louise m'arrête. Elle me glisse à l'oreille :

— Je viens d'entendre la journaliste de RDI informer son réalisateur que « Quelque chose se passe ici, préparez-vous ».

Nous avons réussi à attirer l'attention des médias.

Je monte sur la scène et je salue la foule. J'arrive enfin près de Carole, qui me serre la main et disparaît dans les coulisses. Je demeure seul derrière le lutrin. Un téléprompteur est devant moi. Je dépose mon discours sur le lutrin et je jette un coup d'œil vers Noémie qui est assise dans la première rangée. Discrètement, elle lève le pouce vers le haut. Elle seule sait que je n'ai pas dormi depuis deux jours et à peu près rien mangé. Les applaudissements cessent ; le moment est venu.

— Mes chers amis, nous participons, cet après-midi, à un moment historique pour les 4 000 000 de personnes qui vivent dans la grande région de Montréal.

Je garde le silence un bref moment, le temps de faire réaliser à mon auditoire la portée de cette première déclaration.

— Nous sommes plus de 500 à nous réunir cet après-midi parce que nous vivons dans la région de Montréal, nous aimons la région de Montréal, nous voulons voir la région de Montréal prospérer et nous voulons qu'elle prenne sa place comme ville-région du monde.

De brefs applaudissements me donnent la chance de prendre un peu d'eau.

— Notre ville-région n'a pas les pouvoirs de s'épanouir parce qu'elle n'a pas les outils pour exercer son pouvoir politique légitime. La création de notre parti a pour but de combler ce vide ; notre objectif est de mobiliser les forces de l'ensemble de la région et d'exercer le leadership nécessaire pour que notre région obtienne les pouvoirs d'une ville-région. La grande région de Montréal est aujourd'hui traitée comme une dépendance de Québec même si elle demeure la vache à lait du Québec. Vos impôts et vos taxes, perçues par Québec dans vos poches, servent à subventionner l'ensemble des régions du Québec. C'est une réalité que nous devons accepter, mais les choses sont allées trop loin. Québec néglige Montréal au profit des régions ; nos infrastructures sont en décrépitudes, nos installations scolaires négligées et nos soins de santé inaccessibles.

Pour rétablir la situation, nous devons mobiliser l'ensemble des citoyens de la région. Dans notre vision de cette ville-région, Outremont sera toujours Outremont, Laval sera toujours Laval, Longueuil sera toujours Longueuil, mais il est essentiel que nous fassions front commun pour nous approprier notre pouvoir légitime sur l'échiquier politique du Québec.

Des applaudissements d'approbation. Je vois quelques personnes se pencher pour prendre leurs pancartes. Il est temps de faire la grande déclaration :

— Si vous êtes ici, c'est que vous aimez Montréal, si vous êtes ici, c'est que vous voulez participer à son progrès, si vous êtes ici, c'est que vous êtes des visionnaires. Mes chers amis, en ce 14 juillet…

Je regarde ma montre ; un moment de silence pour faire monter l'adrénaline et j'annonce :

... à 15 h, je déclare le lancement d'un mouvement populaire pour prendre le pouvoir à Montréal.

Des applaudissements entremêlés de cris d'encouragements fusent de toutes parts. La foule s'est levée, des dizaines de pancartes apparaissent. Je lève les bras et forme de mon index et annuaire le signe de la victoire. Un flash me passe par la tête ; je vois Richard Nixon faire la même chose. Je ferme les poings tout en gardant les bras élevés au-dessus de ma tête. Je me sens un peu ridicule, mais, d'après Carole, c'est la chose à faire.

Le scénario prévoit maintenant que les candidats et les membres du comité organisateur viennent me rejoindre sur scène. La première à me rejoindre est Noémie, qui m'embrasse et que je prends par la taille. En quelques minutes, nous sommes une quarantaine sur la scène. Tous sont venus me serrer la main. Personne ne pourra penser que nous sommes un groupuscule éphémère comme ceux qui apparaissent à toutes les élections. Le message est clair : « Il faut nous prendre au sérieux. »

Carole se présente au micro :

— Mesdames et messieurs, vous avez devant vous des amants de Montréal, comme vous tous d'ailleurs. Maintenant au travail. Nous sommes en juillet, les élections sont en novembre. Nous devons prendre le pouvoir et c'est aujourd'hui que le travail commence.

Elle se tourne vers nous et nous invite à quitter les lieux. Des applaudissements scandés se font entendre pendant que nous quittons la salle ; sur le grand écran, de magnifiques photos de Montréal déferlent lentement.

Ma nervosité a été remplacée par une poussée d'énergie d'une intensité que j'ai rarement ressentie. Je suis prêt pour ma conférence de presse.

Alors que je quitte la salle avec Noémie, j'entends Carole inviter les médias à se rendre à une salle attenante où il est prévu que je réponde à leurs questions. Le trajet, entre la scène et la porte de sortie, me prend une bonne dizaine de minutes et, dans ce court espace de temps, je serre une centaine de mains tout en recevant des mots d'encouragements. Ce bain de foule me fait ressentir un *high* que je ne pouvais même pas imaginer. Ce bref moment d'euphorie, similaire à un as au tennis, à un coup de départ de 300 verges ou un flush royal au poker est, sans contredit, l'une des raisons qui motivent les politiciens à rester en politique.

Je prends une grande respiration et entre dans la salle de presse. Pas beaucoup de journalistes en ce samedi après-midi de juillet, mais les plus importants sont là ; j'en profite pour faire le tour et serrer des mains. L'atmosphère est bien différente de celle de ma première rencontre avec la presse à la mi-janvier lorsque nous avions annoncé la création du Cercle. À l'époque, les médias avaient envoyé de jeunes journalistes couvrant les faits divers. Cet après-midi, j'ai droit aux spécialistes de la politique et du monde municipal. J'ai également droit à certains chroniqueurs, dont Rodrigue Hurtubise, que j'aperçois assis un peu à l'écart. Il arbore un petit air triomphateur. Il avait bien deviné en mars dernier.

Je m'approche pour le saluer. Il se lève pour me serrer la main et me glisse à l'oreille :

— Qu'est ce que je gagne ?

— Ta réputation et ta crédibilité, mon cher Rodrigue.

Je commence à développer une complicité avec les vrais journalistes, ceux qui veulent informer et analyser, à l'opposé des animateurs d'émissions d'affaires publiques-spectacles, qui ne cherchent que la controverse et le sensationnalisme. Avec les premiers, une interview vise à informer et à éclairer, avec les autres le débat n'est que motif à créer une controverse. Je n'ai aucun respect pour les derniers, mais je dois vivre avec eux comme me la fait comprendre Carole. Ils font partie du décor comme les bactéries et les araignées. Mais je m'inquiète du dommage qu'ils ont fait à la classe politique.

Je m'installe à une table qui a été placée à une extrémité de la salle. Il y a une trentaine de chaises, toutes occupées, et en fond de salle les cameramen des stations de télévision se sont installés. Parmi eux, un peu en retrait, je reconnais celui qui travaille pour nous et qui enregistre maintenant toutes mes rencontres publiques. Si jamais je suis mal cité, j'aurai les preuves.

Je suis seul derrière ma table comme un grand garçon et j'attends que le silence se fasse dans la salle. Ce n'est pas très long. Carole amorce la rencontre :

— Bon après-midi, mesdames et messieurs des médias ; Maxime Beaubien est disponible pour vos questions.

Un premier journaliste dont je ne connais pas le nom s'empresse de se lever. Il ne se présente pas et Carole l'interrompt :

— Je vous demanderais de vous présenter lorsque vous posez vos questions. Nous aimons savoir à qui nous avons affaire.

— Georges Cadorette du *Courrier de Laval*. M. Beaubien, vous prétendez vouloir représenter la grande région de Montréal. Avez-vous eu des discussions avec les élus de Laval et de Longueuil pour savoir s'ils sont d'accord avec vos positions ?

J'ai bien envie de répondre que « Je me fous des susceptibilités des maires de ces deux banlieues qui doivent leur existence et prospérité à leur proximité de Montréal ». Mais, cet après-midi, la rectitude politique est de mise. Le débat et la controverse avec les maires de Laval et Longueuil sont inévitables et viendront bien assez vite.

— Tous et toutes, qui ont à cœur les intérêts de la grande région montréalaise, pourront prendre connaissance de notre programme et verrons que nous recherchons le bien commun. Vous comprendrez qu'il est prématuré d'entreprendre des discussions avec nos partenaires. Je le ferai lorsque j'aurai un mandat clair de la population montréalaise.

Belle réponse de politicien.

Quelques questions sur le contenu de la documentation, le nombre de candidats choisis et ma définition de ville-région. Puis un jeune journaliste se lève un journal à la main. Je reconnais un exemplaire du *Q déchaîné*.

— Martin Daigle du Groupe Information Québec.

— Je remarque qu'il ne se présente pas comme journaliste du *Q déchaîné*, mais du Groupe GIQ qui est propriétaire du journal humoristique et de plusieurs autres publications. Je sens un mouvement dans la salle; les journalistes anticipent la question. Le jeune Daigle ouvre le journal à la page où apparaissent les photos du concours du JEU DE LA PATERNITÉ. Dans un effort maladroit à l'humour, il demande :

— Pouvez-vous m'aider à résoudre au moins une partie du concours ?

— Non, ce ne serait pas juste pour vos lecteurs et je gâcherais leur plaisir.

Je me tourne vers les autres journalistes et demande :

— D'autres questions ?

— Rodrigue Hurtubise se lève. Hurtubise est un journaliste et un analyste formidable. Je crains sa question.

— Une question intelligente, monsieur Beaubien…

Il a insisté sur le terme « intelligente ».

— Si j'ai bien compris, vous avez l'intention de faire campagne sur le dos du gouvernement provincial ?

— Absolument. Ils doivent porter le blâme pour plusieurs des problèmes qui affligent la grande région montréalaise.

— Ne croyez-vous pas qu'en vous mettant à dos ceux qui tiennent les cordons de la bourse, vous risquez de détériorer les relations intergouvernementales ?

— Quelles relations intergouvernementales ? Les relations entre Montréal et Québec sont devenues un dialogue de sourds.

Chapitre 18

Politicien

Enfin un moment de répit après une semaine surchargée. L'idée de disparaître dans une auberge des Laurentides pour la fin de semaine m'est passée par la tête, mais Noémie m'a rappelé que sa mère organisait un barbecue dimanche pour honorer les 65 ans de son père. Et voilà pour les petites vacances en amoureux.

La semaine dernière n'a été qu'une série d'interviews à la radio et la télévision. Si je me fie à la couverture de presse, le ralliement de samedi a été un succès. Nous avons pris tout le monde un peu par surprise, et gagné notre crédibilité avec le nombre de participants et le professionnalisme de l'organisation. Je suis maintenant considéré comme un candidat sérieux et non comme un candidat potentiel qui teste les eaux.

Comme prévu, nous avons eu droit à la réaction de notre seul adversaire déclaré. La réaction de Jean-François Boulé était prévisible : « Maxime Beaubien ne cherche que la chicane avec Québec et s'imagine que les maires des banlieues vont le suivre. M. Beaubien devrait savoir que la confrontation ne remplacera jamais la coopération. » Puis, réactions prudentes et ambiguës des maires de Longueuil et de Laval : « Nous attendons de voir le cheminement de ce nouveau parti, mais il n'est pas question pour nous de perdre notre identité. » Sans surprise, les déclarations les plus laconiques furent celles des députés provinciaux représentant les comtés de la région de Montréal qui ont réitéré *ad nauseam* « qu'ils avaient les intérêts de Montréal à cœur. » Je veux bien, mais les députés de la région montréalaise ne sont pas en majorité à Québec et ils ne détiennent pas le pouvoir.

Après le succès du ralliement, nous devons maintenir la cadence et Rodrigue Hurtubise, jeudi, nous en a donné la chance ; il a appelé Jon Van Tran pour obtenir plus d'informations sur ses intentions entourant la formation du comité d'élus qui sera responsable de voir à la saine gestion de la Ville, le sujet de sa chronique d'aujourd'hui. Jon s'est bien débrouillé ; il a d'abord admis qu'il rencontrait des difficultés de recrutement alors que les personnes compétentes, en milieu de carrière, ne souhaitaient pas se lancer en politique et que d'autres, intéressées, n'habitaient pas le territoire de la ville de Montréal. Il a admis qu'une majorité des membres seraient des gestionnaires retraités ou semi-retraités et il a insisté sur l'idée qu'ils seraient des élus, donc redevables à la population. Suite à la question prévisible de Hurtubise, il a avoué que, dans son cas, il avait l'intention de faire carrière en politique, malgré les sacrifices qu'une telle décision impose. Il m'a finalement surpris en annonçant que son comité serait baptisé le comité des Responsables.

Mais, en ce beau samedi de juillet, les impératifs d'une vie de couple prennent la place. Toujours bien organisée, Noémie a préparé une liste de tâches à effectuer. Richard Florent, mon chauffeur et garde du corps, nous accompagne, même si je ne suis pas du tout d'accord. Premier arrêt, le marché Atwater ; il faut oublier le stationnement du marché, il n'y a jamais de place le samedi. Je trouve finalement une place de l'autre côté de la rue dans le stationnement du Super C. Limite deux heures. Richard et Noémie insistent pour prendre une vignette de la distributrice montrant l'heure à laquelle nous devons quitter le stationnement. Par principe, j'ai toujours refusé de le faire ; je n'accepte pas de devoir me chronométrer pour faire mon épicerie, même si je comprends la pertinence des vignettes. Je dois admettre qu'aujourd'hui, ils ont raison. Mes principes écopent. Imaginez la voiture d'un candidat à la mairie se faire remorquer. Une première page dans *Le Journal de Montréal* assurée.

Nous avons complété notre épicerie de la semaine, il est 13 h 30 et je suis affamé. Si je me souviens, selon la vignette de stationnement, nous avons jusqu'à 14 h. Richard s'empresse d'aller chercher une autre vignette pendant que nous nous dirigeons vers la friterie du coin.

Noémie me prend par le bras.

— Je peux me permettre une frite sauce, j'ai perdu deux kilos au cours des dernières semaines.

Je la prends par la taille et lui glisse à l'oreille :

— Mes mains l'avaient remarqué.

Pour cette remarque, je reçois un bon coup de coude dans les côtes.

— Mais, je t'aime pareil.

Pour ce commentaire, je reçois un baiser.

Le casse-croûte est presque plein, mais nous avons la chance de trouver une banquette avec une vue sur la rue Atwater. Richard s'installe au comptoir. Il est discret et personne ne se rend compte qu'il est là pour nous surveiller. Sur le terre-plein de la rue, des employés municipaux s'affairent à nettoyer l'aménagement floral.

Je prends le menu, rangé derrière la bouteille de ketchup, le contenant de moutarde et la bouteille de vinaigre. Le menu a été recouvert d'une pellicule de plastique qui est maintenant collante de graisse et de confiture. Je regrette d'y avoir touché, mais il est trop tard. La lecture du menu est un simple réflexe ; je pourrais réciter le menu par cœur : à gauche, le menu du petit-déjeuner, servi jusqu'à 11 h 30, à droite le menu habituel, toujours le même dans les friteries sauf pour certaines spécialités régionales : du baloney frit avec les œufs à Cowansville ou la poutine galvaude à Rougemont, cette poutine recouverte de morceaux de poulet et de petit pois.

Mes réflexions culinaires sont interrompues par la serveuse qui s'est approchée de notre table. Noémie referme *Le Journal de Montréal* qui avait été laissé sur la table et elle m'informe :

— Rien sur vous, monsieur le candidat.

— La serveuse est distraite, elle se tient près de la table, mais ne nous regarde pas, concentrée sur son carnet de factures ; d'un œil rapide, elle fait le tour des tables de sa section. Je suis son regard et je m'amuse à imaginer ce qui lui passe par la tête :

« La 2 est au café ; qu'est-ce qui arrive avec la 3 ? Ah, oui, le sandwich club, c'est plus long ; la 5, la 8 et la 9 sont O.K. ; la 6 a terminé et ils tètent leur café, il est temps de leur offrir un *refill* ; à la 4, Jean-Guy, comme d'habitude, a le nez dans son mot croisé ; la 10 est prête à commander ; la 1 est occupée par le patron, qu'il s'arrange tout seul, et la 11 attend son addition. Maintenant la commande de la 7. »

— Vous êtes prêt à commander ?

Finalement, nous avons son attention ; elle se tourne vers moi et fronce des sourcils. Son visage est couvert de rides et la contorsion qu'elle impose à son visage ne fait que les accentuer et en faire apparaître d'autres. Elle doit avoir 70 ans, et pas une once de graisse sur son squelette de 150 centimètres. Ses cheveux, clairsemés, sont teints d'une couleur brun-roux qui fait ressortir le blanc de son cuir chevelu. Elle me fait penser à La Poune.

— Vous êtes le candidat à la mairie !

Noémie me regarde et écarquille les yeux. Je souris.

Elle pointe de son calepin de factures, les employés qui travaillent en face du restaurant.

— Regardez vos travailleurs. Ces gars-là font 20 piastres de l'heure et ont une belle pension et tout ça pour enlever des mauvaises herbes. Moi, je vais vous servir à manger et je ne fais pas 10 $ de l'heure avec les *pourboires*. J'ai presque 70 ans et je dois encore travailler. Il y a quelque chose qui ne marche pas dans le système.

— Je ne suis pas encore le maire.

Un coup d'œil furtif vers le patron assis à la table une et elle nous dit :

— Excusez-moi, je n'ai pas le temps de discuter.

Elle a fait prévaloir son point de vue et elle n'est pas prête à entendre une explication ; son idée est faite. Ça lui a simplement fait du bien d'exprimer sa frustration. Elle se tourne vers Noémie, et, avec un sourire plus que forcé, elle demande :

— Qu'est-ce que je vous sers, ma belle dame ?

— Une frite sauce et un *grilled cheese* avec tomates.

— Monsieur le maire ?

Je lui souris et commande un sous-marin tout garni avec un Coke diète.

Noémie regarde la serveuse se diriger vers le comptoir. Sa démarche ne laisse pas deviner son âge. Noémie se tourne vers moi :

— As-tu remarqué les rides sur son visage ?

Elle n'attend pas ma réponse et continue :

— Savais-tu que le nombre de plis au coin des yeux laisse deviner l'âge d'une personne ? Pour chaque pli, 10 ans. Dans son cas, j'en ai compté au minimum six et lorsqu'elle a souri elle en a ajouté quatre de plus. Je n'ai jamais vu autant de pattes de corneilles sur le visage de quelqu'un.

— Tu veux dire des pattes d'oies.

— En anglais, on dit *crow's feet*. Une corneille n'est pas une oie.

Je souris, non pas à la confusion dans l'expression entre l'anglais et le français, mais plutôt à son léger accent, que j'aime tant, et qui apparaît lorsqu'elle prononce les mots en « eille » et « œil ».

— Tu as raison, une oie n'est pas une corneille et une corneille n'est pas une oie, et je ne crois pas qu'elles aient même des pattes similaires. Un autre exemple de diversité culturelle !

Nous sommes interrompus par un jeune garçon qui s'approche de la table tout en gardant un œil inquiet sur ses parents qui sont à la table voisine. Il ne doit pas avoir plus de huit ans. Je conclus que je vais acheter une palette de chocolat et j'ai déjà la main dans ma poche lorsqu'il me tend une serviette de table. Sur le coup, je ne comprends pas ce qu'il veut et, après un bref instant, je comprends qu'il désire un autographe. Je n'ai pas l'habitude, c'est la première fois.

Je n'ai rien pour écrire. Noémie fouille dans son sac à main pendant que le bambin se dandine d'une jambe à l'autre. Ces quelques minutes doivent lui sembler une éternité et je suis certain qu'il n'a aucune idée des motifs qui ont poussé ses parents à lui demander d'effectuer cette mission. Je souris aux parents. Noémie finit par dénicher un stylo.

— Ton nom ?

— Léo

Il se tourne vers sa mère puis il se reprend :

— Léonardo.

Noémie lui dit :

— Un beau nom.

Je ne suis pas certain qu'il soit du même avis.

— Ma mère aime M. Caprio.

Je me tourne vers le couple ; le mari n'a rien d'un Léonardo Di Caprio. La mère a été dans l'obligation de faire un grand compromis lorsqu'elle a épousé son mari. Je me demande qui est l'acteur fétiche de Noémie. Je prends la serviette que le jeune m'a tendue et je commence à écrire. L'encre du stylo est asséchée, je mets trop de pression et déchire la serviette. Je me prépare à en prendre une autre dans la distributrice de la table, lorsque Noémie m'arrête ; elle prend le napperon de papier de la table, le plie et le déchire en deux. J'écris sur la feuille :

« Bonjour, Leonardo, il m'a fait plaisir de te rencontrer. » Et je signe.

Sa mission accomplie, le jeune retourne à sa table et remet le bout de papier à sa mère. Elle lit mon texte, se tourne vers moi et me lance un merci muet.

— Deux votes de plus, monsieur le candidat.

Je n'ai pas le temps de réagir à la remarque de Noémie : la serveuse est là avec nos Coke diètes.

Nous terminons notre repas et nous dirigeons vers le marché. Encore là, je sens des regards curieux et plusieurs personnes, qui me sont complètement inconnues, me saluent. Je fais de même, mais je ne suis vraiment pas à l'aise. Richard nous suit, quelques mètres derrière nous.

— Il ne faut pas oublier les fleurs.

Noémie me dirige vers un présentoir qui contient des fleurs rouges dans des pots individuels. Elle semble savoir ce qu'elle veut. Je n'y connais rien ; j'ai toujours habité un appartement sans balcon. Le condo d'Eusèbe possède une petite terrasse et nous y avons trouvé deux grands pots remplis de terre. Une vendeuse, qui doit à peine avoir 20 ans, se dirige vers nous. Elle porte un jean trop serré et un t-shirt trop court qui laisse voir le tatouage d'une marguerite dont le centre est son nombril. L'ensemble est poussiéreux et l'expression du visage laisse croire que son titulaire est plus à l'aise avec les plantes qu'avec le monde.

Noémie s'adresse à elle :

— J'ai deux grands pots.

Elle indique de ses mains une grandeur de 80 centimètres.

— J'aimerais des bégonias rouges comme ceux-ci.

La jeune vendeuse demande :

— Au soleil ou à l'ombre ?

— À l'ombre.

— À l'ombre et dans de grands pots.

Elle pointe les bégonias qui sont devant nous et explique :

— Ceux-ci sont des bégonias *semperflorens* ; ils préfèrent le soleil. Vous seriez mieux avec des bégonias *tuberhybridas* qui eux préfèrent l'ombre.

Les fleurs achetées, nous complétons nos achats à la fromagerie et à la poissonnerie. J'ai hâte de partir ; les regards et salutations, aussi discrets soient-ils, me semblent une invasion de mon intimité et la présence de Richard me dérange ; il serait mieux avec sa famille en ce beau samedi après-midi. J'aime bien être le centre d'attention lorsque je donne mes cours ou que je fais un discours, mais pas lorsque je fais mon épicerie.

Je devrai m'habituer. Noémie devine ma pensée :

— Tu es devenu un personnage public.

— Oui, et je ne suis pas certain d'aimer ça.

Notre retour au condo se fait dans le silence. À notre arrivée, Noémie a hâte de planter ses bégonias et je me dirige vers mon bureau. J'ai promis de lire le premier jet du manuscrit de ma biographie que Jérémy Vézina a laissé pour moi devant notre porte pendant que nous étions sortis.

J'ai à peine ouvert l'enveloppe que Noémie se montre à la porte du bureau.

— Sais-tu où sont les instruments de jardinage ?

— Je n'en ai jamais eu.

— Eusèbe en avait sûrement. Les pots sur la terrasse et les plantes d'intérieur ?

Nous cherchons partout sans rien trouver. Finalement, Noémie se présente sur la terrasse avec une cuillère à soupe et un couteau de cuisine. Elle plante le couteau dans la terre qui n'a sûrement pas été maniée depuis des années ; la terre est devenue une poussière compacte. J'ai la brillante idée d'y ajouter de l'eau ce qui ne contribue qu'à transformer la poussière en boue. Nous ne sommes pas des experts, mais nous sommes assez lucides pour savoir qu'il est inutile de penser planter quoi que ce soit dans ce mélange.

Où trouver de la terre dans le Vieux-Montréal ? Retour au marché Atwater, sans Richard cette fois. Deux heures pour planter six bégonias dans deux pots. Ils sont mieux d'être beaux.

Dès cette tâche terminée, j'ai repris la lecture de ma biographie, une expérience que j'ai trouvée étrange et ennuyante malgré les efforts de Vézina pour rendre le texte intéressant. Pour chaque étape de ma vie,

Vézina fait une description détaillée des lieux où se déroule « l'action ». Le lecteur a droit à une description, avec photo, de la maison familiale à Outremont, de mon appartement sur l'avenue Docteur-Penfield, d'une série de photos des institutions où j'ai fait mes études.

Au début de chaque chapitre, il décrit l'environnement politique et social de la période pour situer le lecteur. Je dois admettre que c'est efficace. Le travail est bien fait et devrait intéresser.

Cependant, le chapitre sur mes relations personnelles me dérange, non pas à cause du manque d'exactitude, bien le contraire. Il passe rapidement sur ma relation avec Solange Delucas avec qui j'ai vécu 18 mois et qu'il décrit comme un amour de jeunesse : j'avais rencontré Solange à Paris lors de mes études à l'ENA. La description de ma relation avec Catheryne est plus étoffée ; Vézina y consacre la majorité des pages du chapitre, accompagné de plusieurs photos de nous qui ont paru dans les médias. Il décrit la relation comme une « profonde amitié » et il termine avec le « service » que j'ai accepté de rendre à Catheryne, en lui fournissant le matériel nécessaire pour qu'elle puisse réaliser son désir d'avoir un enfant. Il va même jusqu'à mentionner le nom de la clinique de fertilité. Je crois qu'il va trop loin, mais nous lui avions demandé de mettre les choses au clair. Je vais devoir parler à Catheryne avant la publication du livre ; nous nous étions entendus pour ne pas faire de commentaires.

La section sur Noémie se limite à une brève description de son curriculum vitae et à quelques pages sur Montpossible.

Je suis satisfait de la biographie et j'ai préparé, pour Jérémy, une courte liste de clarifications que je juge pertinentes ; une fois les corrections apportées, nous pourrons aller à l'impression.

Chapitre 19

Sur le terrain

Depuis le ralliement du 14 juillet, 25 jours, et le rythme de la campagne se maintient, poussé par Jean-François Boulé qui est passé en troisième vitesse. Tous les jours, il annonce de nouveaux candidats et il *tweet* à un rythme effarant, jusqu'à 10 pas jour, souvent des déclarations insipides qui nous informent sur ses choix d'émissions télévisées, sur ses mets favoris et sur ses réflexions sur la vie. Il y a quelques jours, il a dépassé le seuil des 100 000 abonnés, un événement qu'il s'est empressé d'annoncer par un communiqué de presse qui a été rapporté sur les émissions de nouvelles continues. Les journalistes n'ont pas manqué de noter que je n'avais atteint que la moitié de ce nombre. Je ne peux croire que la campagne électorale va se dérouler avec des déclarations de 140 caractères et moins.

Je fais mieux sur Facebook : j'ai plus de 10 000 amis alors qu'il en a 8 000. Stéphane Audet m'assure que le nombre d'amis sur Facebook est un indicateur plus valable des chances de gagner d'un candidat ; je serais donc en bonne position, mais la popularité de Boulé sur Twitter me fatigue. Chaque fois que j'aborde le sujet, Stéphane Audet, qui gère l'ensemble de mes interventions sur les réseaux sociaux, me demande d'être patient et me rassure en m'affirmant que dans une situation de crise comme vit l'administration montréalaise, la population n'ira pas vers le candidat le plus populaire, mais vers celui qui démontre le plus de leadership, d'autorité et de compétence. Mes interventions futures sur les réseaux sociaux auront pour objectif de démontrer que je possède ces compétences et que je suis ce candidat.

Pendant que Stéphane s'occupe des réseaux sociaux, le reste de l'équipe est au travail : Carole concentre ses efforts à la préparation de notre campagne publicitaire et au lancement de la biographie qui se fera demain ; depuis deux semaines, je tente de communiquer avec Catheryne sans succès pour l'aviser de la sortie du livre et de son contenu. Elle a ignoré tous mes appels, mes courriels, et même mes textos. Ma dernière tentative hier est plus formelle : une lettre recommandée, rédigée par Paul Lebouthiller.

Brahm rédige le programme que personne ne lira sauf les analystes et éditorialistes ; Pierre Fabien a mis sur pied un comité de financement qui a de la difficulté à atteindre ses objectifs : avec des contributions limitées à 100 dollars et l'hésitation des donateurs à faire des contributions aux partis politiques, la tâche est devenue quasiment impossible. De son côté, Louise, tous les jours, me planifie un horaire qui ne me laisse pas une minute. Heureusement pour nous, la campagne n'est pas officiellement commencée et le Cercle assume une grande partie des dépenses.

Louise est impitoyable dans mon occupation du temps. Pour elle la publicité, les réseaux sociaux, les slogans, les grandes déclarations, les interviews, même les débats font partie du rituel normal d'une campagne et, bien qu'essentiels, ne représentent pas la clé du succès dans une élection serrée. Elle est d'avis qu'en fin de compte ce sont les quelques votes gagnés dans une assemblée de cuisine ou en faisant du porte-à-porte qui pourraient faire la différence et elle ne cesse de me répéter qu'il faut toujours travailler sur l'hypothèse que les résultats seront serrés. Elle admet cependant que les choses ont bien changé avec tous ces nouveaux moyens de communication, mais elle n'est pas prête à courir un risque en négligeant le travail de terrain.

Je reconnais ici l'influence de Charles Létourneau qui ne cesse de me répéter la même chose. Louise me dit que Charles continue de se faire discret, mais que ses services ont été indispensables pour mettre sur pied une organisation dans presque tous les arrondissements. Il a aussi rédigé un manuel de procédures pour les organisateurs et a rencontré chacun de ces derniers pour répondre à leurs questions.

Depuis trois semaines donc, mes jours se ressemblent : tous les matins, six jours par semaine, je rencontre Louise pour le petit-déjeuner dans l'arrondissement où nous devons travailler ce jour-là. Sarah Goldenberg, la personne responsable de l'agenda, se joint à nous pour réviser l'horaire de la journée et me donner un briefing sur les districts que nous visiterons cette journée-là. Sarah est la cousine de Noémie, où quelque chose comme cela. Après l'annonce de la fondation du parti, elle a communiqué avec Noémie et elle lui a demandé d'organiser une rencontre avec moi. Noémie se souvenait vaguement d'une petite fille aux cheveux frisés et aux lunettes épaisses qu'elle avait croisée à quelques reprises dans des événements familiaux. La petite fille est devenue une grande fille aux cheveux frisés et aux lunettes épaisses. Finissante en droit à l'Université de Montréal, elle m'a expliqué qu'elle avait toujours été fascinée par la politique, qu'elle voulait s'impliquer dans la campagne et qu'elle était prête à y consacrer les six prochains mois.

Ce matin, comme tous les matins, Richard est venu me chercher au condo du Vieux-Montréal à 7 h. Je n'ai plus le droit de conduire ma voiture au cas où… Ce matin, surprise, Louise nous accompagne dans la voiture :

— Bonjour, Maxime, en forme ?

Sa bonne humeur me semble forcée.

— J'ai demandé à Richard de venir me chercher ce matin parce que je voulais te faire part de mes inquiétudes.

— Laisse-moi deviner ; le sondage de *La Presse* d'hier ?

.— Tu l'as vu comme moi ; tu es descendu à 26 % dans les intentions de vote alors que Boulé est à 39 %.

— Je ne m'inquiète pas ; nous sommes encore au mois d'août et le communiqué de Sylvie Larocque cette semaine annonçant qu'elle ne se présentait pas, risque de changer des choses. Mais, dis-moi, les rumeurs au sujet de Jacques Panoreski sont-elles fondées ?

— Panoreski est un syndicaliste, un idéologue d'extrême gauche avec des tendances socialistes, et ce que les Américains baptisent un *loose cannon* sujet à des dérapages sérieux. Il n'a aucune chance de devenir candidat, mais il profite du vide laissé par Sylvie pour se faire aller.

— Des rumeurs sur d'autres candidats ?

— Non, mais revenons au sondage, je ne m'inquiète pas non plus : le lancement de ton livre devrait faire parler, et Stéphane continue de retarder notre offensive sur les réseaux sociaux pour le début septembre. À partir de ce moment, les sondages devraient grimper. C'est le recrutement et le financement qui m'inquiètent : il nous manque encore 40 candidats.

— Je croyais que les choses allaient bien.

— Nous avons plusieurs candidatures possibles, mais tes exigences sont trop élevées. Nous allons devoir recruter des candidats poteaux pour nous assurer que nous avons des candidats dans tous les districts.

— Je maintiens ma décision de ne pas recruter n'importe qui et, si nous n'avons pas de candidats dans tous les districts, nous vivrons avec les conséquences.

— Il y a encore quelques arrondissements où nous n'avons pas encore de candidats ; pourrions-nous simplement les ignorer et dépenser les sous que nous avons dans les districts où nous pensons avoir des chances de gagner ?

— C'est une stratégie à considérer.

Sarah nous a donné rendez-vous dans un café du boulevard Saint-Michel, pas loin de l'intersection de la rue Denis-Papin. Richard a décidé de prendre la rue Saint-Denis pour se rendre dans l'arrondissement Villeray-Saint-Michel-Parc-Extension. À Crémazie, il tourne à droite et je distingue à peine l'entrée du siège social de la Fédération des travailleurs du Québec à travers les piliers de l'autoroute Métropolitaine. L'édifice ne semble pas à sa place. Pourquoi d'ailleurs ont-ils construit ici ? Le bel édifice voisine d'anciennes manufactures, aujourd'hui abandonnées ou presque, probablement l'endroit où les habitants du quartier, pour la plupart des immigrants italiens, avaient l'habitude de travailler.

— Que faire de ces bâtisses ?

Je pose la question à voix haute sans vraiment m'attendre à une réponse.

J'aurais dû me douter que Richard ne pouvait demeurer silencieux. Il est d'ailleurs de moins en moins gêné avec moi.

— Les démolir et, tant qu'à faire, démolir aussi cette horreur. Il pointe de la tête l'autoroute Métropolitain.

— Regarde la belle vue que nous avons sur le plancher des vaches.

Nous longeons des stationnements installés sous l'autoroute et des terrains vagues, sombres et couverts de détritus, le genre d'endroits où les corps des victimes de meurtres sont découverts dans les polars ; belle porte d'entrée pour le district. Richard ajoute :

— Tu sais qu'à New York, ils ont transformé une voie élevée de chemin de fer en un parc linéaire, le High Line Park. C'est devenu une attraction touristique. J'y suis allé le mois dernier ; c'est magnifique.

Nous tournons sur le boulevard Saint-Michel ; j'ai de la difficulté à me souvenir de la dernière fois que je suis venu dans ce quartier ; je crois même que je n'y ai jamais mis les pieds. À notre arrivée, Sarah est là comme d'habitude, toujours bien préparée. Ces rencontres du matin se déroulent rondement.

J'ai maintenant pris l'habitude de prendre un bol de céréales avant de partir de la maison. Prendre le petit-déjeuner au restaurant tous les matins m'a forcé à changer le trou de ma ceinture vers la gauche. Je ne pouvais résister aux deux œufs cum saucisses du matin. Un autre deux centimètres et ce sera mes pantalons que je devrai changer. À peine la serveuse a-t-elle le temps de servir nos cafés que Sarah nous distribue l'horaire de la journée. Un coup d'œil rapide me laisse voir que le scénario ressemble à celui d'hier, d'avant-hier, et des journées précédentes.

— Notre premier rendez-vous est à la résidence de notre candidat à la mairie de l'arrondissement, Guiseppe Prata ; il veut nous faire rencontrer son organisateur et un candidat potentiel pour le district Saint-Michel. Il a insisté pour que la rencontre ait lieu à sa résidence, loin des curieux.

Louise ajoute :

— Il ne demeure pas dans le quartier. Il a été assez intelligent pour vendre sa maison il y a une dizaine années et il a déménagé à Ahuntsic, dans la maison paternelle, loin des gangs de rue.

Sarah ignore le commentaire et continue :

— Après la rencontre, il nous a organisé une visite dans un Centre de bénévolat haïtien, suivie d'une promenade dans le quartier avec quelques arrêts impromptus, mais bien orchestrés dans quelques commerces. Puis un lunch-buffet à la Trattoria Angelina avec des membres influents de la communauté italienne. Comme d'habitude, ton après-midi est libre. Ce soir, tu es le conférencier à un souper organisé par CIBPA, l'association des gens d'affaires et professionnels italo-canadiens. Ils attendent 300 personnes.

Elle me remet un dossier en m'expliquant :

— Des informations sur CIBPA pour ce soir et d'autres sur le quartier Côte-Saint-Luc-Hampstead-Montréal-Ouest que nous visiterons demain.

Et voilà pour mon après-midi libre selon la définition de Sarah et de son équipe de recherchistes.

Nous quittons le restaurant pour nous rendre chez le candidat Prata. Sarah ne nous accompagne pas, elle doit préparer l'avant-midi et rencontrer les personnes qui doivent nous recevoir.

À notre arrivée chez Prata sur la rue Olympia dans le quartier Ahuntsic, nous nous retrouvons sur une rue paisible bordée d'arbres à quelques pas de Fleury. Nous pourrions être à Longueuil ou à Dorval. Difficile de croire que la rue voisine est la très achalandée avenue Christophe-Colomb.

Nous sommes à peine sortis de la voiture que nous entendons une voix féminine crier :

— Guiseppe.

Elle vient de la maison ; quelqu'un surveillait. Guiseppe apparaît de la cour arrière et nous reçoit avec une fougue bien italienne.

— Venez, nous sommes à l'arrière.

Les plates-bandes sont impeccables ; quelqu'un, dans les dernières 24 heures, s'est donné la peine de tourner la terre et d'enlever les mauvaises herbes. Deux hommes, en grande discussion, nous attendent au milieu d'un potager qui couvre presque toute la cour arrière. Au fond du jardin, trois rangées de vignes qui font la longueur de la propriété.

Guiseppe nous dirige vers les deux hommes.

— Monsieur Beaubien, je vous présente mon organisateur, voisin et ami, Georges Leblanc.

Je serre la main d'un homme dans la cinquantaine avancée, aux cheveux gris, qui arbore sur son visage une expression taciturne. Je suis un peu surpris ; je me serais attendu au moins à un léger sourire de quelqu'un qui se veut un organisateur politique.

— Bonjour, il me fait plaisir de vous…

Guiseppe ne me donne pas la chance de terminer et continue :

— Georges est un retraité de la Banque Nationale ; lorsqu'il a quitté, il était le vice-président, crédit, Est-du-Québec.

Il a la tête d'un vice-président crédit.

Georges réagit en ajoutant :

— Plus de 30 ans dans une institution, et l'on te met au pâturage.

Je ne sais pas quoi dire.

Guiseppe se tourne vers l'autre homme. Ses origines italiennes ne font aucun doute : des cheveux noirs coiffent un visage taillé au couteau dominé par d'épais sourcils en broussailles et une barbe forte, le tout placé sur un corps trapu d'une quarantaine d'années qui, avec le temps, a pris un peu de poids. Je l'imagine sur un chantier de construction en train de verser du ciment ou d'étendre de l'asphalte.

— Je vous présente Franco Esposito.

Nous nous serrons la main et Guiseppe continue son introduction :

— Nos parents ont immigré à Montréal ensemble et sont toujours restés des amis. Franco et moi avons grandi ensemble. Il est comptable agréé et l'associé principal du bureau Esposito, Serio, Tremblay et associés. Pas moins de 32 employés. Pas pire pour un gars dont les parents ne savent à peine lire et écrire.

Le nom me dit quelque chose, mais je n'arrive pas à me souvenir. Guiseppe me prend par le bras.

— Venez, je vais vous montrer mes vignes, ou je devrais dire celles de mon père

Le jardin est divisé en sections délimitées par des allées couvertes de poussières de pierre. Tout est ordonné.

Guiseppe s'approche des vignes, soulève de la main quelques feuilles pour dégager une grappe de raisin et nous explique :

— Les plants de vignes originales ont été plantés ici par mon père il y a plus de 40 ans. Il les avait fait venir directement d'Italie. Il a aujourd'hui 70 ans et c'est moi qui dois maintenant m'en occuper. Mais il vient à l'automne pour faire son vin. C'est une tradition, comme la maudite sauce aux tomates qu'il faut faire chaque année en septembre.

Guiseppe se tourne et me montre des dizaines de plants de tomates puis il pointe un coin du jardin et explique :

— La fierté de mon épouse.

Des dizaines de plants de zucchinis grimpent dans une clôture de fils de métal. Guiseppe ajoute :

— Personne ne partira d'ici aujourd'hui sans son sac bien rempli de zucchinis. Il y en a tellement que l'on ne sait plus quoi en faire. Bon, assez, rentrons dans la maison.

Un comité de réception de trois femmes nous attend dans la cuisine. Guiseppe s'arrête et me présente la première :

— Mon épouse, Maria.

Elle me tend la main :

— J'ai admiré votre magnifique jardin.

— Le jardin, c'est pour nous rappeler nos origines, et c'est bon pour la forme physique.

Elle se tourne vers les deux autres femmes :

— Je vous présente ma sœur Isabella et l'épouse de Franco, Albertina. Je me sens un peu mal à l'aise ; les deux femmes ont fait une légère révérence avant de me serrer la main. J'ai envie de dire quelque chose, mais je laisse passer de crainte de les embarrasser.

Les introductions terminées, Guiseppe nous fait descendre dans le sous-sol où je me retrouve dans une grande salle familiale dominée par un foyer de pierres. Des fauteuils ont été déplacés et une table installée au milieu de la pièce. Les épouses et la sœur nous ont suivis ; elles nous servent des cafés et placent au milieu de la table des assiettes couvertes de biscottes, de croissants et de fruits. Il y en a assez pour nourrir 10 personnes.

Guiseppe ouvre la discussion :

— Franco a été approché par un de ses amis comptables pour se présenter et faire partie du Comité des responsables de Jon Van Tran. Il voulait te rencontrer avant de prendre une décision.

Le vouvoiement a tout à coup disparu. Je me rappelle maintenant d'avoir vu le nom de Franco sur une liste de candidats potentiels que Jon m'avait présentés.

Louise se tourne vers notre candidat potentiel :

— Franco, ne sois pas insulté par ma question, je n'ai rien contre toi, mais tu ne penses pas qu'un autre candidat d'origine italienne dans l'arrondissement pourrait nous nuire ?

Je devine où Louise veut en venir avec sa question, nous en avons discuté dans la voiture après que Sarah eût soulevé le point. J'ai envie d'intervenir, mais je laisse Louise aller.

— Presque 65 % pour cent des habitants de l'arrondissement sont issus de 75 communautés culturelles différentes. Nous avons un candidat italien à la mairie, un Québécois dans Villeray, un Portugais dans Parc-

Extension et un autre Italien dans François-Perreault. Vous ne pensez pas qu'avec un autre Italien dans Saint-Michel nous allons manquer de représentativité ?

Guiseppe intervient :

— D'abord, Louise, nous sommes tous des Québécois.

Louise s'empresse de s'excuser pour le lapsus. Guiseppe accepte les excuses et continue.

— Il n'y a que les Italiens qui sont capables de s'organiser dans l'arrondissement et de faire sortir le vote. Nous pouvons compter sur une base permanente de 25 % du vote. Avec ça, on a une longueur d'avance sur tout le monde.

Je demande :

— Et les Haïtiens ? Ils sont nombreux dans l'arrondissement.

Georges Leblanc répond :

— Il y en a beaucoup, mais ils sont incapables de s'entendre sur quoi que ce soit.

Louise ajoute :

— Nous avons reçu une dizaine d'offres de candidatures d'Haïtiens, plusieurs excellentes, mais, après vérification, aucun n'avait une base de partisans.

Leblanc intervient de nouveau :

— Seulement 10 ? Il y a autant de candidats potentiels qu'il y a d'Haïtiens dans l'arrondissement. C'est la même chose en Haïti, il y en avait 34 qui se sont présentés à la présidence du pays.

Louise ignore la remarque et continue :

— Les seuls qui peuvent s'organiser et se mobiliser sont les Pakistanais et les Indiens, mais ils ne sont pas assez nombreux. Pour les Vietnamiens, impossible de savoir pour qui ils vont voter ; discrétion absolue et ils ne se mêlent de rien. Les Latinos ne sont tout simplement pas intéressés.

Guiseppe insiste :

— Avec Franco, nous aurons d'excellents candidats dans tous les districts de l'arrondissement et nous avons une organisation.

Chapitre 20

La biographie

Noémie est déjà dans la cuisine, concentrée sur la lecture des nouvelles sur son iPad. Je m'approche en silence et l'embrasse dans le cou. Je n'ai pour réaction qu'un léger grognement.

— Qu'est-ce qui se passe ?

— Rien. Je cherche à voir si le nom de Martin Desrosiers est associé aux manifestations qui ont eu lieu hier à l'ouverture de la réunion du G20.

— Et puis ?

— Je ne trouve rien.

Je me prépare un café et réchauffe le sien. Elle reste concentrée dans sa lecture et m'ignore.

— Ça va ?

Elle soulève finalement la tête et je crois deviner un peu de rougeurs au coin de ses yeux.

— Ça ne va pas ?

— Je ne suis pas enceinte. J'étais en retard d'une semaine et j'osais espérer, mais ce matin j'ai constaté la mauvaise nouvelle. J'espère que je n'aurai pas de difficultés à avoir des enfants. Je ne suis pas fille unique pour rien. Ma mère a mis trois ans pour m'avoir et c'en est resté là, même si elle m'a souvent répété qu'elle aurait aimé avoir une grosse famille.

— Voyons, ça fait seulement un mois que tu as cessé de prendre la pilule.

— Une chose est certaine, s'il y a un problème, ce ne sera pas de ton côté ; tu as déjà fait tes preuves.

J'encaisse sans dire un mot. Ma relation avec Catheryne n'est jamais très loin. C'est encore une blessure qui ne s'est pas cicatrisée. Noémie ne m'a pas pardonné d'avoir accepté de devenir le père-géniteur de l'enfant de Catheryne et, surtout, de ne pas lui en avoir parlé. Le sujet est délicat et je choisis de changer de sujet :

— Parlant de Martin, as-tu appris comment Sophie avait pu mettre la main sur le montant de 10 000 dollars dont elle a fait don à Montpossible ?

— J'en ai discuté avec Ben Comtois le lendemain de la soirée-bénéfice et il était aussi surpris que nous. Tu sais que Sophie et Martin ne sont plus ensemble et que personne n'a vu Sophie chez Montpossible depuis des semaines. D'ailleurs, il y a des rumeurs selon lesquelles elle aurait fondé son propre centre ce qui expliquerait peut-être la diminution de fréquentation chez Montpossible. Pendant que Sophie s'est éloignée, Martin est revenu et travaille avec Ben.

— Martin travaille avec Ben ?

— Ben semble apprécier Martin. J'en saurai peut-être plus demain après-midi parce qu'il a demandé de me rencontrer pour me faire une proposition et j'ai l'intention de lui demander de l'aide avec la vente de billets pour la soirée-bénéfice des Indescriptibles. C'est dans un mois et les ventes vont bien, mais nous sommes encore loin de nos objectifs.

Sur ce, je me lève, l'embrasse et lui lance :

— Je dois me rendre à une réunion au Cercle. On se voit ce soir pour le lancement du livre.

— Oui. Je te rejoins au musée Stewart à 18 h.

Voilà maintenant deux semaines que je mens à Noémie en lui affirmant que j'ai acheté sa bague de fiançailles et que le bijoutier en attend la livraison. Je n'ai pas encore fait l'achat et c'est ma mission pour ce matin. Pour ce qui est des alliances, j'ai suggéré à Noémie d'utiliser celles que portaient mes parents et elle est d'accord. Notre mariage est prévu pour jeudi prochain à l'hôtel de ville et la réception aura lieu le soir même au Ritz. Il est grand temps que je complète mon achat.

J'ai demandé l'aide de Florence et elle m'a suggéré la bijouterie Carmet sur la rue Saint-Denis.

La bijouterie est toute petite, sa devanture mesure à peine cinq mètres de largeur et ses vitrines semi-opaques laissent à peine voir l'intérieur du commerce ; nous sommes loin de chez Birks. Je me dirige vers la porte d'entrée et je suis reçu par une bruyante sonnerie qui me fait sursauter. Florence est déjà là en grande conversation avec un grand homme svelte aux cheveux grisonnants et à l'allure distinguée.

— Maxime, j'aimerais te présenter mon ami Rodolphe Carmet ; Rodolphe est un joaillier créateur et nous faisons affaire ensemble depuis des années. Rodolphe achète des bijoux de succession qu'il démonte pour en créer de nouveau.

L'homme me tend la main.

— Bonjour, monsieur Beaubien.

L'accent français est prononcé.

— Mon ami Florence me dit que vous cherchez une bague pour votre future épouse. Vous êtes venu au bon endroit. Avec mes clients, j'adopte une approche de création et de coopération ; nous devons travailler ensemble pour établir un lien de confiance et, ainsi, imaginer un bijou personnalisé. Après quelques semaines, nous passerons ensuite à l'étape de la fabrication.

— Je me marie jeudi prochain.

Devant cette affirmation, je vois une expression de contrariété apparaître sur son visage. Je viens de mêler les cartes et de rendre caduc son boniment de présentation.

— Monsieur ne veut donc pas une bague de fiançailles, mais des alliances.

— J'ai mes alliances.

— Bon ! Le client a toujours raison et vous êtes un ami de Florence. Voyons si je peux vous aider. Donnez-moi d'abord une idée de l'envergure du projet.

Une manière polie de connaître mon budget. J'ai les moyens financiers et là n'est pas le problème. Mes hésitations résident plutôt dans ma difficulté à jauger les attentes de Noémie. Je sais d'ores et déjà qu'il n'est pas question du gros diamant pour impressionner. Ce n'est pas son genre. Elle possède un goût raffiné et elle apprécie ce qui sort de l'ordinaire, sans pour autant être extravagant. C'est compliqué les femmes. D'un autre côté, tout le monde sait que j'ai les moyens et je ne veux pas passer pour un *gratteux*, même si je le suis à l'occasion.

Lorsque j'en ai discuté avec Florence, elle m'a suggéré un budget de 10 000 dollars et je me fie à son jugement.

— J'ai un montant de 10 000 dollars pour le projet.

La nouvelle a semblé satisfaire M. Carmet qui est disparu dans l'arrière-boutique. Après de longues minutes, il est revenu avec un cabaret couvert de velours noir sur lequel il avait déposé cinq bagues. Mon attention est immédiatement attirée par une d'elles exhibant un diamant solitaire, retenu par deux bandes couvertes d'un pavé de diamants. J'ai le réflexe de la prendre, mais je m'arrête ; M. Carmet a revêtu des gants blancs. Je pointe vers mon choix et il le prend.

— Excellente décision. Platine. Cette bague fera partie de ma collection exclusive pour l'année prochaine.

Il me la présente. Je me tourne vers Florence.

— Très bien. Je ne connais pas de femmes qui n'apprécieraient pas.

— Je la prends.

— Vous avez la grandeur ?

— Oui. Nous avons fait ajuster les alliances la semaine dernière, c'est 7,5.

— Je ne peux m'habituer à cette façon de mesurer : disons 55. Vous pourrez la prendre demain durant la journée et si elle ne plaît pas à madame vous pourrez toujours revenir. Je dis toujours cela, mais c'est rare que cela arrive.

Voilà une bonne chose de faite.

Nous avons choisi d'effectuer le lancement de la biographie au musée Stewart de l'île Sainte-Hélène. Nous avons invité les médias, le conseil d'administration et les employés du Cercle et tous les candidats et organisateurs. Comme toujours, Carole et Louise n'ont rien laissé au hasard et se sont organisées pour s'assurer de la présence d'au moins une cinquantaine de personnes. Leurs attentes sont beaucoup plus élevées puisqu'elles ont décidé d'amener 200 exemplaires du livre, des exemplaires qui seront distribués à tous les invités.

Au cours des dernières semaines, j'ai consacré plusieurs heures à peaufiner le prologue dans lequel j'explique la différence entre le rôle de l'analyste que j'étais et du décideur que je veux devenir. J'insiste dans le texte sur la création du Cercle de la Montréalie pour démontrer mon passage d'observateur à un homme d'action. J'ai voulu ajouter un texte pour remercier mon oncle Eusèbe, mais tous m'ont convaincu que ce n'était pas une bonne idée. Aussi bien faire oublier que ma fortune est le résultat d'un héritage.

Le texte de Jean-Luc Landreville, mon ami professeur à Harvard, est devenu l'épilogue, et ne ratera pas de soulever un débat sur l'importance que prennent les villes-régions qui sont en voie de remplacer les barrières géographiques du passé. À la dernière minute, nous avons ajouté une liste de mes chroniques à la fin du volume et informons le lecteur que les textes sont disponibles sur le site Web du Cercle.

Je suis fier du produit final, mais j'ai de grands doutes sur son succès en librairie.

Richard et moi arrivons au musée avec une heure d'avance et nous sommes tous les deux surpris de voir qu'il y a une somme à débourser pour le stationnement, un stationnement en très mauvais état d'ailleurs. J'espère au moins que notre contribution servira à refaire le pavage et à aménager l'endroit. Nous nous dirigeons vers le musée et constatons que l'aménagement paysager aurait aussi besoin d'être rafraîchi. À l'entrée, nous sommes reçus par un jeune homme en costume d'époque qui vérifie que notre nom est bien sur la liste des invités. Quelques pas plus loin et nous nous retrouvons dans la cour de l'arsenal.

Voilà plusieurs années que je n'ai pas visité le musée et, en pénétrant dans l'enceinte, mon regard est immédiatement attiré par une horreur de trois étages en verre qui n'était pas là lors de ma dernière visite. La courte brochure que l'on m'a remise à l'entrée m'informe que cette construction est un « observatoire, escalier architectural et ascenseur ». Mes réflexions sur le manque de jugement du concepteur sont interrompues par une jolie demoiselle, vêtue d'une robe d'époque bleu pâle, qui, ayant remarqué l'objet de mon regard, m'avise :

— La tour est fermée parce qu'il y a infiltration d'eau.

Plusieurs répliques me passent par la tête, mais je me retiens. Après tout, ce n'est pas de sa faute. Elle ajoute :

— Monsieur Beaubien, il y a déjà quelques personnes d'arrivées.

À l'intérieur de la tente, nous sommes reçus par Carole, Louise et Sarah, qui est maintenant présente à tous les événements publics, et une quatrième personne que je ne reconnais pas. Nous nous approchons, et Louise demande au jeune homme de s'approcher :

— Maxime, j'aimerais te présenter Jacques Dufresne, qui s'est offert pour travailler avec nous. Jacques et moi, nous nous sommes rencontrés à la ville de Montréal où il a travaillé comme stagiaire durant deux étés. Jacques vient de terminer ses études à l'UQAM et il a obtenu un baccalauréat en philosophie. Il est à la recherche d'un emploi, mais nous assure qu'il est disponible pour les deux prochains mois. Il va donner un coup de main à Sarah et à Carole.

Je tends la main au nouvel arrivé et je suis surpris par son comportement ; je crois ressentir une légère hésitation qui trahit sa nervosité, son regard est furtif et, lorsque je lui serre finalement la main, elle est mollasse et moite. Mon premier réflexe est de vouloir m'essuyer la main sur mon pantalon, mais je me retiens. Carole me prend par le bras et me dirige vers l'extérieur de la tente.

— Nous sommes chanceux, la température est avec nous.

Elle me dirige vers un mur de pierres construit tout au long du côté nord de la cour de l'arsenal avec une échancrure qui devait servir à recevoir des canons. Des micros ont été placés directement devant.

— C'est ici que Jérémy Vézina va effectuer sa présentation et tu vas suivre avec tes commentaires. C'est le seul endroit où l'on peut voir la silhouette du centre-ville. Ce sera notre arrière-plan.

— Pourquoi avez-vous installé la tente à l'extrémité est ?

— Viens ! Je vais te montrer.

Nous avons à peine fait quelques pas que je comprends. Le centre-ville disparaît derrière des arbres et l'arrière-plan devient la brasserie Molson.

— Je n'ai pas visité le musée depuis au moins 20 ans.

— Tu as encore le temps. Tu devrais y aller. Il y a deux choses que tu dois absolument voir : la maquette du bateau *Le Jupiter* ; je n'ai jamais vu autant de détails, et il ne faut pas que tu manques l'original de la pétition de 87 000 noms de résidents du Bas-Canada qui a été présentée au parlement britannique lors de la rébellion 1837-1838. Impressionnant.

À ma sortie du musée, Noémie est dans la tente en grande discussion avec sa cousine Sarah. Lorsqu'elle m'aperçoit, elle vient me rejoindre. À l'expression de son visage, quelque chose ne va pas.

— Mon père m'a appelé pour m'informer qu'une cinquantaine d'invités ne viendront pas à notre réception de mariage la semaine prochaine.

— Tes parents doivent être désappointés.

— Pas tellement. C'est surtout la branche religieuse de la famille qui refuse l'invitation et nous les voyons rarement. Ils tombent sur les nerfs de mon père avec leur religiosité qui n'est jamais très loin dans leurs conversations. Mes parents ne sont pas surpris.

— Je croyais que ton père était fier d'être juif.

— Être fier d'être juif et être un juif religieux sont deux choses bien différentes. Je te l'ai déjà dit, une grande majorité de juifs sont laïques. Mais, le plus important, c'est que mon père va enfin marier sa fille au Ritz-Carlton, son rêve de toujours ; nous serons tout de même plus de 150.

Je regarde ma montre et il est presque 18 h. C'est presque le temps de débuter, mais un rapide coup d'œil me fait comprendre qu'il y a un problème ; je vois à peine une trentaine de personnes.

Carole s'approche de nous :

— Nous allons débuter dans une trentaine de minutes. Il y a un accident sur Champlain et tous les ponts sont bloqués.

* * *

Hier, le lancement du livre n'a pas eu le succès escompté ; à peine une quarantaine de personnes présentes et une absence totale des médias, donc aucune couverture médiatique. Carole a tout de même fait parvenir des exemplaires du livre à une centaine de journalistes susceptibles d'avoir un intérêt. Je ne suis pas surpris ; dans le monde d'aujourd'hui un *tweet* de 140 caractères a plus d'effet qu'un livre de 300 pages. La seule référence au lancement a été effectuée par Jean-François Boulé, qui, lors d'une entrevue à RDI, a déclaré que la publication du livre était une autre preuve que « Beaubien fait preuve d'une arrogance hors de l'ordinaire, lorsqu'il publie un livre sur lui-même plutôt qu'un ouvrage présentant des solutions concrètes aux problèmes auxquels font face les Montréalais ».

Pendant que Boulé s'attaque à moi, mon autre adversaire du moment, Jacques Panoreski, lui, est actif et cherche à réunir la gauche montréalaise ; il a annoncé ce matin qu'il avait obtenu l'appui de la Confédération des syndicats nationaux. Ce n'est pas une grande nouvelle ; ce monde-là soutient n'importe qui et n'importe quelle cause tant et aussi longtemps qu'elle est contre l'ordre établi. Charles, qui semble avoir des antennes partout, nous a informés que le Parti québécois ne voit pas la candidature de Panoreski d'un bon œil et qu'il cherche désespérément quelqu'un d'autre pour se présenter contre lui à l'investiture.

Ce matin, j'ai suggéré à Noémie un lunch intime qu'elle a accepté avec un petit sourire. Elle a deviné mes intentions ; pas tellement difficile, nous nous marions dans six jours et elle n'a toujours pas sa bague.

Durant l'avant-midi, j'ai poursuivi ma recherche de candidats avec une rencontre avec le maire de l'arrondissement Plateau Mont-Royal et de deux de ses conseillers. Cet arrondissement est l'un de ceux que nous avons identifiés comme un terreau prometteur pour nous : une population jeune, conformiste dans son anticonformisme, qui devrait avoir un penchant favorable pour une personnalité médiatique indépendante qui promet de secouer l'ordre établi. Nous ne nous sommes pas trompés et nous avons quitté la rencontre convaincus que le maire de l'arrondissement et ses deux conseillers se joindraient à nous.

Après la rencontre, je me suis précipité à la bijouterie Carmet pour aller chercher la bague ; cette agréable et importante mission a été perturbée par un appel de Pierre-André Lepage qui m'a avisé que le Cercle venait de recevoir une mise en demeure pour empêcher la distribution de la biographie sous prétexte qu'elle contenait des informations erronées sur ma relation avec Genoueffa Delacorte (Catheryne Leclaire). J'ai demandé à P.A. de faire parvenir le document à Lebouthiller pour obtenir son avis et, perturbé, je me suis rendu au rendez-vous avec Noémie à un bistro français de son choix, Le Valois, situé sur la rue Ontario aux abords de la Place Simon Valois. Lorsqu'elle a vu ma grimace, elle m'a expliqué que le bistro était au centre du nouveau quartier HOMA. L'explication ne m'a pas rassuré. Je ne sais toujours pas ce qu'est le quartier HOMA. Je n'ai pas insisté, mais je me rends à ce déjeuner avec un peu d'appréhension. L'idée de manger dans un restaurant des Promenades Ontario ne me plaît pas, d'autant plus que j'ai l'intention de créer, pour la femme de ma vie, un moment dont elle se souviendra, du moins, je l'espère.

L'idée de manger dans l'est ne plaît pas non plus à Richard, mon garde du corps, mais il m'a tout de même donné la permission de m'y rendre seul à la condition que je prenne un taxi. Je suis au beau milieu de l'arrondissement Mercier-Hochelaga-Maisonneuve, le patelin de Cosette Marquis et j'ai de l'avance. Je demande au chauffeur de taxi de me laisser à quelques rues du restaurant, question de faire une courte marche et de prendre le pouls du quartier.

La journée est chaude et humide, trop humide en fait pour prendre une marche. Pourtant les trottoirs fourmillent de monde ; beaucoup de jeunes mères avec des poussettes et des femmes plus âgées. Elles sont toutes du côté ombragé de la rue et il est évident qu'elles ne vont nulle part. Elles sont des réfugiées qui se sont évadées de la chaleur insoutenable de leur appartement. L'état de la devanture des commerces qui longent la rue témoigne de leur profitabilité marginale ; des dépanneurs à chaque coin de rue, des magasins de bric-à-brac, des friperies et des casse-croûte qui ont tous la même spécialité, des frites et des hot-dogs.

La chaleur est suffocante et ma chemise est trempée. J'arrive enfin à ce que je devine être la Place Simon Valois ; un parc de granit et de ciment, avec quelques arbres, le tout à l'épreuve des *skateboarders* : quelqu'un a eu la brillante idée d'incorporer des échancrures sur les rebords des murs de granit. En arrière-plan, une longue rangée de copropriétés de construction récente. Je devine que je suis au centre du nouveau quartier HOMA. J'ai mes doutes sur le succès, du moins à court terme, de cet effort pour relancer le quartier.

Le restaurant Valois est à l'extrémité est de la Place et offre une belle grande terrasse à sa clientèle. J'ai chaud et je rentre à l'intérieur à la recherche de fraîcheur. Je demande une table discrète et l'hôtesse me dirige vers le milieu du restaurant et m'installe au pied d'une statue, grandeur nature, d'une femme à moitié habillée portant dans ses mains deux globes.

— La statue représente qui ?

— Aucune idée. Je vais m'informer.

Je lève la tête et aperçois Noémie à l'entrée. Elle se dirige vers la table et m'embrasse. Je sens la chaleur de son corps. Elle aussi a eu chaud.

Elle pousse un long soupir.

— Qu'est-ce qui se passe ?

— Tu te souviens ? Je t'avais parlé de mon ami d'enfance Karmel Swidler. Lorsque nous avions 16 ans, nous avions fait le vœu de nous inviter à nos mariages respectifs. Il y a une dizaine d'années, je suis allée au sien à Toronto. Elle était sur ma liste d'invités. Elle m'a appelé ce matin pour me dire qu'elle ne viendrait pas parce que je ne me mariais pas dans notre religion.

Je prends sa main.

— Elle n'est pas la seule.

— Je sais, mais la réaction de Karmel me surprend.

— Oublie cela. J'ai quelque chose qui va te remonter le moral.

Je fouille dans ma poche de veston et sors la petite boîte qui ne laisse aucun doute sur son contenu. Le sourire sur le visage de Noémie en dit long.

— Ne devrais-tu pas être à genoux pour me présenter ce que je devine?

Je fais un mouvement pour me lever, mais elle m'arrête.

— *Only kidding.*

Je n'ai pas eu le temps d'emballer l'écrin, mais Noémie prend un temps fou pour l'ouvrir. Elle veut faire durer le plaisir.

— Maxime, elle est magnifique.

Elle se lève et m'offre un long baiser. Si elle ne voulait pas attirer l'attention, c'est raté. Les clients n'ont pu que remarquer. Noémie voit mon regard, se tourne et reçoit de nombreux sourires et des signes de félicitations.

— Merci, monsieur Beaubien. Je me demandais bien quel moment tu choisirais et, ce matin, j'ai deviné. Je commençais presque à me demander si tu avais oublié. Ma mère va être heureuse, elle me pose tous les jours la même question.

— Je suis allé chercher la bague ce matin. J'espère qu'elle te plaît?

— Maxime, tu as beaucoup de goût.

Nous sommes interrompus par la serveuse qui nous offre un verre de mousseux.

— Compliments du monsieur assis au bar.

Nous regardons en direction du bar pour apercevoir Richard Florent soulever un verre de champagne. Nous levons nos verres dans sa direction puis nos regards se croisent durant un long moment et nous demeurons silencieux sans dire un mot, pour savourer le moment.

Nous sommes interrompus par la serveuse et nous choisissons, à la suggestion de la demoiselle, une crème brûlée au bacon et au Tomme de Grosse-Île. Noémie choisit ensuite un filet de daurade et je choisis le foie de veau au lait.

— Escalopé, ou en pavé?

Je reste bouche bée: c'est la première fois que l'on me pose la question. Je réponds «escalopé» sans vraiment réfléchir.

Après le lunch, Noémie m'a demandé de l'accompagner chez Montpossible pour sa rencontre avec Ben Comtois. J'ai d'abord hésité, non pas seulement parce que je dois me tenir éloigné de Montpossible, mais aussi parce que j'ai hâte de parler avec Paul Lebouthiller au sujet de la mise en demeure, mais j'ai été incapable de refuser.

À notre arrivée, je ne peux faire autrement que de remarquer que le centre est vide, sauf pour Dédé et deux jeunes qui font le ménage d'un grand espace qui devait être l'usine. Nous les saluons et nous dirigeons vers les locaux administratifs.

Veut, veut pas, l'endroit n'est pas accueillant et je comprends que les jeunes ne s'y sentent pas à l'aise.

Ben Comtois arrive à l'heure prévue, mais il n'est pas seul ; Martin l'accompagne. Noémie les reçoit tous les deux avec un large sourire.

— Martin ! Toute une surprise.

Ben ne donne pas à Martin la chance de répondre.

— J'ai demandé à Martin de m'accompagner et vous comprendrez pourquoi dans quelques minutes.

Il se tourne vers moi.

— Et la campagne électorale, ça va ?

— La campagne ne débute qu'en septembre, mais nous serons prêts. Le recrutement de candidats va bon train, mais c'est au niveau du financement qu'on en arrache. Les nouvelles règles rendent le financement presque impossible au municipal. Au provincial, un niveau législatif, les gens ont des raisons pour contribuer, mais le niveau municipal est un niveau administratif. Difficile de trouver des motivations pour contribuer. Une fois que l'on a fait le tour des amis, des mononcles et des matantes, on se tourne vers qui ?

— Je te fais parvenir ma contribution dès demain.

— Merci, je l'apprécie.

Ben se tourne vers Noémie.

— Y a-t-il un endroit où l'on peut discuter ?

— Nous avons converti le bureau du patron en salle de réunion. Venez !

Les fauteuils de cuir de mon oncle ont été placés dans un coin et la table et les chaises de sa salle à manger servent de table de conférence. Le mobilier n'est pas à sa place dans cet environnement, mais a l'avantage d'être fonctionnel.

Nous sentons que Comtois est pressé de nous faire part de sa proposition.

— Comme vous le savez, depuis un mois, je m'intéresse à Montpossible. Je suis le premier à avouer que cet intérêt n'est pas seulement altruiste, mais calculé. C'est devenu un secret de polichinelle que je ne suis pas un pauvre poète sans le sou, mais que je suis aussi un homme d'affaires. Mon implication avec Montpossible vise à démontrer que j'ai une conscience sociale et que j'utilise mon argent pour améliorer le sort des démunis et, en particulier des jeunes, qui sont mes admirateurs. C'est une question d'image et je ne m'en cache pas, même si je ne le crie pas sur tous les toits. Si vous n'êtes pas à l'aise avec cela, vous me le dites et je me désiste. Avant de répondre, je vous avertis que je prends beaucoup de place lorsque je m'implique.

Je suis surpris par sa candeur. Noémie jette un coup d'œil dans ma direction. Je ne bouge pas. C'est à elle de répondre. Je commence à la connaître et l'expression sur son visage en dit long de même que sa réaction.

— Depuis quelques mois, plusieurs événements sont survenus et Montpossible en a arraché : mon arrivée pour prendre la place du populaire Conrad, les difficultés avec la paroisse, l'occupation, ton départ, Martin et celui de Sophie et le déménagement dans cet endroit où personne ne se trouve à l'aise. Les jeunes n'ont pas suivi.

Son ton défaitiste me surprend. C'est presque un appel à l'aide. Martin est le premier à réagir.

— Ce n'est pas une critique, mais Conrad était l'âme de Montpossible, Conrad ne posait pas de questions et les jeunes avaient confiance en lui.

Noémie accepte le commentaire sans réagir. Je pose la question qui s'impose.

— Si vous êtes ici, c'est que vous avez une proposition à nous faire.

Ben se penche, prend son porte-documents et sort un dossier.

— J'ai décroché du système d'éducation en troisième secondaire. Je suis un décrocheur, ce qui ne m'a pas empêché de me bâtir une carrière, je dirais même deux carrières. Beaucoup de jeunes quittent le secondaire parce qu'ils s'embêtent, et j'aimerais pouvoir offrir aux jeunes l'opportunité de s'en sortir, de faire un premier pas dans la vie, en leur offrant la possibilité d'utiliser leurs talents. Le déménagement dans cette usine désaffectée m'a donné une idée ; pourquoi ne pas transformer Montpossible en un incubateur de micro-entreprises pour les jeunes. Nous pourrions leur faire un prêt et leur offrir un endroit où ils pourraient travailler.

Cette nouvelle mission pour Montpossible m'intrigue.

— C'est un gros changement.

Martin, qui était resté silencieux, intervient.

— J'ai rencontré Ben à la soirée *slam*. Durant une brève conversation, il a mentionné qu'il venait de s'acheter une Harley Davidson. J'ai offert de faire un dessin original sur son réservoir à essence et il a accepté. Quelques jours plus tard, je lui ai fait parvenir quelques dessins au crayon. Il en a choisi un et j'ai dû lui demander un peu d'argent pour l'achat de pinceaux et d'acryliques.

Ben continue l'histoire.

— La demande de Martin a confirmé que mon idée était la bonne. Martin m'a expliqué qu'il avait réalisé ce genre de travail à l'occasion, pour quelques amis, rien de plus. J'ai offert à Martin un prêt pour qu'il fasse l'achat des matériaux nécessaires et qu'il fasse un peu de publicité. C'était il y a deux semaines et il a maintenant du travail pour les deux prochains mois. Le hic dans l'histoire ? Il n'a pas d'endroit où il peut s'installer. C'est là que j'ai pensé à Montpossible.

Noémie réagit.

— Une excellente idée, mais je vais devoir y penser.

Martin ajoute :

— Montpossible pourrait toujours continuer à offrir les mêmes services, et les jeunes qui se lanceraient en affaires serviraient d'exemple pour les autres.

Martin s'arrête pour nous permettre de réfléchir à la proposition, puis il ajoute :

— J'ai quitté l'EDQ et je suis prêt à consacrer 100 % de mon temps à Montpossible.

Noémie demande :

— Sophie ?

— Nous ne sommes plus ensemble et elle a pris la direction contraire de la mienne : elle est maintenant à la tête d'un gang de rue.

Chapitre 21

Le mariage

Je ne peux croire qu'aujourd'hui sera « le jour de mon mariage » et qu'à partir d'aujourd'hui je ne pourrai me permettre d'oublier cette date. Nous devons d'abord nous rendre à l'hôtel de ville pour 11 h avec Pierre et Lynda, nos témoins, et, après la formalité civile, Pierre nous a invités à prendre le déjeuner au restaurant Bonaparte sur Saint-François-Xavier. Nous avions offert aux parents de Noémie de nous accompagner, mais ils ont refusé, trop occupés avec les préparatifs de la réception de ce soir.

Noémie, comme le veut la tradition, est allée coucher chez ses parents hier soir. Je me suis prêté au jeu, mais ce matin, au réveil, elle m'a manqué ; nous avions pris l'habitude de prendre un café ensemble tous les matins. C'est souvent le seul temps de la journée que nous avons pour une conversation ; les soirées sont souvent occupées et nous arrivons à la maison tellement fatigués que nous n'avons plus le goût de placoter ou même de faire autre chose.

La sonnerie du téléphone me tire de mes rêveries. C'est sûrement Noémie. L'afficheur m'indique que c'est Carole.

— Bonjour, Maxime. Excuse-moi de te déranger en ce grand jour, mais nous avons une réponse à donner aux organisateurs du défilé de la Fierté gaie qui a lieu samedi.

— Vous êtes toujours d'avis que je dois être présent.

— Tu n'as pas le choix ; nous devons déterminer l'endroit où nous allons nous retrouver dans le défilé.

— Je n'ai pas de préférence.

— Je comprends, mais tu devrais : tu ne veux pas te retrouver derrière la flotte commanditée par Viagra ou encore derrière un groupe trop exubérant de gais partisans du cuir. Je privilégie deux endroits, l'un derrière le groupe L'Alternative, le groupe de gais, lesbiennes, bisexuels et leurs amis de l'Université de Montréal ou encore derrière le LGBTA.

Nous sommes interrompus par l'arrivée de Noémie qui me fait un grand sourire accompagné d'un signe de tête vers le téléphone.

— Une minute, Carole. Noémie vient d'arriver.

Je l'embrasse et retourne à Carole :

— C'était quoi, la dernière organisation ?

— Le LGBTA, le Lesbian, Gay, Bisexual, Transgender and Ally. LGBTA.

— Ça me va. Un ou l'autre.

Je raccroche, embrasse Noémie et lui demande :

— Tu m'accompagnes samedi ?

— Pour le restant de tes jours, *love*.

— Tu devais être ici à 10 h et il est seulement 9 h.

— Mes parents sont tellement nerveux qu'ils ne tiennent plus en place et ils commençaient à m'énerver.

Noémie se prépare un café et s'installe à la table de la cuisine. Je sens qu'elle veut avoir une discussion, mais je n'arrive pas deviner.

— Depuis notre réunion la semaine dernière avec Ben et Martin, je les ai rencontrés à deux reprises pour discuter de leur projet. C'est une excellente idée et je suis tout à fait d'accord avec eux. Plusieurs jeunes qui fréquentent Montpossible sont des décrocheurs, mais il y en a d'autres qui possèdent des diplômes universitaires.

— En anthropologie ou en littérature française…

— Justement, ces jeunes ont démontré qu'ils avaient l'intelligence et la discipline pour réussir, mais ils n'arrivent pas à se trouver des emplois valorisants. Ce sont ces jeunes que Ben veut enrôler dans son programme avec l'espoir qu'ils deviendront des modèles pour les autres.

— Jusqu'à maintenant, je ne vois pas de problème.

— Il y en a pourtant un. Ils ont l'intention de lancer ces entreprises sans se préoccuper des lois fiscales, règlements de zonage et autres complications imposées par les gouvernements. En d'autres mots, toutes ces mini-entreprises feront partie de l'économie souterraine.

— Conrad va être fier d'eux.

— Bien pas moi, et imagine, s'ils se font prendre, et que l'épouse du maire de Montréal est toujours la présidente-directrice générale de leur « maison mère ». Ils comprennent la situation et ils sont d'accord pour que je démissionne au cours des prochaines semaines.

— Noémie, tu aimes tant Montpossible.

— J'ai quelque chose d'autre en tête.

— Devenir enceinte ?

À voir l'expression sur son visage, je me rends compte que je viens de faire une bévue.

— Si cela arrive, tant mieux. C'est autre chose et tu vas peut-être trouver cela délicat.

Elle me tend la main que je m'empresse de prendre. Plusieurs idées me passent par la tête : elle veut retourner aux études, elle veut se trouver un autre emploi dans les services communautaires, elle veut adopter un enfant. Je suis certain d'une chose ; elle ne veut pas être femme au foyer.

— Maxime, je veux me présenter aux prochaines élections.

Je suis surpris qu'elle ait choisi ce matin pour m'annoncer cette nouvelle, mais pas de sa décision. Depuis quelques semaines, je sentais qu'elle voulait s'impliquer

— Dans quelques mois, tes responsabilités à la mairie vont bouffer ta vie et me laisser très peu de place. Si je suis active comme conseillère, nous allons au moins travailler ensemble, je serai au courant de ce qui se passe et les quelques moments que nous aurons pour nous seront réellement à nous.

Elle s'arrête pour me laisser la chance de réagir, mais je réfléchis encore. Elle continue.

— Le hasard fait bien les choses : hier, Cosette Marquis m'a mentionné que sa candidate dans le district Maisonneuve-Longue-Pointe venait de lui faire faux bond, et j'ai sauté sur l'occasion. Quand je te dis que le hasard fait bien les choses. En passant, elle a été aussi surprise que toi quand je lui ai offert de me présenter.

J'ai parlé à Ben Comtois et il est prêt à prendre la direction de Montpossible demain matin s'il le faut, avec l'aide de Martin. Nous effectuerons les changements après le concert-bénéfice de septembre.

Je me lève et je l'embrasse.

— Excellente idée.

Je n'ai trouvé rien de plus intelligent à dire.

— Maxime, nous devrions nous préparer. Notre rendez-vous est à 11 h à l'hôtel de ville.

Aussitôt dit, aussitôt fait. Il fait beau et nous décidons de marcher. Noémie est magnifique dans un tailleur blanc qu'elle a acheté pour l'occasion. Je ne comprends cependant pas pourquoi elle a choisi une sacoche de la grosseur d'une petite valise. Je ne pose pas la question et je lui prends plutôt la main.

Pierre et Lynda nous attendent à la porte d'entrée et nous nous rendons immédiatement à la salle d'attente. Trois autres couples sont déjà là ; l'un des couples est dans tous ses atours, tuxedo et robe de mariée, un autre, des jeunes, en costume de tous les jours et qui ne semblent pas plus heureux qu'il ne le faille ; la demoiselle, tatouée et percée de toutes parts, est en grande discussion avec les deux témoins d'un certain âge, que je devine être ses parents. Elle doit être enceinte de six mois. Le troisième couple, dans la soixantaine, en tenue du dimanche, semble heureux de ce mariage discret et sans chichi.

Noémie et moi savons tous les deux ce qui nous attend. Nous avons refusé d'apporter de la musique ou encore de soumettre un texte de notre cru. Il ne sert à rien de prétendre que c'est une cérémonie, c'est une formalité administrative.

Comme prévu, la formalité a duré à peine 20 minutes et la jeune greffière à tout fait pour rendre le moment agréable, contrairement à la greffière que j'ai vue dans un autre mariage civil qui nous avait laissés comprendre avec sa gueule que, pour elle, cette fonction relevait de sa description de tâches, rien de plus.

Au restaurant Bonaparte, Pierre a réservé une table près de la fenêtre. Dès notre arrivée, le serveur nous apporte une bouteille de Moët & Chandon, Nectar Imperial. Durant le repas, consciemment ou pas, nous évitons de parler de la campagne électorale, de Montpossible et des difficultés que vit le bureau de Pierre. La conversation tourne autour des activités des enfants, Patrick et Joëlle, de la santé fragile du père de Pierre et des tribulations vécues par les parents de Noémie autour des invitations à la réception de ce soir.

Le café à peine terminé, Lynda demande l'addition, se lève, et fait signe à Pierre, qu'il est temps de partir. Je me lève pour les suivre, mais Pierre m'arrête.

— Nous nous reverrons ce soir. En attendant, nous vous offrons une courte siesta. Noémie est au courant.

Je ne suis pas certain d'avoir compris et je me tourne vers Noémie qui affiche un large sourire. Elle se penche, prend son énorme sacoche et m'invite à la suivre. Nous traversons le restaurant et nous retrouvons devant la réception de l'Auberge Bonaparte. Noémie n'a qu'à mentionner son nom et nous recevons la clé de notre chambre.

J'ai à peine le temps de déverrouiller la porte que Noémie disparaît dans la salle de bain. Je me dirige vers un petit balcon qui semble donner sur le toit de l'édifice voisin ; mais en levant les yeux, j'obtiens une magnifique vue des clochers de l'église Notre-Dame. Noémie me rappelle à l'intérieur. Je m'attends à la voir dans un séduisant négligé et je la retrouve flambant nue assise sur le coin du lit.

— Arrive ! Nous n'avons que deux heures.

L'après-midi s'est passé beaucoup trop vite et le temps de filer pour la réception au Ritz est arrivé. Nos instructions sont claires : « Vous devez être là pas plus tard que 16 h 30. »

Les parents de Noémie nous attendent à la réception. Maj est la première à nous voir et elle entoure Noémie de ses bras et lui glisse à l'oreille :

— Madame Beaubien. Je ne peux le croire.

Je sursaute. Pour moi, il n'y a qu'une Mme Beaubien : ma mère.

— Maman ! Je serai toujours Noémie Goodman, épouse de Maxime Beaubien.

John s'approche, donne l'accolade à sa fille et me donne une poignée de main ferme. Il ne dit rien et je comprends pourquoi lorsque j'aperçois quelques larmes apparaître au coin de ses yeux. Il se ressaisit et me présente une carte à puces qu'il a sortie de sa poche.

— Nous vous avons loué une chambre pour ce soir.

J'accepte, mais j'aurais franchement préféré retourner dans notre condo. Ils ne réalisent pas que la consommation «légale» du mariage a eu lieu cet après-midi, plus d'une fois d'ailleurs.

Nous attendons ce soir une centaine de personnes, une majorité du côté des Goodman, des parents et amis. De mon côté, ma liste d'invités est courte, à peine une vingtaine de personnes, Pierre, Lynda et les enfants, Jon et Minh, Conrad et Florence, Jean Deragon, Paul Underhill, quelques bonnes connaissances de l'université et du côté politique, Carole, Louise et Richard qui en quelques semaines est devenu un ami, sans oublier ma tante Alma, son mari, Lucien, et mon cousin Lucien junior ainsi que son épouse.

John nous invite à le suivre vers La Cour des Palmiers là où nous formerons la ligne de réception, une ligne de réception de quatre personnes. Nous sommes à peine installés que des invités commencent à arriver. Tout se passe bien sauf pour une question de la petite Joëlle à Noémie : «Pourquoi ne portes-tu pas une robe de mariée ?» Noémie n'a pas eu à répondre à la question : Lynda a pris la petite par le bras et l'a poussée vers l'avant avec un bref : «Je t'expliquerai.» Alma et les Lucien semblent être les derniers à arriver et nous nous apprêtons à partir lorsque les parents nous font signe d'attendre.

L'espace d'une seconde et je vois un couple entrer dans la salle. Noémie se tourne vers moi et me glisse à l'oreille :

— Karmel.

Karmel s'avance vers Noémie pour la prendre dans ses bras. Les deux se mettent à pleurer et je crois entendre Karmel, dire à Noémie à voix base :

«*Sorry. Friendship is more important than all the other bullshit.*»

L'homme qui l'accompagne serre les mains de John et Maj et se dirige vers moi :

— Avram, je suis le mari de Karmel.

Le protocole de la ligne de réception enfin terminé, Noémie me prend par le bras pour me faire faire un tour de la salle et me présenter à sa famille d'une façon moins formelle. Tous savent déjà qui je suis, plusieurs me souhaitent bonne chance et je ne ressens parmi eux aucune animosité, bien le contraire. Les membres de la génération des parents de Noémie me parlent en anglais alors que les plus jeunes, des enfants de la loi 101, n'hésitent pas à me parler en français.

Dans un coin de la mezzanine, j'aperçois Alma et sa famille, seuls et bien installés dans des fauteuils. Noémie remarque la direction de mon regard.

— Va les voir. Je veux parler à Karmel.

Je me dirige vers les membres de ma famille qui ont franchement l'air un peu ridicules assis dans leur coin. Dès qu'ils me voient approcher, ils se lèvent. Comme d'habitude, ma tante Alma est la première à me dire quelque chose. J'aurais dû m'y attendre.

— Fallait que tu la maries !

— Ma tante, c'est la femme de ma vie.

— Est-ce qu'ils t'ont forcé à te convertir ?

— Non.

— Et si vous avez des enfants ?

— Ils seront exposés aux deux religions et ce sera à eux de choisir.

— J'ai compris que vous vous êtes mariés au civil. Pourquoi une réception un jeudi soir ?

— C'est leur tradition. Les mariages ne sont pas célébrés un samedi à cause du sabbat.

— Déjà un accommodement !

— Ça ne me dérange pas.

— Qu'est-ce qu'il y a au menu ?

— Les parents de Noémie ont choisi le menu. Si je me souviens, on débute avec des antipasti, façon du Ritz, puis une vichyssoise et un poisson, du saumon, je crois.

— Tout cela *casher*, j'imagine.

— Même le vin, ma tante.

Je suis libéré par John qui nous invite à passer au salon Ovale pour le repas.

* * *

La réception s'est bien déroulée et les invités ont respecté notre désir de garder l'événement complètement laïque, sauf pour quelques kippas discrètes. J'avais bien averti Pierre d'être prudent lors de son discours de garçon d'honneur et il a respecté la consigne, tout comme Lenny, un cousin de Noémie, qui nous a pourtant fait rouler par terre avec sa présentation ironique sur les relations entre les Québécois de souche et la communauté juive. Il a terminé en nous suggérant de toujours faire l'amour en français de façon à ce que nous puissions affirmer que nos enfants avaient été conçus « en français. »

Le seul point négatif fut le départ précipité de ma tante Alma et de Lucien qui ont quitté les premiers, une fois le dessert englouti. Je crois être le seul qui ait remarqué leur absence. Mon cousin Lucien et Cécile ont été parmi les derniers à quitter la salle. Lucien, qui s'est découvert un nouveau passe-temps, a pris des photos toute la soirée.

La nuit de noces a été courte ; nous étions tous les deux épuisés et nous avions la ferme intention de faire la grâce matinée, mais la présence de Karmel a mêlé les cartes. Nous avons convenu de prendre le petit-déjeuner avec Karmel et Avram. Le couple fait partie des nombreux jeunes anglophones qui sont déménagés vers Toronto à la fin des années 70, début 80, des jeunes qui avaient de la difficulté à entrevoir un avenir au Québec. Les souverainistes ont beau répéter qu'ils ne sont pas racistes, mais il suffit de quelques clameurs de « LE QUÉBEC AUX QUÉBÉCOIS » pour donner aux anglophones montréalais et aux autres la chair de poule et rappeler, en particulier à la population d'origine juive, de bien mauvais souvenirs.

Après le déjeuner, nous nous sommes rendus chez les parents de Noémie pour passer du temps avec des invités qui s'étaient déplacés de Toronto et de New York pour l'occasion.

Nous sommes revenus à la maison en fin de journée et avons finalement pu relaxer autour d'une bouteille de vin tout en nous amusant à regarder la centaine de photos que Lucien nous a fait parvenir. Notre réalité quotidienne a vite repris le dessus et nous avons pu discuter de la décision de Noémie de se présenter, un sujet que nous avions évité tacitement. La discussion n'a pas duré longtemps : Noémie ne veut pas être vue comme une belle potiche à mes côtés, qui profite de MA position pour se faire élire : elle veut s'impliquer et, en se présentant comme conseillère, elle veut légitimer SON implication.

* * *

Ce matin retour à la réalité : nous devons nous rendre à une réunion du comité élargi d'organisation. La campagne débute officiellement le 7 septembre et nous devons faire le point.

Tous les jours, dès mon réveil, je me précipite sur mon ordinateur pour prendre connaissance des nouvelles du jour. À moins de deux semaines du début officiel de la campagne, il n'y a pas une journée qui passe sans qu'il n'y ait du nouveau. Ce matin, j'apprends « EN EXCLU-SIVITÉ » dans *La Presse* que Pierre-Marc Dandurand, le pompeux membre du Québec Establishment, se joindrait à l'équipe de Jean-François Boulé et qu'il serait pressenti pour devenir président du comité exécutif. De son côté, *Le Journal de Montréal* rapporte, « EN EXCLUSI-VITÉ » lui aussi, que Carl Jodoin, une personnalité de la gauche et blogueur pour un magazine d'actualités, aurait l'intention de se présenter contre Panoreski, lui aussi de la gauche, mais, dans son cas, de l'extrême gauche à l'investiture de Population-Montréal, le parti de Sylvie Larocque, « le parti POUR la population, le parti DE la population » comme le veut son slogan. Jodoin est l'un de ces vertueux qui est contre la pollution, contre les taxes, contre les automobiles, contre l'étalement urbain, contre l'embourgeoisement des quartiers populaires, contre les autoroutes, contre la confédération et j'en passe. Une bonne nouvelle pour nous ; nous aurons une course à trois.

Noémie vient me rejoindre à la cuisine et je lui fais un résumé des nouvelles du matin.

— Pas surprenant que le PQ veuille se débarrasser de Panoreski. Sa popularité est inversement proportionnelle au temps qu'il passe dans les médias. Plus il est vu et entendu, moins il est populaire.

— Comme plusieurs de ces abrutis, il pense le contraire.

Noémie s'empare de la manette et syntonise LCN. Le lecteur de nouvelles répète sensiblement les mêmes nouvelles que j'ai pu lire dans les journaux puis passe à un nouveau segment intitulé, *Sur les réseaux sociaux ce matin*.

« Depuis hier matin, le sujet qui attire l'attention sur les réseaux sociaux est sans contredit l'annonce du mariage du candidat à la mairie Maxime Beaubien, un mariage qui s'est voulu discret, célébré dans l'intimité et, fait inusité, un jeudi soir. »

Une photo de Catheryne et moi sur le tapis rouge de la soirée des Gémeaux de l'année dernière apparaît à l'écran.

« Nous vous rappelons que M. Beaubien a été le compagnon de Catheryne Leclaire durant plusieurs années. Cette dernière est enceinte de six mois et a récemment fait parvenir une mise en demeure pour empêcher la publication de la biographie de M. Beaubien. »

Je ne sais vraiment pas comment réagir. Noémie me lance :

— Une mise en demeure ?

— Je n'ai pas de détails, mais, selon Paul Lebouthiller qui a parlé à son avocat, elle contesterait que la conception de son enfant soit le résultat d'une intervention dans une clinique de fertilité. Nous les avons informés que la distribution du livre se ferait telle que prévue.

— Nous devrions parler à Carole.

— Je parle à Carole ce matin.

— Non ! Cela me concerne et je veux être là. Ce matin, je me rends au Centre Bell pour superviser les préparatifs de la soirée-bénéfice avec les Indescriptibles. Je te rejoins ensuite à ton bureau de campagne et nous pourrons lui parler.

Le choix de l'emplacement de ce dernier a fait l'objet de longues discussions. Carole et moi voulions louer un grand espace au centre-ville alors que Louise préférait quelque chose à la Place Versailles dans l'est de la ville. J'ai finalement tranché pour l'espace au centre-ville ; la visibilité l'a emporté sur l'accès à des stationnements.

Nos bureaux sont situés au rez-de-chaussée d'une tour sur De Maisonneuve. Les fenêtres de l'ancien magasin de meubles ont été couvertes de grandes feuilles de papier. L'espace est stratégique, situé au niveau du Métro à l'étage commercial de la tour. La porte est verrouillée. Je cogne et quelqu'un, qui ne m'est pas familier, vient m'ouvrir :

— Bonjour, Monsieur Beaubien, la réunion a lieu en haut.

— Merci, et vous êtes ?

Je lui tends la main.

— Jacques Soucy, je suis un bénévole.

J'entre dans la salle. Ces magasins vides me dépriment ; ils me font penser à un échec, à un rêve envolé, à une aventure qui a mal fini. L'espace est trop éclairé par de multiples néons accrochés au plafond où plusieurs tuiles sont endommagées. L'éclairage fait ressortir de nombreuses marques d'origine inconnue sur les murs peints en blanc. Le plancher de bois franc est couvert de marques de talons et de grandes lignes droites de saleté incrustée qui laissent deviner l'emplacement des anciens comptoirs du magasin. Jacques Soucy semble deviner ma pensée et m'explique :

— Nous avons fait notre possible pour nettoyer et un électricien vient cette après-midi pour l'éclairage. Vous savez, le magasin a occupé cet espace durant 20 ans. Nous avons une équipe qui vient cette semaine et nous donnerons un coup de pinceau aux murs. Pour le plancher, rien à faire, mais, une fois que les tables seront installées ça ne paraîtra pas. Lorsque notre monde sera ici, personne ne s'apercevra de rien. De toute façon, nos bénévoles ont l'habitude de ces installations temporaires.

Nous sommes interrompus par Louise, que j'avais aperçue en entrant, en grande conversation avec un groupe d'hommes.

— Nous serons prêts dans une semaine. Les lignes téléphoniques seront installées au début de la semaine et les tables et les chaises ont été livrées ce matin.

Elle m'indique de la main une trentaine de tables et une centaine de chaises qui ont été placées dans un coin.

— Viens, j'ai quelque chose à te montrer.

Il se dirige vers un coin où des dizaines de grandes feuilles de coroplaste sont empilées. Avec l'aide de Jacques Soucy, elle en soulève une. Les feuilles mesurent au bas mot 2 mètres de hauteur et 1,5 mètre de largeur. J'ai deviné, mais je demeure surpris. J'y aperçois mon visage en gros plan. Louise m'explique :

— Elles seront placées dans toutes les fenêtres.

— Difficile à manquer.

— Maintenant, viens ! Les autres nous attendent en haut.

Elle n'en dit pas plus et je la suis vers un escalier au fond du local. Nous passons près du groupe d'hommes avec qui elle était en conversation il y a quelques minutes. Ils ont les yeux tournés vers moi et tous me sourient, une invitation à m'arrêter. Ils semblent de la même génération, dans la soixantaine : cheveux poivre et sel clairsemés, visages ronds et tour de taille en expansion ; ils portent au visage l'expression tranquille des retraités pour qui les jeux sont faits, la carrière est terminée, la famille est élevée ; les cartes sont jouées. Ne reste qu'à profiter de ces années bonis dont le nombre est déterminé par le destin. Pour les prochaines semaines, ils travailleront directement à la campagne électorale. Ce rôle leur donnera un sujet de conversation pour les prochaines années : « Je connais le maire Beaubien, j'ai contribué à son élection ». Des histoires de guerre politique à raconter, et à répéter à qui voudra bien les entendre.

— Bonjour, messieurs. Louise me dit que tout sera prêt dans une semaine.

Je serre la main du premier. Il se présente :

— Réal Poirier, employé des Postes durant 35 ans, aujourd'hui retraité. Nous sommes derrière vous, monsieur Beaubien ; et puis suivent Robert Huberdeau, policier à la retraite, Jacques Foster, enseignant à la retraite et Philippe Douglas, retraité de la fonction publique.

Louise a rebroussé chemin lorsqu'elle m'a vu m'arrêter. Elle ajoute :

— La meilleure équipe de bénévoles au Québec. Ils ont tous travaillé avec Charles aux campagnes municipales et provinciales des dernières années. Charles m'assure que c'est ce qu'il y a de mieux.

Robert Huberdeau ajoute :

— Et soyez assuré, Beaubien, que nous sommes de véritables bénévoles et qu'aucun d'entre nous n'est rémunéré.

Plutôt que de me rassurer, la remarque m'inquiète ; s'il s'est senti obligé de le mentionner, c'est que le sujet a été abordé.

Louise ajoute :

— Au cours des prochaines semaines, ne te demande pas qui place les pancartes publicitaires sur les poteaux, qui monte les salles de réunions, qui distribue la nourriture aux bénévoles, qui dirige les équipes de chauffeurs le jour du vote. La réponse est devant toi.

Elle me prend par le bras :

— Excusez-nous, les gars, ils nous attendent en haut.

À l'étage supérieur, nous nous retrouvons dans un grand espace vitré qui donne, à gauche, sur le hall d'entrée de l'édifice et à droite, sur le boulevard de Maisonneuve. De grandes affiches ont été accrochées aux deux murs intérieurs. Elles paraissent encore plus grandes que je ne l'avais imaginé, peut-être trop. Des tables forment un grand rectangle avec suffisamment de chaises pour asseoir la trentaine de personnes qui sont déjà là et qui se servent du café et des beignes. Plusieurs visages inconnus.

À notre arrivée, les conversations cessent et tous les yeux se tournent vers moi. Je me dirige vers le groupe, mais Carole m'arrête :

— Tu feras le tour plus tard. Nous sommes déjà en retard. Il faut commencer.

Elle demande à tout le monde de prendre place puis elle me dirige vers une chaise située au milieu de l'extrémité du rectangle. Louise s'installe à ma droite et révise sa pile de documents. La chaise à ma gauche demeure vacante. Louise y jette un coup d'œil et marmonne à voix basse :

— Crisse, où est-ce qu'elle est ?

Pour une fraction de seconde, je me demande qui fait l'objet de son impatience, mais je devine. Durant ce bref moment d'attente, mon attention est attirée par les personnes qui sont installées autour des tables. Mon scepticisme, nourri par mon esprit critique d'analyste, n'est jamais bien loin de la surface. Une trentaine de personnes, plusieurs que je ne connais pas, qui, en ce samedi matin, ont accepté de sacrifier une journée de congé, et plusieurs autres à venir, pour venir travailler à ma candidature. Pourquoi ?

Le noyau de mon comité d'organisation est là et je connais leur motivation : je paie Louise et Carole. Brahm, Audet et Lebouthiller sont des bénévoles intéressés qui espèrent des mandats de consultation plus tard. Mais qui sont ces autres personnes ?

Je lève la tête et aperçois Pierre Fabien se diriger dans ma direction. Il place les mains sur mes épaules, et avec ses pouces, me masse les muscles en bas du coup. Je réalise que Pierre est la seule personne dans cette salle qui fait partie de mon entourage et qui est là pour moi. Il se penche et me glisse à l'oreille :

— Relaxe, le pire est fait. Il ne te reste qu'à jouer le jeu.

Je me tourne vers lui et lève les sourcils, pas certain d'avoir compris sa remarque. Il ajoute :

— Se présenter en politique est similaire à monter dans une montagne russe dans un parc de manèges : le plus difficile est de prendre place dans son siège ; une fois que c'est parti, tu n'as pas d'autre choix que de subir l'expérience.

Avant de reprendre son siège, il me glisse à l'oreille :

— J'aimerais te voir après la rencontre.

Il a à peine terminé que j'aperçois Francine « Frank » Fournier, notre adjointe administrative du Cercle de la Montréalie, sortir d'un bureau le pas pressé, l'air affairé et les bras chargés de documents. Elle s'installe à ma gauche et dépose les documents. Elle me salue avec un : « Bonjour, monsieur le maire. »

Puis elle ajoute d'un ton suffisamment élevé pour que Louise entende :

— Excusez mon retard, mais on ne peut faire autrement lorsqu'on nous donne du travail à la dernière minute.

Pendant que Frank distribue les documents aux participants, Louise se lève et s'adresse au groupe :

— Avant de débuter, nous allons faire un tour de table et j'aimerais que chacun se présente.

Elle fait signe à Pierre Fabien, qui est assis au bout de la rangée à sa droite :

— Pierre Fabien, agent officiel… Paul Lebouthiller, comité juridique…

Chacun se présente. Ceux qui ont plus de 40 ans portent la cravate, les plus jeunes l'ont laissée à la maison. Les comptables portent la chemise blanche, les avocats, la chemise rayée, les ingénieurs, des pulls, et les délégués des agences de publicité portent le col roulé. Les avocats sont en majorité.

Il n'y a dans le groupe que trois véritables bénévoles qui sont là pour l'expérience, ou du moins le prétendent-ils : Sarah Goldenberg, la petite cousine de l'oncle de Noémie, qui a été promue responsable de l'agenda, Jacques Dufresne, le volontaire qui connait Carole, et Sébastien Chalifoux, l'ex-président de l'Association des étudiants de l'UQAM, qui nous a offert ses services et à qui nous avons donné la responsabilité du Comité des jeunes.

Je me doute bien que tout ce beau monde possède son agenda et n'est pas ici pour mes beaux yeux. Mais, le pragmatisme s'impose et je devrai m'y faire. Une fois que tous se sont présentés, Louise amorce la réunion :

— Nous allons débuter avec la liste de nos candidats ; il nous en manque une vingtaine. J'attire votre attention en particulier sur les districts orphelins et voyons ensemble si nous ne connaissons pas quelqu'un qui ferait un bon candidat.

Quelques noms sont ressortis et il a été décidé que s'il manquait encore des candidats au 2 septembre, des candidats poteaux seraient choisis. Je n'aime pas l'idée, mais je choisis de me taire. La réunion s'est poursuivie avec une discussion sur le déroulement du jour du lancement de la campagne, sur le rôle des différents comités et sur le choix des personnes affectées aux différentes tâches.

La réunion a duré deux bonnes heures et, une fois que les participants sont partis, j'ai rejoint Pierre dans le bureau de Louise.

Pierre attendait mon arrivée pour débuter :

— J'ai plusieurs points à discuter avec vous. D'abord la bonne nouvelle : nous avons déjà reçu plus de 100 000 $ en contributions sur un objectif de 150 000 $. L'idée de demander aux candidats de donner 1 000 $ pour la campagne à la mairie a bien fonctionné. La mauvaise nouvelle : nos candidats ont d'énormes difficultés à ramasser des fonds pour leur propre campagne.

Louise réagit :

— Nous sommes au courant et nous n'y pouvons pas grand-chose. Pour plusieurs, la clé de leur succès réside dans leur identification à Maxime Beaubien. La stratégie de Stéphane dans l'utilisation des réseaux sociaux vise cet objectif.

— J'ai remarqué qu'il y a beaucoup de bénévoles et plusieurs ont été recrutés par Charles. Vous m'assurez qu'ils ne sont pas rémunérés. Je n'ai reçu aucune demande à cet effet.

Louise se sent visée :

— J'ai bien averti Charles qu'il ne pouvait promettre une rémunération à qui que ce soit sans m'en parler et sans obtenir ta permission. De toute façon, nous n'avons pas les fonds pour les payer.

À ma surprise, Pierre se tourne vers moi.

— La campagne débute dans quelques jours et nous allons devoir être extrêmement prudents avec toutes nos dépenses. Je remarque que Frank travaille maintenant presque à plein temps à la campagne et Stéphane Audet me dit que Philip Simons, le spécialiste du Web qui travaille pour le Cercle, lui donne un fier coup de main et je ne parle pas des deux recherchistes qui travaillent sur des dossiers particuliers. Dès le début de la campagne, ces personnes doivent cesser de travailler à ta campagne ou doivent prendre un congé sans solde du Cercle de la Montréalie si elles veulent continuer.

— Je ne suis pas sûr de comprendre.

— Si elles travaillent pour toi, tout en étant rémunérées par le Cercle, leurs salaires seraient considérés comme des contributions illégales à ta campagne par le Cercle de la Montréalie.

Chapitre 22

Surprises

Au cours des deux dernières semaines, nous avons complété le recrutement des candidats. L'objectif en nombre est atteint, mais peut-être pas en qualité : la campagne débute officiellement dans quatre jours et nous serons en mesure d'annoncer que nous avons des candidats dans tous les arrondissements et districts. J'ai de la difficulté à croire que nous avons atteint notre objectif, même si les dernières recrues sont des bouche-trous. De son côté, Jon a réussi à recruter les candidats qui formeront son comité des Responsables : six gestionnaires retraités, deux professeurs de gestion et deux fonctionnaires à la retraite.

L'idée de former ce comité est une trouvaille géniale et plusieurs médias ont déjà effectué des reportages sur sa composition. L'idée que les personnes qui ont été invitées à se joindre au comité doivent se présenter et être élues, plaît à tout le monde sauf, évidemment, à Jean-François Boulé, qui a réagi en annonçant qu'il formera un *comité indépendant d'universitaires* pour rédiger un rapport sur la gouvernance de la ville. Son idée ne passe pas. Les universitaires sont excellents pour analyser, je suis bien placé pour le savoir, mais incapable de trouver des solutions pratiques aux problèmes qu'ils ont identifiés. C'est la raison d'ailleurs pour laquelle, je suis heureux de l'implication de Jon ; il va compenser mon manque d'expérience en gestion et je ne me gêne pas pour le dire.

L'organisation, malgré quelques lacunes, fonctionne. Je reçois un briefing tous les soirs en même temps que l'horaire de la journée du lendemain. J'aimerais m'impliquer de façon plus active dans l'organisation, mais Louise m'en empêche et me répète que ma place est sur le terrain avec les électeurs pour contrecarrer l'image de l'intellectuel déconnecté, dont s'évertue à m'affubler Boulé. Je dois cependant avouer que je suis loin d'être à l'aise lorsque je suis sur « le terrain ».

L'image, toujours l'image. Au cours du dernier mois, trois interviews pour des articles dans des magazines populaires, deux présences à des talk-shows estivaux et des douzaines de présences dans les festivals et les fêtes de quartier. Ce qu'il ne faut pas faire pour obtenir la responsabilité de diriger une ville ! Et la campagne n'est même pas encore commencée.

Malgré tous les efforts des dernières semaines que nous avons déployés pour me créer une image et qui devaient culminer par la publication de la biographie, mon image en a pris un coup avec ce que mon entourage a maintenant baptisé le « dossier Catheryne ». Après la mise en demeure pour empêcher la distribution de mon livre — que nous avons ignorée —, les avocats de Catheryne ont entamé des procédures légales et déposé des documents à la cour en appui de leurs prétentions : toutes les informations sont alors devenues publiques.

Quelle ne fut pas ma surprise d'apprendre que Catheryne ne se serait jamais rendue à la clinique de fertilité ; j'ai été, dois-je avouer en toute candeur, moins surpris lorsqu'elle a déclaré que sa grossesse était le résultat d'une relation consensuelle avec moi. Je me souviens de cette soirée de février où je ne me suis pas tout à fait servi de ma tête. En appui à ses déclarations, sa gynécologue, D^{re} Jocelyne Camerlain, qui est également propriétaire de la clinique de fertilité, confirme, dans une déclaration sous serment, ma visite à la clinique un 11 mars et affirme que Catheryne n'a pas été dans l'obligation d'utiliser ma prestation. Elle termine sa déclaration en confirmant que la date prévue pour l'accouchement est à la mi-novembre, une preuve irréfutable que la conception a eu lieu en février.

Dès que ces informations sont devenues publiques, j'ai dû admettre à Noémie qu'effectivement j'avais eu une relation en février avec Catheryne « la dernière et la seule depuis que l'on se connaît. » Cette révélation a eu l'effet que je craignais et, pour le moment, ma relation avec Noémie ne peut être qualifiée que de *frigorifique*.

La réaction de Catheryne à la publication du livre m'a désorienté. Lorsque j'ai décidé de mentionner les détails entourant sa grossesse dans ma biographie, je croyais mettre fin à toutes les spéculations et c'est bien le contraire qui s'est produit. Personne ne va sortir gagnant de cette affaire et j'ai bien peur que ce soit elle qui va mal paraître.

Ce matin, nous avons une rencontre avec Carole et Paul Lebouthiller pour discuter du fameux « dossier Catheryne ». Noémie a d'abord refusé d'être présente, mais une conversation avec Paul lui a fait changer d'idée. La rencontre a lieu dans ses bureaux du 1000 de La Gauchetière, et la réceptionniste nous dirige vers une discrète salle de rencontre où se trouve déjà Carole. Paul ne tarde pas à se présenter. Tous les deux sont au courant de tous les faits et m'ont avisé de ne pas en parler.

L'atmosphère est lourde et Paul évite le placotage usuel du début de réunion pour aller directement au sujet :

— D'abord! La première impression du livre est épuisée, et je vous suggère de ne pas aller en réimpression. Cette décision deviendra notre réaction officielle à la situation.

Carole est la première à réagir.

— Tout à fait d'accord. Et, Maxime, continue de refuser de faire des commentaires sur le sujet.

— Je devrais peut-être prendre le taureau par les cornes et tenir une rencontre de presse.

Noémie ne donne à personne le temps de réagir à ma suggestion.

— Ne compte pas sur moi pour me tenir à tes côtés comme une belle nouille.

Carole met fin à cette idée sur un ton qui n'invite pas de réplique.

— Tu as déclaré ce que tu avais à déclarer dans la biographie, sauf peut-être avec une petite omission

Je me tourne vers Noémie. Elle demeure stoïque. Paul demande :

— La déclaration de D^re Camerlain me dérange; avait-elle le droit de dévoiler que j'avais effectué un don de sperme?

— Penses-y même pas. Es-tu prêt à aller dans les détails?

Je n'ai pas à répondre; il a raison.

Carole me surprend.

— Notre stratégie pour reléguer toute cette affaire en second plan est de mettre Noémie en évidence.

Je me tourne vers Noémie et elle reste impassible.

Carole a vu mon regard

— Nous en avons parlé et elle est d'accord. Le concert-bénéfice au profit de Montpossible a lieu jeudi. Je sais que tu en es le président d'honneur, mais tu vas te faire très discret. Ben va multiplier ses présences dans les médias et c'est Noémie «la conjointe de Maxime Beaubien, le candidat à la mairie, et elle-même candidate dans le district Maisonneuve-Longue-Pointe,» qui sera à ses côtés. Nous savons déjà que la soirée sera un succès avec plus de 1 000 billets vendus et Ben va répéter sur toutes les tribunes que le crédit pour ce succès revient à Noémie.

Noémie réagit.

— Presque tous les billets ont été vendus par mon père et par Jean Deragon.

— Ce n'est pas grave, ils n'auront pas d'objections.

Paul ajoute :

— Après la soirée-bénéfice, Carole va s'organiser pour que Noémie soit invitée à une série d'entrevues télévisées et radiophoniques.

Carole termine :

— Nous allons faire oublier Catheryne pour les prochains jours et faire la promotion d'abord de Noémie et ensuite du tandem Beaubien-Goodman.

Pour bien faire, pendant que je me démêlais avec mes affaires de cœur, Pierre-André Lepage prenait l'initiative et publiait sur le site du Cercle un sommaire de l'étude de City State Consulting sur les fusions municipales qui arrivent à la conclusion que dans la région de Montréal, un certain nombre de services municipaux auraient avantage à être fusionnés.

Le moment de la publication de ce sommaire ne pouvait être plus mal choisi ; la véritable campagne commence vendredi et le front commun de la grande région montréalaise que j'avais espéré créer pour faire contrepoids aux régions est en train de se former, mais contre moi.

Personne n'a été surpris du tollé qu'a soulevé ce sommaire ; Boulé, à ma surprise, s'est montré prudent dans ses commentaires alors que Carl Jodoin, qui est maintenant le candidat officiel de Population-Montréal, n'avait rien de plus intelligent à déclarer que « ce rapport avait été rédigé par des Américains qui ne connaissent pas notre réalité ».

Les candidats à la mairie de Laval, Longueuil et d'autres villes de banlieue à l'extérieur de l'île s'en sont donné à cœur joie et ont tous déclaré qu'ils se présentent pour défendre leur population face à mes ambitions de modifier l'organisation municipale actuelle avec comme seul objectif de venir chercher des taxes additionnelles chez eux. L'épouvantail d'une hausse de taxe, réelle ou pas, fonctionne à tous coups. Mais c'est une arme à deux tranchants : pendant qu'ils me critiquent, ils ne font que renforcer sur l'île mon image de défenseur des intérêts des Montréalais.

La journée s'est drôlement terminée avec un appel de Louise qui a demandé à me rencontrer et elle a insisté pour que la rencontre ait lieu à ma résidence, l'endroit le plus discret auquel elle a pu penser. Elle a insisté pour que nous soyons seuls, tout en ajoutant du même souffle que Noémie pouvait être présente, car, d'un certain point de vue, elle était concernée. J'espère seulement que ce n'est pas une autre tuile qui va me tomber sur la tête.

Comme convenu, Louise se présente au condo à l'heure dite. Je la sens nerveuse. Je lui offre un verre de vin qu'elle refuse.

— Ça joue dur, mon Maxime !

— Qu'est-ce qui se passe ?

— Nous avons découvert une taupe dans notre organisation.

— Comment savez-vous cela ?

— J'ai commencé à avoir des doutes il y a deux semaines : l'organisation de Carl Jodoin semblait anticiper toutes nos actions et leurs réactions étaient trop rapides pour être spontanées. Tu ne trouves pas étrange que chaque fois que tu te présentes à un événement, Jodoin y est passé quelques minutes avant toi, chaque fois que tu visites un arrondissement, Jodoin t'y précède la veille.

— J'ai de la difficulté à croire qu'ils auraient fait cela.

— Nous avons d'abord fait venir une firme spécialisée pour faire le tour de notre local de campagne pour voir s'il n'y avait pas des micros cachés dans nos bureaux. Ils n'ont rien trouvé. Puisque le phénomène était récent, nous avons fait le tour des bénévoles qui s'étaient joints à nous au cours des dernières semaines. L'exercice n'a pas été difficile : il n'y en avait qu'un qui avait accès à l'agenda et à tes discours : Jacques Dufresne.

— Ce n'était pas une de tes connaissances ?

— Nous nous étions croisés à quelques reprises à l'hôtel de ville, mais c'est tout.

— On fait quoi ?

— Nous avons le choix de le confronter ou de le piéger. Dans le premier cas, il niera tout et nous ne serons pas plus avancés. Nous avons donc choisi de le piéger. Aussi bien s'amuser un peu. Noémie réagit :

— Ça devient intéressant.

Louise reçoit la remarque avec un petit sourire énigmatique.

— Plus que tu ne le penses. Avec l'aide de Sarah, nous avons planifié une rencontre fictive avec des leaders de la communauté juive pour discuter du projet de pavillon commémoratif de Mordecai Richler dans le parc du mont Royal, un sujet délicat s'il en est un pour plusieurs francophones qui le détestent. Un sujet bonbon pour Jodoin.

Noémie ajoute :

— Richler est loin de faire l'unanimité dans la population juive ; la prochaine fois que tu verras mon père, demande-lui ce qu'il en pense.

— L'objectif de la prétendue rencontre est de discuter de la possibilité de donner plus d'importance au pavillon commémoratif, une idée qui, sans aucun doute, soulèvera une polémique. Dans le scénario, cette rencontre fictive doit avoir lieu cet après-midi. Seuls moi, Carole, Sarah et Jacques sommes au courant.

— Et si quelqu'un parle ?

— Nous savons que le directeur des communications de Jodoin a suffisamment d'expérience pour ne pas tomber dans le piège et qu'ils vérifieront l'information. Ils réaliseront que nous avons découvert leur stratagème et je ne serais pas surpris de recevoir la démission de Dufresne dans les prochaines heures.

En soirée, nous nous sommes rendus au local électoral pour rencontrer les derniers candidats qui ont accepté de se présenter. Je trouve ces rencontres pénibles parce que les attentes de ces individus sont élevées. Le comité de sélection a suivi mes instructions et nos candidats n'ont, pour la plupart, aucune expérience de la politique ; ils sont de bonne foi et tous ont des intérêts particuliers qu'ils veulent faire valoir.

Dès le début de ces rencontres, Louise leur fait une présentation sur leurs responsabilités à titre de candidat et sur nos attentes. C'est le premier choc ; financement d'abord, comité d'organisation, ensuite, porte à porte, assemblées de cuisine, rencontre des électeurs en face du supermarché et à l'arrêt d'autobus, et j'en passe. C'est à ce moment que plusieurs aimeraient prendre leurs jambes à leur cou. Ils ne s'étaient pas rendu compte dans quoi ils s'étaient embarqués.

Le deuxième choc vient lorsqu'ils constatent que le programme est déjà écrit et qu'il est trop tard pour ajouter quoi que ce soit. Carole insiste pour leur faire savoir que le programme est le même pour tout le monde. Puis, vient la présentation de Stéphane Audet sur la stratégie à utiliser sur les réseaux sociaux. Cette présentation soulève un bref enthousiasme qui est refroidi lorsqu'ils apprennent que le comité des communications leur dictera ce qu'ils peuvent dire et ce qu'ils ne peuvent dire. Une pilule difficile à avaler pour plusieurs qui ont des opinions bien arrêtées.

C'est le moment choisi pour mon entrée dans la salle de réunion avec l'objectif de relever le moral et de rassurer ces nouvelles recrues.

Chapitre 23

Concert

Ce matin, j'ai accompagné Noémie chez Montpossible. Hier, le sergent Saucier, le responsable des gangs de rue pour le SPVM, a demandé une rencontre urgente avec Noémie. Nous avons convenu de le rencontrer à 7 h, une heure où il n'y a presque personne au centre. Nous ne connaissons pas le but de la rencontre et Noémie espère que ce n'est pas le retour de Martin qui pose problème.

Le sergent se présente à l'heure convenue et il me salue poliment avec beaucoup plus de respect que lors de notre dernière rencontre au mois de mai, une affaire d'ailleurs qui est restée morte et dont nous n'avons plus entendu parler depuis. Peut-être en saurons-nous davantage dans quelques minutes.

Le détective se tourne vers Noémie.

— Madame Goodman, je tiens à vous féliciter : nous avons eu le Centre Montpossible à l'œil depuis les derniers mois et rien à signaler.

— Merci.

Je sens Noémie inquiète et sur ses gardes.

— Je voulais vous rencontrer ce matin pour vous mettre en garde. Mes services de renseignement m'ont avisé que Montpossible pourrait être la cible de représailles par un gang de rues du quartier.

— Pourquoi ?

— Ils sont en guerre avec un gang de rue associé à Montpossible.

— Il n'y a pas de gang de rue associé à Montpossible.

— Je me suis mal exprimé : en guerre avec des jeunes qui fréquentent Montpossible et qui sont membres d'un gang de rue.

— Nous avons déjà eu un groupe d'autodéfense, mais il a cessé d'exister lorsque nous avons déménagé ici. De toute façon, nous défendons le port d'uniforme au centre et cela décourage les membres de gangs qui aiment s'identifier.

— Avez-vous déjà entendu parler de la gang des Maz.

— Non, jamais.

— Les Maz sont un gang de rue formé exclusivement de filles, plusieurs sont lesbiennes et le noyau du groupe a fréquenté Montpossible dans le passé ; certaines fréquentent encore Montpossible. C'est la raison pour laquelle le centre est associé au groupe.

— Jamais entendu parler. Les Maz ?

— Maz pour amazone. Les gangs de filles sont plus discrètes et ne portent pas d'uniforme distinctif ; c'est sûrement la raison pour laquelle vous n'êtes pas au courant de leur existence. Dans toutes les conversations que nous avons interceptées, elles utilisent des pseudonymes, des noms de ville : Washington est la leader du groupe, New York et Chicago sont des *butchs* qui ne craignent pas la violence, Paris est la plus belle, Buenos et Santiago sont latines, Hong et Kong sont asiatiques et ainsi de suite.

— Qui est la leader ?

— Il n'y a pas vraiment de leader ; elles se considèrent comme une famille et elles se sont données comme mission de s'entraider et de sortir d'autres filles des griffes des gangs de rue qui les utilisent comme prostituées. Pas une mince affaire et une raison de plus pour être discrète.

— Qui est Washington ?

— Sophie Lalande.

Je ne suis pas surpris.

— Dites-moi, sergent Saucier, leur mission me semble valable ; pourquoi feraient-elles l'objet d'une surveillance de votre part ?

— La mission des Maz est valable ; ce sont les moyens pour y arriver qui le sont moins. Pour se financer, elles ont mis sur pied un réseau de distribution de drogues dans deux universités francophones et dans trois cégeps. Elles ne s'adressent qu'aux étudiantes. C'est la principale raison pour laquelle nous les avons sous surveillance.

— Et Montpossible là-dedans ?

— À cause de l'implication de mademoiselle Lalande et parce que certaines membres de la gang ont fréquenté le centre à l'occasion, plusieurs associent les Maz à Montpossible.

— Des représailles ?

— Lorsqu'elles tentent d'extirper une fille de l'emprise d'un gang, cela ne se passe pas toujours sans anicroche. Le groupe n'existe pas depuis bien longtemps, mais nous sommes au courant d'au moins deux incidents où ces gentilles demoiselles ont utilisé un bâton de baseball pour se défendre.

Je n'en crois pas mes oreilles.

— Sophie ?

— La rumeur veut qu'il y ait eu un incident il y a quelques jours, et que des représailles se préparent contre Montpossible. Nous savons que vous avez un événement au centre Bell ce soir et nous allons accroître la surveillance. Nous voulions simplement vous mettre sur vos gardes.

* * *

Nous marchons sur le côté ouest de la rue University et nous arrivons à l'intersection de la rue La Gauchetière. Il est 18 h et le soleil a déjà disparu derrière les édifices du boulevard René-Lévesque en haut de la côte, un soleil hypocrite de septembre qui, sur l'heure du midi, nous laissait croire que nous étions encore en été et qui disparaît de plus en plus vite en fin de journée pour laisser la fraîcheur nous gagner et nous rappeler que l'automne est déjà là, et que le maudit hiver n'est pas très loin.

Cette grisaille du début de soirée est amplifiée par notre environnement dominé par le ciment et l'asphalte. La rue University, au sud de René-Lévesque, a été conçue pour l'automobile et seulement pour l'automobile : pas de devantures de magasin, pas de restaurants, des entrées de stationnement anonymes, et quelques discrètes portes d'entrée secondaires ; c'est comme si personne ne voulait avoir son adresse sur University, pourtant la porte d'entrée de la ville. On y a planté quelques arbres, mais ces petites touffes de verdure ne réussissent pas à se faire valoir dans cette immensité grise. Pour bien faire, une sculpture urbaine, en ciment bien sûr, a été installée au milieu du terre-plein et domine le panorama, une sculpture sûrement choisie par un comité d'experts, le genre de forum formé de gens qui n'ont pas les mêmes goûts que la majorité, sinon comment pourraient-ils faire valoir leur expertise hors du commun ?

Pierre Fabien est à mes côtés ; nous sommes suivis de Paul Lebouthiller et de Jon Van Tran. Nous avons profité de l'occasion pour nous rencontrer et revoir où nous en sommes avec le financement. Plusieurs des nouveaux candidats, qui avaient la responsabilité de ramasser des fonds, ne l'ont pas encore fait. C'est un problème et nous devons discuter d'une stratégie avec les autres. Pierre m'avise que Jean Deragon veut toujours organiser un événement à 300 dollars, mais je m'y oppose. Louise m'a aussi avisé qu'elle aurait des difficultés à respecter son budget.

Richard et l'un de ses confrères nous suivent. C'est Louise qui a insisté pour que Richard soit accompagné après que je lui ai fait part de ma discussion avec le sergent Saucier. Je n'étais pas d'accord, mais la discussion s'est terminée avec un autoritaire : « Maxime, l'on ne sait jamais. »

Pierre Fabien me demande discrètement :

— Comment ça va avec Noémie ?

Seul un bon ami peut poser ce genre de question.

— Ça va mieux, mais c'est difficile. L'histoire avec Catheryne a été difficile et je me dois de regagner sa confiance. La campagne n'aide pas. Nous sommes deux solitudes qui se croisent le soir au coucher, et le matin, au lever. Nous avons perdu le contrôle sur nos vies et cela, à un moment qui devrait être le plus beau temps de notre relation ; les premiers mois devraient servir à nous découvrir dans les deux sens du mot, mais le temps manque.

Pierre place une main sur mon épaule :

— Mon bon ami, tu devras t'y faire. Ta belle petite vie de célibataire sans complication est terminée. Vous êtes maintenant deux. Jusqu'à hier, tu étudiais le monde politique et analysais les événements à ton rythme, bien à l'aise dans ton rôle d'observateur. Aujourd'hui, tu es au centre de l'action ; tu es le sujet des analyses et tu crées l'événement quand tu n'es pas toi-même l'événement. Il y a un prix à payer pour ce privilège et quelques fois il est élevé. Il ne tient qu'à toi de prendre le contrôle sachant qu'il y aura des circonstances où tu n'auras pas le choix que de sacrifier une partie de ta vie personnelle. Je crois que l'idée qu'a eue Noémie de se présenter est excellente. Elle se sentira moins à l'écart.

Les autres nous rejoignent sur l'escalier à l'entrée du Marriott Château Champlain où se déroule le cocktail dînatoire, qui précède le concert-bénéfice au profit du Centre Montpossible. Dans le hall d'entrée, des jeunes nous reçoivent dans leur version d'un habit du dimanche : ils portent tous un jean noir et un t-shirt. Ils sont bien identifiés avec un énorme collant portant l'inscription « MERCI » et le logo du centre. Les vêtements sont neufs : quelqu'un est allé magasiner.

Sous l'œil désapprobateur du personnel de l'hôtel, ils nous dirigent vers un grand escalier au bas duquel nous apercevons des dizaines de personnes. Jean Deragon me rejoint.

— Un gros succès ?

— Oui, au dernier compte, il y avait plus de 1 000 billets vendus à 250 dollars chacun. Le profit net de la soirée devrait dépasser 200 000 dollars.

Jean lève les sourcils et réagit avec un « bravo » accompagné d'un sourire.

— Noémie m'a dit ce matin que son père en a vendu presque 200. Faut le faire ; vendre 200 billets dans la communauté juive de Montréal pour assister à un spectacle des Indescriptibles de Saint-Henri au profit d'un centre de jeunes situé dans le quartier Hochelaga. Jean réagit :

— La fameuse solidarité juive en action.

— J'ai aussi appris que tu avais vendu plus de 500 billets.

— C'est toujours plus facile en période électorale quand le président d'honneur est un candidat à la mairie.

Je viens de comprendre. Je ne suis pas naïf au point de penser que tout ce beau monde a contribué à la soirée par conviction pour l'œuvre de Montpossible. Dans le passé, ceux qui voulaient s'approcher d'un candidat participaient à des cocktails de collecte de fonds à 1 000 dollars du billet. Les nouvelles règles rendent ces activités impossibles. Jean Deragon a vite compris et, plutôt que d'organiser des cocktails politiques, il a utilisé la soirée-bénéfice de Montpossible pour donner la possibilité aux intéressés de me serrer la main et de se faire voir par un futur maire. L'autre avantage est aussi non négligeable : les dons peuvent être effectués par les compagnies.

Nous sommes rendus au bas de l'escalier et je me retrouve au milieu d'une foule qui rassemble les gens qui fréquentent les grands événements de collecte de fonds où tout le monde se connaît parce qu'ils font partie de l'aristocratie des affaires. Ils sont là pour se faire voir et s'amuser aux frais de leurs sociétés respectives.

Les gens sont en couple. Quelques-uns semblent mal à l'aise, un peu gênés d'être là. Je me doute bien que plusieurs des billets « vendus » par le père de Noémie ont été donnés. Je remarque plusieurs cravates regroupées dans un coin de la salle et Jean, tout en me pointant ce groupe, me demande de l'accompagner en m'expliquant :

— Viens, il y a des personnes qui veulent te rencontrer.

Jean et moi nous frayons un chemin parmi la foule, mais nous sommes ralentis par des dizaines de personnes qui me tendent la main. Les poignées de mains sont accompagnées de paroles d'encouragement :

« Bravo, on a besoin de sang neuf. »

« Enfin, quelqu'un pour faire le ménage. »

« Nous sommes avec vous. »

« Il est temps que quelqu'un se tienne debout. »

« Bonne chance, vous avez mon vote. »

C'est une tout autre chose pour les personnes que me présente Jean et à qui il a vendu des billets : des avocats, comptables, ingénieurs et consultants, entremêlés de quelques entrepreneurs en construction et d'une variété de fournisseurs de la Ville. Tous se présentent en insistant sur le nom de leur entreprise. J'avais vu juste. J'ai hâte que le cocktail se termine. Je regarde ma montre : il reste une bonne heure avant le début du spectacle.

Je suis libéré par John Goodman. Il s'approche de moi et place une main possessive sur mon épaule tout en s'adressant à Jean Deragon, d'une voix suffisamment élevée pour que les personnes autour de nous l'entendent :

— Vous m'excusez, monsieur le maire, mais la directrice du Centre Montpossible exige votre présence.

Il ne me donne pas la chance de réagir ; il me prend par le bras et me dirige vers l'entrée de la salle où j'aperçois Noémie qui est radieuse dans un nouvel ensemble tout de noir qu'elle a acheté pour l'occasion.

Je m'approche d'elle, la prends par la taille et l'approche vers moi. Deux photographes se précipitent pour prendre des photos. Conrad et Florence sont avec elle et je reconnais la députée péquiste d'Hochelaga-Maisonneuve, Françoise Deveault. Noémie me jette un coup d'œil accompagné d'un léger sourire et continue sa conversation :

— Conrad a fondé Montpossible il y a 10 ans et il n'a jamais reçu un sou de subventions du gouvernement.

La députée Deveault est une lesbienne notoire qui participe à toutes les tribunes gaies et qui a été travailleuse sociale avant de s'impliquer en politique, deux atouts importants pour se faire élire dans Hochelaga-Maisonneuve. Elle réagit à ce qui semble être un reproche :

— Lorsque Montpossible a déménagé dans ma circonscription, j'ai fait des vérifications et le centre n'a jamais fait de demandes de subventions.

Conrad intervient sur un ton sec :

— C'était trop compliqué, et je ne voulais avoir ni politiciens ni fonctionnaires dans mes affaires.

Noémie met fin à ce qui pourrait être le début d'une engueulade en me présentant :

— Madame Deveault, j'aimerais vous présenter Maxime Beaubien, mon conjoint et un grand ami de Montpossible.

Elle me tend la main en ajoutant :

— … Et le futur grand défenseur de la pauvre et opprimée région de Montréal.

Bonne nouvelle, même les politiciens de Québec commencent à me considérer comme le défenseur de Montréal.

Nous sommes interrompus par Dédé, le portier du centre, qui nous avise qu'il est temps de se rendre au Centre Bell pour le spectacle. Dédé est sur son trente-six et porte fièrement une longue redingote noire aux larges revers de soie. Sous ce vêtement pour le moins original, il porte un col roulé rouge. À la vue de cet accoutrement pour le moins particulier, Noémie me jette un coup d'œil amusé.

Les quelques minutes à l'extérieur pour nous rendre au Centre Bell suffisent à nous transir. Durant l'heure que nous avons passée au cocktail un vent du nord s'est levé. Je place mon bras autour de ses épaules pour la réchauffer et nous nous frayons un chemin parmi la foule pour nous rendre à nos sièges. Une fois rendu, je m'enfonce et pousse un long soupir : pour les deux prochaines heures, je suis un spectateur ; je n'ai rien à rédiger, rien à dire, rien à planifier. Je n'ai qu'à écouter. Noémie a entendu mon soupir et elle me prend la main et la serre pour me faire savoir qu'elle comprend. Je la sens relaxer elle aussi et s'enfoncer au fond de son siège.

Nous sommes dans la troisième rangée du parterre. Les premières rangées ont été réservées pour les donateurs. Je pense aux autres spectateurs derrière nous, qui, comme moi, trop souvent, se sont demandé comment les chanceux des premières rangées avaient bien pu mettre la main sur ces billets.

Je suis à peine installé que Louise, assise dans la rangée derrière nous, me tend son iPhone. Je peux y lire un bref *tweet* :

FiertéQuébecoise@fiertéQ
Maxime Beaubien veut en faire plus pour l'anti-québécois Mordecai Richler. #Beaubien

Je suis surpris : hier, Jacques Dufresne nous a informés qu'il ne pourrait plus travailler avec nous. Il n'a pas donné d'explications et nous avons présumé que notre stratagème avait fonctionné.

Je lui remets son iPhone qu'elle me remet à nouveau avec un deuxième *tweet* :

FiertéQuébecoise@fiertéQ
Rien de surprenant, Beaubien est marié à une Juive et sa mère était une anglophone. #Beaubien

Ce *tweet*, tout comme le premier, a été *retweeté* à maintes reprises.

Les lumières se tamisent et les faisceaux des projecteurs se braquent sur la foule l'espace de quelques secondes, suffisamment de temps pour obtenir l'attention. Le silence se fait en anticipation de l'arrivée des membres de la troupe. Les Indescriptibles ont l'habitude d'amorcer leur spectacle avec une entrée en scène différente et surprenante. Les faisceaux lumineux se déplacent soudainement dans toutes les directions et la foule réagit avec des applaudissements. Les faisceaux s'arrêtent aux entrées du deuxième niveau. Alors que l'*Ouverture 1812* de Tchaïkovski envahit le Centre Bell, tout le monde se lève pour mieux voir les artistes qui dévalent les escaliers tout en donnant des *high five* aux spectateurs. L'entrée est réussie et ils ont encore surpris avec leur choix de musique. Les deux dernières fois que nous avons assisté à un spectacle du groupe, ils avaient fait leur entrée aux sons de *Rock Around the Clock* d'Elvis et de *Who Let the Dogs Out* de Baha Men.

Les Indescriptibles sont un groupe qui donne son spectacle entremêlé d'effets visuels et d'invités-surprises. Ils sont des interprètes et leurs choix de musique passent par les grands succès des 50 dernières années. Ils ne s'imposent aucune restriction et peuvent surprendre avec des airs d'opéra tout comme des succès des décennies précédentes. Deux pièces incontournables sont offertes à chacun des spectacles et toujours anticipées avec plaisir par la foule qui n'attend que ces moments pour se lever : le *YMCA* des Village People et *La Macarena* des Bayside Boys.

Ils sont au milieu du « Cré-moé, cré-moé pas » de *La complainte du phoque en Alaska* de Michel Rivard lorsqu'une odeur nauséabonde d'œufs pourris nous rejoint. Quelqu'un a fait éclater une bombe puante tout près de nous. Je regarde tout autour pour me rendre compte que nous ne sommes pas les seuls qui ont été visés ; partout dans le Centre les spectateurs regardent autour d'eux ; plusieurs se lèvent. Les Indescriptibles réalisent que quelque chose se passe et arrêtent de chanter, mais restent là sans trop savoir comment réagir. De la fumée apparaît soudainement. Elle semble venir de dessous la scène. Une voix nous demande d'évacuer la salle et de rester calmes.

Noémie et moi sommes parmi les premières personnes à quitter l'établissement, précédés par Richard et son acolyte qui nous entraînent vers la sortie. Ce n'est que rendus à l'extérieur que nous réalisons que ce ne fut pas le cas pour tout le monde : les pompiers et des ambulances arrivent en trombe. Il n'y a pas autre chose à faire que de rentrer à la maison pour écouter les nouvelles.

* * *

Hier soir, nous nous sommes couchés soulagés de voir que rien de grave n'était survenu puisque les médias nous rapportaient qu'il n'y avait eu que quelques blessés légers. Nous sommes arrivés à la conclusion que les incidents devaient faire partie de l'avertissement du sergent Saucier.

Et puis, catastrophe ! Ce matin, c'est une Florence dans tous ses états qui nous a appelés pour nous annoncer le décès de Conrad. Nous ne comprenons toujours pas ce qui s'est passé : il semble que, durant l'évacuation, il y a eu quelques bousculades et que des personnes aient trébuché. Conrad a été l'une d'elles. Plusieurs victimes, dont Conrad, ont été transportées à l'hôpital, mais toutes ont été libérées en moins de 24 heures souffrant d'ecchymoses et des chocs nerveux. Seul Conrad est demeuré en observation ; au cours de la nuit, il aurait succombé à une défaillance cardiaque.

Comme la vie peut être imprévisible et nous concocter des scénarios invraisemblables! Le destin a voulu que le fondateur du Centre Montpossible soit le seul à mourir suite à un événement destiné à contribuer à son œuvre! Mon père, qui en avait vu de toutes sortes comme médecin, aimait raconter l'histoire de cet homme qui était tombé du toit d'une grange, une hauteur de 10 mètres; il s'était relevé avec quelques éraflures. Ironie du sort, l'homme en question était mort la semaine suivante, jour pour jour, frappé par un train à un passage à niveau. Papa avait l'habitude de conclure cette anecdote familiale, maintes fois racontée, avec un final et inquiétant: « La main de Dieu. »

L'évacuation du Centre Bell a fait l'objet d'un entrefilet dans les journaux ce matin, et les articles donnaient peu d'informations. *La Presse* est la seule qui a établi un lien entre l'incident et le Centre Montpossible. L'article conclut: «Montpossible, qui s'occupe de jeunes délinquants, a fait les manchettes il y a quelques mois, lors de l'occupation de l'église Sainte-Rusticule dans le quartier Hochelaga-Maisonneuve. » Dans le même article, le journaliste mentionne ma présence à l'événement et insiste sur ma présidence d'honneur de la soirée. La référence à de jeunes délinquants a mis Noémie en beau fusil.

Le décès de Conrad et cette bribe d'information à mon sujet ont suffi pour déchaîner les médias. Le téléphone n'a pas cessé de sonner. Nous n'avons pas répondu et avons plutôt fixé une rencontre avec Carole. Une belle façon d'amorcer une campagne qui débute officiellement aujourd'hui, soit 58 jours avant la date du jour de vote. Nous avions prévu passer la journée à planifier et à revoir les préparatifs pour le lancement officiel de la campagne demain et voilà que nous sommes en mode de *damage control*. Encore le Centre Montpossible.

Le trajet d'à peine 10 minutes pour nous rendre chez Carole m'a fourni un moment de réflexion qui m'a démoralisé. Les événements de la veille ont été la goutte qui a fait déverser le vase. J'ai décidé de me lancer en politique pour changer les choses, pour travailler pour la région de Montréal et les Montréalais, pour mettre de l'ordre. J'étais loin d'imaginer les efforts requis pour atteindre mon objectif: recrutement de candidats, mise en place d'une organisation électorale, sans parler des problèmes de financement. Si seulement j'avais su, je me serais présenté comme indépendant et j'aurais focalisé mes efforts sur le message. D'un autre côté, sans parti, je n'aurais eu aucune chance de prendre le pouvoir.

Malgré tout, l'organisation est en place et, en ce début de campagne, j'aimerais bien centrer le débat sur les enjeux auxquels Montréal et sa région font face, mais je m'aperçois que mes adversaires évitent le sujet, que l'incident du Centre Bell fait les manchettes, que les médias ne sont intéressés que par les scandales et que les analystes se concentrent sur l'évolution des sondages. Je suis loin d'être en contrôle.

Carole nous invite à passer à son bureau et Claire se présente avec un pot de café. Je remarque sur la table de travail un projecteur. Je ne peux croire qu'elles ont eu le temps de préparer une présentation, mais ce ne serait pas la première fois qu'elles me surprennent, ces deux-là.

Carole s'installe et, comme c'est son habitude, va droit au but :

— Les événements du Centre Bell, qu'est-ce que vous savez ?

Noémie se sent interpellée et explique :

— Une chicane entre gangs de rue.

— C'est plus que cela ; nous parlons maintenant de mort d'homme. Avec le décès de Conrad, les policiers vont prendre les choses au sérieux.

— Je crois qu'ils sont déjà sur une piste. Maxime et moi avons rencontré le sergent Saucier hier matin.

— Et vous ne m'en avez pas parlé. Je croyais qu'il avait été convenu que je devais être mise au courant de tout ce qui se passe.

— Au moment de la rencontre, nous ne savions pas pourquoi le sergent Saucier voulait nous voir.

— Ce n'est pas une excuse. Maintenant, crachez le morceau.

Je sens que me je dois de défendre Noémie devant cette réaction que je juge excessive dans les circonstances.

— Carole, s'il te plaît, la rencontre concernait Montpossible et n'avait rien à voir avec la campagne.

— Tous les aspects de vos vies concernent la campagne. Maintenant, que savez-vous ?

Noémie explique :

— Le sergent Saucier voulait nous avertir que Montpossible était peut-être susceptible de subir des représailles à cause des agissements d'un gang de rue associé à Montpossible.

— Associé à Montpossible ?

— Il s'agit d'un gang de filles, les Maz, composé exclusivement de filles et dirigé par Sophie Lalande. Elles se seraient mises à dos un autre gang de rues du quartier Hochelaga et les policiers avaient entendu parler de ripostes possibles.

— Il faut vous dissocier de Montpossible au plus sacrant.

— Maxime n'est plus impliqué et, avec le retour de Martin, je vais pouvoir me libérer.

— Le retour de Martin ? Le révolutionnaire ?

— Oui. Il a laissé l'EDQ et se consacre à Montpossible sous la haute surveillance de Ben Comtois.

— Avec vous deux comme client, je n'aurai pas à me chercher du travail pour les prochains quatre ans ; vous avez un véritable talent pour vous mettre dans le trouble.

Dans un autre ordre d'idées, l'affaire Dufresne et la fausse nouvelle à propos du pavillon de Mordecai Richler, Jodoin est tombé dans le panneau et sauté sur l'occasion pour déclarer que « la commémoration de Richler était un autre exemple de l'aplaventrisme des Québécois face à la communauté juive de Montréal ». Ce commentaire lui a valu un communiqué de presse de B'nai B'rith qui a rappelé l'apport des juifs au Québec. Il a été prudent ; aucune mention de la rencontre fictive, mais il ne pouvait se retenir de faire une déclaration de cet acabit.

Et, tant qu'à parler de problèmes, des nouvelles de Catheryne ?

Je sens le regard de Noémie se fixer dans ma direction.

— Non. Elle n'a fait aucune déclaration et c'est probablement mieux comme cela.

— Connaissais-tu son oncle, Vito Delaforte, qui est l'un des entrepreneurs accusés de collusion ?

— Il était un proche de la famille et je l'ai souvent côtoyé dans des occasions familiales.

— Hum ! Maintenant, revenons à la campagne. Nous allons devoir revoir nos budgets et couper. Il n'est pas question de créer un déficit. Avec les pratiques de financement du passé, il était facile de combler des déficits de campagne, surtout si nous étions au pouvoir. Avec les nouvelles règles de financement, c'est maintenant impossible.

Encore le maudit financement.

— De notre côté, nous avons ramassé combien ?

— À peine 150 000 dollars.

Noémie interrompt notre conversation :

— Est-ce que tu sais ce qui se passe avec le parti de Carl Jodoin Population-Montréal ? Eux aussi doivent avoir des problèmes de financement.

— La chicane est poignée entre les purs et durs, les Caribous du Parti québécois qui appuyaient le radical Panoreski, et les plus modérés qui appuyaient Carle Jodoin. C'est toujours le même scénario avec les souverainistes.

Noémie l'interrompt :

— Je m'inquiète parce qu'ils semblent avoir beaucoup d'appuis dans notre arrondissement.

— Ils sont populaires sur le Plateau et dans Hochelaga-Maisonneuve, mais pas ailleurs et, oui, ils ont le même problème que nous : le financement.

— Malgré tout, je suis heureux que la campagne débute ; on va se mettre au travail.

— Maxime, je regrette de t'aviser que le gros du travail est déjà fait : nous avons nos candidats, un programme et une organisation en place. Tous les pions sont en place sur l'échiquier ; il faut maintenant jouer le jeu et nous ne partons pas favoris. Jean-François Boulé se maintient aux environs de 35 % dans les intentions de vote, tu te maintiens à 25 % et Jodoin est à 20 %. Il reste donc à peu près 20 % d'indécis et c'est eux que nous devons convaincre dans les 60 prochains jours.

Nous sommes interrompus par l'arrivée de Stéphane Audet et de Louise. Carole les reçoit et nous explique :

— J'ai demandé à Stéphane et à Louise de se joindre à nous pour vous présenter la stratégie développée par Stéphane pour maximiser notre présence sur les réseaux sociaux.

Pendant que Stéphane s'installe, Louise demande à Carole de lui donner un sommaire sur les discussions de ce matin. Puis elle se tourne vers nous.

— Toutes ces affaires ne sont que des distractions et, à partir de ce matin, vous concentrerez tous vos efforts à la campagne.

Comme s'il fallait que quelqu'un me le dise. Je n'aime pas non plus son ton et décide de répliquer.

— J'apprends que plusieurs de nos candidats n'ont pas fourni le 1 000 $ que nous leur avions demandé.

Mon ton est agressif et je sens Louise hésiter avant de réagir.

— Plus de la moitié n'ont pas encore fait de contributions. Jean Deragon va leur donner un coup de main.

— Je ne veux pas le voir dans les parages.

Stéphane choisit ce moment pour commencer sa présentation. Contrairement au financement qui me frustre, la présentation de Stéphane Audet m'emballe.

Durant une bonne demi-heure, il nous présente l'équipe qu'il a mise en place et la stratégie qu'il entend utiliser durant la campagne. Pour ceux qui croient que les réseaux sociaux carburent à l'improvisation, j'ai de petites nouvelles pour eux. Notre présence sur les réseaux sociaux ne pourra pas être ignorée et sera dirigée par une équipe de jeunes rédacteurs incluant quelques auteurs qui ont travaillé pour des humoristes. Pour payer ces derniers, le budget de publicité dans les journaux a été coupé au complet. Il fallait faire un choix.

Comme promis, Stéphane et son équipe dirigeront l'ensemble des interventions incluant celles de chacun de nos candidats. Ces derniers ont d'ailleurs reçu l'ordre de fournir le bottin-courriel de leur entourage et partisans dans chacun des districts. Plus de 5 000 coordonnées ont été reçues qui s'ajoutent aux 2 000 adresses des inscrits au Cercle de la Montréalie.

La semaine dernière, l'équipe s'est déployée et a rencontré tous les candidats pour s'assurer qu'ils étaient tous inscrits sur Facebook et sur Twitter. Mais, pour tous, la consigne est claire : aucune intervention sans l'approbation du comité.

Chapitre 24

Lancement

Le décès de Conrad fait les manchettes ce matin ; avec le peu d'information dévoilée, il est facile de conclure que les policiers ont été avares de renseignements ou de commentaires. Faute de matière, les journalistes sont revenus sur le rôle de plus en plus important de « la nouvelle candidate dans le district Maisonneuve-Longue-Pointe ». *Le Journal de Montréal* annonce, en exclusivité, le retour de Martin Desrosiers chez Montpossible et revient sur le rôle de plus en plus important de Ben Comtois dans l'organisation. Le peu de faits disponibles à la presse joue finalement en notre faveur et j'ose espérer que les médias vont se concentrer sur notre lancement qui aura lieu cet après-midi.

L'événement a été planifié avec l'objectif de laisser aux électeurs et aux médias l'impression que Maxime Beaubien et ses candidats ne sont pas des politiciens comme les autres. Après tout, qui aujourd'hui veut être perçu comme un politicien ? Nous voulons que les gens nous perçoivent comme un groupe de Montréalais crédibles qui sont là pour défendre les intérêts de Montréal et de sa région. Nous avons donc décidé, cet après-midi, de ne pas parler de gouvernance ou de mauvaise administration. Tout le monde en parle et il est temps de changer de sujet.

Avec notre lancement, nous voulons créer un happening dans lequel Montréal sera la vedette, pas Maxime Beaubien, pas le parti, pas le programme, mais Montréal. Je suis convaincu que c'est une stratégie gagnante. Les gens veulent du changement et c'est ce que nous avons l'intention de leur offrir.

Je m'inquiète par contre de la réaction des médias. Il est toujours dangereux de ne pas leur donner ce qu'ils attendent d'un lancement : des pancartes, de la musique entraînante, beaucoup de monde, des applaudissements enthousiastes, des discours qui dénigrent l'adversaire, de grandes déclarations pompeuses, le tout servi dans un aréna ou une salle de congrès. Notre lancement aura lieu dans une salle de cinéma.

La température est de notre côté : il fait beau, un beau samedi de septembre ensoleillé. Notre monde va être de bonne humeur. Nous avons convoqué tout le monde pour 13 h 30 ; nos 102 candidats et leurs organisateurs, une cinquantaine de journalistes et plus de 500 partisans. Nous faisons salle comble.

Il est midi et j'arrive au Centre Cinéma Impérial de la rue De Bleury en même temps que Pierre Fabien.

Il me serre la main et place la main gauche sur mon épaule.

— Le grand jour. Un peu nerveux ?

Il arbore un large sourire, une rareté pour mon ami comptable qui prend tout au sérieux. Je le sens fébrile et j'en devine la raison. À ma surprise, il a appuyé Brahm Vandycke lorsque ce dernier a proposé ce happening pour le lancement de la campagne. Cette proposition de Brahm a soulevé le plus difficile débat que le comité organisateur ait connu durant les derniers mois.

D'un côté, nous retrouvions les traditionnelles, Louise, Carole et Charles. Ils ont l'expérience de dizaines de campagnes électorales et ils voulaient maintenir le rituel habituel. De l'autre, Brahm, l'intellectuel, le penseur, qui nous a mis au défi de faire les choses autrement. Après un long débat, j'ai choisi la proposition de Brahm. Nous verrons qui avait raison dans quelques heures.

Pierre et moi entrons dans une salle aménagée dans ce qui était, dans une autre vie, le balcon de ce vieux théâtre de vaudeville construit il y a plus de 100 ans. Les murs sont tapissés d'affiches du festival des Films du monde, le propriétaire de l'endroit. Je fais le tour de la salle pour saluer mon monde. Louise est installée sur le coin d'un bureau et elle se concentre sur des documents. Je m'approche, elle se lève et me sert la main. À voir son visage, je m'attends presque à ce qu'elle m'offre ses condoléances :

— C'est malheureux pour Conrad ; et pauvre Florence, qui perd ses deux meilleurs amis en moins de 12 mois.

Je me sens coupable de ne pas être allé prendre un café avec elle. Il est vrai qu'elle doit être au désespoir.

Sarah nous interrompt, me demande de m'asseoir et me présente l'agenda pour la semaine prochaine. Elle m'explique :

— Nous n'avons rien planifié pour demain, dimanche, tu seras occupé avec les émissions d'affaires publiques toute la matinée, et en après-midi tu te reposes, si c'est possible, et tu t'occupes de Noémie ou elle de toi ; lundi, une réunion d'une journée avec les candidats sur l'utilisation de Twitter et de Facebook et mardi matin, tu assistes aux funérailles de Conrad. Ensuite, tiens ton chapeau, c'est parti, monsieur Beaubien.

Je souris malgré la frustration qui m'envahit à la pensée que je contrôlerai encore moins mon occupation du temps pour les deux prochains mois, puis je me dirige vers Carole et Brahm. Ils sont à coordonner les demandes d'interviews qui sont déjà entrées pour demain matin. Carole me regarde dans les yeux et me dit :

— Ne t'inquiète pas, tout va bien aller.

Mon visage doit trahir ma nervosité. Depuis mon lever ce matin, j'ai des hauts le cœur qui m'ont forcé à visiter la salle de bain à plusieurs reprises. Je suis pourtant habitué de parler en public, mais je réalise que c'est plutôt l'incertitude de ce qui m'attend dans cette campagne qui me rend nerveux. Je me serais attendu à voir cette nervosité sur les visages de tous mes organisateurs, mais ce n'est pas le cas. Je me rassure en me répétant que je suis entouré de professionnels qui connaissent leur métier.

Pierre a rejoint son ami, Paul Lebouthiller, qui se tenait un peu à l'écart concentré sur son BlackBerry. Je m'approche et je n'entends que les derniers mots d'une question que je devine posée par Pierre à son ami avocat :

— ... passent dans les dépenses de la campagne ?

Lebouthiller répond :

— Maintenant que la campagne a débuté officiellement, toutes les dépenses reliées au lancement passent dans les dépenses de la campagne. D'ailleurs, j'ai avisé tout le monde qu'ils devaient te fournir, à titre d'agent officiel, des copies de toutes les factures et qu'à partir de maintenant tu devais autoriser tous les frais.

Je serre la main de Paul et je les laisse à leurs tracasseries administratives. Ce genre de détails m'embête, je n'en ai rien à foutre et j'ai entièrement confiance en mon ami Pierre pour en prendre la responsabilité. D'autant que je connais très bien les conséquences que le moindre dérapage en ce domaine pourrait engendrer.

Nous sommes interrompus par l'arrivée de Sébastien Chalifoux, notre responsable des jeunes, qui est suivi d'une dizaine de personnes que je devine être des étudiants. Sébastien lance à Louise :

— Tout est prêt, et les gens commencent à arriver.

Les jeunes viennent tous me saluer les uns après les autres, des poignés de mains rapides avant de se diriger vers une table couverte de sandwichs et de salades. Ils sont là depuis 7 h ce matin et ils doivent être affamés. Pour ma part, la nervosité m'a coupé l'appétit et la seule idée de me mettre quelque chose dans l'estomac me soulève le cœur. Le meilleur remède pour guérir cette condition est de me tenir occupé et je décide d'aller saluer mes partisans dans le hall d'entrée.

Je descends les marches et j'ai à peine fait un pas dans le foyer du cinéma que je suis assailli par trois journalistes et une caméra.

— Nous aimerions votre réaction sur l'arrestation de Sophie Lalande, votre ancienne employée.

Je suis pris par surprise :

— Vous m'annoncez la nouvelle. Je ne suis pas au courant.

— Savez-vous que cinq jeunes d'un gang de rue de l'est de la ville ont également été arrêtés pour les incidents de jeudi soir au Centre Bell ?

Comment se fait-il que personne ne m'ait mis au courant ? Je m'apprête à répéter la même réponse, lorsque quelqu'un me prend le bras et me force à reculer. Noémie se place devant moi. Elle a un cellulaire à l'oreille.

— Attends une minute, Dédé.

Puis elle se tourne vers les médias :

— Comme vous le savez, je suis la P.D.G. du Centre Montpossible et j'apprends la nouvelle des arrestations à l'instant. Laissez-moi aller aux informations et je donnerai un point de presse plus tard cet après-midi.

Puis elle me prend par le bras et me dirige vers le haut de l'escalier en ignorant les questions des médias. En arrivant en face de la porte où se trouvent les autres, elle me serre dans ses bras et éclate en sanglots.

— Je regrette tellement de t'avoir mêlé aux affaires de Montpossible. Tu ne sais pas comment.

Je m'apprête à lui dire que c'est plutôt Eusèbe qui m'a impliqué lorsqu'elle place ses deux mains sur mes avant-bras et me repousse :

— *Shit.* J'ai oublié Dédé.

Elle porte son cellulaire à l'oreille et demande :

— Dédé.

Au même moment, la porte s'ouvre et Carole apparaît. Elle voit le visage de Noémie :

— Claire vient de me texter, mais je n'ai pas détails.

Nous laissons Noémie à son cellulaire dans le corridor. Je donne le peu d'informations que j'ai et nous attendons Noémie, qui entre dans la salle quelques minutes plus tard.

— Nous ne savons pas grand-chose : Dédé me dit que des membres du groupe de Sophie auraient endommagé des voitures appartenant à des membres d'un gang de rue et que ces derniers, en représailles, auraient bousillé la soirée-bénéfice. Ce matin, les policiers en auraient arrêté cinq. Ils ont ensuite arrêté Sophie et ils l'ont amenée au poste. Je n'en sais pas plus.

Carole se charge de la situation :

— Je vais demander à Claire de préparer un communiqué pour annoncer une conférence de presse à 17 h au Centre Montpossible. Le lancement de la campagne sera terminé à cette heure. Nous devons créer une distance entre le lancement et Montpossible.

Elle ne donne pas la chance à personne d'intervenir et continue en s'adressant à Paul Lebouthiller :

Paul ! Est-ce que l'un de tes avocats peut descendre et aviser les journalistes qu'une rencontre de presse aura lieu à 17 h dans les locaux de Montpossible dans Hochelaga-Maisonneuve ? Un communiqué à cet effet sera distribué dans quelques minutes.

Puis, s'adressant à Noémie :

— Est-ce que Sophie a retenu les services d'un avocat ?

— Mon amie Cynthia Cohen l'a représentée au moment de l'occupation.

Paul réagit et s'adresse à l'un de ses jeunes avocats :

— Jacques, tu as de l'expérience au criminel, pourrais-tu te rendre au poste de police et tente de savoir ce qui se passe.

Noémie me prend par la main et me glisse à l'oreille : *I'm so sorry* !

Je veux entrer par la porte principale de la salle, mais Carole insiste pour que je prenne l'escalier qui me permet d'entrer par l'arrière-scène et ainsi éviter les médias qui nous attendent dans le hall d'entrée. Les autres me suivent ; il est presque 1 h 30. La salle est bondée et animée. Je serre des dizaines de mains jusqu'au moment où le clignotement des projecteurs nous invite à prendre place.

Le rideau s'ouvre devant l'écran du cinéma ; une musique de jazz, *Night Train* d'Oscar Peterson, envahit la salle et sur l'écran géant apparaît l'image de la terre vue de l'espace. L'œil de la caméra nous rapproche ; nous reconnaissons l'Amérique, un peu plus et voilà le Canada, et puis le Québec et finalement la région de Montréal. L'image s'arrête sur la grande région avec l'île au centre, Saint-Jérôme au nord et Saint-Hyacinthe à l'est. Soudainement apparaît à l'écran en lettres énormes *MONTRÉAL* alors que des applaudissements se font entendre dans la salle, puis *MAXIME BEAUBIEN*, d'autres applaudissements, et, finalement, *ÉQUIPE BEAUBIEN-MONTRÉAL* suivi des lettres stylisées *B-M*.

À la droite de la scène, un écran a été installé sur lequel défilent les commentaires sur Twitter. L'équipe de Stéphane assure une série continue de remarques.

Un projecteur se braque sur le podium placé à l'extrémité de la scène. Les placiers se sont assurés que les gens soient regroupés par arrondissements. Carole s'approche et demande :

— Est-ce que l'arrondissement Ahuntsic-Cartierville est ici ?

Au même moment, des photos de l'arrondissement apparaissent à l'écran. Un projecteur illumine la partie de la salle où sont assis les candidats et partisans de l'arrondissement. Ils se lèvent et saluent la salle en scandant MONTRÉAL, MONTRÉAL, MONTRÉAL.

Le même stratagème est répété pour les 19 arrondissements. La foule est bien réchauffée et c'est le moment choisi pour ma première intervention. Ma photo apparaît à l'écran, en fait plusieurs photos, toutes récentes, défilent à l'écran. Carole annonce:

— Chers amis, le futur maire de Montréal, M. Maxime Beaubien.

Je monte sur la scène d'un pas alerte, sautant les marches deux à deux. Avec les puissants projecteurs braqués sur moi, je ne distingue que les personnes des premières rangées; elles sont debout et applaudissent à tout rompre. Je me sens inconfortable, seul derrière mon podium. Je salue la foule en leur envoyant la main, les applaudissements continuent, je lève les deux bras en signe de victoire, les applaudissements s'intensifient, je leur lance un grand sourire et me mets une main sur le cœur; ça continue. Je leur demande de cesser avec un geste des deux bras, ils obéissent et reprennent leurs places.

Je suis tout à coup ému à un tel point que je sens des larmes se former aux coins de mes yeux. Je résiste, ce n'est vraiment pas le temps; il paraît qu'un leader ne doit pas montrer ses émotions. D'un geste qui se veut discret, je m'essuie le coin des yeux. Je n'ai pas été assez discret. Les applaudissements reprennent de plus belle, mais cette fois-ci ne durent pas.

Je m'empresse de débuter:

— J'aimerais d'abord vous remercier tous de votre présence en ce bel après-midi de septembre en Montréalie.

Quelques applaudissements épars.

— Nous avons l'intention de vous libérer vers 15 h. Donc pas de grand discours. Pourquoi prêcher aux convertis?

J'aimerais maintenant vous présenter les personnes qui travaillent en arrière-scène. Vous en avez rencontré quelques-unes, mais voici toute l'équipe.

Je présente d'abord Carole puis les autres. Leur photo, à tour de rôle, apparaît à l'écran et ils me rejoignent sur scène pendant que je décris brièvement leurs fonctions. La dernière à venir me rejoindre est Noémie. Elle s'approche, m'embrasse, je la prends par la taille et je me rapproche du micro.

— Mesdames et messieurs, ils ont déjà accompli un travail colossal et vous sentirez leur présence tout au long de la campagne. Je vous demanderais de les applaudir.

Brahm prend la main de Sarah Goldenberg à sa droite et celle de Pierre Fabien à sa gauche. Les autres font de même et ils saluent ensemble le public d'une révérence théâtrale. Ils ont peut-être raison. Après tout, ils ont contribué à la mise en scène de cette campagne à la mairie. Tous restent sur scène derrière moi.

— Mes chers amis, cette campagne électorale ne sera pas comme celles auxquelles les autres partis vous ont habitués. Si nous voulons changer des choses, aussi bien débuter tout de suite. Pas de pancartes sur les poteaux, c'est de la pollution visuelle ; pas de slogans insipides qui ne veulent rien dire ; pas de livre rouge, vert, brun ou multicolore pour présenter un programme que personne ne lira, d'ailleurs ces programmes électoraux au municipal sont toujours les mêmes : plus de transparence, meilleure gestion, écoute des citoyens, sans oublier le gel des impôts fonciers, toutes choses qui n'arrivent jamais.

Nous ne sommes pas des politiciens, nous sommes des amants de Montréal qui ont décidé de consacrer nos efforts et nos talents au bénéfice de Montréal et de nos concitoyens. Depuis plus de 30 ans, Montréal est administré par des politiciens, qui se sont fait prendre au jeu de la politique, et qui ont oublié leur véritable rôle. La perception veut que Montréal ait perdu son enthousiasme, que Montréal ait perdu sa fougue. Il n'en est rien et nous sommes là pour le prouver. Il est temps que Montréal reprenne sa place, il est temps que Montréal retrouve ses ambitions.

Je suis interrompu par des applaudissements et des MONTRÉAL, MONTRÉAL, MONTRÉAL bien scandé. Les lumières se tamisent et tout le monde reprend sa place. Un seul projecteur reste braqué sur moi et Noémie, qui est restée à mes côtés.

— Mes chers amis, je vous présente Montréal, notre Montréal.

Sur l'écran l'introduction du début est reprise avec la vue aérienne de la grande région de Montréal, puis suivent des vues aériennes du fleuve, de la montagne, du parc Lafontaine, des universités, de la Place des Arts, du port, de parcs industriels et des vues impressionnantes du centre-ville avec ses tours de bureaux, ses restaurants et une foule qui déambule sur Sainte-Catherine. Une voix commente les images qui déferlent à l'écran ; le ton est positif. La présentation a été préparée par des professionnels de la publicité, des professionnels qui sont des Montréalais de souche, des Montréalais qui aiment Montréal, et cela est manifeste. À la fin, j'interviens avec une phrase :

— Nous avons déjà une belle ville, il nous faut maintenant obtenir les moyens de continuer à construire sur cette magnifique base ?

— Imaginez !

Sur l'écran apparaît des maquettes de tours de bureaux, des marinas, des parcs, des pistes cyclables, des tramways, des TGV, des jeunes qui plongent dans le fleuve et des centaines de touristes qui descendent d'avions et qui débarquent d'un énorme bateau de croisière.

L'image de la grande région revient, avec un sous-titre : NOUS SOMMES TROIS MILLIONS HUIT CENT MILLE. Puis suit à l'écran l'intervention de deux de mes amis professeurs qui, en quelques mots, expliquent le concept de la ville-région, les raisons pour lesquelles Montréal est la seule ville-région du Québec, et pourquoi elle doit avoir les moyens de concurrencer les autres villes-régions du monde qui, elles, se sont organisées. Pendant qu'ils expliquent le concept, des images des couronnes sud et nord apparaissent suivies d'images des milliers d'automobiles qui rentrent sur l'île le matin.

La vidéo se termine avec un gros plan de mon visage :

— Chers Montréalais et Montréalaises, il est temps de se prendre en mains et d'IMAGINER et de CONSTRUIRE une ville-région de l'avenir.

Les applaudissements sont étourdissants. Suivant le scénario préétabli, les candidats à la mairie des arrondissements viennent me rejoindre et je les reçois individuellement alors que les autres candidats nous rejoignent sur la scène ce qui ne fait que prolonger les applaudissements.

Je reprends le micro :

— Vous savez, mes amis, nous nous sommes donné cet après-midi une belle et grande mission pour fournir à la région de Montréal les moyens de s'épanouir dans ce monde planétaire qu'est devenu le nôtre. Mais n'oublions pas que nous sommes plus de 3 800 000 à vivre à Montréal, 3 800 000 d'individus qui ont chacun une histoire personnelle, certaines plus reluisantes que d'autres.

Au cours des derniers mois, j'ai été bénévole auprès d'un organisme qui s'occupe des jeunes de la rue et cela m'a fait réaliser que nos grands objectifs sont bien beaux, mais que nous ne pouvons pas non plus ignorer le quotidien de nos concitoyens. Ce quotidien débute avec le besoin de se nourrir, de se vêtir et de se loger. J'en fais l'une des priorités de notre parti.

L'auditoire hésite, pas certain que j'aie terminé ; dès qu'elle me voit quitter des applaudissements se font entendre, ceux-là un peu plus sobre.

En me rendant vers la salle de presse, Carole me glisse à l'oreille :

— L'idée de faire cette dernière intervention était brillante, mais, à l'avenir, tu m'en parles avant. O.K. ?

Chapitre 25

Funérailles

À chaque fois que j'entre dans une église, et ce n'est pas souvent, je pense à mon enfance et à mes parents : notre présence à la messe de 11 h tous les dimanches matin était une obligation incontournable et, d'ailleurs, l'une de nos seules activités en famille. Ma mère, toute sa vie, a assisté à la messe du dimanche. Pour elle, c'était une obligation, un rituel, une habitude, un reliquat de son héritage anglo-saxon. La messe du dimanche faisait partie de son agenda social tout comme ses rencontres hebdomadaires au Montréal General Hospital ou au Westmount Arts Center.

Durant un bon moment, mon père nous accompagnait, mais, à la fin des années 70, ses présences sont devenues sporadiques. Rien de surprenant : cette décennie se terminait et il était maintenant possible de questionner, de tout questionner, même la sacro-sainte Église catholique et mon père ne se gênait plus pour le faire, sauf qu'il ne pouvait le faire devant moi « de crainte que le petit ne soit influencé » selon ma mère. Mais dès que j'ai atteint la jeune adolescence, mon père n'hésitait plus à partager ses pensées avec moi, malgré les protestations de ma mère qui ne craignait plus uniquement pour mon âme virginale, mais pour celle de nous tous. Il lui restait toujours un fond de croyance surtout en ce qui avait trait aux péchés mortels et à leurs conséquences.

Et ce qui devait arriver arriva : le lendemain de mon anniversaire de 12 ans — nous étions un dimanche matin —, j'ai pris mon courage à deux mains et j'ai informé ma mère que je ne l'accompagnerais plus à la messe du dimanche. J'ai tout de suite vu la contrariété apparaître à son visage. J'ai été surpris ; j'avais présumé que ce serait un *slam-dunk* et que j'aurais l'appui de mon père. Je me suis tourné vers lui, mais il est resté impassible, le nez dans son journal. Ma mère a levé le ton et m'a lancé au visage : « You don't tell me, you ask me. » Je savais qu'elle était contrariée lorsque ça sortait en anglais. Ce dimanche-là, j'ai été forcé d'assister à la messe, non pas pour prier, mais pour réfléchir à mon comportement et à mon manque de respect face à l'autorité maternelle.

Les funérailles de Conrad ont lieu en l'église Saint-Viateur d'Outremont. Dès mon entrée dans l'église, je remarque une trentaine de jeunes du Centre qui se sont installés sur les derniers bancs à l'arrière. Ils semblent mal à l'aise dans ce lieu qui, pour certains, est inconnu, et pour les autres, un lieu qu'ils associent à leurs parents et à l'autorité. Je suis soulagé de voir que Dédé est avec eux.

Noémie me glisse à l'oreille :

— Martin et Sophie ne sont pas là.

À l'avant, nous sommes peu nombreux : Florence est seule sur le premier banc. Nous sommes allés la saluer et elle ne nous a pas invités à nous joindre à elle. Nous en avons conclu qu'elle voulait demeurer seule. Nous avons pris place sur le banc derrière elle.

Derrière nous, quelques têtes grises que je ne connais pas se tournent vers l'arrière, distraites par ces jeunes qui sont loin d'avoir le profil des gens qui fréquentent les églises. Je vois arriver Louise, Carole, Pierre et Lynda, qui me saluent d'un signe de tête et qui s'installent dans le banc derrière nous. Ben Comtois n'est pas loin derrière.

Je prends la main de Noémie et la serre pour la réconforter. Elle me regarde avec un sourire fatigué. Les derniers jours ont été difficiles. Nous avons fait les manchettes tous les jours depuis vendredi, et impossible de dissocier les événements de la soirée-bénéfice et le lancement de la campagne. Dimanche matin, j'ai été invité à toutes les émissions d'affaires publiques et, à mon soulagement, le thème de la ville-région de Montréal et de sa place au Québec a retenu l'attention.

Le lancement a donc été réussi. Je suis toujours perçu comme le défenseur des intérêts de la grande région de Montréal. Les journalistes m'ont bien posé quelques questions sur mon rôle chez Montpossible, mais les incidents de jeudi dernier sont demeurés en arrière-plan durant la fin de semaine, faute de nouvelles informations. Mais les journalistes sont demeurés à l'affût.

Dès lundi, les événements du Centre Bell ont repris la première page lorsqu'il a été révélé que les jeunes, qui avaient été arrêtés, étaient tous Haïtiens et membres d'un même gang de rue, les Artibonites, ainsi baptisé parce que plusieurs sont originaires de Gonaïves, la principale ville du département d'Artibonite. Depuis deux jours, les journalistes se gavent de l'histoire avec moult détails ; situation juteuse comme il ne s'en fait pas. Une guerre entre un groupe de jeunes femmes opprimées qui osent se défendre et un gang formé d'Haïtiens de l'autre, avec en prime un candidat à la mairie et sa compagne au beau milieu.

Les raisons derrière le conflit ne sont pas claires, mais il semble que les Maz auraient lancé, une nuit, des briques peintes en rose à travers les pare-brise de plusieurs véhicules de luxe appartenant aux Artibonites.

Tant Sophie que les cinq présumés suspects dans les incidents du Centre Bell ont été libérés faute de preuve. Les policiers nous assurent qu'ils poursuivent leur enquête.

Nous entendons les personnes derrière nous se lever. Je me retourne et Noémie me glisse à l'oreille :

— *The little bitch.*

Sur le moment, je ne comprends pas : je ne vois rien d'autre que la procession funéraire. Un prêtre ouvre la marche. Il est accompagné de 2 servants de messe qui doivent avoir plus de 70 ans. L'un porte une bible sur un coussin, l'autre, un encensoir ; puis je comprends la réaction de Noémie : derrière eux, Sophie Lalande, la tête penchée, le visage impassible, avance d'un pas lent vers l'avant de l'église ; elle tient l'urne funéraire à bout de bras. Elle est entourée de six jeunes filles.

Noémie, par l'entremise de Cynthia, son avocate, avait demandé à Sophie de ne pas se faire remarquer.

Martin Desrosiers, vêtu de sa chemise carreautée, suit derrière, une grande photo de Conrad dans les mains. La petite procession solennelle avance lentement vers le devant de l'église. Sophie et Martin gardent les yeux rivés vers l'avant, aucune expression sur leur visage. Le prêtre, lorsqu'il arrive à la hauteur des bancs où les autres jeunes ont pris place, leur lance un sourire forcé qui tend vers la condescendance. Les deux servants de messe, eux, semblent mal à l'aise et nerveux à proximité de ces jeunes habillés de jeans troués et de vestes de cuir décorées de chaînes et d'ornements métalliques. À l'arrière, trois des jeunes sont pris d'un fou rire nerveux qu'ils ont peine à contenir malgré les regards sévères de leurs compagnons.

Le prêtre se rend derrière l'autel, nous fait face, et amorce la cérémonie :

— Mes bien chers amis, nous sommes ici recueillis pour dire adieu à un ami, à un frère aimé de tous. Conrad Héroux a consacré sa vie à travailler pour les autres et le Centre Montpossible a été l'œuvre de sa vie.

Le prêtre nous invite à l'accompagner dans un moment de recueillement. L'ambiance d'une église est propice à la réflexion et je n'y échappe pas. Mes rares visites dans une église se transforment toujours en une expérience d'introspection, pas sur la religion, mais sur la vie. Lorsque j'ai atteint mes 20 ans, je me suis déclaré agnostique, une déclaration qui est restée inavouée, parce que j'avais des difficultés, que j'ai toujours, à expliquer les raisons pour lesquelles je ne suis pas allé plus loin en me déclarant athée. Aujourd'hui, j'y pense rarement, et mes réflexions se concentrent sur ma vie, une vie qui, jusqu'à il y a un an, était calme et agréable, sauf pour les quelques moments où mes chroniques ou mes émissions soulevaient des controverses, le temps de quelques jours.

Ce matin, la photo de Conrad placée devant l'autel me rappelle que tout a débuté avec le défi que m'a lancé Eusèbe dans son testament. Il avait compris que j'avais besoin d'un bon coup de pied au cul pour me sortir de la petite vie confortable, mais combien abrutissante, dans laquelle je m'étais enlisé. L'enseignement et l'écriture sont deux professions contemplatives, et tous les chroniqueurs et les professeurs rêvent un jour de se retrouver dans le feu de l'action. Dans mon for intérieur, je demeure frustré que ce soit mon oncle qui m'ait précipité à l'extérieur du cadre où je me complaisais.

Je reste étonné de voir ce qui a été réalisé depuis moins de 10 mois : la création du Cercle de la Montréalie, le site Internet, le colloque sur la région de Montréal, le dîner-bénéfice, la publication du recueil, la fondation du parti, le recrutement d'une centaine de candidats et le lancement d'il y a 3 jours.

À Noël, l'année dernière, à peine un pour cent de la population savait qui j'étais ; aujourd'hui, une personne sur trois reconnaît mon nom et plusieurs sont d'avis que je suis le meilleur candidat pour devenir leur maire. J'ai encore de la difficulté à comprendre ce qui m'arrive et je suis loin de me sentir en contrôle, mais ma vie a pris tout un tournant. Suffit de voir maintenant où je vais aboutir.

Puis il y a Noémie, qui est apparue dans ma vie. En Noémie, j'ai rencontré la femme avec qui je veux fonder un foyer. Je me demande ce qui serait arrivé si je l'avais rencontré il y a un an, avant le décès d'Eusèbe. Aurais-je pris la décision de me lancer dans cette aventure ?

Et il y a Catheryne…

Le mouvement des personnes qui assistent aux funérailles me sort de ma bulle.

Nous sommes une centaine de personnes dans l'église et une trentaine se sont levées pour recevoir la communion. Quelques autres se sont agenouillées pour prier et Noémie me regarde pour savoir quoi faire. Nous demeurons assis. Nous entendons des bruits à l'arrière et nous nous tournons pour voir les jeunes quitter les lieux en silence. Ils en ont assez.

Chapitre 26

En campagne

Nous sommes début octobre, à un mois de l'élection, et ma vie est entièrement consommée par la campagne. La routine quotidienne se poursuit : une rencontre avec les candidats dans un arrondissement, question de motiver les troupes qui, dans bien des cas, en ont besoin, n'ayant pas l'habitude de se retrouver dans l'environnement conflictuel d'une campagne électorale. Les manœuvres de l'opposition les ébranlent et ils ont besoin d'être rassurés sur le déroulement de la campagne. Ce n'est pas tout le monde qui aime la polémique ; plusieurs d'entre eux se sont portés candidats, à notre seule insistance, pour travailler pour le bien de Montréal. Ils n'avaient pas imaginé qu'ils devraient se battre sur la place publique pour pouvoir le faire. Après la rencontre avec les candidats, qui a toujours lieu en privé, des visites dans l'arrondissement et des interviews avec les médias locaux.

Après un mois de campagne, je suis fatigué, je trouve le temps long. J'ai hâte que ça finisse.

Nous nous dirigeons ce matin vers l'arrondissement Rivière-des-Prairies-Pointe-aux-Trembles. Après ce qui m'a semblé une heure de route, le paysage change ; je me croirais dans une banlieue éloignée de la Rive-Sud, construite sur le bord d'une rivière. Un panneau, juché sur le haut d'un poteau, me confirme que je suis toujours sur la rue Notre-Dame. C'est la première fois que je mets les pieds dans Pointe-aux-Trembles.

Comme toujours, Richard est notre chauffeur. Louise est à ses côtés concentrée sur le dossier de presse ; elle étudie le sommaire des coupures de presse de ce matin et des bulletins de nouvelles de la soirée. Le dossier est préparé tous les jours par une équipe de Communications Azur, et nous est livré vers 6 h tous les matins. Dans bien des cas, Carole a ajouté ses commentaires. J'ai déjà pris connaissance du sommaire de ce matin et je sais que nous aurons une matinée tranquille. Tout est calme : aucune nouvelle à sensation, aucune déclaration fracassante. Un jour sur deux, les journalistes m'attendent sur les lieux de mon premier rendez-vous pour obtenir mes réactions sur une nouvelle particulière. Ce ne sera pas le cas ce matin, mais sait-on jamais ? Nous sommes en plein milieu d'une campagne électorale et d'une journée à une autre nous ne savons pas ce qui va nous tomber sur la tête.

Je me suis promis de visiter tous les arrondissements au moins une fois et ce matin je me présente ici sans grandes attentes. Nous ne croyons pas pouvoir gagner cet arrondissement ; les péquistes sont forts dans le coin et, même si Jodoin est un candidat faible, il devrait recevoir suffisamment de votes pour faire passer son monde. De notre côté, nous avons eu beaucoup de difficultés à recruter nos candidats et si je me fie au calibre des candidats de Boulé, lui aussi a eu des problèmes de recrutement.

Je suis sur la banquette arrière avec Sarah qui me prépare pour la rencontre. Elle m'a déjà donné la liste des candidats de l'arrondissement avec des photos et un sommaire de leurs biographies.

Toujours bien préparée, Sarah a ajouté en haut de chaque page quelques notes pour me permettre d'établir un rapport avec les candidats. J'apprends que notre candidat à la mairie est un *pointelier* de souche et que son père et son grand-père ont travaillé dans les raffineries de l'est, que l'une des candidates s'est déjà présentée pour la CAQ, qu'une autre est une veuve récente, mère de trois jeunes adolescents et que l'un de mes candidats a déjà été un joueur compulsif qui, aujourd'hui, milite pour faire disparaître le Casino et Loto-Québec. Le reste de l'équipe est composé de deux retraités, l'un du ministère des Transports, l'autre de la Commission scolaire de Montréal et d'un étudiant en sciences politiques à l'Université de Montréal ; ces derniers ont été recrutés à la dernière minute pour compléter notre tableau de candidatures.

Sarah me donne quelques minutes pour mémoriser les noms et les notes biographiques puis elle ajoute :

— La paroisse Saint-Enfant-Jésus a été fondée en 1694, la population se compose de 94 % de francophones et son sentiment d'appartenance à l'arrondissement est fort ; c'est l'un des arrondissements les plus riches de l'île. Le plus gros problème est le transport en commun : l'arrondissement est séparé en deux par l'autoroute 40 qui sépare Pointe-aux-Trembles de sa compagne Rivière-des-Prairies.

Richard nous interrompt :

— Êtes-vous prêts ? Nous arrivons.

Sarah répond :

— Oui, ça va.

Puis elle ajoute :

— Nous rencontrons le groupe dans leur local de campagne. J'oubliais ! Ne leur demande pas s'ils ont une organisation ; ils n'en ont pas.

Richard fait un virage brusque dans un stationnement ; l'endroit est mal entretenu : les bordures de gazon n'ont pas été coupées depuis des mois, des détritus jonchent le sol et le revêtement d'asphalte se désagrège. Une enseigne, dont la peinture s'écaille, m'informe que je suis en face de ce qui était le casse-croûte de la Pointe. De grandes affiches du parti avec ma photo ont été placardées dans les fenêtres. Il est clair qu'ils ne se sont pas badrés de laver les fenêtres avant de poser les affiches.

Je me tourne vers Sarah :

— Tu devrais leur demander, au minimum, de couper le gazon et de ramasser les vidanges, ça ne laisse pas une bonne impression.

L'intérieur de cet ancien restaurant n'est guère mieux : en entrant, une odeur de désinfectant est omniprésente. Devant un long comptoir, des tabourets recouverts de cuirette rouge, juchés sur des colonnes d'acier inox. Quelques-uns ne semblent pas bien installés sur leurs assises et penchent les uns vers la droite, les autres vers la gauche ; des déchirures ont été réparées avec du ruban gommé. Mon expression doit en dire long parce qu'un homme s'approche, me serre la main et m'explique :

— Le casse-croûte de la Pointe était une institution du village et est tombé victime, l'année dernière, du McDonald's et du Tim Hortons qui ont été construits à la sortie de l'autoroute.

Sarah intervient :

— Maxime, je te présente Jacques Roussin, notre candidat à la mairie.

Roussin me serre la main et se tourne vers les autres personnes qui se sont approchées de nous.

— Monsieur Beaubien, j'aimerais vous présenter nos candidats : d'abord Sylvie Lafrenière, la seule parmi nous qui a de l'expérience politique. C'est la quatrième fois qu'elle se présente.

Je serre la main d'une petite dame vêtue d'un chandail multicolore et d'un jean.

— La quatrième fois ?

— Deux fois pour le Parti conservateur au fédéral et une fois au provincial pour la CAQ. Première fois au municipal.

Je suis curieux de savoir pourquoi elle se présente, mais Roussin ne me donne pas la chance de demander :

— J'aimerais maintenant vous présenter Manon Paquette. Manon se présente parce qu'elle veut améliorer les loisirs pour les adolescents dans l'arrondissement.

— Je comprends, avec trois adolescents à la maison.

À l'expression qui apparaît sur son visage, je vois sa surprise à l'idée que je connais des détails de sa vie. Le travail de Sarah porte des fruits.

Un petit homme dans la quarantaine avec une moustache à la Charlot s'approche et se présente :

— Carlo Briatore. Je me présente pour faire disparaître les Casinos qui ont ruiné ma vie et celle de centaines de personnes.

— C'est un gros contrat.

— Il y a une majorité de la population qui est de mon avis. Faut la mobiliser.

— Je ne vous empêcherai pas de dire ce que vous pensez.

Roussin me prend par le bras et me dirige vers deux personnes que je devine être mes candidats retraités qui sont assis dans la salle à manger à l'arrière du restaurant. Ici, les tables sont recouvertes de formica gris.

L'une des personnes se lève pour m'accueillir :

— Excusez Roger, il a mal au dos et ne peut rester debout bien longtemps.

Le Roger en question me tend la main sans dire un mot. L'autre, qui est resté debout, se présente :

— Jean-Paul Rinfret. Roger et moi sommes des amis du père de Jacques ; c'est lui qui nous a demandé de nous présenter.

— Et où est notre candidat étudiant ?

Roussin me répond avec un hochement des épaules :

— Je crois qu'il a un travail à remettre demain et il n'a pas eu le temps de venir. Nous ne le voyons presque jamais. J'ai l'impression qu'il se présente pour étoffer son curriculum vitae.

Nous nous installons autour d'une table et Roussin ouvre la discussion en se confondant d'excuses pour n'avoir pu atteindre les objectifs de financement que nous leur avions fixés. Puis suit une longue litanie de problèmes qui touchent l'arrondissement, un arrondissement qui se sent négligé à cause de son éloignement. Beaucoup de problèmes, mais peu de solutions.

Ce matin pas de visites dans l'arrondissement ; nous devons retourner au bureau de Carole pour préparer une interview et je dois me rendre ensuite à une autre réunion chez AMP pour me préparer pour le débat télévisé qui est prévu dans deux semaines.

Dès notre départ, Sarah me lance :

— Je serais surprise si nous obtenons 20 % du vote dans l'arrondissement. Roussin n'a pas livré la marchandise. Nous ne reviendrons pas ici ; nous perdons notre temps.

Louise se tourne vers nous.

— On pourrait quand même avoir des surprises : la famille Roussin est bien connue dans l'arrondissement, et Manon Paquette est appréciée pour son travail dans les loisirs.

Sur le chemin du retour, nous discutons de la campagne. C'est une partie de la journée que j'apprécie parce que nous discutons de l'approche à adopter face aux manœuvres de nos adversaires. Jean-François Boulé mène une campagne sans anicroche avec l'appui de l'organisation du Parti libéral. Il a axé sa stratégie sur le recrutement de solides candidats et sur un travail méticuleux au niveau des arrondissements ; il a un programme pour chaque arrondissement et il met l'accent sur les problèmes particuliers de chaque quartier. Son approche fait contraste avec la nôtre qui met l'accent sur la gestion de la grande région de Montréal. Je me demande souvent si nous n'avons pas fait une erreur avec cette approche. Il est maintenant trop tard et les électeurs décideront.

Contrairement à nous, Boulé, grâce à son avance dans les sondages, a eu l'embarras du choix de candidats et il les a choisis avec des objectifs précis. Il ne fait aucun doute qu'il courtise le vote féminin et le vote ethnique. À Montréal, ces deux blocs de vote doivent bien représenter 75 % de l'électorat.

La campagne de Carl Jodoin, le négatif, ne lève pas et le pourcentage de ses intentions de vote ne change pas. Nous sommes dans une course à deux, mais devons vivre avec Jodoin, qui n'apporte pas grand-chose au débat. Il demeure un candidat marginal de gauche, mais qui pourrait faire une différence en allant chercher une partie du vote de contestation. Trois autres personnes se présentent, deux énergumènes en mal de notoriété et une représentante d'un groupuscule qui milite en faveur de la légalisation de la prostitution.

Demain, je suis invité à l'émission *L'actualité au féminin* de la radio de Radio-Canada. Lorsque nous avons reçu l'invitation, à ma surprise, Carole a insisté pour tenir une séance de préparation. Voilà maintenant plus de deux mois que nous ne tenons plus de ce genre de réunion à moins qu'il y ait un dossier spécial qui demande préparation.

Je suis d'autant plus curieux que Carole a insisté sur la présence de Louise et Sarah. Lorsque nous nous sommes présentés chez Azur, nous avons été reçus par Marie-Hélène Paradis, la fille de notre candidat à la mairie dans l'arrondissement Lachine. Elle est étudiante en journalisme à Concordia et elle travaille à la campagne comme bénévole. C'est elle qui prépare les dossiers de presse.

Carole a amorcé la rencontre en nous expliquant que l'entrevue n'en était pas vraiment une, mais qu'ils avaient l'intention de me faire passer une version du questionnaire de Proust, apparemment une tradition de l'émission en période électorale. Carole ne m'a pas rassuré lorsqu'elle a expliqué qu'elle déteste ce genre d'exercice, mais que l'émission était incontournable, un passage obligé pour un candidat, parce que très populaire auprès des auditoires féminins.

Marie-Hélène nous a d'abord expliqué ce qu'était le questionnaire de Proust. J'ai appris qu'à la fin du XIXᵉ siècle, un jeu de société populaire consistait à demander aux participants de répondre à une série de questions sur leurs préférences personnelles. L'écrivain français Marcel Proust n'a pas inventé le jeu, mais, bien malgré lui, il a contribué à sa popularité ; il est une personne célèbre qui a, d'abord, répondu au questionnaire lorsqu'il avait 13 ans et plus tard, à 20 ans. Les deux séries de réponses ont survécu et ont servi à ses biographes qui en ont tiré de savantes conclusions sur son évolution intellectuelle. Son nom est maintenant identifié au questionnaire.

Marie-Hélène nous a ensuite distribué une liste qui contenait des questions anodines et d'autres qui avaient le potentiel de devenir des pièges ; une réponse inopinée à l'une de ces dernières ayant le potentiel de faire un titre.

J'ai jeté un coup d'œil à la liste et j'ai rappelé à Carole que nous avions convenu que je ne participerais pas à des émissions de variétés. Elle m'a répondu que *L'actualité au féminin* était considérée comme une émission d'affaires publiques sérieuses qui s'adresse aux femmes. Elle a ajouté que Boulé avait accepté et serait là la semaine suivante, et que Jodoin avait refusé de participer parce que l'émission était une émission de Radio-Canada. Elle a coupé court à la discussion en ajoutant qu'à chaque élection ils font la même chose, et que tout le monde, ou presque, se prête au jeu.

Je n'ai pas soulevé d'autres objections et nous avons travaillé à trouver des réponses aux questions de la liste.

Si vous étiez une femme, qui auriez-vous aimé être? Golda Meir.

Quel est votre principal défaut? L'orgueil.

Quelle couleur préférez-vous? Le vert, couleur de l'espoir.

Que détestez-vous le plus? La prétention.

Qui est votre auteur favori? John Updike.

Si vous étiez une ville de banlieue? Saint-Lambert.

Votre plus grande leçon d'humilité? La dernière fois qu'une femme m'a refusé.

Votre plus grande déception dans la vie? De ne pas avoir l'oreille musicale.

Quel personnage historique méprisez-vous? Adolf Hitler.

Quel personnage historique admirez-vous? Winston Churchill.

Plus d'une heure à préparer des réponses pour un jeu-questionnaire qui passe aux yeux de l'auditoire comme un exercice improvisé.

Ce matin, en prenant mon café, j'ai montré à Noémie la liste de questions et elle s'est amusée quelques minutes à imaginer d'autres réponses possibles. Ce café du matin avec Noémie est le seul de la journée, un café filtre que je prépare moi-même. Je ne prends plus qu'un café par jour ; durant la journée, les réunions sont nombreuses et à chaque fois le café, souvent infect, est servi. J'étais en train de me rendre malade : caféine et adrénaline ne font pas bon ménage dans mon corps. Tous les matins, Noémie et moi nous réservons une trentaine de minutes pour discuter de la journée à venir : mes journées se ressemblent, celles de Noémie aussi. Elle s'est donnée pour objectif de rencontrer tous les électeurs de son district : le matin, elle se rend aux bouches de métro, puis elle fait le tour des artères commerciales pour saluer les employés et la clientèle, le lunch se prend avec une personne influente du district, présidente d'associations, directrices de services communautaires, anciens élus. Les après-midi ressemblent aux avant-midi avec des visites dans les résidences de personnes âgées et une autre fois aux sorties du métro pour rencontrer travailleurs et étudiants qui reviennent à la maison. Elle passe ses soirées à faire du porte-à-porte. Si seulement mes autres candidats étaient aussi vaillants.

Nous nous retrouvons en soirée complètement épuisés. Malgré cela elle insiste pour faire l'amour ; elle veut devenir enceinte et y met autant de détermination que pour se faire élire. Je l'aime beaucoup, mais il y a de ces soirs…

Ce matin, après s'être amusée avec le questionnaire, elle m'a fait un sommaire de sa dernière visite chez Montpossible.

Après sa décision de se présenter, Noémie se sentait coupable de négliger Montpossible, mais elle s'est vite rendu compte que Martin et Dédé avaient pris les choses en main. Elle se sent d'autant plus rassurée que son père passe presque tout son temps dans les affaires du centre et qu'il semble bien s'entendre avec Ben Comtois.

Pendant que le quotidien est géré par Dédé, Ben Comtois concentre ses efforts aux microcrédits. Quatre jeunes ont déjà reçu des prêts pour lancer des entreprises : une jeune fabrique des *cupcakes* qu'elle vend à une pâtisserie locale, une autre a mis sur pied une friperie avec de la marchandise qui s'adresse aux jeunes, un troisième fabrique des bijoux *goth* et un quatrième effectue de l'entretien ménager et de menus travaux.

Notre café, ce matin, s'est donc terminé sur cette note positive et Richard est venu me chercher pour me conduire à Radio-Canada. Au début, le jeu s'est bien déroulé ; Marie-Hélène avait bien fait son travail de préparation, mais le jeu a pris une tournure plus sérieuse vers la fin lorsqu'une des animatrices s'est éloignée de l'esprit du jeu :

— Qui est la femme de votre vie ?

— Noémie.

— Qu'elle a été votre plus longue relation ?

— Définir relation s'il vous plaît.

— Amoureuse.

— Solange Delucas.

Avec cette réponse, je me suis fait plaisir en déroutant l'animatrice qui m'a ensuite posé la question :

— Combien d'enfants désirez-vous ?

— Autant qu'en voudra mon épouse.

— Attendez-vous un enfant ?

— Vous entrez dans ma vie personnelle et ce n'est pas de vos affaires.

C'est à ce moment que l'interview s'est terminée.

Furieux, je me suis rendu à une rencontre aux bureaux d'AMP, non sans faire un appel à Carole. Son seul commentaire fut de m'informer que l'une des animatrices était une amie de Catheryne et qu'elle avait fait, dans le passé, certains commentaires au sujet de notre relation. Il me semble que Carole aurait pu me mettre en garde.

Durant cette rencontre au bureau d'AMP, nous devons réviser les règles du débat ; Brahm est notre représentant auprès des grandes chaînes qui diffuseront l'événement. Ils en sont arrivés à un consensus et il doit nous en faire part. Le débat à trois sera télédiffusé sur les trois chaînes francophones. Un deuxième débat, en anglais celui-là, est prévu pour le lendemain sur le réseau Global. Celui-là sera un débat à deux : Carl Jodoin a refusé de participer à cause de ses convictions, mais tout le monde sait qu'il ne maîtrise pas l'anglais.

Brahm vient me chercher à la réception et me dirige vers une petite salle de conférence où se trouvent déjà Louise et une femme que je ne reconnais pas : dans la quarantaine, aucun maquillage, des lunettes de lecture sur le bout du nez, des cheveux, qui me semblent prématurément poivre et sel, attachés sans prétention à l'arrière en queue de cheval. Elle est vêtue d'un tailleur gris et d'une blouse blanche sans autres artifices. Elle se lève pour nous recevoir :

— Bonjour, Anna Tomorkeny.

Une poignée de main ferme. Une attitude *all business*.

Brahm s'empresse de compléter l'introduction :

— Madame Tomorkeny est une professeure de journalisme et de communications à l'Université McGill et elle est une spécialiste des débats télévisés. Je lui ai demandé de nous donner un coup de main.

— Excusez-moi, avez-vous une carte professionnelle ?

— Je m'excuse, non.

Je pousse vers elle un bloc-notes :

— Je suis un visuel, pourriez-vous écrire votre nom de famille.

— Le nom est d'origine hongroise. Mes parents ont immigré au Canada dans les années 50. Je suis née à Montréal et j'ai fait toutes mes études ici, sauf pour mon doctorat que j'ai obtenu de l'Université Northwestern. Appelez-moi Anna, c'est plus facile.

Brahm ajoute :

— La professeure Tomorkeny a fait sa thèse de doctorat sur l'impact des débats dans les élections américaines et sa thèse a été publiée par les éditions de l'Université Northwestern. J'ai adoré son livre et l'ouvrage est souvent cité. J'ai eu l'air un peu fou, lorsque j'ai appelé à Chicago pour la retracer et apprendre qu'elle vivait à Montréal.

Finalement un léger sourire de la part d'Anna. Elle ajoute :

— Je suis très discrète et je n'aime pas être le centre d'attention.

Brahm enchaîne en nous distribuant une lettre de plusieurs pages à l'en-tête de Radio-Canada. Il explique :

— SRC est le réalisateur de la soirée du débat. Vous lirez la lettre plus tard, mais les règles du débat ressemblent à celles auxquelles nous avons été habitués : 90 minutes, 1 modérateur, 2 journalistes, 3 minutes pour une déclaration d'ouverture, 6 questions sur des thèmes que nous connaîtrons d'avance, 3 minutes pour y répondre, puis 1 minute pour des répliques, et ça finit avec un 3 minutes pour les remarques de la fin. Il y a peu de place pour un débat.

Anna intervient :

— Malheureusement, les débats sont perçus comme un événement sportif et les médias, le soir même, cherchent à déterminer un vainqueur. Or, il y a rarement des vainqueurs, il y a plutôt un perdant. Dans le débat Nixon-Kennedy, Nixon a perdu à cause de son apparence : il n'était pas maquillé, des gouttes de sueur perlaient sur son front et il paraissait nerveux. Ce n'est qu'après que nous avons appris qu'il était malade ce jour-là. Dans le débat Ford-Carter, c'est l'étrange déclaration de Ford qui le fit perdre. Si vous vous souvenez, il avait déclaré que les Soviétiques ne dominaient pas les pays de l'Europe de l'Est. Nous étions en 1976, au beau milieu de la guerre froide.

Brahm interrompt et renchérit :

— Le débat dont je me souviens en particulier est celui entre les deux candidats à la vice-présidence Lloyd Benson et Dan Quayle. Quayle tentait d'établir des similarités entre lui et Jack Kennedy. La réplique de Benson avait fait les manchettes de tous les journaux et elle est passée à l'histoire : « Je connaissais Jack Kennedy. Jack Kennedy était mon ami, et je vous assure, monsieur le sénateur, vous n'êtes pas un Jack Kennedy. »

Professeur Tomorkeny ajoute :

— Un rare cas d'*argumentum ad hominen* qui a réussi.

Comme déclaration professorale, on n'aurait pas pu faire mieux. Heureusement, elle explique :

— Les attaques personnelles réussissent rarement dans un débat.

— Depuis le début de la campagne, notre candidat n'a pas fait de bêtise et il faut s'assurer qu'il n'en fasse pas d'ici la fin et surtout pas durant le débat.

Ce n'est pas la première fois que Louise s'adresse à un groupe comme si je n'étais pas présent. Je déteste ce comportement.

Mme Tomorkeny répond :

— Le débat a lieu dans moins de deux semaines. Vous devez préparer vos déclarations et nous les répéterons devant caméra. Dans un débat, le *body language* est important et peut faire la différence.

Louise ajoute :

— Ces débats font rarement une différence à moins qu'un participant fasse une énorme gaffe. Il faut donc pratiquer et répéter.

— Une énorme gaffe, ou une réplique inattendue, comme la réponse que vous avez donnée à la dernière question de ce matin.

— J'ai toujours peur de me mettre les médias à dos.

— La vérité n'est pas toujours bonne à dire, mais, quelquefois, il est nécessaire de le faire. Certains animateurs aiment créer un débat à la condition de toujours avoir le dessus. Il ne faut pas craindre de les remettre à leur place.

Après une heure de discussion, je quitte les bureaux de Brahm et me dirige vers la maison. J'ai droit à deux heures de temps personnel tous les après-midi que je réserve à la lecture, une lecture souvent interrompue par un petit somme.

Ce soir, je m'adresse au Club Rotary Montréal Ville-Marie. Ils m'ont promis un auditoire de 300 personnes. Les médias seront là.

Ils sont toujours là.

Chapitre 27

Difficultés

Les dimanches matin sont comme les autres jours de la semaine et pas question de faire la grasse matinée avec Noémie. Ce matin, je suis libre, pas de présence aux émissions d'affaires publiques, j'ai donc profité de l'occasion pour convoquer une réunion du comité organisateur pour faire le point sur la campagne. Nous sommes à trois semaines des élections et je sens qu'il y a du sable dans l'engrenage.

Je comprends que mon entourage m'épargne les mauvaises nouvelles pour que je reste motivé et concentré ; ils ne veulent pas d'un candidat découragé et dépressif à quelques semaines de l'élection. Mais je ne suis pas si focalisé sur la campagne au point de ne pas me rendre compte qu'il y a quelque chose qui cloche : des bribes de conversation entendues ici et là, qui s'ajoutent à des remarques indirectes qui en disent long.

Mes rencontres avec certains des comités d'arrondissement ne sont que cordiales, rien de plus ; l'enthousiasme du début a face place à une fatigue, compréhensible, mais dangereuse parce qu'il suffit d'un rien pour la transformer en découragement. Durant la réunion de ce matin, nous devrons trouver une façon de dynamiser nos candidats.

Nous ne voulons surtout pas laisser les troupes savoir que nous aussi nous sommes préoccupés. La tenue de cette réunion demeure confidentielle. La rencontre doit débuter à 8 h 30 dans les bureaux de Pierre Fabien à la Place Ville-Marie.

Le temps est nuageux ; un matin froid et sombre d'automne. Le canal météo annonce de la pluie à 60 % de probabilité. Pour l'instant, il ne pleut pas et j'ai décidé de marcher malgré les objections de Richard. Je l'ai convaincu en faisant valoir qu'il n'y aurait personne sur la rue un dimanche matin.

Je marche rue Saint-Paul ; j'ai l'impression que c'est la première fois depuis un mois que je me retrouve seul. Rendu à la rue McGill, je tourne vers la droite. La rue a retrouvé ses allures d'antan avec des rénovations majeures tant aux édifices qu'aux infrastructures au cours des dernières années. Les premières gouttes se mettent à tomber. Vite la station Bonaventure du métro et le Montréal souterrain.

La gare Centrale est presque vide, à l'exception de quelques personnes qui attendent au portillon 16. Je jette un coup d'œil au tableau des arrivées et départs : le train 64 quitte pour Québec de la porte 16 à 8 h 25. Qui prend le train un dimanche matin pour Québec ? Je n'ai pas le temps de penser à la réponse qu'un homme m'accoste avec un :

— Hé, monsieur le candidat à la mairie, auriez-vous un peu de monnaie ? Le ton est moqueur.

L'homme a les cheveux longs et porte une barbe de plusieurs jours ; il est vêtu de vêtements bigarrés qui sont propres et à peine usés ; non seulement ses vêtements, mais son regard me dit qu'il n'est pas un sans-abri ordinaire.

Je suis dans une drôle d'humeur. Je lui réponds sur le même ton avec lequel il m'a adressé :

— Un 20 si tu es inscrit sur la liste électorale et si tu votes pour moi.

— Être inscrit sur la liste électorale voudrait dire que je participe à votre société.

Un moment de silence, et je remarque son regard se diriger derrière moi. Je me tourne pour apercevoir Richard qui s'approche de nous puis s'arrête à une vingtaine de pieds. Le pseudo sans-abri, un sourire aux lèvres, ajoute :

— Acheter un vote est illégal. Je vais vous dénoncer au directeur général des élections.

— O.K., je te donne le 20 pour que tu ne me dénonces pas.

— Je ne suis pas à vendre.

— Quel est ton nom ?

— Nobody. « Nob » pour les intimes. Je n'existe pas : pas d'adresse, pas de déclaration de revenus, pas de chèque de BS, pas de carte d'assurance-maladie, pas de permis de conduire. Je n'existe pas.

— Pourtant, tu sais qui je suis.

— J'observe votre société de l'extérieur.

Je lui tends le billet. Il le prend en ajoutant :

— Avec ça, j'achète quatre sandwiches Timatin avec galettes de pomme de terre pour mes amis.

Il pointe un doigt vers trois hommes assis sur des sacs de couchage et qui se bidonnent en nous observant. Je retourne dans ma poche, trouve un 10 et lui donne :

— Tiens, vous vous paierez des cafés et des chaussons avec ça.

Je m'éloigne et Nob me lance :

— Merci, et, lorsque vous serez élu maire, n'oubliez pas les amis qui vivent dans la rue. Il ne faut pas tenter de les changer, suffit de les aider et ça ne prend pas grand-chose.

Je continue mon trajet vers la Place Ville-Marie dans un couloir désert, encadré de grillages qui protègent les commerces fermés à cette heure matinale. La rencontre fortuite avec « Nob » ravive mes doutes sur ma décision de me lancer en politique. J'ai l'impression que ma satisfaction personnelle serait mieux servie si je m'occupais des sans-abri et des jeunes du Centre Montpossible plutôt que de me prêter à cet exercice artificiel qu'est cette campagne électorale dont l'aboutissement, si je suis élu, m'éloignera du quotidien de ces personnes dans le besoin. J'en suis arrivé à envier Ben Comtois. C'est dans cet état d'âme que j'arrive dans le hall d'entrée de la Place Ville-Marie. Je me dirige vers l'élévateur lorsque je suis interpellé par le garde de sécurité :

— Où allez-vous comme ça.

— Fabien, Beauséjour au dix-huitième.

— Votre nom s'il vous plaît.

De toute évidence, nous avons encore du travail à faire sur ma notoriété !

Tout le monde est là, sauf Brahm qui, comme d'habitude, est en retard. Louise est déjà installée à un bout de la table, le nez fourré dans un dossier. Elle arbore une expression sévère. Ses mimiques ne m'impressionnent plus ; j'ai l'habitude. J'ai compris qu'elle se sert de cette physionomie pour établir son autorité. J'avais un professeur qui faisait la même chose. Carole s'affaire à déposer des documents à chaque place. Il n'y a personne de son bureau ; c'est vraiment une rencontre à huis clos. Pierre Fabien, Paul Lebouthiller, Jon et Charles se préparent des cafés. Quelqu'un est passé chez un Van Houtte avant de venir. Personne n'a l'air heureux d'être d'ici.

Dès que Louise me voit arriver, elle nous demande de nous installer et débute sans préambule :

— Maxime nous a convoqués ce matin parce que nous avons effectué, la semaine dernière, un sondage pour notre compte. C'est le plus complet à ce jour et nous savons qu'il n'est pas biaisé parce que c'est nous qui avons déterminé les questions et c'est nous qui avons choisi la firme de sondage. Vous avez deviné, il y a de bonnes nouvelles et de mauvaises nouvelles.

Louise se tourne vers Carole.

— S'il te plaît.

Carole se lève, une manette dans la main gauche et un pointeur laser dans la main droite. Sur un écran au fond de la salle apparaît une première fiche SONDAGE, 3 OCTOBRE. J'ai hâte de voir où nous sommes rendus.

Carole explique :

— Les sondages publiés depuis le début de septembre ont toujours donné Maxime aux alentours de 25 % et Boulé, à 35 % des intentions de vote ou à peu près.

Enfin, la fiche apparaît à l'écran :

— Pour ce qui est des intentions de vote, Boulé est toujours en avance à 35 contre 30 pour toi, Maxime.

J'ai au moins augmenté de quelques points. À trois semaines de l'élection, c'est une côte que nous pouvons remonter. Jodoin se maintient à 20 %, un score prévisible avec sa base péquiste qui voterait pour n'importe qui, à la condition qu'il fasse le vœu d'allégeance à la souveraineté.

— Les résultats de la prochaine question nous ont surpris. Nous avons posé la question : « Lequel des candidats ferait le meilleur maire ? » Nous nous serions attendus à des résultats similaires aux intentions de vote, mais...

Une nouvelle fiche apparaît : 42 % des électeurs jugent que je serais le candidat le plus susceptible d'être le meilleur maire contre 37 % pour Boulé.

Je suis stupéfait.

Je suis curieux d'entendre l'interprétation que Carole fera de ces résultats contradictoires.

Après nous avoir donné quelques secondes pour digérer l'information, Carole continue :

— Plusieurs hypothèses peuvent expliquer ces résultats, mais les prochaines fiches nous mettent sur une piste.

Carole continue et nous découvrons

« Que 59 % des citoyens de Montréal pensent que Québec a un préjugé favorable envers les régions. »

« Que 72 % jugent que les élus à Québec ne comprennent pas les enjeux de la région montréalaise. »

« Que 60 jugent que Montréal devrait avoir un statut distinct. »

« Que 55 pensent que le poids politique de Montréal n'est pas suffisant à Québec. »

Carole s'arrête, prend une gorgée de café et continue :

— Maxime, ça ressemble à ton discours des six derniers mois. Tes efforts et ceux du Cercle de la Montréalie ont porté des fruits. L'important, c'est que les gens pensent comme toi et tu dois continuer dans la même veine ; de toute évidence, c'est devenu une corde sensible auprès des Montréalais. Je vais maintenant laisser Louise vous donner les mauvaises nouvelles.

Louise se lève. Elle appuie les mains sur la table, nous jette un bref regard, puis penche la tête. Sans nous regarder, elle commence :

— Nos candidats ne passent juste pas.

Un silence, elle lève la tête, me fixe des yeux, et continue :

— Comme tu le sais, nous avons identifié une dizaine d'arrondissements où nous pensions avoir des chances de gagner. Nos sondages indiquent que toi et Boulé êtes tête à tête dans tous ces arrondissements. Ce n'est pas le cas pour nos candidats.

Carole l'interrompt :

— C'est ce qui explique en partie la contradiction que nous retrouvons dans le sondage. Certaines personnes te jugent plus compétent que Boulé, mais préfèrent son candidat local plutôt que le nôtre qui leur est inconnu. Ces personnes veulent être cohérentes dans leur choix, s'ils votent pour un conseiller, ils voteront pour son candidat à la mairie. Il est...

Charles l'interrompt au milieu de sa phrase, nous fixe des yeux et, sur un ton contrarié, nous explique :

— Pour gagner une élection, il faut travailler la base, je l'ai toujours dit, et pour cela ça prend une organisation et la nôtre est faible, et dans certains arrondissements, inexistante. Les réseaux sociaux, c'est bien beau, mais ils ne rejoignent pas tout le monde.

Il lève la tête et me fixe :

— Nous avons fait deux erreurs dès le début : la première a été de ne pas s'allier à une machine électorale existante. La deuxième a été de ne pas afficher les photos de nos candidats et nos couleurs sur les poteaux de chaque district comme l'ont fait nos adversaires. Je comprends que nous ne voulions pas créer de pollution visuelle, mais nous devons ce matin faire face à une réalité : nos candidats ne sont pas connus dans leurs districts, sauf pour leurs amis, abonnés et relations sur les réseaux sociaux

Je me demande si les autres sont aussi agacés que je le suis par le ton accusateur de Charles. Un lourd silence pèse sur la salle ; personne ne réagit. Tous savent que je suis celui qui ne voulait pas de pancartes. Je me rends compte qu'ils attendent ma réaction. Je suis désappointé que personne ne vienne à ma défense. En fait, je suis en beau maudit. Je réplique, tout en étant conscient que je ne dois pas perdre mon calme :

— Pour commencer, la décision de ne pas s'aligner avec un parti provincial et de créer le nôtre est la pierre angulaire de notre stratégie. Dans l'état actuel des choses dans le monde municipal, et en particulier à Montréal, nous n'avions pas le choix. Il demeure essentiel pour nous de ne pas être identifié ou redevable à aucune organisation. Pour ce qui est de la notoriété de nos candidats, il nous reste encore trois semaines.

Sur ce, Carole se lève un sourire aux lèvres, reprend sa manette et fait apparaître à l'écran une carte postale qui prend la forme d'une pancarte électorale, montrant le nom et la photo d'un candidat avec le logo du parti et ma photo. Elle explique :

— Charles m'a fait part de ses inquiétudes et nous avons fait imprimer ces cartes postales pour chacun de nos candidats. Elles seront distribuées à toutes les portes des districts deux fois d'ici le jour de l'élection.

Elle presse la manette et l'endos de la carte postale apparaît à l'écran. Le nom du parti apparaît en gros avec une phrase *Le seul parti indépendant capable de défendre les intérêts de Montréal.*

Louise ajoute :

— Nous avons demandé à tous nos candidats de se concentrer sur le porte-à-porte et les rencontres avec les électeurs. Dans les arrondissements où nous croyons avoir des chances de gagner, nous allons doubler la publicité dans les hebdomadaires de quartier et nous leur avons promis ta présence. Des questions ? Des suggestions ?

Personne ne réagit sauf Pierre, notre agent officiel.

— Ces nouvelles dépenses dépassent nos moyens financiers. Nous nous dirigeons vers un déficit qui sera plus important que prévu. La présentation sur MONTRÉAL lors du lancement nous a coûté une fortune.

Charles réagit :

— J'ai rarement vu une campagne au municipal sans déficit. Nous trouverons une solution après les élections.

Il n'y a aucune réaction et Carole en profite pour poursuivre sa présentation.

— Maintenant, passons à autre chose. Lorsque nous avons effectué le sondage, nous en avons profité pour demander aux électeurs leurs impressions sur les candidats. Puis nous avons pris les réponses et préparé une liste des termes qui ressortaient le plus souvent.

Une fiche apparaît à l'écran. Sous le nom de Boulé, pas de surprise : expérience, politicien, sympathique, courageux, responsable. Carole résume la pensée de tous :

— Une belle fiche, si ce n'est qu'il est considéré comme un politicien et qu'à la suite la maladie de son épouse, il a la sympathie des électeurs. Dans ton cas, Maxime, nos efforts pour te créer une image ont réussi, sauf pour un élément qui est problématique.

Ta fiche reflète bien l'image que nous voulions projeter : *leader, intelligent, visionnaire, idéaliste* ; un dernier mot surprend : *séducteur.*

Carole reprend :

— Le dernier mot nous a pris au dépourvu. Il est apparu une trentaine de fois sur un échantillon d'une centaine de questionnaires.

Pierre Fabien marmonne :

— La relation avec Catheryne.

Carole ne réagit pas et nous montre une dernière fiche :

— Maxime est en arrière dans les intentions de vote chez les femmes
et c'est un peu de notre faute ; bien sûr, qu'une grande partie de cette
réputation est due à sa relation avec Catheryne, mais nous avons amplifié
cette réputation en mettant sa relation avec Noémie en évidence. Pour la
population, Maxime a fréquenté au cours de la dernière année deux jolies
femmes qui sont en plus des vedettes : l'une, du monde du spectacle,
l'autre, du monde de la politique.

Louise se tourne vers moi :

— Nous avons eu de longues discussions sur le sujet et nous avons
décidé qu'il n'y avait rien à faire, à moins que quelqu'un ait une suggestion ?

Charles est le seul qui réagit :

— Moi aussi, je ne sais pas qu'est-ce que nous pourrions faire, mais
il y a une chose qui m'inquiète : Boulé voit bien que nous avons monté
dans les sondages et, depuis deux semaines, il mène une campagne
propre, sans attaques personnelles. Toute cette histoire de Catheryne est
notre talon d'Achille et je ne serais pas surpris qu'elle revienne à la surface.

Chapitre 29

Rassemblement

Je me suis levé avec un méchant mal de dos. Ça tombe mal : notre grand rassemblement de fin de campagne a lieu ce soir. Ce n'est pas la première fois que j'ai mal au dos et j'en connais la cause : le manque d'exercice et le stress. J'ai l'impression que quelqu'un me donne des coups de deux par quatre au milieu du dos à chaque fois que je bouge. Noémie est allée à la pharmacie me chercher des relaxants musculaires.

Ce mal de dos s'ajoute à une fatigue qui m'a envahi depuis une semaine, le genre de fatigue qui ne peut pas être éliminée par une bonne nuit de sommeil, d'autant plus que je dors mal. Les événements de la semaine n'ont rien fait pour me relaxer. J'ai hâte que l'aventure se termine.

Durant la dernière réunion du comité d'organisation, Louise a dressé un bilan appuyé du dernier sondage. Conclusion ? Je tire encore de l'arrière par cinq points. Les réactions à la présentation de Louise étaient prévisibles selon le caractère de chacun :

Pour Charles, l'organisateur d'expérience :

« Il faut trouver de la merde sur Boulé ou quelqu'un de sa gang. »

Pour Carole, toujours la communicatrice :

« Il reste une semaine ; tu mets l'accent sur le clivage entre la région de Montréal et les régions du Québec et le besoin pour la population de Montréal de se serrer les coudes et de se mobiliser. C'est ce discours qui a fonctionné depuis le début. »

Pour Jon, souvent trop pragmatique :

« Une excellente idée ; je ne veux insulter personne, mais les Montréalais sont des Québécois comme les autres et ils aiment se sentir oppressés et persécutés. »

Pour Brahm, notre penseur et optimiste :

« Vous rendez-vous compte du chemin parcouru depuis cinq mois ? Au moins 30 % de la population est derrière nous. »

Pour Pierre Fabien, le réaliste :

« Les sondages sont des estimations ; attendons le soir de l'élection pour les vrais résultats. La population de Montréal cherche du changement, et nous sommes les seuls à leur offrir. »

Charles sur un ton trop agressif à mon goût a ajouté :

« C'est ça ! Assoyons-nous sur nos mains et attendons les résultats. »

Sarah a ajouté son grain de sel, avec l'enthousiasme de la jeunesse :

« Il reste une semaine, redoublons nos efforts. »

Paul Lebouthiller, notre avocat, clôt la discussion :

« Nous avons suivi notre plan de match et chaque semaine nous avons progressé. La campagne s'est bien déroulée, suffit de continuer et nous ramasserons, cette semaine, les quelques votes qui nous manquent pour gagner. »

Charles a clos la discussion :

« Comme dans toutes les élections, il faut faire sortir le vote et ça commence aujourd'hui. Le vote par anticipation a lieu en fin de semaine. »

En début de semaine, les médias en manque de sensationnalisme et d'excitation se sont jetés, comme des chiens affamés, sur la naissance de l'enfant de Catheryne et sur les photos de la famille Delacorte. Ils ont été prudents avec leurs commentaires et Boulé, sans m'attaquer directement, a insisté sur les besoins de gouvernance et d'honnêteté pour s'assurer d'éliminer la collusion et la corruption à l'hôtel de ville. Pas très subtil, mais efficace,

Une déclaration de Roméo Cadorette, notre candidat à la mairie dans l'arrondissement Rosemont-Petite Patrie a vite remplacé la publication de mes photos avec Vito. Durant un mini-débat à la télévision communautaire, Cadorette a qualifié Boulé de *maire des bécosses*, une référence à sa déclaration sur la malpropreté des toilettes publiques. Devant l'importance que prenait la déclaration, dès l'après-midi, j'ai publié un communiqué pour nous excuser de la déclaration et pour rassurer la population au sujet de ma « prédilection pour des toilettes propres ». Je croyais avoir tué la controverse dans l'œuf, mais l'organisation de Boulé en a profité.

Le rassemblement de fin de campagne de Boulé, qui a eu lieu hier soir, est devenu le rassemblement « pour une bonne gestion, même des bécosses » et ils ont insisté sur l'idée que dans une ville, l'attention aux détails était la clé pour garantir la qualité de vie des citoyens. Ils ont réussi à réunir plus de 3 000 personnes. Nous serons chanceux si nous en avons 500 pour notre rassemblement de ce soir.

Ce matin, l'assemblée de Boulé la veille a fait la nouvelle, et les médias ont fait grand état de la présence de trois députés libéraux et de plusieurs vedettes bien connues. Durant son discours, Boulé a continué à marteler l'idée que le parti Beaubien-Montréal n'était rien d'autre qu'un parti élitiste, loin du quotidien des Montréalais, appuyé et financé par le club privé qu'est le Cercle de la Montréalie. Cette remarque a fait son chemin dans la population, à tel point que Carole m'a demandé de modifier mon discours de ce soir pour le rendre plus accessible.

Les relaxants musculaires que m'a donnés Noémie ce matin agissent, mais je me sens fragile et je bouge au ralenti de peur de voir la douleur revenir. Plutôt que de me rendre à notre bureau de campagne comme prévu, j'ai décidé de rester à la maison. J'ai demandé à Louise de me faire un compte rendu au téléphone sur les préparatifs de la soirée :

— Au dernier compte, nous aurons plus de 1 000 personnes. Nous avons 20 autobus qui ramasseront des participants à 5 points de rassemblement et j'ai des téléphonistes qui font toujours des appels.

Ses phrases sont entrecoupées de longues respirations :

— As-tu couru, je te sens à bout de souffle.

— Non, non ! Juste un peu d'hyperventilation, petite crise d'anxiété. Avec ses 3 000 personnes, Boulé nous fait travailler. Si tu te souviens, nous avions prévu entre 500 et 700 personnes.

— Les médias ne manqueront pas l'occasion de faire la comparaison. Je vois déjà les titres demain matin.

Louise continue :

— Ton discours prend de l'importance.

— C'est ça, mets-moi plus de pression.

— Maxime, tu m'excuses, mais quelqu'un m'appelle sur une autre ligne. Ne t'inquiète pas, tout ira bien et ce sera un succès. Repose-toi.

Je suis sensible à ses mots encourageants, mais je n'en crois rien.

Richard est venu nous chercher vers 18 h pour nous conduire au Metropolis. Ses salutations sont brèves et, contrairement à son habitude, il est demeuré silencieux durant le trajet. Je le sens nerveux.

Le scénario prévoit que, dès mon arrivée sur la rue Sainte-Catherine en face du Métropolis, je me mêle à la foule. Malgré mon mal de dos, j'ai décidé de ne rien modifier. À la porte de la salle, Sarah Goldenberg m'attend : il est prévu qu'elle m'accompagne pour m'aider avec les noms. Chacun des 102 candidats aimerait que je me souvienne de son nom et j'aimerais qu'il en soit ainsi, mais c'est impossible. Sarah, qui a fait tous les districts plus d'une fois, m'aidera.

— Ça va, le dos, monsieur Beaubien ?

J'ai tout fait pour qu'elle m'appelle Maxime, mais c'est peine perdue. Elle me tend la main et embrasse Noémie. Le rituel terminé, nous sommes entourés de gens. Sarah débute dans son rôle d'accompagnatrice :

— Monsieur Beaubien, madame Claire Chaput, notre candidate dans le district du Canal dans l'arrondissement Lachine.

Je me souviens vaguement de cette candidate, probablement une de nos candidates poteau que nous avons recrutées à la dernière minute dans un district orphelin.

— Maxime, je te présente ma sœur, Hughette, et ma belle-sœur, Françoise Marchand.

Je comprends que l'utilisation de mon prénom sert à démontrer à ses accompagnatrices qu'elle me connaît bien. Je serre les mains. Elle m'explique :

— Huguette et Françoise sont mes organisatrices.

Je ne crois pas que nous allons gagner le district du Canal.

Les autobus arrivent un à un et nous restons sur le trottoir à recevoir les gens. C'est peut-être mon imagination, mais j'ai l'impression que les gens me saluent avec une certaine retenue et qu'ils sont beaucoup plus chaleureux avec Noémie. Après une demi-heure, je commence à ressentir des étirements dans le dos et je glisse à l'oreille de Sarah que je veux entrer. Sarah me prend par le bras et, tout en s'excusant auprès des gens qui attendaient, nous dirige vers la porte d'entrée.

Dans le hall, nous voyons Louise qui venait nous chercher pour nous installer dans une salle attenante à la salle principale où les membres du comité organisateur nous attendent avec des invités de marque que nous présenterons dès le début de la soirée. J'aimerais m'asseoir pour reposer mon dos, mais je n'ai pas le choix que de serrer la main de tout ce monde qui est venu pour m'appuyer. L'atmosphère est cordiale, ces gens en ont vu d'autres, et l'accueil que je reçois me décontracte un peu et me fait oublier mon mal de dos. Carole s'approche :

— Nous serons en retard de quelques minutes, nous attendons encore deux autobus.

Sarah vient me chercher, et explique à voix haute :

— Louise aimerait réviser le déroulement de la soirée avec vous.

Puis elle se tourne vers les autres :

— Vous nous excusez.

Je suis perplexe, tout est planifié. Que peut bien me vouloir Louise ? Sarah me dirige vers une porte dans un coin de la salle. Nous entrons dans une petite pièce où se trouvent Louise et Noémie assises autour d'une table. À voix basse, Louise me glisse à l'oreille :

— C'est un prétexte, Noémie a pensé que tu aimerais t'allonger quelques minutes pour reposer ton dos.

Je m'exécute et m'allonge sur le plancher.

Louise me présente une feuille sur laquelle je vois une longue liste de noms. Elle m'explique :

— Sur nos 102 candidats, il y en a 94 qui seront présents ce soir. Comme prévu, nous ne présenterons que nos candidats à la mairie des arrondissements. Puis nous présenterons nos partisans de marque.

Nous sommes interrompus par Carole, qui entre dans la pièce, et reste bouche bée un bref instant en me voyant étendu sur le plancher :

— Nous serons prêts dans 10 minutes.

Je sens que son niveau d'adrénaline est au maximum. Pour elle, l'animation est une performance et elle se prépare en conséquence. Elle se penche, me serre la main de sa main droite, et celle de Noémie de sa main gauche, des poignées de mains d'encouragement. Puis elle nous annonce :

— Croirais-tu que trois députés provinciaux, un libéral, deux péquistes, ont fait appeler cet après-midi pour annoncer leur présence ? J'ai avisé leurs porte-parole qu'ils étaient les bienvenus, que leur présence serait soulignée, mais qu'ils ne seraient pas invités à prendre la parole.

Nous n'avons pas le temps de réagir, qu'elle est déjà partie vers la salle principale. Nous faisons de même.

La salle du Métropolis est idéale pour ce genre de rassemblement. En laissant les tables, elle peut accueillir plus de 700 personnes sur le niveau principal et 300 personnes au balcon. Il y a du monde qui circule partout. À peine sommes-nous entrés, que nous apercevons Carole qui se présente sur la scène ; premier signe que les gens devraient prendre place. Elle reste immobile devant son lutrin, affairée à mettre de l'ordre dans ses documents. Après quelques minutes, les projecteurs du plafond clignotent : deuxième signal. Sarah nous dirige vers une section réservée à l'avant où nous prenons place tout en continuant de serrer des mains.

La voix de Carole se fait entendre :

— Veillez prendre place, s'il vous plaît. *Please take your seat.*

Après quelques minutes, nous entendons le bruit lourd de trois coups de canne sur un plancher de bois, comme au théâtre. Une idée de Carole, très efficace. Elle obtient le silence grâce à ce stratagème inattendu pour un rassemblement politique.

La soirée se déroule autour de moi et je me sens étrange, détaché de ce qui se passe. Les relaxants musculaires ? Mon intervention ne se fera qu'à la fin. Il a été décidé que lors de ce dernier rassemblement la place serait laissée aux candidats.

La présentation de nos candidats à la mairie des arrondissements soulève des applaudissements fournis, chacun des groupes rivalisant pour être le plus bruyant. L'atmosphère de la soirée est excellente. Puis vient la présentation d'invités de marque dont la présence tient lieu d'appui : des gens d'affaires, des professeurs connus, plusieurs personnalités du monde culturel et deux présidents de chambre de commerce, dont celui de la Rive-Sud. La présence de ce dernier est une surprise et j'admire son courage. Les politiciens des deux rives se méfient de nous, et aucun n'a voulu se prononcer en notre faveur prétextant ne pas vouloir s'immiscer dans la campagne «d'une ville qui n'est pas la leur». J'ai encore du travail à faire pour créer un sentiment d'appartenance pour la Montréalie.

Les présentations prennent plus de 30 minutes. Puis, moment sérieux, Louise donne ses instructions pour les derniers jours de la campagne. Elle est suivie de Brahm qui a été choisi pour donner le discours inaugural de la soirée. C'est durant la campagne que nous avons découvert ses talents d'orateur et surprise, d'humoriste. Il fait d'abord rire la salle avec plusieurs remarques sur mes mésaventures de la campagne: ma rencontre désagréable, lors d'un porte à porte, avec un élève que j'avais échoué à un examen final, la panique créée le jour où je me suis présenté deux heures d'avance à une rencontre de cuisine, la fois où, lors d'un cocktail, je me suis présenté à un lecteur de nouvelles bien connu de Radio-Canada que je n'avais pas reconnu et ainsi de suite. Je me serais cru à un bien cuit en mon honneur. Brahm a terminé sur une note plus sérieuse en donnant un sommaire de notre programme et de nos objectifs. Puis vient mon tour de terminer la soirée.

Je remercie d'abord les candidats pour leur appui, les organisateurs, pour le travail accompli et l'auditoire, pour leur présence. Je réserve un remerciement particulier pour Noémie qui avait disparu de la première rangée pour rejoindre les autres candidats de son arrondissement

— Je n'ai qu'une femme dans ma vie, mon épouse Noémie que je me dois de remercier pour son appui et sa compréhension. Merci, Noémie.

Tout en dirigeant un baiser de la main vers la salle.

Puis je termine:

— Mes chers amis, je n'ai pas l'intention de faire un long discours, je prêcherais de toute façon à des convertis, mais j'aimerais vous rappeler que le temps est venu pour que Montréal retrouve son pouvoir politique et, le jour où elle retrouvera son pouvoir, elle retrouvera ses ambitions:

— Son ambition de prospérité.

— Son ambition d'excellence.

— Son ambition de créer.

— Son ambition de leadership.

— Son ambition de s'amuser.

— Son ambition de prendre sa place au Québec.

— Son ambition de prendre sa place au Canada.

— Son ambition de prendre sa place en Amérique.

— Son ambition de prendre sa place dans le monde.

Chapitre 30
Jour E

Nous avons laissé savoir aux médias que nous nous présenterions au bureau de scrutin à 10 h pour voter. Au cours des derniers jours, Noémie a pris de plus en plus de place dans les médias. Les efforts de Carole pour la faire connaître ont pris plus de temps que prévu, mais voilà que les médias l'ont découverte. Je ne me souviens pas d'une conjointe de candidat à la mairie qui fut aussi en évidence ; un chroniqueur nous a même baptisées « les inséparables ». Elle est devenue un atout et a réussi à faire oublier Catheryne. Elle est très populaire auprès du public et possède ce talent de se faire aimer dès la première rencontre. J'en sais quelque chose.

Comme nous l'avions prévu, les médias sont tous là pour nous recevoir à la porte du sous-sol de l'église où se trouve le bureau de scrutin et, comme le veut la tradition du jour de vote, le journal télévisé de ce midi nous montrera déposant nos bulletins dans la boîte avec de larges sourires. Quelques fois, les médias manquent d'imagination.

Noémie et moi arrivons, main dans la main, de grands sourires aux lèvres, des sourires qui cachent notre soulagement de savoir que la fin approche, des sourires qui anticipent une nouvelle vie, des sourires qui cachent notre anxiété, des sourires sincères pour certains membres des médias que nous avons appris à connaître au cours des derniers mois. Je m'arrête :

— Les amis, pas de commentaires ce matin, nous nous reverrons ce soir.

Après avoir effectué notre devoir de citoyen, nous nous précipitons dans la voiture où Richard nous attend pour reconduire Noémie dans son district et, ensuite, me conduire au bureau de campagne du centre-ville. Dans le rétroviseur, je remarque son regard se fixer vers l'arrière et saluer quelqu'un de la main. Je me retourne pour voir une voiture de police derrière nous. Richard a remarqué mon geste :

— Le service de police nous a avisés que nous serons accompagnés d'une voiture balisée toute la journée.

J'avais d'abord offert à Louise de me rendre au bureau dès 7 h 30 pour assister aux préparatifs de la journée et rencontrer les bénévoles qui travailleront dans les bureaux de scrutin, mais elle a refusé, m'expliquant que je ne serais qu'une distraction. J'ai été offusqué du commentaire et j'en ai fait part à Noémie. Je me souviens de sa réaction et elle avait bien raison : « Le jour de l'élection est sa journée, celle qu'elle prépare depuis des mois. C'est la journée ultime et c'est elle qui en a le contrôle. *It's her show.* »

À mon arrivée, je suis surpris de l'atmosphère qui règne dans la salle : tout est calme. Il n'y a que quelques personnes. Des tasses de café traînent un peu partout sur les tables et des boîtes de beignes amoncelées dans un coin témoignent d'une matinée animée.

Je salue les personnes présentes d'un signe de la main et me dirige vers Louise, que j'aperçois assise à une table en discussion avec trois hommes. La table est installée de biais dans un coin pour donner une vue d'ensemble de la salle. Sur la table : trois téléphones cellulaires et un portable. Je l'entends donner ses instructions :

— Les gars, il faut nettoyer et préparer la salle pour les téléphonistes et les chauffeurs qui devraient être ici à 14 h. Ensuite, vous irez faire un tour au Métropolis pour voir si tout est prêt pour ce soir. Jacques...

À mon arrivée, Louise perd son auditoire et les trois hommes se lèvent pour venir me saluer. Je leur serre la main ; ils me souhaitent bonne chance. Louise me lance sur un ton contrarié :

— Bonjour. Ça va ? Donne-moi une minute.

Puis elle continue avec ses instructions :

— Jacques, tu restes avec moi au cas où il y aurait une urgence. Vous deux, voici la liste des préparatifs pour ce soir. Les écrans géants et les amplificateurs sont les plus importants. J'aimerais que tout soit en fonction pour midi. De cette façon, on n'aura pas à s'en préoccuper pour le reste de la journée.

Les deux hommes quittent les lieux, et Louise s'adresse à Jacques :

— Avec ton équipe, vous finissez de nettoyer la salle et vous installez au mur du fond l'écran géant qui nous présentera les résultats.

De toute évidence, Jacques sait ce qu'il doit faire puisqu'il nous laisse avec un simple :

— O.K.

Je demeure seul avec Louise. Elle voit mon regard suivre Jacques, qui se dirige vers une dizaine d'hommes assis à une table. Elle m'explique :

— Nous avons plus de 300 bénévoles au travail aujourd'hui.

Je réagis en ajoutant, à voix basse, pour que personne ne puisse m'entendre :

— Je demeure encore abasourdi par les motifs qui poussent tout ce monde à s'impliquer de cette façon.

— Nous devrions en avoir 500.

Je peux comprendre que plusieurs sont des amis ou de la famille des candidats, mais les autres ? Nous sommes après tout au municipal, le niveau du nettoyage de rue et de l'enlèvement des ordures. Rien de bien excitant.

— La politique est un sport qui a ses amateurs. Plusieurs de ces personnes sont des amateurs de la politique et c'est leur façon de participer et de faire partie de l'action.

Un des cellulaires sur la table se met à vibrer. Louise prend l'appel et nous l'entendons répondre à son interlocuteur :

— O.K. Je vous envoie un avocat immédiatement.

Elle raccroche et me dit :

— Une minute.

Elle compose un numéro :

— Frédérique, peux-tu envoyer un avocat au bureau de scrutin situé au Grand Séminaire sur Sherbrooke. Un avocat de Jodoin fait du trouble et veut faire assermenter presque tout le monde qui se présente.

Je pointe les cellulaires :

— Trois cellulaires ?

Louise dépose le cellulaire qu'elle a dans la main tout en expliquant :

— Celui-ci pour les candidats dans chacun des arrondissements, celui-là pour mes organisateurs, et l'autre pour le directeur du scrutin.

Elle s'arrête et nous montre son BlackBerry qu'elle porte à la ceinture :

— J'ai aussi mon BlackBerry, mon fidèle compagnon de tous les instants avec qui j'ai développé une accoutumance telle que je me lève quelques fois la nuit pour vérifier si je n'ai pas reçu une communication importante. Elle jette un regard vers la salle.

— Viens, c'est le bon moment pour te faire faire le tour de la salle.

— Pour commencer, j'ai installé mon bureau ici pour bien voir ce qui se passe et me rendre disponible. L'autre raison, mon bureau est devenu le centre de communications.

Nous entrons dans son ancien bureau pour retrouver Carole installée derrière une grande table, sur laquelle les journaux du matin sont éparpillés. Deux jeunes femmes et un homme sont assis devant des téléviseurs syntonisés à LCN, RDI et CTV.

Carole se lève pour nous recevoir :

— Monsieur le maire.

Le qualificatif me fait frémir. Je ne suis pas superstitieux, mais pour une raison que je ne m'explique pas, j'ai l'impression aujourd'hui que me faire affubler du titre de maire avant les résultats me portera malchance.

— Attention, je ne suis pas encore élu.

— Voyons, il faut être positif. Viens que je te présente.

Elle me prend par le bras et me dirige vers les trois jeunes assis devant les écrans tout en m'expliquant :

— Ils sont étudiants en communications. S'ils entendent quoi que ce soit qu'ils jugent intéressant, ils doivent m'avertir. De son côté, Claire, au bureau d'Azur, a une équipe qui enregistre tout, au cas où.

Elle s'approche de l'une des jeunes femmes qui se lèvent à notre arrivée. Je crois la reconnaître. Je l'ai déjà rencontrée quelque part, mais son nom ne me revient pas ; j'ai rencontré tellement de monde depuis les six derniers mois. Louise vient à ma rescousse :

— Bonjour, Sylvie, merci encore pour ton aide, c'est apprécié.

Je lui serre la main et nous passons à la suivante : une grande femme aux cheveux blonds et aux yeux bleus. Je la vois déjà comme lectrice de nouvelles. Son téléviseur est syntonisé à CTV. Carole me la présente.

— Maxime, je te présente Ingrid Muller, une étudiante de McGill qui termine son diplôme en communication cette année.

Ingrid se lève pour me serrer la main :

— Monsieur Beaubien, *I am pleased to meet you.*

Je crois deviner une trace d'allemand dans l'accent légèrement guttural de son anglais.

— *How long have you been in Québec?*

Mademoiselle Muller me répond :

— *Three years.* Mes parents sont d'origines allemandes, mais je suis née à Kitchener. Je suis une *Canadian.*

Cela dit avec le petit sourire moqueur d'une personne sûre d'elle-même et dans un français avec un accent presque imperceptible.

Elle continue :

— Mes parents m'ont envoyée ici pour que j'apprenne le français.

— Hé, bien, mission accomplie. Félicitations.

Nous sommes interrompus par le jeune homme qui, du doigt, nous pointe l'écran de LCN. J'apparais à l'écran déposant mon bulletin de vote, un grand sourire de politicien sur les lèvres. Puis l'image change pour revenir sur moi et Noémie, main dans la main, nous dirigeant vers la voiture. Je me vois saluer les journalistes et disparaître de l'écran pour laisser place au journaliste qui termine son reportage avec une question :

— Je me demande ce que fait un candidat pour le reste de la journée du vote.

Dans mon cas, j'ai reçu instruction de visiter les locaux électoraux dans les arrondissements « pour encourager les bénévoles. » Je me doute bien que Louise veut me tenir occupé pour que je ne sois pas dans ses jambes. J'ai peine à croire que ma visite fera une différence. À ce moment-ci, les jeux sont faits; suffit d'attendre les résultats. Mais je me prête au jeu; de toute façon, que pourrais-je faire d'autre, sinon justement d'être dans les jambes?

Il me sera impossible de visiter les 19 arrondissements. Nous avons donc établi un ordre de priorités pour les visites : il y a six arrondissements que nous sommes certains de gagner et huit autres où l'opposition est clairement en avance. Il y a donc cinq arrondissements où le pointage est trop serré pour prédire les résultats. C'est dans ces arrondissements que tous les efforts de la journée sont concentrés.

J'ai donc passé l'après-midi sur la route. J'ai serré des centaines de mains et reçu des milliers de mots d'encouragements. En fin d'après-midi, je suis retourné à la maison pour me reposer et réviser mes discours; un de victoire, l'autre de défaite. Deux discours farcis des clichés habituels. Je suis trop fatigué pour penser à quelque chose d'original.

À 17 h, Richard vient nous chercher.

— Bonjour, monsieur le candidat. Pas trop nerveux?

— Pas vraiment. Mais je pense que j'ai rationalisé à un tel point que je suis prêt à faire face aux résultats qu'ils soient bons ou mauvais.

— Tu es bien chanceux. Moi, je ne tiens plus en place depuis 6 h ce matin. On y va. J'ai averti les policiers et ils nous attendent au coin de Saint-Paul et de McGill.

Pour déjouer les médias à l'affût aux portes du condominium, Richard a loué hier une fourgonnette qu'il a stationnée dans le garage. Rendu à la voiture, il ouvre la section arrière pour sortir un chandail en coton ouaté noir qu'il met par-dessus sa chemise puis il place sur sa tête une casquette à l'effigie des Alouettes. Puis il ouvre la porte arrière :

— Couchez-vous tous les deux sur la banquette arrière, juste le temps de sortir du garage et de tourner le coin de la rue.

— Pourquoi nous cacher des médias, nous vivons avec eux depuis des mois? demande Noémie qui a le fou rire parce qu'elle est couchée sur moi et que je l'embrasse dans le cou.

— Tu connais Pierre; il nous a demandé d'être discrets et d'éviter un rassemblement en face de sa résidence, si cela est possible.

Nous soupons à Outremont chez Pierre et Lynda. De son côté, Boulé a laissé savoir qu'il serait dans une suite au Reine-Élizabeth avec ses proches et ses organisateurs. Jodoin n'a rien dit d'autre qu'il serait avec sa famille.

La fourgonnette tourne le coin et Richard nous indique que nous pouvons nous lever. Il enlève sa casquette.

Noémie réagit avec un :

— Nous sommes bien comme ça. Tu devrais peut-être faire un long détour et regarder à l'extérieur.

En me levant, je vois Richard faire un signe de la main aux policiers qui nous attendent dans une voiture non balisée. Le trajet se fait sans incident et, à notre arrivée sur l'avenue Pagnuelo, il n'y a personne. Nous semblons avoir déjoué les médias et nous aurons la paix pour quelques heures. En sortant de la fourgonnette, je vois les rideaux de la grande fenêtre du salon bouger.

La porte avant s'ouvre et les enfants se précipitent vers nous. Joëlle se lance dans mes bras alors que Patrick enlace Noémie. Il fait bon être accueilli avec cette sincérité infantile bien différente de ces accueils intéressés que je reçois depuis des semaines. Patrick se détache de Noémie et fixe son regard sur l'auto et les policiers qui se sont stationnés devant la maison. Un garçon de 12 ans est toujours fasciné par un policier. Il se tourne vers moi et demande ;

— Pourquoi, ils sont là ?

C'est Joëlle qui du haut de ses huit ans répond :

— Ils sont là parce que Maxime est une personne importante. On le voit toujours à la télévision.

Nous sommes à peine entrés dans la maison que Patrick accourt dans la cuisine où nous nous sommes installés et nous lance :

— Il y a des camions devant la maison.

Pierre réagit :

— Restez là, je vais voir.

Il revient quelques minutes plus tard :

— Les médias sont là et ils ont braqué leurs caméras sur la maison. Si cela ne vous dérange pas, nous mangerons dans la cuisine loin des regards. Notre petit jeu de cache-cache n'aura pas servi à grand-chose.

Puis il s'adresse aux enfants.

— Je ne veux pas vous voir dans les fenêtres. Vous restez ici avec nous. Compris ?

Les enfants s'installent à la table de la cuisine où Lynda a déjà déposé deux paniers de croustilles. Noémie lui donne un coup de main. Lynda a compris que la nervosité jouerait un rôle sur notre appétit. Elle a préparé des canapés qui nous permettent de manger selon notre appétit. Je note qu'elle ne nous a pas offert d'apéritifs. En bonne mère poule, elle nous sert un verre de vin en ajoutant :

— Pas trop, la soirée risque d'être longue.

Avec Pierre, Lynda, Noémie, Patrick et Joëlle assis autour de la table, j'oublie, l'espace d'un instant, les enjeux de la soirée. La conversation gravite autour des activités enfants : leurs écoles, leurs professeurs, les amis, l'équipe de natation de Patrick, la gymnastique de Joëlle. Je remarque, c'est peut-être mon imagination, un regard maternel sur le visage de Noémie.

Durant le repas, deux fois, Pierre doit aller chercher Patrick, qui, sous différents prétextes, a quitté la cuisine pour aller jeter un coup d'œil à l'avant de la maison. Nous avons bien ri lorsque son visage est apparu sur l'écran de la télévision en gros plan à la fenêtre avant. C'est également à la télévision que nous avons vu Brahm se présenter à la porte avant.

Il est 20 h et nous avons invité quelques proches à se joindre à nous pour écouter les résultats avec nous. Louise et Carole doivent passer la soirée au comité central. Brahm est le premier arrivé, puis suivent Paul Lebouthiller et Sarah Goldenberg. Le nombre est restreint. Il ne faut pas faire de jaloux. Jon a préféré demeurer avec son équipe.

À la télévision, l'émission spéciale de la soirée des élections débute avec le chef de pupitre qui nous présente ses collaborateurs dans les régions du Québec. Chacun y va de ses commentaires sur la campagne dans leurs régions respectives. Rien d'excitant ; plus de 40 % des candidats ont été élus par acclamation.

Pierre visite les autres chaînes de nouvelles ; le scénario est le même partout. Rien de surprenant ; ils doivent remplir l'heure qui précède l'arrivée des premiers résultats.

Brahm lance :

— L'heure la plus longue d'une campagne électorale.

Enfin, un premier résultat est affiché ; il est de bon augure et nous avons tous le sourire aux lèvres : dans le district Saint-Henri-Petite-Bourgogne-Pointe-Saint-Charles dans l'arrondissement Le Sud-Ouest notre candidate est en avance. Les caméras sont immédiatement dirigées vers la table des analystes. La table est composée de trois personnes : un ancien politicien, aujourd'hui sénateur, un journaliste bien connu, et un professeur d'université.

L'animateur leur demande un commentaire sur ce premier résultat qui vient de paraître à l'écran. Je suis curieux de voir comment ils peuvent faire des commentaires sur des résultats aussi préliminaires ; deux boîtes de scrutin avec une quarantaine de votes. Je vois à leur réaction qu'eux aussi se demandent bien quoi dire. Ils ignorent la question et se lancent dans ce qu'ils avaient préparé pour l'émission

Le sénateur, un ancien politicien, insiste sur l'importance d'élire des personnes d'expérience et, à notre surprise, prédit déjà la victoire de Jean-François Boulé « qui a mené dans les sondages depuis le début ».

Le journaliste de son côté fait état des difficultés que j'ai rencontrées avec les événements entourant Montpossible et rappelle les histoires concernant ma vie privée et, en particulier, ma relation avec Catheryne « et sa famille ». Lui aussi n'est pas très confiant de ma victoire, même s'il ne le dit pas explicitement.

Les commentaires du professeur sont les plus positifs : « Beaubien, durant toute la campagne a insisté sur l'idée que Montréal était une ville-région ; un concept qu'il serait intéressant d'approfondir. »

Les résultats, grâce à nos représentants dans les bureaux de scrutin, entrent au comité central plus rapidement qu'à la télévision et Louise nous appelle toutes les 15 minutes. Nous sentons la nervosité dans sa voix et à chaque appel le message est le même :

— C'est chaud, c'est chaud.

Durant les deux heures qui suivent, Boulé et moi, nous nous échangeons l'avance. Nous sommes tous les deux à quelques pourcentages de différence, mais depuis une demi-heure je maintiens une avance qui s'élargit, mais tellement lentement.

À 22 h 15, le chef de pupitre de Radio-Canada, une feuille à la main, intervient à l'écran :

— Radio-Canada annonce l'élection de Maxime Beaubien à la mairie de Montréal.

Noémie se jette à mon coup et m'embrasse. Les autres affichent de larges sourires. Nous entendons des klaxons à l'extérieur. J'ai peine à croire que je serai le prochain maire de Montréal. Tous viennent me serrer la main, sauf pour la petite Joëlle qui me saute sur les genoux.

— Qu'est-ce que tu as gagné ?

Pierre, qui s'apprête à ouvrir une bouteille de champagne, lance ;

— Voilà toute une question.

Lynda s'approche de Pierre, lui enlève la bouteille des mains et retourne à la cuisine, tout en lui glissant à l'oreille ;

— Il est trop tôt pour fêter. Attendons les autres résultats.

Pierre a compris et il s'approche de Noémie.

— Toutes mes excuses, Noémie, ce n'était pas très délicat de ma part.

Nous sommes interrompus par la sonnerie du téléphone. C'est Louise.

— Pierrette Lavigne est réélue avec toute son équipe, Cosette Marquis est élue de justesse et Noémie est en avance avec une mince majorité de 25 votes avec 30 boîtes de scrutin à venir, et Jon est en difficulté dans son arrondissement.

Elle s'excuse et raccroche. Notre attention se tourne vers la télévision où l'on annonce l'élection de l'Équipe-Boulé dans l'arrondissement Rivières des Prairies-Pointe-aux-Trembles.

Brahm est le premier à réagir à la nouvelle :

— J'espère seulement que tu vas avoir une majorité au conseil.

Pierre ajoute :

— La soirée va être longue.

— Oui, il faut que je l'aie, cette majorité, sinon…

À suivre.

Table des matières